Christiane Fux
Schattenmauer

CHRISTIANE FUX

SCHATTEN MAUER

Thriller

PIPER

Mehr über unsere Autoren und Bücher:
www.piper.de

Wenn Ihnen dieser Roman gefallen hat, schreiben Sie uns unter Nennung des Titels »Schattenmauer« an empfehlungen@piper.de, und wir empfehlen Ihnen gerne vergleichbare Bücher.

Inhalte fremder Webseiten, auf die in diesem Buch (etwa durch Links) hingewiesen wird, macht sich der Verlag nicht zu eigen. Eine Haftung dafür übernimmt der Verlag nicht.

Unser Versprechen für mehr Nachhaltigkeit
Klimaneutrales Produkt
FSC®-zertifiziertes Papier
Hergestellt in Europa

FSC
www.fsc.org
MIX
Papier aus verantwortungsvollen Quellen
FSC® C083411

ISBN 978-3-492-06255-8

Satz: psb, Berlin
Gesetzt aus der Swift
Druck und Bindung: CPI books GmbH, Leck
Printed in the EU

Für Corinna, Martina und Müsch

»Glaube nicht alles, was du denkst.«

(Yelda Batu)

PROLOG

Er lag nackt auf seinem Bett. Gänsehaut überzog seinen Körper. Vom offenen Fenster strich kühle Nachtluft durch den kargen Raum, brachte eine Ahnung von Hafen mit sich – die Mischung aus Schweröl, Algenschlick und Meerwasser. Ein Lastwagen rumpelte vorbei. Hastige Schritte eines morgendlichen Passanten auf dem Asphalt. Der nackte Mann atmete ruhig, aber flach. Deutlich zeichneten sich seine Rippen unter der Haut ab. Im Schein der Straßenlaterne schimmerte sein Körper bläulich. Ich bin kein Mörder, dachte er im Rhythmus seines Atems. Ich bin kein Mörder. Und er wusste, dass genau das der Grund war, der ihn zum Mörder machen würde.

YELDA, VOGELHÜTTENDEICH, HAMBURG-WILHELMSBURG

Auf dem Dach sitzt ein Mann im Morgenlicht. Er trägt einen Deel, das traditionelle Gewand seiner mongolischen Heimat. Es ist ein Sommermantel, viel zu dünn für die herbstkalte Morgenluft. Sein einstmals kräftiges schwarzes Haar ist grau geworden. Er bekommt keine Glatze, wie europäische Männer, sein Schopf ist nur nach und nach immer lichter geworden. Ich merke, dass ich bei seinem Anblick die Luft angehalten habe, und atme langsam aus. Er hockt verdammt nah an der Kante. Ich will ihn auf keinen Fall erschrecken. »Hallo Papa«, sage ich so ruhig wie möglich

Normalerweise bin ich diejenige, die hier sitzt. Seit ich, nach vielen Jahren im Ausland, zurück nach Hamburg in die Wohnung meines Vaters gezogen bin, komme ich jeden Abend hierher. Ich klettere durch das Kippfenster meines alten Mansardenzimmers auf das Dach. So habe ich es schon als Neunjährige gemacht. Damals war es mein Vater, der um mich gebangt hat. Heute ist es umgekehrt.

Nicht nur in diesem Moment, wo eine unbedachte Bewegung ihn fünf Stockwerke in die Tiefe stürzen lassen würde. Batu ist krank, und er wird nicht mehr gesund werden. Das ist der Grund, warum ich vor ein paar Wochen zurückgekehrt bin. Seit ich weiß, wie krank er ist, betrachte ich ihn aufmerksam, bemerke jedes Detail. Dass er da ist, ist nicht mehr selbstverständlich für mich.

Ich stelle mir vor, wie er aufsteht, die Arme ausbreitet und sich wie ein Turmspringer in die Luft katapultiert. Allein die Vorstellung beschleunigt meinen Puls. Er wäre nicht der Erste, der lieber den Tod als die Krankheit wählt. Ich blinzele, um das Bild vor meinen Augen zu vertreiben. »Papa?«, versuche ich es noch einmal. Batu reagiert nicht. Das kommt in letzter Zeit häufiger vor. Er zieht sich zurück in seine innere Welt. Neulich habe ich ihn danach gefragt. »Ich spreche mit Helen«, sagte er. Helen, das ist meine Mutter. Sie ist seit mehr als zwanzig Jahren tot.

Ich richte den Blick auf den Horizont. Der Blick von unserem Dach gehört für mich zu den schönsten der Welt. Hier oben, mit der weiten Sicht über den Hamburger Hafen, habe ich das Gefühl, richtig atmen zu können. Man sieht die Kräne, die nie stillstehen. Containerschiffe, um die kleine Schlepper und Barkassen herumwuseln – wie Liliputaner um einen Riesen. Die Silhouette hinter dem vertrauten Ensemble hat sich seit meiner Kindheit allerdings verändert. Nun prägt die HafenCity die Stadt. Die vielen Fenster der Elbphilharmonie blinken an diesem Morgen wie Signallichter in der aufgehenden Sonne. Der Himmel ist dunkelgrau, Wolken schwappen in Zeitlupe darüber wie ölige Wellen.

Ich warte. Schließlich dreht Batu den Kopf, schaut über die Schulter zu mir. Schon diese kleine Bewegung lässt die Sorge aufflackern, dass er abrutschen könnte. »Yelda«, sagt er, »komm, setz dich zu mir.« Ich zögere. Mir wäre lieber, er käme zurück in die Wohnung. Da nimmt mir mein Mobiltelefon die Entscheidung ab. »Hadice Öztürk«, steht auf dem Display. Es ist Sonntagmorgen, doch das bedeutet Arbeit. Ich spüre, wie sich die Haare auf meinen Armen aufstellen. Mein erster Fall in dieser Stadt.

Den Tatort, an den ich gerufen werde, habe ich schon viele Male besucht. Nach der Kühle des Herbstmorgens trifft mich das schwüle Klima im Tropen-Aquarium des Hamburger Tierparks wie eine Wand. Ein junger Uniformierter lässt mich die doppelschleusige Tür passieren, die verhindert, dass Tiere aus dem Freigehege entwischen können. Automatisch halte ich nach den Kattas Ausschau, die einen sonst im Vorraum in Empfang nehmen. Die koboldhaften Halbaffen mit den vorwitzigen Nasen recken ihre geringelten Schwänze wie pelzige Leuchttürme in die Luft und springen einem zutraulich auf die Schultern. Doch heute werden die Tierchen wohl vergeblich darauf warten, aus ihrem Nachtquartier entlassen zu werden. Kattas kann man an einem Tatort sicher nicht gebrauchen.

Hadice Öztürk, Kommissarin des Dezernats für Tötungsdelikte, kommt mir entgegen. Sie ist mit etwa 1,75 Metern so groß wie ich. Ihre Bewegungen lassen erahnen, wie durchtrainiert sie ist. Sie hat kurze, fast schwarze Haare. Vermutlich würden sie sich locken, wenn sie ein wenig länger wären.

Wir haben uns bereits vor ein paar Tagen bei meiner Vorstellungsrunde im Präsidium kennengelernt. Zwischen ihren Augenbrauen steht eine scharfe Falte.

»Guten Morgen«, sage ich.

Die Falte vertieft sich. Die Kommissarin ist nicht der softe Typ. Um das zu erkennen, braucht man kein Psychologiestudium.

»Morgen. Am besten, du kommst gleich mit und siehst dir die Sache selbst an«, sagt sie nur knapp und dreht sich um. Ich folge ihr über den verschlungenen, gepflasterten Weg, der sich an den Eingangsbereich anschließt. Er führt durch einen inszenierten Dschungel, bevölkert von allerlei Getier. Normalerweise ist Hagenbecks Tropen-Aquarium ein lichter Ort voller Leben. Harmlose Tiere wuseln hier frei zwischen den Farnen und Schlingpflanzen umher. Tiere, die gefährlich oder auch zu empfindlich sind, leben hinter Glasscheiben. Trotz der vielen Tierlaute ist es heute ungewohnt still. Dass die aufgeregten Kinderstimmen fehlen, verändert die Atmosphäre. Das und das Wissen, dass hier ein toter Mensch auf mich wartet.

Wir biegen um eine Ecke, und Hadice streckt die Hand aus, um mich am Weitergehen zu hindern. Der Anblick, der sich mir bietet, ist surreal. Die Kollegen von der Spurensicherung wirken in ihren weißen Schutzanzügen wie geschlechtslose Wesen aus einem Science-Fiction-Film. Das Zentrum der Szene bildet ein Rollstuhl. Darin sitzt eine Frau. Ihre Unterarme sind mit Kabelbindern an den Armlehnen fixiert. Ihr Kopf liegt im Nacken, sodass ihre weit geöffneten Augen an die Decke starren. Der Mund steht leicht offen. Langes, dunkelrotes Haar fällt wie ein seidiger Wasserfall. Sie sieht aus wie Anfang fünfzig, doch irgendetwas lässt mich vermuten, dass sie einige Jahre älter ist. Die Beine in den schimmernden Perlonstrümpfen sind schlank, aber muskulös. Dass sie im Leben einen Rollstuhl benötigt hat, kann man wohl ausschließen. Die Frau ist schlicht, aber elegant gekleidet: Unter einem hellen, schmal geschnittenen Wollmantel trägt sie einen schokoladenfarbenen Rock und eine elfenbeinfarbene Bluse – Seide vermutlich. Auf der Brust hat sich ein Blutfleck ausgebreitet wie eine Blume. »Eine Schusswunde«, sagt die Kommissarin, die meinem Blick gefolgt ist.

»Wissen wir schon, wer sie ist?«

»Dr. Elisabeth Calis. Das steht zumindest auf den Visitenkarten, die wir in einem Etui in ihrer Manteltasche gefunden haben. Sie war Psychotherapeutin. So wie du.«

Ich korrigiere sie nicht. Ich bin schon lange keine Therapeutin mehr. Verletzte Seelen heilen zu wollen habe ich längst aufgegeben. Jetzt begutachte ich die Menschen, seziere sie mit meinem Verstand wie ein Pathologe einen toten Körper. Meine Aufgabe ist herauszufinden, was für eine Art Mensch ein Verbrechen verübt haben könnte, was ihn angetrieben haben mag. Das dient vor allem dem Zweck, den Täter zu fassen, zu überführen. Ich habe festgestellt, dass ich mich besser zur Jägerin eigne als zur Heilerin.

»Was sagst du dazu?« Hadice macht eine Handbewegung, die die Szene umfasst. »Ist immerhin ein ziemlich exotischer Tatort.«

Ich verstehe, was sie meint. Die meisten Tötungsdelikte passieren an weniger ausgefallenen Orten. Sie geschehen im eigenen Zuhause. In einer Kneipe. Oder irgendwo auf der Straße.

»Die Frau wurde nicht zufällig hier getötet, jemand hat sie dazu eigens hierhergebracht. Dafür muss es einen Grund geben«, überlege ich. Immerhin bedeutet ein öffentlicher Raum wie dieser einigen Aufwand und ein großes Risiko für den Täter.

»Auf mich wirkt das Ganze inszeniert«, sagt Hadice. »Vielleicht wollte jemand die Tote genau hier der Welt präsentieren. Um eine Art Zeichen zu setzen.«

Ich lasse meinen Blick auf der Frau ruhen. Ein Stück

von ihr entfernt liegt achtlos hingeworfen eine alte Decke. »Nein«, sage ich. »Dann hätte er hier aufgeräumt.«

Eine der Gestalten in Weiß kommt auf uns zu. Der große, schwere Mann streift die Kapuze des Overalls zurück. Sein rundes Gesicht ist gerötet, spärliche blonde Strähnen kleben auf seiner Stirn.

»Moin, Hadice.« Er nickt ihr zu. Dann zieht er mit einem schnalzenden Geräusch den rechten Handschuh aus und streckt mir die Hand entgegen. »Lessing«, sagt er, »Leiter der Spurensicherung.«

Da Hadice keine Anstalten dazu macht, stelle ich mich selbst vor: »Yelda Batu, ich bin die neue forensische Psychologin.«

Lessings Hand ist ein bisschen schwitzig und überraschend weich. Er blinzelt mich freundlich aus blondbewimperten Augen an. »Na denn, willkommen.« Dann wendet er sich an Hadice. »In unmittelbarer Nähe der Leiche sind wir fertig«, sagt er. »Ihr könnt sie euch jetzt ansehen. Den Rest hier zu durchsuchen wird allerdings dauern.« Er lässt seinen Blick über den künstlichen Regenwald streifen. »Insbesondere wegen der Burschen da unten. Die müssen erst mal weg.« Ich weiß, wovon er spricht. Er meint die Krokodile.

Wir gehen hinüber zu der Toten im Rollstuhl, über die sich eine weitere Gestalt im Overall beugt. Erst als sich die zierliche Person aufrichtet und uns zuwendet, erkenne ich überrascht, dass es ein Mann ist. Die Utensilien im aufgeklappten Alukoffer neben ihm weisen ihn als Rechtsmediziner aus: Thermometer, Reizstromgerät und allerlei Werkzeuge. »Ah, die neue Psychologin«, begrüßt uns der Mann und macht eine leichte Verbeugung. »Michel Taliani, Totendoktor.« Sein Gesicht scheint aus Versatzstücken zusammengeflickt, die nicht so recht zusammenpassen. Die Augen stehen zu weit auseinander, die Nase ist zu knollig für das zarte Kinn, die Lippen sind zu voll für einen Mann. Dann lächelt er, und plötzlich scheint alles zusammenzupassen.

»Was hast du für uns?«, fragt Hadice.

Taliani hält das Fläschchen in seiner Hand hoch. Darauf steht »Pilomann 1%«. »Sie ist nicht länger als zwölf Stunden tot«, sagt er.

Ich weiß, was in dem Fläschchen ist: Augentropfen, die jeder Augenarzt verwendet. Sie bewirken, dass sich die Pupillen zusammenziehen – das funktioniert noch eine Weile nach dem Tod.

»Die Leichenstarre ist voll ausgeprägt. Bei der Wärme hier geht das allerdings schneller als gewöhnlich. Ich würde sagen: fünf bis sechs Stunden. Genauer kann ich es euch erst sagen, wenn ich die Rektaltemperatur gemessen habe. Aber dazu müssen wir die Ärmste erst einmal aus diesem Ding rausholen.«

»Ist sie hier gestorben?«, will Hadice wissen.

Taliani wiegt den Kopf. »Ganz sicher kann ich das auf Anhieb nicht sagen. Wenn man die Tote mit dem Rollstuhl bewegt hat, würde sich an ihrer Position nichts ändern – und somit auch nicht an den Totenflecken.« Er sieht mich an. »Sie wissen, wovon ich rede?« Ich nicke. Mit dem Tod bleibt der Kreislauf stehen, das Blut sackt in die unten liegenden Körperpartien und bildet bläuliche Flecken, die sich verfestigen. Verändert man die Lage des Körpers, kann man das an diesen sogenannten Livores erkennen. »Der Schuss ging zudem wohl direkt ins Herz. Sie hat nach innen geblutet, darum gibt es hier auch keine Blutspritzer, die uns weiterhelfen könnten.« Er lächelt entschuldigend.

Lessing kommt herangewieselt. »Wir haben etwas aus

dem Wasser gefischt. Eine schwarze Umhängetasche. Und darin steckt ein Stativ.«

Hadice und ich sehen uns an. »Er hat ein Video gedreht, bevor er sie erschossen hat«, mutmaße ich. Eine andere Erklärung fällt mir nicht ein.

»Aber warum nimmt er dann Tasche und Stativ nach der Tat nicht mit? Immerhin sind das Gegenstände, die uns helfen könnten, ihn aufzuspüren.«

»Irgendetwas ist schiefgelaufen«, benenne ich das Offensichtliche. »Vermutlich wurde er gestört.«

Auf der Suche nach weiteren Hinweisen blicke ich mich um. Nur einen halben Meter hinter dem Rollstuhl befindet sich ein Geländer, an dem ein Schild hängt. Es warnt die Besucher, ihre Hand über die Wasserfläche zu strecken oder kleine Kinder darüber zu halten, damit sie besser sehen können. Der Grund dafür sind die Nilkrokodile, die scheinbar schläfrig unmittelbar darunter im Wasser vor sich hin dümpeln.

Krokodile sind schlauer, als man denkt. Manche balancieren kleine Äste auf ihren Schnauzen, um Vögel anzulocken, die diese für ihren Nestbau sammeln. Und dann packen sie zu.

Ich trete ans Geländer und blicke auf die schuppigen Leiber. Nur Augen und Nasenlöcher befinden sich oberhalb der Wasseroberfläche. Unerwartet öffnet sich ein Lid, und mich trifft ein gelber Blick. Ich erschauere und wende mich ab. Die Viecher können ziemlich gut springen, sogar aus vollkommener Ruhe heraus.

»Ich glaube, dass man sie wegen der Krokodile hergebracht hat«, sage ich. »Jemand wollte ihr Angst einjagen.«

»Du meinst, man hat ihr damit gedroht, sie den Viechern zum Fraß vorzuwerfen?« Hadice überlegt. »Das stelle ich mir tatsächlich ausgesprochen wirkungsvoll vor. Ich persönlich würde vermutlich alles preisgeben, bevor ich mich von Biestern verschlingen lasse«, sagt sie freimütig.

»Wenn jemand von Krokodilen gefressen wird, bleibt nichts mehr übrig. Man findet nicht einmal mehr DNA-Spuren im Kot der Tiere«, erkläre ich. »Das ist, soweit ich weiß, nur bei Krokodilen so. Die vollständige Auslöschung.«

»Das perfekte Verbrechen.« Hadice blickt nachdenklich zu den Krokodilen hinüber.

»Oder die perfekte Rache«, ergänze ich.

»Wenn das der Plan war, ist irgendetwas dazwischengekommen.«

Wir schweigen. Vermutlich denkt auch Hadice an spitze Zähne und schnappende Kiefer.

Das Polizeipräsidium ist ein Bau, der von oben betrachtet wie ein Stern aussieht: ein Ring um einen runden Innenhof, von dem zehn schmale Anbauten wie Strahlen ausgehen. Trotz meines guten Orientierungssinns hat die kreisförmige Anordnung den unbehaglichen Effekt, dass ich nie das Gefühl habe, genau zu wissen, wo ich bin.

Ich bin noch keine vierzehn Tage Mitarbeiterin der Hamburger Kriminalpolizei. Nach dem Studium war ich vier Jahre als Psychotherapeutin für die Organisation »Ärzte ohne Grenzen« in verschiedenen Ländern tätig. Ein traumatischer Einsatz in Afghanistan hat mich dazu bewogen, mich in London zur forensischen Psychologin fortbilden zu lassen. Anschließend kam der Job als Beraterin für New Scotland Yard. Ich habe offenbar Talent dafür, mich in abgründige Seelen einzufühlen. Manchmal frage ich mich, was das über mich aussagt.

Jetzt Teil eines Apparats wie der Hamburger Polizei

zu sein fühlt sich für mich fremd an. Ein Job mit festem Schreibtisch, Urlaub und Rentenanspruch war nie mein Ding. Aber die Arbeit verspricht, interessant zu werden. Vor allem ist mir die Nähe zu meinem Vater momentan wichtiger als meine Freiheit. Seine Krankheit hat mich zurückgeholt in die Welt meiner Kindheit: Wie von einem Gummiband gezogen bin ich zurückgekehrt. Es ist ein Band, von dem ich nicht einmal wusste, dass es existiert. Wie viel Zeit uns bleibt, Batu und mir, können auch die Ärzte nicht sagen. Der Prozess ist schleichend, aber unaufhaltsam. Bei dem einen verläuft er schneller, beim anderen langsamer.

Als ich zwei Stunden später mit leichter Verspätung das Besprechungszimmer finde, sind alle anderen schon da. Hadices Team besteht aus drei festen Mitarbeitern des Landeskriminalamts 41, »Mordkommission« genannt, und einer Handvoll Kollegen, die das Team verstärken sollen. Als Polizeipsychologin nehme ich eine Sonderstellung ein. Man schickt mich da hin, wo ich helfen kann.

Hadice hat mit einer Pobacke auf einem Tisch Platz genommen. Hinter ihr wirft ein Beamer ein überlebensgroßes Bild der Toten an die Wand. Es ist ein förmliches Porträt, das man für ein Bewerbungsschreiben verwenden könnte. Elisabeth Calis trägt die Haare hochgesteckt, was ihren langen Hals betont. Sie ist nur dezent geschminkt und lächelt nicht. Sicher wirkt sie und kompetent, aber nicht kühl. Ihr Blick ist zugewandt und intelligent. Bestimmt ist es ihr nicht schwergefallen, das Vertrauen ihrer Patienten zu gewinnen. Hadice zieht eine Augenbraue hoch, wie Mr Spock aus Raumschiff Enterprise. »Schön, dass du es geschafft hast.« Dann wendet sie sich dem Team zu. »Leute, ihr kennt sicher schon Yelda Batu, unsere neue forensische

Psychologin. Sie wird uns bei unseren Ermittlungen unterstützen.« Die Anwesenden murmeln einen Gruß.

»Okay«, sagt Hadice, »beginnen wir mit der Tat: Das Opfer wurde vergangene Nacht irgendwann zwischen elf Uhr und ein Uhr morgens mit einer kleinkalibrigen Waffe erschossen. Patronenhülsen haben wir keine gefunden. Vermutlich hat der Täter diese vom Tatort entfernt. Die Autopsie steht zwar noch aus, aber der Schuss ging höchstwahrscheinlich direkt ins Herz. Das heißt, das Opfer war sofort tot. Fundort und Tatort sind vermutlich identisch.« Sie blickt in die Runde. »Für die Spurensicherung ist ein derart öffentlicher Ort natürlich ein Albtraum. Der Rollstuhl, mit dem der oder die Täter das Opfer dort hingeschafft haben, stammt übrigens aus den Beständen, die der Tierpark Besuchern bei Bedarf zur Verfügung stellt. Das und natürlich die Tatsache, dass der Täter nachts Zugang zum Tropen-Aquarium hatte, spricht für jemanden, der mit dem Tierpark vertraut ist. Es gibt keinerlei Anzeichen für ein gewaltsames Eindringen.«

»Das sind eine Menge Leute. Insgesamt arbeiten in Hagenbeck etwa hundertzwanzig Personen«, klinkt sich eine Polizeianwärterin in das Gespräch ein. Sie heißt Lisa, erinnere ich mich von meiner Vorstellung vor ein paar Tagen im Präsidium. Sie ist maximal Mitte zwanzig. Eine drahtige Erscheinung, gekleidet in Sneakers, Jeans und weißem Tanktop. Wenn sie spricht, wippt ihr blonder Pferdeschwanz, als wolle er das Gesagte bestätigen. Sie zählt die verschiedenen Berufsgruppen an den Fingern ab: »Da hätten wir natürlich die Tierpfleger. Vier bis acht pro Gehege, je nach Größe und Aufwand. Dazu kommt das Verwaltungspersonal, die Verkäufer in den Shops, Kassierer, Kontrolleure, Gärtner, Reinigungspersonal, Handwerker …« Sie sieht Hadice an wie ein Hund, der ein Leckerli erwartet. Vergebens.

Mir war nicht klar, wie groß der Personalaufwand im Zoo ist.

Hadice runzelt die Stirn. »Was ist mit dem Opfer, Erik? Was wissen wir über die Frau?«, wendet sie sich an einen Rotschopf mit üppig wucherndem Bart. Der setzt sich daraufhin aufrecht hin. Erst jetzt sieht man, wie imposant er ist: groß und nicht dick, aber massig, mit einem enormen Oberkörper. Er könnte jederzeit in einem Wikingerfilm mitspielen. Ich schätze ihn auf Anfang dreißig.

»Elisabeth Calis«, referiert er, »Doktorin der Psychiatrie, Alter vierundsechzig. Sie leitet eine psychiatrische Klinik in der Nähe von Ahrensburg.« Er lässt das Bild an der Wand umspringen. Nun zeigt es ein hochherrschaftliches Anwesen, umgeben von alten Bäumen und gepflegtem Rasen.

»Sie ist unverheiratet, lebt allein, hat keine Kinder. Keine Verwandten, soweit wir wissen. Die Eltern sind beide verstorben«, berichtet Erik weiter.

»Also niemand, den wir unmittelbar benachrichtigen müssen«, sagt Hadice. »Aber vielleicht hatte sie einen Freund. Oder eine Freundin.«

»Darauf gibt's keinen Hinweis.« Er blickt betrübt in die Runde. »Immerhin scheint sie gesellschaftlich ziemlich aktiv gewesen zu sein. Aber auch bei solchen Anlässen ist sie immer alleine aufgetreten.« Erik klickt weiter zum nächsten Bild. Es zeigt ein Foto aus einer Zeitschrift, auf dem Elisabeth Calis in einem flaschengrünen Abendkleid abgebildet ist. »Ich habe sie gegoogelt und eine ganze Reihe von Veranstaltungen gefunden, bei denen sie als Teilnehmerin aufgeführt wird. Empfänge, Benefizgeschichten und Ähnliches. Das hier war beispielsweise auf einem Empfang in der Hamburger Kunsthalle vor ein paar Monaten. Sie ist auch da solo aufgetaucht. Zumindest wird kein Begleiter erwähnt.«

»Vielleicht hat sie da vor allem zahlungskräftige Patienten rekrutiert«, wirft Lisa ein. Hadice wirft ihr einen strengen Blick zu.

Erik hebt seine rot behaarte Pranke, er ist noch nicht fertig: »Ich habe außerdem herausgefunden, dass sie neben ihrer Arbeit an der Klinik auch noch wissenschaftlich tätig war. Es gibt eine ganze Latte von Veröffentlichungen, von denen ich kein Wort verstehe.« Er grinst schief in die Runde.

»Ich sehe sie mir an«, sage ich.

Hadice nickt. »Prima. Lisa: Du konzentrierst dich auf die Mitarbeiter des Tierparks. Vergiss nicht die, die dort früher einmal gearbeitet haben. Als Erstes knöpfst du dir alle vor, die direkt mit dem Tropen-Aquarium zu tun haben und hatten. Vielleicht finden wir eine Verbindung zum Opfer.« Lisa verzieht das Gesicht. Mitarbeiter überprüfen, das klingt nach einer eher öden Routineaufgabe. Hadice ignoriert sie.

»Erik, du fährst in Calis' Wohnung und suchst da nach Hinweisen. Nimm ein paar von den Kollegen zur Unterstützung mit. Stellt vor allem ihren privaten Rechner sicher. Der kommt zur Auswertung in die IT. Vielleicht finden wir etwas Brauchbares.«

»Geht klar.« Erik tippt mit der linken Hand an seine Schläfe.

»Da das Privatleben von Frau Calis zumindest auf den ersten Blick wenig ergiebig erscheint, werde ich mich bei ihr in der Klinik umhören«, sagt Hadice.

»Vielleicht war es ja einer von ihren Patienten, der durchgedreht ist.« Das kommt von Lisa. Alle Köpfe drehen sich zu mir. Als Psychologin bin ich für die Durchgeknallten zuständig.

»Das ist natürlich möglich«, nehme ich den Ball auf. »Allerdings ist die Quote der Gewalttäter unter Menschen mit psychischen Störungen kaum höher als in der psychisch gesunden Bevölkerung.« Einige Augenpaare blicken mich erstaunt an. »Einmal ausgenommen psychotische Störungen wie paranoide Schizophrenie, bei denen die Patienten beispielsweise unter Verfolgungswahn leiden«, erkläre ich weiter. »Die meisten psychisch kranken Menschen richten ihre Angst und ihren Hass gegen sich selbst, nicht gegen andere.«

»Beruhigend zu wissen«, sagt Hadice trocken. »Auf jeden Fall begleitest du mich in die Klinik, da kann ich deine Expertise brauchen.« Sie erhebt sich und klatscht in die Hände. »Auf geht's, Leute.« Dann geht sie hinaus. Ich folge ihr. Auf dem Weg zu den Dienstwagen sagt sie: »Irgendjemanden werden wir schon aufstöbern. Jemand muss sich ja auch am Sonntag um die Patienten kümmern.«

Eine halbe Stunde später fahren wir eine lange Pappelallee entlang. Die Schatten der Bäume huschen rhythmisch über die Frontscheibe des Wagens. Hadice fährt schnell, aber routiniert. Am Himmel haben Flugzeuge weiße Kondensstreifen gezogen. Sie kreuzen sich wie keltische Runen. Die Felder rechts und links der Straße sind längst abgeerntet. Die Hitze der vergangenen Monate hat die Bauern zu Notternten gezwungen, bevor ihnen das Getreide verdorrte. Nebelschwaden tanzen um die Stoppeln, als würde der Boden in der kalten Luft atmen. Am Wegrand hat jemand Hokkaidokürbisse zu einer Pyramide für den freien Verkauf geschichtet. Ihr leuchtendes Orange ist jetzt im Herbst ein später Gruß an den langen, heißen Sommer.

Die erste Viertelstunde fahren wir schweigend. »Warum

bist du zurück nach Hamburg gekommen?«, fragt Hadice dann unvermittelt. »Hat dir London nicht mehr gefallen? Ist doch 'ne tolle Stadt.« Hadice ist kein Typ für Small Talk – genauso wenig wie ich. Darum gehe ich davon aus, dass es sie wirklich interessiert.

»Sautoll, bis auf die Gentrifizierung. Da, wo es schön ist, können es sich normale Menschen nicht mehr leisten zu wohnen.«

»Aber das war nicht der Grund dafür, dass du gegangen bist.« Es ist eine Feststellung, keine Frage.

»Nein. Mein Vater ist krank.«

»Was hat er?«

Anders als die meisten schreckt sie vor dem Thema Krankheit nicht zurück. Ihre direkte Art gefällt mir.

»Alzheimer«, sage ich ebenso geradeheraus.

Hadice nickt. »Das tut mir leid. Ist 'ne echte Scheißkrankheit.«

»Du sagst es«, antworte ich. Daraufhin versinken wir erneut in Schweigen. Es fühlt sich gut an.

Die psychiatrische Klinik ist in einem weitläufigen Landgut untergebracht, ein weißes, zweigeschossiges Gebäude mit dunklem Ziegeldach. Der Mittelbau mit dem säulengeschmückten Haupteingang wird von zwei Nebenflügeln flankiert. Hinzu kommen Nebengebäude, in denen vermutlich weitere Patienten untergebracht sind. Hadice bringt den Benz mit Schwung neben dem Eingang zum Stehen, Kies spritzt unter den Reifen hervor. Wir steigen aus. Obwohl es jetzt, spät im Oktober, kaum über null Grad hat, trägt Hadice nur ein T-Shirt. Dazu schwere Biker Boots und Jeans, deren abgewetztes Aussehen sicher nicht von einer Sandstrahlbehandlung durch unterbezahlte Arbeiter stammt. Sie schiebt sich die Sonnenbrille ins Haar. Im Gegenlicht scheint sie geradewegs einem modernen Hollywood-Western entstiegen zu sein. Sie sieht sich um, vielmehr scannt sie die Umgebung mit ihrem Blick. Sattgrün gepflegter Rasen, weiße Bänke, penibel gestutzte Buchsbäumchen neben dem Eingang. Das hier ist keine staatliche Einrichtung.

Auch innen ist es kühl. Dezenter Duft nach Zitrusfrüchten schwebt in der Luft. Der Boden ist mit dicken Teppichen in Preußischblau ausgelegt. Eine etwa fünfzigjährige Frau mit grauer Pagenfrisur kommt uns entgegen. Der knallige Lippenstift bildet einen seltsamen Kontrast zur ansonsten diskreten Erscheinung.

»Öztürk, Kripo Hamburg. Meine Kollegin, Yelda Batu«, sagt Hadice. Es ist vermutlich einfacher, mich nicht gleich als Kriminalpsychologin vorzustellen. Die Anwesenheit der Polizei macht die Leute schon nervös genug. Psychologen bringen sie noch mehr Misstrauen entgegen. Sie haben Sorge, dass wir ihre Geheimnisse ans Licht zerren. Was mich betrifft, haben sie damit auch völlig recht. »Polizei?« Der Blick der Frau irrlichtert zwischen uns hin und her.

»Sie sind eine Mitarbeiterin von Frau Dr. Calis?« Hadice mustert die Frau von Kopf bis Fuß.

»Ja. Ehrengut. Cornelia Ehrengut. Ich bin die persönliche Assistentin.« Ihre Hand streckt sich unwillkürlich nach vorne, um Hadice zu begrüßen, bleibt dann aber auf halbem Weg stehen und senkt sich wieder. »Tut mir leid, aber Frau Dr. Calis ist nicht im Hause.«

»Das ist uns bekannt.«

»Tatsächlich? Ich erwarte sie nämlich. Wir hatten …«, sie wirft einen Blick auf eine schmale Damenarmbanduhr, »… einen Termin. Vor mehr als einer halben Stunde.«

»Können wir das drinnen besprechen?«

»Natürlich.«

Steifbeinig führt sie uns durch den Empfangsbereich in einen Raum mit einer teuer wirkenden Sitzgruppe. Mit einer Handbewegung bittet sie uns, Platz zu nehmen. Sie selbst lässt sich mit manierlich geschlossenen Knien nieder und legt die Hände auf den Schoß. Sie trägt eine weiße Bluse zu einem Rock, der exakt den Farbton ihres Haares hat: grau meliert. Frau Ehrengut sitzt sehr aufrecht. Ich kann sehen, dass hinter ihrer ungewöhnlich glatten Stirn Gedanken rasen. Sie sind so präsent, dass ich sie fast hören kann. »Die Polizei. Und Dr. Calis ist nicht da! Die Calis ist sonst nie zu spät!«

Dass ich so genau weiß, was in anderer Leute Köpfen vorgeht, kenne ich schon seit meiner Kindheit. Ich höre die Gedanken geradezu sprechen. Wenn mich die Leute fragen, wie ich das mache, fällt mir die Antwort schwer. Ich habe keinen siebten Sinn. Ich dechiffriere unbewusst die subtilen Signale, die verraten, wie sich jemand fühlt und manchmal sogar, was er denkt: unbewusste Gesten und Blicke, ein Erröten oder Erblassen, eine winzige Änderung der Stimmlage. Manchen gelingt das Dechiffrieren dieses Codes besser als anderen. Nicht immer, aber meist weiß ich genau, was in meinem Gegenüber vorgeht. Ich scheine dafür eine Art Hyperbegabung zu haben. In meinem Beruf ist das sehr nützlich. Im Privatleben ertragen es nur wenige, so durchschaut zu werden. Entsprechend übersichtlich ist mein Freundeskreis.

»Ist es ungewöhnlich, dass Sie sich an einem Sonntag treffen, um zu arbeiten?«, will Hadice wissen.

»Nein, das kommt schon mal vor. Dr. Calis ist sehr engagiert.«

Und du musstest dann auch ran, denke ich. Vermutlich war Frau Ehrengut auf die Wochenendschichten weniger erpicht als ihre Chefin. »Was ist passiert?«, fragt Frau Ehrengut schließlich.

Hadice beugt sich leicht nach vorn. »Wir müssen Ihnen leider eine traurige Nachricht überbringen. Frau Dr. Calis ist heute früh tot aufgefunden worden.«

Tot. Tot ist ein kurzes, ein unerbittliches Wort. Es fällt wie ein Stein in einen tiefen schwarzen Teich. Seine Bedeutung breitet sich wie in konzentrischen Ringen aus. Tot bedeutet fort. Endgültig.

Cornelia Ehrengut starrt uns an. Dann blinzelt sie.

»Sie sind von der Kriminalpolizei. Ich nehme also an, dass es kein Unfall war.« Trotz des Schocks schaltet sie schnell. Oder ist sie gar nicht so überrascht? Weiß sie etwas? Nein, sie hat es nicht gewusst, hinter ihrer gefassten Fassade ist sie tief erschüttert.

»Wir gehen derzeit von einem Fremdverschulden aus«, sagt Hadice.

Ich staune immer wieder über die Wortgebilde meiner deutschen Muttersprache. Fremdverschulden. Ein Fremder hat Schuld. Das bedeutet: Jemand hat den Tod eines anderen verursacht. Das hält erst einmal viele Optionen offen, von Unfall bis Mord.

Die Ehrengut nickt ein paarmal. Sie fragt nicht, wie ihre Chefin gestorben ist. Will die Sache noch nicht an sich heranlassen. »Möchten Sie vielleicht einen Kaffee?«

Hadice lehnt ab. Sie will der Frau keine Gelegenheit geben, sich zu sammeln. So, wie meine Kollegin auf dem Stuhl sitzt, wirkt sie lässig. Aber ich spüre genau, dass jeder Muskel ihres Körpers unter Spannung steht: eine Raubkatze auf der Jagd. »Wann haben Sie Frau Dr. Calis zuletzt gesehen?«

»Vorgestern, also Freitag. Am Nachmittag. Vielleicht so gegen achtzehn Uhr. Ich habe mich von ihr verabschiedet. Sie hat noch gearbeitet. Sie hat oft noch länger gearbeitet.«

Hadice schweigt und lässt die Stille für sich arbeiten. Die Ehrengut dreht einen Ring an ihrem Finger. Es ist kein Ehering, sondern ein ziemlich großer, maskulin wirkender Siegelring. »Es war alles wie immer. Mir ist nichts Ungewöhnliches aufgefallen.«

»Wie lange arbeiten Sie schon für Dr. Calis?«

»Seit neun Jahren.« Die Antwort kommt schnell und präzise. Vermutlich ist sie in ihrem Job sehr tüchtig. Hat immer alle Fakten parat.

»Erzählen Sie uns von ihr.«

»Sie war eine hervorragende Therapeutin. Spezialisiert auf Traumatherapie.« Das lässt mich aufhorchen. Immerhin habe ich früher selbst mit traumatisierten Menschen gearbeitet. Bis ich selbst einer von ihnen geworden bin.

»Die Leute sind von weither gekommen, um sich von ihr behandeln zu lassen.«

»Zahlungskräftiges Klientel, wie mir scheint.« Hadice sagt das neutral. Keine Kritik schwingt in ihrer Stimme mit.

»Durchaus. Aber nicht nur. Interessiert haben sie vor allem die besonders vertrackten Fälle. Die hat sie dann pro bono behandelt.« Sie schaut von mir zu Hadice. »Also kostenlos.« Ich registriere, dass es die interessanten und nicht etwa besonders bedürftigen Patienten sind, die kostenlos in den Genuss von Dr. Calis' Hilfe kamen.

»Was wissen Sie über ihr Privatleben?«

Sie zuckt die Schultern. »Tatsächlich so gut wie nichts. Soweit ich weiß, war es nicht existent. Natürlich hat sie häufig an gesellschaftlichen Veranstaltungen teilgenommen. ›Charities‹.« Sie dehnt das Wort unnatürlich und setzt es mit den Fingern in Anführungszeichen. »Und sie ist manchmal zur Jagd gegangen.«

Ein ungewöhnliches Hobby, denke ich. Und eines, für das man entweder eine eigene Jagd haben musste oder die richtigen Verbindungen.

»Außerdem hatte sie ein Opernabonnement. Was ich bemerkenswert fand.« Das erste Mal, dass sie sich eine persönliche Bemerkung erlaubte.

»Warum bemerkenswert?«

»Oper ist Leidenschaft. Drama. Nach meiner Ansicht: Kitsch. Frau Dr. Calis war aber ein eher nüchterner Mensch.«

Das Detail mit den Opern scheint mir ebenfalls bemerkenswert. Insbesondere in Kombination mit ihrer Jagdleidenschaft. Langsam bekommt die Psychiaterin erste Konturen für mich. »Sie haben sie nicht gemocht.« Es ist das Erste, was ich seit unserer Ankunft sage.

Die Ehrengut wendet sich mir zu, wahrt die Contenance. »Nein, ich habe sie nicht sehr gemocht.« Sie sagt es fast trotzig. »Sie hatte etwas Kaltes an sich.«

»Warum haben Sie dann so lange für sie gearbeitet?«, übernimmt Hadice wieder das Gespräch.

»Sie hat mich sehr gut bezahlt.«

»Verstehe. Was ist mit ihren Patienten? Gab es da jemanden, der Ihnen besonders aufgefallen ist?«

»Vielleicht.« Sie dreht wieder den Ring an ihrem Finger. »Sie sollten mit Dr. Okeke sprechen.«

Dr. Okeke entpuppt sich als hochgewachsener Mann. Seine Haut ist so dunkel wie Lakritz. Er schüttelt uns die Hände, indem er sie mit beiden Pranken umfasst. Zuvorkommend geleitet er uns zu zwei Ledersesseln, die vor seinen Schreibtisch gruppiert sind. Anstatt sich dahinter zu verschanzen, zieht er einen Stuhl für sich heran. Sein Lächeln ist überwältigend: breit und offen. Er hat Mühe, es dem Anlass angemessen herunterzudimmen. Draußen vor dem Fenster gehen Leute vorbei, Patienten vermutlich.

»Furchtbare Sache«, sagt er und legt sein Gesicht in kummervolle Falten. Die Ehrengut hatte ihn kurz telefonisch auf den Stand gebracht. »Ich kann es noch gar nicht fassen. Wie kann ich Ihnen weiterhelfen?«

»Frau Ehrengut hat uns auf den Fall einer Patientin aufmerksam gemacht. Nina Januschek.«

Okeke nickt. »Schlimme Geschichte, ganz schlimme Geschichte.« Er presst die hellen Fingerspitzen seiner Hände aneinander und führt sie an seine Lippen. Sein Blick wandert von mir zu Hadice und zurück.

»Ich nehme an, dass die Schweigepflicht im Fall einer Mordermittlung hinfällig ist?«

Hadice korrigiert ihn nicht, obwohl noch nicht abschließend geklärt ist, ob es auf Mord hinausläuft. »Sie wird zweifellos von der Staatsanwaltschaft aufgehoben. Aber wir sparen Zeit, wenn Sie uns jetzt schon weiterhelfen.«

Okeke spitzt den Mund. »Es gibt da einen jungen Mann. Nina war seine Schwester. Vor zwei Wochen hat sie sich das Leben genommen.«

»Und Dr. Calis war ihre Therapeutin? Sie denken an einen Racheakt? Weil Dr. Calis den Suizid nicht verhindert hat?«

»Es ist ein bisschen komplizierter.«

MATZE, TIERPARK HAGENBECK, VIER MONATE VOR DEM MORD

Das Holz barst mit einem splitternden Krachen. Kräftige Kiefer zermalmten den Ast, die kleinen Zweige, das Laub. In kürzester Zeit war ein halber Busch verschwunden. Zurück blieben lediglich ein paar bleiche Stöcke, von denen die Elefantenkuh geschickt die Rinde geschält hatte.

Matze warf einen prüfenden Blick auf Mogli, den größten Elefanten der kleinen Herde. Die zweiundfünfzigjährige Leitkuh war die unumstrittene Herrscherin der kleinen Dickhäuterherde. Meist genügte ein kleiner Wink mit dem Rüssel oder ein unwilliges Flattern der Ohren, um die anderen zur Räson zu bringen. War das nicht genug, schickte sie Yashoda los, um den Streithammeln der Gruppe Manieren beizubringen. Die kleinere Elefantin trabte dann mit aufgestellten Ohren auf die Streithähne zu und rempelte sie so lange resolut an, bis sie voneinander abließen.

Seit mehr als zwanzig Jahren war Matze Elefantenpfleger im Hamburger Tierpark Hagenbeck. Die Arbeit war schwer und nicht ungefährlich. Bei Hagenbeck arbeiteten sie, anders als in vielen anderen Tierparks, noch immer im direkten Kontakt mit den grauen Riesen. Mit den vielen nachmittäglichen Zoosendungen, die die Arbeit als Tierpfleger romantisierten, hatte sein Job wenig zu tun. »Bei uns geht's nicht ums Kuscheln, da geht es vor allem ums Scheiße wegkarren«, hatte damals der inzwischen verstorbene Leiter des Elefantenhauses gesagt, als er ihn einstellte. Matze war das gerade recht gewesen. Scheiße wegkarren bis an sein Lebensende schien ihm genau das Richtige zu sein. Doch natürlich war es dann doch viel mehr gewesen. »Tierpfleger ist kein Beruf, es ist eine Berufung«, sagte auch Thorsten Körner immer, der heutige Chef der Elefantenbrigade. Und so war es. Matze hatte von Anfang an ein intuitives Gespür für die faltigen Riesen mitgebracht.

Er warf einen Blick auf seine Uhr. In einer halben Stunde würden seine Schützlinge ihr Frühstück in der asiatisch anmutenden Halle des Elefantenhauses verputzen. Anschießend würden sie ins Außengehege geschickt werden, wo die Besucher ungeduldig auf sie warteten. Die Elefanten waren schon immer eine Hauptattraktion des Tierparks gewesen. Aber seit das zwei Monate alte Kalb mit dem Spitznamen »Brausepaul« der Öffentlichkeit präsentiert worden war, hatten sich die Besucherzahlen des Zoos nahezu verdoppelt.

Bis zum Frühstück warteten die Elefanten in ihren Boxen, die den Tieren Seite an Seite einen Blick auf die Halle boten. Der Anbau, eine große Halle, in der sich die Elefanten bei schlechtem Wetter aufhielten, war erst vor ein paar Jahren errichtet worden. Jetzt reinigten gerade Pfleger den sandigen Grund. Mit Mistgabeln beluden sie Schubkarre um Schubkarre mit Elefantendung. Ein unverwechselbarer, würziger Geruch hing in der Luft, den Matze nicht unangenehm fand.

Er ergriff einen Schlauch mit Hochdruckfunktion, schlüpfte zu Kandy, die in der ersten Box der Reihe ihren

Rüssel pendeln ließ. Die Gitterstäbe standen weit genug auseinander, sodass sich die Pfleger problemlos hindurchschieben konnten, ohne die schweren Türen öffnen zu müssen. Bei Babyelefanten wie Brausepaul mussten sie aufpassen, damit die vorwitzigen Kälber nicht ihren Kopf hindurchschoben und plötzlich feststeckten. Ein einziges Mal nur war das passiert. Das Geschrei würde Matze sein Leben lang nicht vergessen. Mit dem harten Wasserstrahl trieb er zunächst den Dreck aus der Box, dann brauste er Kandy ab, die ihm ihr verklebtes Hinterteil entgegenstreckte.

»Kannst du mir mit Salvana helfen?« Seine Kollegin Maike blinzelte durch die Gitterstäbe zur Nachbarbox. »Sie lässt mich immer noch nicht an sich ran.« Maike wischte sich den Schweiß von der Stirn. Die Elefantenkuh hatte vor einiger Zeit aufgrund einer Infektion eine Infusion über einen dicken Zugang am Bein erhalten müssen. Das war schmerzhaft gewesen, sodass sie nun niemanden mehr mit einer Nadel an sich heranlassen wollte. Doch Blutabnahmen waren immer wieder nötig. Ihr Vertrauen zurückzugewinnen war eine Aufgabe, die viel Geduld erforderte. Während Matze der Elefantendame beruhigend zuredete, duldete sie, dass Maike unter ihrem Bauch durchtauchte und dabei über ihr Hinterbein strich. Maike strahlte. »Das ist ein echter Fortschritt, danke.« Sie legte Matze eine Hand auf den Oberarm und sah ihn aus blauen Augen an. Matze seufzte innerlich. So ging das nun schon seit Monaten. Er mochte Maike. Aber an einer Beziehung hatte er kein Interesse. »Auf geht's!« Der Chef schwenkte seinen Elefantenstock. Die Vorstellung konnte beginnen.

Acht Stunden später war Matzes olivgrüner Overall dunkel von Schweiß. Schon seit Wochen sengte die Sonne vom Himmel. Tägliche Berichte über die Auswirkungen der Hitzewelle beherrschten die Schlagzeilen. Den Bauern drohte eine Jahrhundertmissernte. Nur Obstbauern und Winzer konnten frohlocken: Alles deutete auf ein sensationelles Erntejahr hin.

In einer Stunde würde der Zoo seine Pforten schließen. Jenseits das Elefantengrabens standen, ungeachtet der Junihitze, noch immer Trauben eifriger Besucher, die den Dickhäutern Obst und Gemüsestückchen reichten. Gegen eine Spende erhielt man die maulgerechten Bissen in Papiertüten ausgehändigt. Ein Kind heulte laut, weil es die Karottenstückchen lieber selbst essen wollte.

Matze warf einen Blick auf Shila. Die junge Elefantenkuh schien heute schlecht gelaunt zu sein. Sie rempelte die anderen Mitglieder der Herde ruppig an, um ihnen einen Leckerbissen wegzuschnappen – Äpfel waren beliebter als Salat. Jetzt ließ sie gereizt den Rüssel pendeln. »Die Bande immer im Blick behalten« war die erste Lektion, die Matze in seiner Ausbildung gelernt hatte. Ein übellauniger Elefant konnte einen ausgewachsenen Mann mühelos mit einem Rüsselstupser gegen die Wand klatschen. »Das ist, als ob dich ein Sack Zement trifft«, sagte sein Chef immer.

Einmal hatte ihn ein nicht zufälliger Rüsselstüber getroffen. Da war er froh gewesen um das Judotraining, das er seit seiner Jugend praktizierte. Verletzungsfreies Abrollen war irgendwann reiner Instinkt und hatte ihn vor Schlimmerem bewahrt. Erst im vergangenen Jahr war in den USA ein Elefantenpfleger durch einen Rüsselhieb gestorben. »Die sanften Riesen – das ist ein Mythos«, hatte ihm der Chef verklickert. Die Charaktere der Tiere waren ebenso unterschiedlich wie die von Menschen – und neben sanftmütigen gab es durchaus auch aufbrausende Rüsselträger.

Kein Mythos hingegen war das legendäre Elefantengedächtnis. Noch Jahre später konnten sie zum Angriff übergehen, wenn sie jemandem etwas übel nahmen. »Wenn ein Elefant schlecht auf dich zu sprechen ist, solltest du tunlichst in Deckung gehen. Die sammeln dann sogar Munition, Äste oder Steine. Und plötzlich hast du so ein Ding am Kopf«, hatte Thorsten ihm erklärt. Meist aber geschahen Unfälle aus Unachtsamkeit, wenn ein Tier erschrak, plötzlich zurückwich und dabei versehentlich einen Pfleger plattmachte. Der Gefahr war sich Matze immer bewusst.

Eifrig streckten die Elefanten den Besuchern die Rüssel entgegen, packten Apfel- und Karottenschnitze, Paprikastückchen und Salat und schoben sie in die Mäuler mit den spitzen Unterlippen. Matze spürte, wie ihm der Schweiß das Rückgrat hinunterlief. Selbst das suppige Wasser im Elefantengraben schien ihm heute ein verlockendes Ziel für einen Kopfsprung zu sein. Doch dann wurde ihm plötzlich eiskalt.

Mitten unter den Besuchern stand eine Frau. Und obwohl er sie seit drei Jahrzehnten nicht gesehen hatte, erkannte er sie sofort. Sie war noch immer zierlich. Mit ihrem langen zarten Hals und der aufrechten Haltung erinnerte sie an eine Ballerina. Eine weiße Leinentunika wehte über gebräunter Haut. Darunter trug sie Jeans zu modischen Sandalen. Die einst struppige, blaue Mähne hatte sich in eine blond gesträhnte Frisur verwandelt, die teuer aussah. Sie schob die Sonnenbrille ins Haar und sah ihm direkt in die Augen. Matze schaute schnell woandershin. Aber es war zu spät. Auch sie hatte ihn erkannt.

YELDA, POLIZEIPRÄSIDIUM, AM TAG NACH DEM MORD

Als ich den Verhörraum betrete, registriere ich sofort: Er hat keine Fenster. Sofort schlägt die vertraute Finsternis über mir zusammen. Undurchdringliche Schwärze. Kälte. Panik. Atemnot. Und der überwältigende Gestank kalten Staubes. Ich konzentriere mich auf meine Atmung, einmal, zweimal, dreimal. Für die Außenwelt scheinen meine Zustände nur Sekunden anzudauern. Die meisten bemerken nichts davon. Mir kommt es jedes Mal wie eine Ewigkeit vor, bis ich wieder in der Gegenwart lande. Hadice wirft mir einen Blick unter unmerklich gerunzelten Augenbrauen zu. Es gelingt mir, mich zu fokussieren.

Der Mann, der auf uns wartet, ist wohl Ende zwanzig. Clemens Januschek sieht auf smarte Weise gut aus, mit zurückgekämmten hellen Haaren, feinflügeliger Nase, vollen Lippen. Ich registrierte das Logo auf seinem schmal geschnittenen Hemd. Es gehört zu einer teuren Marke. Der Typ legt Wert auf seine Erscheinung, so viel steht fest. Sein Blick flackert durch eine Hornbrille. Mit dem Daumen der rechten Hand reibt er unablässig seine linke Handfläche. Vermutlich ist er nie zuvor von der Polizei einbestellt worden. Hadice und ich setzen uns ihm gegenüber. Ich schiebe meinen Stuhl dabei unmerklich ein paar Zentimeter zurück, sodass ich ein bisschen weiter hinten sitze. Unauffällig, aber wirkungsvoll. Ich bin hier nur die Beobachterin, ist das Signal.

»Herr Januschek, wissen Sie, warum wir Sie heute hergebeten haben?« Hadices Stimme klingt vollkommen sachlich. Man könnte damit Navigationsgeräte ausrüsten.

»Wegen Nina, nehme ich an.« Er rückt die völlig korrekt sitzende Brille auf seiner Nase zurecht.

»Unter anderem. Aber nicht direkt.« Hadice lehnt sich mit überkreuzten Armen auf ihrem Stuhl zurück. »Es geht um Dr. Calis.«

»Ninas Psychiaterin? Was ist mit ihr?«

»Sie haben sie vergangenen Montag in ihrer Praxis aufgesucht.«

Januschek nimmt die Brille ab, kneift sich in die Nasenwurzel und setzt sich das Gestell wieder auf. »Hat sie sich beschwert?«

»Hätte sie Grund dazu gehabt?«

Er schüttelt den Kopf. »Hören Sie, die Aktion tut mir wirklich leid. Aber am Vortag hatte ich meine Schwester beerdigt, und Dr. Calis war schließlich …«

»Sie war die Therapeutin Ihrer Schwester. Die …«, Hadice blättert in einer Mappe, »… die wegen einer bipolaren Störung bei ihr in Behandlung war.«

Er nickt. »Nina war schon seit ihrer Pubertät manisch-depressiv. Mal himmelhoch jauchzend, dann zu Tode betrübt.«

»Warum haben Sie Dr. Calis aufgesucht?«

»Ich hatte noch etwas mit ihr zu klären.«

»Sie sollen wüste Beschimpfungen und Drohungen

gegen sie ausgestoßen haben.« Hadice blättert erneut. »Hier steht: ›Herr Januschek wirkte angetrunken. Er rief, dass er die Sache nicht auf sich beruhen lassen werde. Dass er die Lügengeschichten nicht hinnehmen werde und sie, Dr. Calis, notfalls zwingen werde, die Wahrheit aufzudecken.‹ Was genau haben Sie damit gemeint?«

Er betrachtet seine Hände, die er mit großer Willenskraft flach vor sich auf den Tisch legt.

»Darüber möchte ich nicht sprechen.«

Hadice schweigt und schaut ihn gelassen an.

»Hören Sie, was meine Schwester erzählt hat, war alles Unsinn. Fantastereien! Oder diese Frau hat ihr irgendwas eingeredet!«

Ich beschließe, mich in das Gespräch einzuklinken. »Ihre Schwester hat Sie beschuldigt, sie als Kind sexuell missbraucht zu haben.«

Es herrscht einen Augenblick Stille. Januschek blickt hartnäckig auf seine Hände.

Hadice greift zu einer Fernbedienung. Der Monitor an der Wand leuchtet auf, erst blau, dann erscheint die Oberfläche eines Rechners. Schnell klickt Hadice sich durch die Ordner, findet die gesuchte Videodatei. Sie trägt Nina Januscheks Namen und das Datum der Aufzeichnung. Sie war Teil der digitalen Patientenakte, die Dr. Okeke uns auf einen Stick kopiert hat. Das Standbild einer jungen Frau erscheint auf dem Monitor. Clemens wirft einen flüchtigen Blick darauf. Dann fährt er mit einem Ruck ganz herum.

»Was soll das?«, sagt er. In seinem rechten Augenwinkel taucht ein nervöses Zucken auf.

Hadice antwortet ihm nicht. Sie klickt auf den Play-Button, und die gefrorene Szene auf dem Bildschirm beginnt zu leben.

Nina Januschek sitzt auf einem Stuhl. Sie ist sehr schmal und sehr blass. Lange blonde Haare umrahmen ein herzförmiges Gesicht mit großen Augen. Sie hat die Arme um den Oberkörper geschlungen. Die Wand im Hintergrund ist in einem lichten, modernen Blaugrün gestrichen. Daran hängt das farblich stimmige Bild eines Segelboots. Es ist das Sprechzimmer von Dr. Calis, das wir am Mittag kurz in Augenschein genommen haben. Momentan sind zwei Kollegen dabei, es gründlicher zu durchsuchen. Das Zimmer liegt in einem zentralen, aber ruhigen Trakt der Klinik. Es ist geschmackvoll und behaglich eingerichtet, mit einem blauen Teppich auf honigfarbenem Parkett. Auf dem Tisch neben Nina steht ein Blumenstrauß, der mit den Farben des Zimmers perfekt harmoniert. Der Raum ist, so haben wir schnell festgestellt, frei von persönlichen Gegenständen: keine Fotos, keine Nippes. Der Schreibtisch ist leer, bis auf ein paar Schreibutensilien und den Laptop, der bereits hier im Haus in der Obhut der IT lagert.

Aus dem Off des Videos fordert eine dunkle Frauenstimme Nina auf, zu erzählen. Das muss Dr. Calis sein. Nina Januschek beginnt zu sprechen. Erst langsam und stockend, dann immer hastiger. Hadice und ich haben das Band schon im Vorfeld angeschaut. Statt auf Ninas Bericht, der mit monotoner Wucht aus dem Monitor sickert, konzentrieren wir uns diesmal auf die Reaktionen ihres Bruders. Es ist auffällig, wie ähnlich sich die Geschwister sind. Kerzengerade sitzt er auf seinem Stuhl. Sein Mund ist leicht geöffnet, was ihn plötzlich dümmlich aussehen lässt. Ich weiß, dass das die Wahrscheinlichkeit inzestuöser Beziehungen eigentlich eher senkt. Je stärker man sich optisch ähnelt, desto weniger sexuell anziehend findet man sich meist. Gene matchen sich am besten, wenn sie möglichst verschieden sind. Und das schlägt sich auch im Äußeren nieder.

Nina erzählt, und dank modernster digitaler Technik ist ihr Gesicht bis zu den Hautporen scharf zu erkennen. Sie erzählt, wie ihr sechs Jahre älterer Bruder sie missbraucht hat. »Es ist passiert, als ich acht Jahre alt war. Ich weiß es, weil ich zum Geburtstag zuvor einen rosa Stoffelefanten bekommen hatte. Er saß gegenüber vom Bett auf der Kommode. Ich habe ihn immer angeschaut, wenn er es mit mir machte.«

»Was hat er genau getan?«, fragt die unsichtbare Calis.

Vom Saum seines makellos gebügelten Hemdkragens breitet sich Röte über Clemens Januscheks Gesicht aus. Schamhaft senkt er den Kopf. Als er wieder aufblickt, funkeln seine Augen wütend.

»Hat die Calis Ihnen das gezeigt?« Er springt auf. »So was unterliegt doch der therapeutischen Schweigepflicht!«

Hadice stoppt die Aufnahme. »Bitte setzen Sie sich.«

Er starrt die Kommissarin einen Moment an. Dann lässt er sich mit steifem Rücken wieder auf den Stuhl fallen.

Hadice sagt: »Dr. Calis ist tot.«

Wieder ein Moment der Stille. Clemens' Adamsapfel hüpft auf und nieder, als versuche er, einen Brocken zu schlucken, der ihm im Hals stecken geblieben ist.

»Ich verstehe«, sagt er dann. Ich kann sehen, wie die Wut erlischt und einem anderen Gefühl Platz macht: Es ist Angst. »Und jetzt glauben Sie, dass ich es gewesen bin.«

Als er fort ist, kehre ich mit Hadice zurück in ihr Büro. In der Ecke liegt ein Paar Boxhandschuhe. Kein Wunder, dass die Frau so in Form ist.

»Was war vorhin mit dir los?« Es ist Hadices erste Bemerkung, seit Januschek gegangen ist.

Mir war klar, dass sie meine Panikattacke nicht unkommentiert lassen würde. »Ich mag keine Räume ohne Fenster.«

»Okay.«

Damit ist das Thema offenbar abgehakt. Ich atme auf.

»Was glaubst du? Hat er die Wahrheit gesagt?«

»Ja«, antworte ich, ohne zu zögern, und kicke damit einen perfekten Hauptverdächtigen direkt aus dem Spiel.

»Er hat nicht gelogen?«

»Nein.«

»Mist.« Hadice zweifelt mein Urteil nicht an. In meiner alten Einheit in London haben sie mich »die Polygrafin« genannt. Laien sagen dazu Lügendetektor. Hadice hat von meinen Fähigkeiten wohl schon gehört. Sie waren angesichts meiner unkonventionellen Laufbahn sicher ein entscheidendes Kriterium für meine Einstellung. Allerdings hat die Kommissarin mich bislang noch nie in Aktion erlebt. Sie fährt sich mit beiden Händen durch das kurze dichte Haar.

»Wenn Clemens Januschek die Wahrheit sagt, muss Nina gelogen haben. Aber warum?«

»Nicht unbedingt.«

Hadice blickt mich irritiert an.

»Na ja«, sage ich, »mit der Wahrheit ist das so eine Sache. Es gibt sie genau genommen nicht.«

»Ich dachte, genau das sei unsere Aufgabe: Die Wahrheit herauszufinden.« Hadice überkreuzt die Arme vor der Brust.

»Trotzdem ist die Wahrheit immer ein individuelles Konstrukt, das mehr oder weniger gut mit dem übereinstimmt, was die anderen für die Wahrheit halten.«

»Du willst darauf hinaus, dass man nicht lügt, obwohl man objektiv gesehen das Falsche sagt, solange man selbst daran glaubt.«

»Genau, dann schlägt mein innerer Lügendetektor nicht an.«

»Dabei haben wir von dir bisher nur wahre Wunderdinge gehört. Ich muss schon sagen, Yelda Batu, du enttäuschst mich«, sagt Hadice.

Ich rolle mit den Augen.

Hadice lacht. »Ich weiß, wovon du sprichst. Wenn du fünf Zeugen hat, hast du fünf verschiedene Aussagen. Die einen schwören Stein und Bein, der Angreifer sei ein zwei Meter langer, bärtiger Mann gewesen, die anderen, es sei ein glatt rasiertes schmächtiges Kerlchen gewesen.«

»Es gibt in der Psychologie einen Forschungszweig, der sich damit beschäftigt, wie falsche Erinnerungen entstehen«, erkläre ich. »Da ist beispielsweise Großtante Grete, an die wir uns liebevoll erinnern, auch weil sie uns einst zu Weihnachten ein rotes Fahrrad schenkte.«

»Meine Großtante heißt Gülay«, sagt Hadice mit unbewegter Miene.

»Von mir aus, also Tante Gülay. Wir erinnern uns an alles: Wie wir mit klopfendem Herzen einen verhüllten Gegenstand unterm Tannenbaum sehen.« Ich halte inne.

»Mach weiter, in unserer Familie haben wir auch Weihnachten gefeiert, obwohl wir Muslime sind. Mit Tannenbaum und allem Drum und Dran.«

»Ach so?«

»Wir Kinder wollten unbedingt feiern wie alle anderen. Und die Devise meines Vaters war sowieso: Je mehr Feste, desto besser.«

Hadices Devise ist das vermutlich nicht, denke ich und

fahre fort. »Also gut, du erinnerst dich daran, wie du Tante Gülay gedrückt hast, die immer so gut nach Parfüm roch.«

»Nach Rosenwasser«, sagt Hadice, und ich verdrehe die Augen.

»Du erinnerst dich, wie du das Fahrrad gleich im Hof hinterm Haus ausprobiert hast. Und wie dabei Schneeflocken im Licht der Hoflampe auf dich herabgerieselt sind.«

»Ich sehe es vor mir.«

»Nur, dass Tante Gülay abstreitet, dir jemals ein Fahrrad geschenkt zu haben, und zudem behauptet, in jenem Jahr an Weihnachten mit Gallensteinen im Krankenhaus gelegen zu haben.«

»Vermutlich zu viel geschlemmt. Tante Gülay hat gut hundertzwanzig Kilo drauf.«

Ich muss grinsen. »Die Erklärung für solche Phänomene liegt jedenfalls in der Arbeitsweise unseres Gedächtnisses. Unsere Erinnerung ist nicht so eine Art Videoaufzeichnung, als die wir sie uns gern vorstellen. Unser Gehirn separiert Erinnerungen in Bestandteile, die es in unterschiedlichen Schubladen ablegt.« Ich halte kurz inne, doch Hadice nickt ungeduldig.

»Einmal ist da die unmittelbare Wahrnehmung: wie etwas aussieht, riecht, klingt. Davon losgelöst wird die Bedeutung gespeichert. Das ist eine Tanne. Das der Eiffelturm. Das ist Tante Gülay. Diese Bedeutungserinnerung beinhaltet eine Vielzahl an Informationen. Sie ist aufgeladen mit Wissen und Querverweisen. Eine Tanne ist ein Baum. Sie wächst im Norden. Zur Weihnachtszeit stellt man sie im Wohnzimmer auf und schmückt sie ...«

»Und beim Entsorgen nadelt sie das ganze Treppenhaus voll«, ergänzt Hadice.

Ich nicke. »Aber jetzt wird es kompliziert. Es geht um

Bedeutungsinhalte und wie sie zusammenwirken. Denn unser Gehirn ist ja ein Netz, in dem alles mit allem verknüpft ist.«

»Tante Gülay ist über die gemeinsamen Weihnachtsfeste mit dem Fahrrad verknüpft, auch wenn sie es mir gar nicht geschenkt hat«, nickt Hadice, die es kapiert hat.

»Genau. Solche Erinnerungsinhalte bringen weitere zum Klingen. So entstehen assoziative Verbindungen. Und die sind zwar störanfällig, aber ziemlich großartig.«

»Weil?«

»Sie ermöglichen es dem menschlichen Geist überhaupt, kreativ zu denken, neue Verbindungen zu schaffen, bislang Ungedachtes zu denken. Andererseits macht genau das unser Gedächtnis so unzuverlässig.«

»Und was könnte in Nina Januscheks Hirn schiefgelaufen sein?«

»Sie könnte beispielsweise aufgrund solcher Assoziationen eine Rangelei mit ihrem Bruder, bei der sie den rosa Stoffelefanten sah, von dem sie erzählt hat, mit einem Missbrauch verknüpft haben. Einem Missbrauch, den aber jemand ganz anderes an ihr verübte, während sie auf das Plüschtier schaute. Und natürlich könnte die falsche Erinnerung auch auf Clemens' Seite liegen.«

»Weil er seine Tat verdrängt hat?«

»Er könnte den Missbrauch mit harmlosen Rangeleien mit seiner Schwester überschrieben haben.«

Hadice hat sich meine letzte Erklärung mit gerunzelter Stirn angehört. Dann nickt sie. »Das erklärt einiges«, sagt sie. »Das bedeutet aber auch, dass wir keinen Schritt weitergekommen sind. Nina kann also von jemand ganz anderem missbraucht worden sein und glaubte nur, es sei ihr Bruder gewesen.«

»Oder niemand hat sie missbraucht, sie hat nur davon gelesen und es lebhaft in die Raufereien mit ihrem Bruder integriert.«

»Das ist unheimlich.«

Hadice hat recht: Es ist sogar verdammt unheimlich! Unsere ganze Identität baut auf etwas auf, das derart trügerisch ist wie unser Gedächtnis. Meine Erkenntnis daraus ist: Glaube nicht alles, was du denkst.

»Und da ist noch was: Ich bin sicher, Clemens hat uns nicht alles gesagt, was er weiß«, fahre ich fort. »Und das ist irgendetwas Wichtiges.« Ich denke an den Moment zurück, als mir das klar wurde. Es war, als er aufstand, um nach der Vernehmung zu gehen. Eine Art erleichterten Triumphs, gemischt mit Schadenfreude. Seine ganze Körperhaltung signalisierte: »Ätsch, ihr habt mich nicht drangekriegt.«

MATZE,
TIERPARK HAGENBECK,
VIER MONATE VOR DEM MORD

Matze saß im Pausenraum des Elefantenhauses. Seine Hände zitterten noch immer leicht. Der unerwartete Anblick der Frau vor dem Elefantengehege hatte ihn aus der Bahn geworfen. Thorsten blickte besorgt auf ihn herab. Das kam nicht oft vor, denn Matze war gute zwanzig Zentimeter größer als sein Chef. Aber nun hockte er zusammengesunken auf der Eckbank am Tisch. »Alles in Ordnung?«, fragte Thorsten.

»Bestens.«

Sein Vorgesetzter zog seine Mütze vom Kopf, kratzte sich und stülpte sie wieder über den Schädel. »Bestens sieht irgendwie anders aus.«

»Muss wohl die Hitze sein.«

Thorsten schüttelte ungläubig den Kopf. Immerhin war es seit ganzen vier Monaten saharaheiß, und Matze war deswegen nie von seinem Posten marschiert.

Maike kam herein. Der Dreckfleck vom Morgen war von ihrer Wange verschwunden. Ihr Gesicht war rosig, ihre Locken schweißfeucht.

»Da wartet jemand draußen auf dich, Matze. Eine Frau.«

Neugierig schaute sie ihn an. »Sie sagt, ihr kennt euch von früher.«

Über Matzes Privatleben wusste keiner der Kollegen etwas. Es schien schlicht nicht existent. Wenn die anderen nach dem Wochenende von Veranstaltungen berichteten oder Urlaubserlebnisse schönredeten, blieb er still. Auf Nachfragen sagte er höchstens »Nichts Besonderes«. Auch zu seiner Vergangenheit wusste niemand Genaues. Nur dass er ursprünglich aus Berlin kam, hörte man seinem Zungenschlag noch immer an. Einzig Thorsten kannte Matzes Personalakte – und daher auch Episoden aus seiner Ostberliner Vergangenheit, über die er sich aber ausschwieg.

Matze starrte an Maike vorbei auf den elefantenköpfigen Hindugott Ganesha, der wie eine katholische Heiligenfigur an der Wand des Pausenraums angebracht war.

»Na, dann will ich die Dame mal nicht warten lassen«, sagte er. Er griff nach seiner Tasche und ging zum Hintereingang hinaus. Maike blickte ihm nach. Die Frau war in Matzes Alter gewesen und sehr attraktiv. Traurig sah sie an ihrem kräftigen, etwas gedrungenen Körper herunter, der noch immer in der verstaubten Uniform steckte. Mit einem Seufzer wandte sie sich ab und ging zum Duschen.

Carla zog an ihrer Zigarette. Dabei klirrten die silbernen Armreife an ihrem Handgelenk. Sie stand an einem der grün gestrichenen Gittertore, die die Hintereingänge des Tierparks sicherten. Was für ein verrückter Zufall! So viele Jahre war sie nicht mehr in Deutschland gewesen, und dann lief ihr gleich ein alter Freund über den Weg. Sie rechnete kurz nach. Eine andere Zeit, ein anderes Leben. Die Carla von damals gab es längst nicht mehr. Sie warf den

Zigarettenstummel auf den Boden und drückte ihn mit der Fußspitze auf dem Betonpflaster aus.

Als sie wieder aufblickte, stand er vor ihr. Sie musterten einander schweigend. Matze war noch immer groß und breitschultrig, dabei sehr schlank, fast mager. Im einstmals dunkelblonden Haar überwogen die grauen Strähnen. Seinem Gesicht sah man an, dass er viel Zeit im Freien verbrachte. Es wirkte wie gegerbt, mit scharfen Falten, die sich von der schmalen Adlernase ausgehend um den Mund gegraben hatten. Seine ungewöhnlich hellen Augen musterten sie aufmerksam.

»Gehen wir ein Stück«, sagte er ruhig.

Schweigend liefen sie nebeneinander in Richtung U-Bahn Hagenbeck. Matze nickte mit dem Kopf in Richtung eines Imbisses, vor dem ein paar Biertische standen. *KeBaP Lounge* stand in weißen Lettern auf rotem Grund über der Tür. Es gab Döner, aber auch die inzwischen offenbar unvermeidlichen Burger, die in den letzten Jahren auf den Speisekarten aufgepoppt waren wie Champignons. Der Geruch nach gebratenem Fleisch verursachte ihr leichte Übelkeit.

»Hunger?«

Carla zuckte mit den Schultern. »Eher Durst.«

»Bier?«

»Lieber ein Wasser. Ohne Sprudel. Mit Zitrone, wenn's geht.«

»Janz schön anspruchsvoll jeworden, die Dame«, sagte Matze, der angesichts der Begegnung wieder stärker in seinen alten Berliner Dialekt verfiel. Er grinste, und leicht schiefe, aber weiße Zähne blitzten auf. Plötzlich sah er wieder aus wie der zwanzigjährige Punk aus Ostberlin, den sie gekannt hatte. Sie wusste, auch er dachte an das blauhaarige Mädchen am Mikrofon, das sie damals gewesen war, und musste ebenfalls lachen. Wasser zu trinken wäre damals niemandem in den Sinn gekommen. Man trank Bier, vornehmlich Dessauer, obwohl es grauenhaft schmeckte. Die hochwertigen Biersorten wie Radeberger waren für den Export und die gehobene Gastronomie bestimmt. Da man den Bierbedarf für die durstige eigene Bevölkerung sonst nicht decken konnte, entwickelten die Braumeister Schnellbrauverfahren mit viel Chemie, denn es mangelte an Hopfen und Malz. Dabei blieb der Alkoholgehalt auf der Strecke – und das Aroma. »Perlonbier« nannten es die Leute – und so schmeckte es auch.

Matze kam zurück mit einem Wasser und einer Astra-Knolle.

»Du hast dir einen Akzent zugelegt.«

»Well, ein halbes Leben in Neuseeland – da bleibt was hängen.«

Matze wusste, dass Carla die Flucht in den Westen geglückt war. Doch was aus ihr geworden war, hatte er nie erfahren. Er stellte Flasche und Glas sorgsam auf dem Tisch ab. »Was denn, du hast all die Jahre da unten jelebt?«

Sie zuckte mit den Schultern. »Schien mir die sicherste Alternative.« Sie fuhr mit dem Zeigefinger über ihr beschlagenes Glas und hinterließ einen feuchten Strich. Dann sah sie ihn an: »Hat nicht lange gedauert, bis ich im Westen Besuch von unseren alten Freunden bekommen habe.«

»Stasi?«

Sie nickte. »Oder irgendwelche von ihren Handlangern. Jedenfalls haben sie mir sehr deutlich zu verstehen gegeben, dass ich besser verschwinden soll. Falls nicht, wüsste man mich schon zu finden.«

»Verstehe.« Er sah sie an. Von der Frontsängerin der

Punkband Kollateralschaden war zumindest äußerlich wenig übrig geblieben. »Aber es ist dir jut ergangen.«

»Es hat gedauert, bis ich mich eingewöhnt habe, aber ja: Es ist mir gut ergangen.« Ein kleiner Jack Russell Terrier kam um die Ecke gewieselt und schnüffelte interessiert an Matzes Hosenbeinen. Dann duckte er sich und gab ein kurzes Jaulen von sich. Matze grinste. »Elefantenduft – dit macht die Hunde janz kirre.«

»Warum Elefanten? Ich meine, du wolltest doch immer Philosoph werden.«

»Wer sagt denn, dass ick keener jeworden bin?«

»Ein Elefantenphilosoph?«

Er verzog keine Miene. »Warum nicht?«

Carla fischte mit dem Strohhalm die Zitronenscheibe aus dem Glas und verspeiste sie inklusive der Schale. Sie schüttelte sich. »Was ist damals eigentlich genau passiert?«, fragte sie dann.

YELDA, POLIZEIPRÄSIDIUM, ZWEI TAGE NACH DEM MORD

Es ist bereits später Vormittag, als sich die Ermittlertruppe wieder im Besprechungsraum zusammenfindet. Ich habe den Morgen damit verbracht, Patientenakten von Dr. Calis zu sichten. Die Genehmigung dazu von der Staatsanwaltschaft zu bekommen ist erstaunlich schnell über die Bühne gegangen. So konnte ich mir ein Bild von ihrer Arbeit machen – und von ihr selbst. Sie war ausgesprochen gut in ihrem Job, so viel steht fest.

Während Hadice den anderen ein kurzes Update zu der Vernehmung von Clemens Januschek gibt, gestatte ich mir einen Blick aus dem Fenster. Vom vierten Stock des Polizeigebäudes aus hat man einen weiten Blick über die vom Sommer mitgenommen wirkenden Baumwipfel. Darüber ragt die Kuppel des Hamburger Planetariums aus dem Stadtpark. Nach den Jahren im Ausland fällt mir immer wieder auf, wie grün meine Heimatstadt mit ihren vielen Parks und den vielen baumgesäumten Straßen ist.

»Mit Clemens Januschek haben wir also jemanden, der ein starkes Motiv hat. Wir müssen herausfinden, ob er in irgendeiner Verbindung zum Zoo steht.«

»Auf meiner Liste ist er jedenfalls nicht aufgetaucht, aber das muss nichts heißen. Er kann ja auch über einen Freund Zugang haben.« Lisa hat bereits damit begonnen, die Mitarbeiter des Hamburger Tierparks zu durchleuchten. »Am Anfang habe ich gehofft, mich auf den kleinen Kreis der Angestellten beschränken zu können, die Zugang zum Troparium, dem Fundort der Leiche, hatten. Doch bei Hagenbeck haben sie diese elektronischen Schlüsselkarten. Und unsere IT-Spezialistin hier sagt, dass sich jemand eine Art Generalschlüssel organisiert hat.«

Micky, die IT-lerin, ist klein und zierlich, mit einer pinkfarbenen Pagenfrisur. Sie demonstriert offenbar auch kleidungstechnisch, zu welcher Zunft sie gehört. Ihr T-Shirt ziert ein Totenkopf, der sich aus einem binären Code zusammensetzt. Sie hat sich den Drehstuhl möglichst tief gestellt und liegt darin mehr, als dass sie sitzt. Den Laptop bedient sie mit ausgestrecktem Arm. »Stimmt, um 23:37 Uhr hat sich jemand mit einer Universalkarte über einen Nebeneingang Zugang in das Tropen-Aquarium verschafft«, sagt sie. »So einen Zugang hat übrigens nicht mal der Zoodirektor. Um an die nötigen Daten zu kommen, muss der Täter auf den zentralen Rechner der Tierparks zugegriffen haben.«

»Ein Hacker also?«, fragt Hadice.

»Möglicherweise. Wenn er direkt an den Rechner konnte, war's allerdings bedeutend einfacher. Ich bin noch dabei, herauszufinden, wie er es gemacht hat.« Sie tippt kurz auf ihrem Laptop herum und blickt dann auf. »Was seltsam ist, er hat die Karte um kurz nach Mitternacht noch einmal benutzt. Er ist also zwischendurch draußen gewesen.«

»Und hat das Opfer allein da drinnen sitzen lassen?« Erik, der Rotbart, schüttelt ungläubig den Kopf.

»Wie lange war er weg?«, will Hadice wissen.

Micky zuckt die Achseln. »Kann ich nicht sagen. Zum Rausgehen hat er die Karte nicht gebraucht.«

Hadice runzelt die Stirn. »Nun, das werden wir schon noch klären.« Sie wendet sich mir zu. »Wie weit bist du mit den Patientenakten?«

»Weitere auffällige Fälle habe ich auf die Schnelle nicht gefunden. Alles in allem scheint die Frau eine sehr fähige Psychiaterin gewesen zu sein«, fasse ich zusammen. »Sie war auf Menschen mit traumatischen Erfahrungen spezialisiert.« Ich blicke in die Runde. »Posttraumatische Belastungsstörungen, PTBS.« Die anderen nicken.

Jedem Polizeibeamten ist dieses psychologische Phänomen ein Begriff. Nur Micky, die IT-lerin, blickt etwas ratlos.

»Eine posttraumatische Belastungsstörung«, sage ich.

»Ach so. Womit die Soldaten aus dem Krieg zurückkommen.«

Ich nicke. »Aber auch alle anderen Erfahrungen, die das eigene Leben bedrohen oder die persönliche Unversehrtheit – Naturkatastrophen, Unfälle, sexueller Missbrauch. Aber auch jemand, der nur Zeuge einer Katastrophe wird, kann traumatisiert werden – beispielsweise, wenn er einen schrecklichen Unfall mitansieht.«

»Rambo«, sagt Erik. »Rambo hatte PTBS.«

»So was guckst du?« Micky verdreht die Augen.

»Na hör mal, das gehört zur Allgemeinbildung.«

»Allerdings ist Rambo kein besonders typisches Beispiel für PTBS«, sage ich. »Die Leute werden nicht zu Kampfmaschinen, die entwickeln eher Schlafstörungen, Panikattacken und Depressionen.«

»Und Flashbacks«, schaltet Hadice sich in das Gespräch ein.

»Die Leute werden von bruchstückhaften Erinnerungen heimgesucht«, bestätige ich. »Irgendein Geräusch oder ein Geruch katapultiert sie wieder mitten in die schreckliche Situation zurück. Sie sehen wieder das Blut, hören die Schreie.«

»Krass.« Micky schüttelt sich.

»Die Wahrscheinlichkeit, dass solche Patienten einen mörderischen Hass auf ihre Therapeutin entwickelten, scheint mir allerdings gering«, sage ich. »Schon gar nicht, wenn Dr. Calis ihre Sache gut gemacht hat. Und das hat sie. Soweit ich ihren Kollegen, Dr. Okeke, verstanden habe, hat sie eine Methode entwickelt, mit der man allzu belastende Erinnerungen aus dem Gedächtnis löschen kann. Das ist ziemlich spannend.«

»Also haben wir von dieser Seite gar nichts Interessantes?« Hadices Ungeduld ist fast greifbar. Sie hasst es, festzustecken. Das merkt man ziemlich schnell.

»Ich hätte da noch eine Sache«, sagt Micky. Die IT-Frau hängt immer noch auf dem Stuhl, als sei sämtliche Kraft aus ihren Muskeln entwichen. Doch ihre Augen blitzen. »Ich habe mir eine externe Festplatte angeschaut, die die Kollegen bei unserer Frau Dr. sichergestellt haben.«

»Und?«

»Da ist ein passwortgeschützter Container drauf. Ich habe ihn allerdings noch nicht knacken können. Immerhin trägt er einen ziemlich speziellen Namen: Styx.«

Ich erinnere mich, dass in der griechischen Mythologie der Fluss Styx das Land der Lebenden vom Totenreich, dem Hades, trennt. Achilles fällt mir ein, den seine Mutter im Styx badet, was ihn unverwundbar macht, bis auf die sprichwörtliche Achillesferse, an der sie ihn festhielt – mit den bekannten Konsequenzen für den Helden.

Hadice schlägt das Wort auf ihrem Mobiltelefon nach. »Wasser des Grauens«, liest sie vor. Sie nickt Micky zu. »Ich nehme nicht an, dass sich dahinter niedliche Katzenbilder verbergen. Gib mir Bescheid, sobald du die Datei geknackt hast.«

Als ich abends die Wohnungstür öffne, riecht es nach Buuz. Der Duft versetzt mich zurück in meine Kindheit, in der ich lange Sommer in der Jurte meiner Großeltern verbrachte. Der Rauch des Kochfeuers in der Mitte des Rundzelts, das nie ausging. Der scharfe Geruch der Ziegen, der warme Duft der Ponys, Tiere, die der wertvollste Besitz meiner mongolischen Familie waren. Und der Geruch nach den köstlichen Teigtaschen, die immer zu meiner Ankunft und meiner Abreise serviert wurden. Auch wenn ich nicht so aussah wie meine rundgesichtigen, rotwangigen Cousins und Cousinen, war ich dort, anders als im Kindergarten und später in der Schule in Hamburg, keine Exotin gewesen. Meine Wiederkehr nach Monaten der Abwesenheit wurde freundlich, aber unaufgeregt hingenommen. Ich legte meine Jeans und T-Shirts ab und schlüpfte in eine neue mongolische Tracht, die meine Großtante Sati wundersamerweise in der Zwischenzeit in exakt der richtigen Größe genäht hatte.

Die Weite der Steppenlandschaft war mir so vertraut wie anderen Kindern der Stadtpark nebenan. Hier konnte man tagelang wandern, ohne dass die Ausläufer des Changai-Gebirges am Horizont näher zu rücken schienen. In dem Meer aus trockenem Gras sah man in der Ferne die Jurten anderer Familien wie weiße Bojen. Die Sehnsucht nach dem weiten, unverstellten Blick hatte mich schon als Kind auf die Dächer gelockt – zum ständigen Kummer meiner deutschen Mutter.

Mein Vater kommt mir entgegen. Er trägt die ausgeblichene karierte Schürze, die ich in der Grundschule im Handwerksunterricht für ihn genäht habe. Schon als sie noch neu war, sah sie scheußlich aus. Aber Batu benutzt alles bis zum bitteren Ende. Als ich vor ein paar Wochen ankam, musste ich ihm die fadenscheinigen Putzlumpen geradezu entreißen, die er aus uralten Handtüchern gefertigt hatte. »Die sind noch gut«, hat er protestiert. Ich küsse ihn auf die stoppelige Wange. Wieder einmal hat er nur die eine Seite rasiert, bevor etwas ihn von seiner Tätigkeit abgebracht hat und er es ganz einfach vergaß. Batu ist erst Mitte sechzig, und doch breitet sich das Vergessen in seinem Gehirn aus. Wie alle Schicksalsschläge trägt er auch diesen mit Würde und Humor.

Mein Vater ist vor mehr als dreißig Jahren zum Studium in die DDR gekommen. Die Mongolei als Teil des kommunistischen Chinas gehörte zu den Bruderstaaten. Er war der Erste in seiner Familie gewesen, der regelmäßig zur Schule ging. Dazu musste er bei Tante Sati in Ulan Bator leben, getrennt von seinen Eltern und seinen Großeltern, seinen vier Geschwistern, Cousins und Freunden. Weit weg von der Steppe, den Tieren, den Bergen. Der Preis, den er auf Beschluss der Familie für seine Bildung zu zahlen hatte, war hoch. Er studierte Ingenieurwesen, ein Beruf, den er später in seiner Heimat nutzbringend hätte einbringen sollen. Doch es kam immer etwas dazwischen. Vor allem meine deutsche Mutter. Sie hatten sich während des Studiums in Ostberlin kennengelernt. Auf den Bildern, die sie in den ersten Tagen ihrer Liebe zeigen, sehen sie strahlend glücklich aus. Es machte mich traurig, dass das Gesicht meiner Mutter in meiner Erinnerung so verblasst ist. Sie starb, als ich neun Jahre alt war.

Danach hätte Batu mit mir in seine Heimat zurückkehren können. Doch er wollte mir die gleichen Chancen bieten, die er gehabt hatte. Also blieb er weitere Jahre. Dann wollte er mein Studium nicht verpassen, nicht verpassen, wie ich mich weiterentwickelte. Selbst als ich jahrelang überwiegend im Ausland unterwegs war, blieb er. Obwohl er immer davon gesprochen hatte zurückzukehren, hatte sich Hamburg und insbesondere Wilhelmsburg, dieser unterschätzte Stadtteil mit seinen bunt gemischten Bewohnern, längst in sein Herz geschlichen.

Aber nun würde es wirklich bald an der Zeit sein heimzukehren. In der Mongolei kümmerte man sich um die Alten und Verwirrten. Genau wie den Kindern ließ man ihnen ihren Freiraum. In der Steppe, wo man jeden Menschen auf einen Kilometer sehen konnte, war die Gefahr, verloren zu gehen, ungleich geringer als in der Stadt. Und ich war zu ihm zurückgekehrt, um noch ein paar Monate oder Jahre mit ihm zu verbringen, bis es nicht mehr ging.

»Ich habe gekocht«, verkündet Batu überflüssigerweise. Er hält eine Gabel in der Hand, auf die er eine der dampfenden, mit Lammfleisch gefüllten Teigtaschen gespießt hat. »Willst du probieren?«

»Gleich. Erst muss ich aus diesen Klamotten raus.« Egal wo in der Welt: Immer, wenn ich nach Hause komme, habe ich das Bedürfnis, die Kleider zu wechseln. Als ob ich damit die Außenwelt und alles, was hässlich an ihr ist, abstreifen könnte wie eine Schlange ihre Haut.

Auf meinem Weg zur Dusche stolpere ich beinahe über Neguri, die Schildkröte, die meinen Vater seit seiner Kindheit begleitet. Ihr Name bedeutet »namenlos«. So nannten – oder besser »nicht nannten« – viele mongolische Eltern früher ihre Kinder, um böswillige Geister zu verwirren. »Ich hätte auch einen Hund haben können«, hat Batu mir einmal erzählt. »Aber ich wollte lieber eine Schildkröte.«

Als Kind hatte ich das nicht verstehen können. Was konnte man mit einer Schildkröte schon anfangen? Zu langsam zum Spazierengehen oder Spielen, zu sperrig, um mit ihr zu knuddeln.

»Eine Schildkröte begleitet einen ein Leben lang«, hat Batu mir erklärt. Tatsächlich ist Neguri ihm eine beständige Gefährtin, mit der er angeregte Unterhaltungen führt. Mein Vater hat offenbar schon als kleiner Junge eine bewundernswerte Weitsicht an den Tag gelegt. Im Übrigen hält er das Reptil für intelligenter als die meisten Menschen. Mitunter glaube ich das auch.

Ich dusche ausgiebig, drehe dann mein langes, schwarzes Haar zu einem Knoten. Mit der Hand wische ich über den beschlagenen Spiegel, sodass ich mein Gesicht betrachten kann. Es ist schmal mit hohen Wangenknochen. Die Brauen dunkel, gerade und zusammengewachsen wie bei der Malerin Frida Kahlo. Meine Lippen sind schmal, aber sehr rot. Die Augen mandelförmig, dabei tiefblau. Im Biologieunterricht war ich zunächst alarmiert gewesen, als ich erfuhr, dass blaue Augen von beiden Elternteilen vererbt werden müssen. Woher sollte mein Papa blaue Augen in seinem Erbgut tragen? Andererseits sah ich ihm unbestreitbar ähnlich. Als ich mich schließlich dazu durchrang, ihn darauf anzusprechen, lachte er mich aus. »Schon vergessen? Deine Cousine Toja hat auch blaue Augen. Wir Hunnen sind in den Jahrhunderten viel herumgekommen. Da haben wir auch die eine oder andere helläugige Frau getroffen.«

Als ich aus dem Bad komme, hat Batu bereits zwei Teller auf den Tisch gestellt. Es ist immer noch der alte Resopaltisch meiner Kindheit, und auch die Küche stammt noch aus den Achtzigerjahren. Nach dem Tod meiner Mutter hat Batu kein einziges neues Möbelstück mehr gekauft. Sogar der alte Röhrenfernseher auf der Anrichte stammt noch aus jener Zeit.

Batu legt mir drei gefüllte Teigtaschen auf den Teller. Sich selbst nimmt er nur eine. Mit der Krankheit lässt auch sein Appetit nach. Wenn ich ihn überreden will, mehr zu essen, lächelt er nur. Ich weiß, was er denkt: »Wozu den Körper erhalten, wenn der Geist verschwindet?« Sein einstmals stattlich gerundetes Bäuchlein ist eingesunken. Er zieht sein Handy hervor und knipst das Essen. Batu macht in letzter Zeit enorm viele Fotos. »Dann weiß ich wenigstens, was ich alles Schönes erlebt habe«, pflegt er mit einem Augenzwinkern zu sagen.

Jetzt nickt er mir aufmunternd zu. Ich nehme die Gabel in die Hand und stecke den ersten Buuz ganz in den Mund. Er ist noch immer etwas zu heiß, und ich kaue mühsam. Als sich der Geschmack der Füllung auf meiner Zunge entfaltet, verziehe ich das Gesicht.

Batu hebt eine Augenbraue wie der Held meiner Kindheit, Mr Spock. Oder wie gestern Hadice. Ich habe das oft vor dem Spiegel geübt, doch es gelingt mir einfach nicht. Ganz abgesehen davon, dass der Effekt bei meinen durchgängigen Augenbrauen ohnehin eher komisch als cool wäre.

»Nicht gut?«

Ich kaue schnell und schlucke den Kloß herunter. Dann spüle ich mit Wasser nach.

»Es schmeckt grauenvoll.«

»Kann überhaupt nicht sein! Ich habe mich genau ans Familienrezept gehalten.«

Er probiert selbst und spuckt den Bissen sogleich wieder auf den Teller. Ich grinse.

»Du hast recht, das ist ungenießbar. Ich muss zwischendurch vergessen haben, dass ich die Füllung schon gesalzen hatte, und habe sie wohl doppelt gewürzt!«

»Oder auch dreimal.«

Anders als viele andere Menschen mit Demenz versucht Batu, die Zeichen seiner Krankheit nicht zu vertuschen. Er nimmt sie hin.

Jetzt sammelt er einfach die Teller vom Tisch und schüttet die Buuz mit bedauernder Miene in den Müll. Er greift zum Telefon. Auch noch so ein Achtzigerjahremodell. »Funghi?«, fragt er.

Ein schmächtiger Lieferbursche versorgt uns mit einer Capricciosa, die wir uns teilen. Dazu trinken wir Bier. Dabei erzähle ich meinem Vater von meinem aktuellen Fall. Früher als Psychologin und insbesondere neuerdings als Kriminologin unterliege ich der Schweigepflicht. Daran halte ich mich strikt. Außer bei Batu. Batu ist nicht nur integer und absolut diskret, er hat einen unverstellten Blick. Er hat mir schon oft weitergeholfen, wenn ich irgendwo feststeckte. Ihm erzähle ich alles, alles bis auf die schrecklichen Ereignisse an jenen zwei Tagen meines Lebens, von denen er nie erfahren soll. Es würde ihn umbringen.

Mein Vater hört sich die ganze Sache schweigend an, brummt nur manchmal.

Ich fasse zusammen: »Eine angesehene Psychiaterin, die im Tropen-Aquarium bei den Krokodilen aufgefunden wird. Erschossen. Eine junge Frau, die sich das Leben genommen hat. Ein Bruder, der den Missbrauch an ihr abstreitet. Hängt das alles wirklich miteinander zusammen?«

»Alles hängt miteinander zusammen, Yelda. Aber vielleicht ist der Zusammenhang hier eher indirekt. Du musst das große Ganze sehen. Sei wie der Adler, betrachte es von einer höheren Perspektive!«

Ich nicke. Zuerst zu versuchen, das große Ganze zu sehen, statt sich in verwirrenden Details zu verlieren, ist immer ein guter Rat.

Batu legt seine Hand auf meine. Zum ersten Mal fallen mir die Altersflecken darauf auf. Seit sein Gedächtnis nachlässt, scheint er im Zeitraffer zu altern, auch körperlich.

»Sei vorsichtig, Yelda. Ich habe das Gefühl, hinter dieser Geschichte steckt etwas sehr Dunkles.«

Ich sage nichts. Aber was mein Vater jetzt ausspricht, habe ich selbst von Anfang an gespürt.

ODERBERGER STRASSE, OSTBERLIN, 1983

Der Geruch verbrannten Fetts stieg Matze in die Nase. Irgendjemand hatte Würstchen organisiert, die über der Glut eines improvisierten Grills brutzelten. Eine Band hatte ihren selbst gebauten Verstärker und die Boxen irgendwo zwischen wild wucherndem Gras und Putzbrocken aufgebaut, die von den maroden Mauern bröckelten. Die Frontsängerin entlockte ihrem Bass erstaunliche Töne. Lange, gefärbte Haare wirbelten um sie herum wie Luftschlangen.

Das Hinterhofgelände »Hirschhof« an der Oderberger Straße war ebenso Nachbarschaftstreff wie Szenetreffpunkt für sogenannte subversive Kräfte. Punks trafen hier auf junge Mütter mit adretten Dauerwellen und Rüschenblusen. Schnauzbärtige Ehemänner mit topmodischem Vokuhila-Haarschnitt. Alte Frauen, die Löcher in ihre Pantoffeln geschnitten hatten, um ihren Hallux-valgus-Zehen den nötigen Freiraum zu verschaffen. Momente gefühlter Freiheit.

Matze beobachtete eine junge Frau. Allein und selbstvergessen tanzte sie zur Musik. Paula. Sie hielt die Arme in die Luft gereckt und die Augen geschlossen. Hinter ihrem rechten Ohr steckte eine zartrosa Gartenwicke. Sie stand in seltsamem Kontrast zu dem schwarzen T-Shirt mit den grob abgeschnittenen Ärmeln, dem grellroten Minirock und den netzbestrumpften Beinen in ihren West-Dock-Martens. Ihr Anblick löste bei Matze seit Jahren zuverlässig dieselbe Mischung an Gefühlen aus: Sehnsucht, Hoffnungslosigkeit und Schmerz. Paula gehörte zu Paul, seinem besten Freund.

Dabei war es eigentlich er, Matze, gewesen, der Paula »entdeckt« hatte. Sie hatte, an eine Ziegelmauer gelehnt, allein auf dem Schulhof gestanden. Ein Bein stützte sie angewinkelt an der Wand ab, die damals noch langen blonden Haare fielen ihr offen über eine Schulter. Sie beobachtete das Treiben, nicht schüchtern, eher interessiert, wie ihm schien. Er war zu ihr hinübergegangen, alle mühsam erkämpfte Lässigkeit zerfiel unter ihrem Blick zu Staub. Es sei ihr erster Tag an der Schule, erzählte sie ihm, und er lud sie auf eine Fete am nächsten Freitag ein. Dort hatte er sie Paul vorgestellt. Und damit den Fehler seines Lebens begangen, wie er noch immer dachte. Aber eigentlich war es egal, denn irgendwann wären sie einander ohnehin über den Weg gelaufen. Matze, der besser aussah als Paul, hatte nicht den Hauch einer Chance gehabt. »Ich habe schon immer auf ein Mädchen gewartet, das Paula heißt«, hatte Paul in Anspielung auf den legendären Film des DDR-Regisseurs Heiner Carow gesagt. Er hatte Paulas Hand einfach ergriffen und den restlichen Abend nicht mehr losgelassen. Matze war noch immer überzeugt, dass der Film den Ausschlag gegeben hatte. Paula war eine romantische Person und überzeugt von Dingen wie »füreinander bestimmt sein«, »große Liebe« und was es noch so gab.

Die Tatsache, dass ihr Vater ein hoher Parteifunktionär war und strikt gegen die Verbindung, hatte die junge Liebe zusätzlich befeuert. Zwei Jahre später hatten die beiden geheiratet. Das taten viele blutjunge Paare in der DDR, um Anspruch auf ihre erste Zweiraumwohnung zu haben. In der Punkszene waren solche gesellschaftskonformen Strukturen verpönt. Aber Paul und Paula akzeptierte man als Ausnahme von der Regel. Und dass Paula sich so von den Privilegien ihrer Familie abgewandt hatte, wurde ihr hoch angerechnet. Längst waren die Blumenkleider, die seidigen, blonden Haare einem punkigen Outfit gewichen. Matze seufzte. Für ihn war sie immer die schönste Frau im Raum, egal, wie sie sich kleidete. Und dabei blieb sie vollkommen unerreichbar für ihn.

»Mensch, such dir endlich mal ein anderes Objekt der Begierde. Dit kann ja keener mehr ansehen.« Klaus, den alle wegen seines unbeholfenen Tanzenthusiasmus »Pogobär« nannten, rammte ihm freundschaftlich den Ellenbogen in die Rippen. Matze zuckte zusammen. Er besaß weder Muskeln noch Fettpolster, die den Stoß abgepuffert hätten.

Ein Typ mit schwarzer Igelfrisur und einem kreativ zerlöcherten T-Shirt hatte einen verblüffenderweise funktionierenden Wasserschlauch aufgetrieben, mit dem er nun herumspritzte. Die Mädchen kreischten, genossen aber angesichts der Hitze die Abkühlung. Nur ein junger Punk mit grün gefärbten Haaren brüllte: »Ey, lass das, du Sau!« Sein zuvor stolzer Iro lag ihm platt am Kopf, und grünes Wasser rann in Streifen über sein Gesicht. Im Osten mixte man sich Haarfarben jenseits der Norm notgedrungen selbst. Die wenigsten Rezepturen waren wasserfest.

Jemand legte Matze den Arm um die Schulter und rubbelte mit der Faust seinen Kopf. »Na, wieder mal deinen Moralischen?« Es war Paul. Er grinste. Matze war sich nie ganz sicher, ob Paul tatsächlich der Einzige war, der nichts von seinen Liebesqualen wusste, oder ob er nur so tat, um ihrer Freundschaft willen. »Seht ihn euch an: ein Ausbund des Jammers!« Pauls Charme nahm wie üblich jeder Bemerkung die Spitze. Heute wirkte er auf Matze besonders aufgedreht. Ruhelos war er von Grüppchen zu Grüppchen geeilt, hatte gestikuliert, geplaudert, freundschaftlich geknufft. Paul stand häufig unter Strom, seine unbändige Energie entlud sich in immer neuen Projekten. Paul war der Macher, Matze der Grübler. So war es immer gewesen. Die T-Shirt-Druckerei war ebenso Pauls Idee gewesen wie die improvisierte Konzerttournee der Band Kollateralschaden. Aber heute wirkte sein Aktionismus fast fiebrig. Und so war Matze ausgesprochen überrascht, als Paul schon kurz nach Mitternacht ankündigte, die Biege zu machen. »Was, jetze schon? Rosa Extra haben ja noch nicht mal jespielt.« Die Punkband war eine von Pauls Lieblingsgruppen, doch der zuckte bloß mit den Schultern.

»Wat is mit Paula?«

»Siehste ja.« Paul nickte hinüber zu seiner Frau, die noch immer oder schon wieder tanzte. Die Musik war ihr dabei, wie Matze wusste, weitgehend egal. Paula tanzte auf alles. Er hoffte, sie später nach Hause begleiten zu dürfen. Ein weiterer von Hunderten Momenten geborgter Zweisamkeit, die ihm alles bedeuteten und ihr nichts.

»Kommste noch 'n Stück mit?«

Irgendwas in Pauls Ton ließ Matze keine weiteren Fragen stellen. Er setzte die Bierflasche an, leerte sie und stellte sie auf einen Backstein im Gras. Dann verließen die beiden Freunde den Hof.

Nachts war es dunkel im Berliner Osten. Ingo, ein Wessi, der sich öfter mal in der Ostberliner Szene herumtrieb, hatte irgendwann erzählt, dass das im Westen völlig anders war. »Ick war da mal uff na Party – uffm Hochhausdach, voll geil, echt. Da konntste die janze Stadt ankieken. Und wat soll ick sagen: Im Westen überall Lichter, Autos, Straßenlaternen, Neonreklame, sogar die olle Ruine vonne Jedächtnis-Kirche: volle Marie anjestrahlt! Und im Osten? Nischte! Zappendusta! Als hätte da jemand den Stecker jezogen!«

Sie gingen durch die vertrauten Straßen im Prenzlauer Berg Richtung Friedrichshain. Vier Jahrzehnte nach Kriegsende waren in den Fassaden noch immer Einschusslöcher russischer Granaten zu sehen, und in vielen Hinterhöfen türmten sich Trümmer. Ob es sich um Überreste des Krieges oder Folgen von Altersschwäche der maroden Gebäude handelte, war nicht auszumachen. Vor der Gaststätte *Am Wasserturm* sah ihnen ein Typ in einem Rollstuhl mit trübem Blick hinterher.

Plötzlich blieb Paul stehen. »Ick mach heute Nacht rüber«, sagte er leise.

»Wat?«

»Ick bleib hier nich länger.«

»Du haust ab? In den Westen?«

»Na weiter nach Osten ja wohl sicher nich.«

»Du spinnst doch. Die knallen dich ab.«

»Besser tot, als hier für den Rest meines Lebens verrotten.«

Fassungslos schüttelte Matze den Kopf. »Mensch, wir wollten den Staat doch von innen kleinkriejen.«

Paul machte eine alles umfassende Geste mit der Hand. »Hat ja ooch janz wundaba jeklappt.«

Matze kramte eine zerknautschte Packung Karo aus seiner Tasche. Als er sie ansteckte, merkte er, dass seine Hände zitterten. Paul und er waren schon im Hort unzertrennlich gewesen. Und jetzt wollte er ohne ihn in den Westen abhauen. Einfach so.

»Das hast du dir doch nicht erst jestern überlegt.«

Paul schwieg.

»Wie willste das denn machen?«

»Is besser, wenn du nüscht weißt. Je wenija, desto besser.«

Matze schüttelte den Kopf, in dem sich eine Leere ausbreitete, der er nichts entgegenzusetzen hatte.

»Alter, wir haben das doch tausend Mal diskutiert. Ick muss hier raus! Ick kann hier nich atmen! Hier verrecke ich jeden Tag ein Stück mehr. Niemandem kann man trauen. Überall die scheiß Stasispitzel. Frank, A-Micha und Jana. Die janze Band haben sie einkassiert. Und keen Schwein weiß, wo die abjeblieben sind.« Er schlug mit der Hand gegen die Hauswand. Ein großes Stück Putz löste sich und zerschellte auf dem Boden.

Matze schwieg. Dass man die Mitglieder der beliebten Punkband Namenlos verhaftet hatte, hatte für viel Unruhe in der Szene gesorgt.

»Mensch, ick hab doch ooch nur dieses eine Leben!«

»Und was is mit Paula?«, fragte Matze und dachte eigentlich: Und was ist mit mir?

»Paula kommt schon klar. Die hat ja immer noch ihren Bonzenpapa in der SED. Und wenn ick erst mal drüben bin, überlegt sie es sich sicher und kommt nach. Ick krieg die hier schon raus.«

»Paula? Im Leben nicht. Die jeht hier nicht weg!«

Paul zuckte mit den Schultern. »Werden wa sehen.« Er verzog das Gesicht zu einem schiefen Grinsen. »Und wenn nich, kannste sie ja übernehmen. Du warst doch schon immer scharf auf sie.«

Die Leere in Matzes Kopf erreichte ihre maximale Ausdehnung, schuf ein Vakuum, das jeden rationalen Gedanken mit sich riss. In diesem Moment schlug er zu.

Matze blinzelte, um wieder in der Gegenwart anzukommen. Er sah Carla in die Augen. »Er ist mit dem Kopf gegen die Mauer geknallt und ganz langsam runtergerutscht. Dabei hat er mich die ganze Zeit angesehen.« Matze fummelte eine Zigarette aus der Brusttasche seiner Jeansjacke.

»Und dann?«

»Dann war alles voller Blut, und Paul war tot. Ich bin natürlich noch hin, aber da war nichts mehr zu machen.«

Carla runzelte die Stirn. »Und das war die Hofsause, bei der Rosa Extra gespielt haben? Am 23. Juni 83?«

Matze nickte.

»Ganz sicher?«

Er lachte auf. »Meinst du im Ernst, ich könnte auch nur eine Sekunde dieses Abends vergessen? Der hat sich mir ins Hirn geätzt! Jedes verdammte Detail. Mensch, Carla, ich hab meinen besten Freund erschlagen!«

Sie trank ihr Wasser aus, stellte das Glas behutsam vor sich auf den Tisch, dessen Lack zu einem Netz feiner Brüche gesprungen war.

»Du kannst Paul an diesem Abend nicht erschlagen haben. Er war anschließend noch bei mir.«

Matze starrte sie an. »Da musst du was verwechseln.«

Sie lachte. Es klang freudlos. »Mit Sicherheit nicht. Für mich war es nämlich auch ein ganz besonderer Abend. Paul kam zu mir. Wir hatten Sex. Dann haben wir uns in Papas Trabbi gesetzt und sind losgefahren.«

Matze starrte sie noch immer an. Was sie sagte, ergab keinen Sinn. Warum sollte Paul Sex mit Carla haben?

Sie griff über den Tisch nach seiner Hand und drückte sie schmerzhaft. »Matze, Paul und ich, wir sind in jener Nacht zusammen losgefahren, um in den Westen zu fliehen. Und er hatte nicht einmal eine Beule.«

HADICE, POLIZEIPRÄSIDIUM, ZWEI TAGE NACH DEM MORD

Am Abend geht Hadice noch einmal die magere Ausbeute ihrer bisherigen Ermittlungen durch. Die Befragungen von Dr. Calis' Klinikmitarbeitern haben keinen Durchbruch gebracht. Alle gaben sich schockiert. Ihre Assistentin schien mit ihrer Antipathie allein zu stehen: Alle waren voll des Lobes für die Psychiaterin. Die vorherrschende Meinung war, dass die Calis sehr kompetent gewesen war. Sie hatte einige Forschungsarbeiten in renommierten Fachzeitschriften zur Traumatherapie veröffentlicht, in der sie, soweit Hadice verstanden hatte, neue Wege gegangen war. Eine sehr gut aussehende, sehr kultivierte Person zudem. Bei genauerem Nachhaken zeigte sich jedoch, dass keiner der Mitarbeiter ein engeres Verhältnis zu ihr gehabt hatte. Sie blieb auf Distanz. Ihr Privatleben blieb im Dunkeln.

Auch eine Befragung der Nachbarn, die sie nach dem Gespräch mit Clemens Januschek durchgeführt hatten, hat nichts zutage gefördert. Dr. Elisabeth Calis hat sehr zurückgezogen in einer gediegenen Wohngegend in Ahrensburg gelebt. Ihr von hohen Hecken umgebener Bungalow war schön und komfortabel, aber keineswegs protzig. Regelmäßige Besucher hatte niemand beobachtet. Nur die Putzfrau kam jede Woche zweimal. Hadice macht sich eine Notiz, dass sie diese ausfindig machen und befragen müssen. Sie kaut an ihrem Stift. Dieses völlige Fehlen eines Privatlebens erscheint ihr ungewöhnlich. Aber vielleicht ist die Frau ganz einfach in ihrer Arbeit aufgegangen. Soll es ja geben. Sie selbst hat eigentlich auch kein Privatleben, wenn man von ihrem momentan krankgeschriebenen Kollegen Henry und ihrem Schulfreund Theo absieht. Sie lächelt, als sie an den liebenswürdigen Bestatter und seinen schrägen Freundeskreis denkt. Sie sollte wirklich mal wieder etwas mit ihm trinken gehen. Aber erst muss sie diesen Fall lösen.

Auch im Bungalow hatten sie zunächst keinerlei Hinweise darauf gefunden, was geschehen war. Alles wirkte sauber und penibel aufgeräumt. Doch dann hatten sie Glück. Im Briefkasten stießen die Ermittler auf einen handgeschriebenen Zettel in altmodisch steiler Schrift.

»Sehr geehrte Frau Dr. Calis, ich habe gestern Abend Ihre Handtasche in meine Obhut genommen, die ich auf dem Gehweg fand. Sie können diese jederzeit bei mir abholen. Hochachtungsvoll«. Es folgte eine schwungvolle, aber unleserliche Unterschrift sowie eine Mobilnummer.

Der ehrliche Finder, Typ Helmut Schmidt mit Schiffermütze und Zigarette, wohnte nur ein paar Straßen weiter. Hadice ließ sich die Handtasche persönlich von ihm aushändigen. Die Tatsache, dass statt der Besitzerin eine Kriminalkommissarin anrückte und erklärte, Erstere sei inzwischen leider verstorben, ließ ihn unbeeindruckt. Hadice vermutete, dass der Tod in seinem sicher mehr als achtzig Jahre währenden Leben schon so häufig seinen Weg gekreuzt hatte, dass er ihm mit Gleichmut begegnete. Dr. Calis, so berichtete der Finder, habe er nicht gekannt. Die Tasche habe er am Morgen gegen 6:30 Uhr aufgelesen. »Sie war halb unter ein Auto gerutscht, das dort parkte. Hätte Castro nicht daran geschnuppert, hätte ich sie gar nicht bemerkt.«

Hadice fand es bemerkenswert, dass jemand, der so hanseatisch wirkte wie dieser Mann, seinen Dackel nach dem kubanischen Maximo Leader genannt hatte.

Der Finder hatte, so erklärte er, die Adresse dem Personalausweis entnommen, der sich im Portemonnaie befand, und festgestellt, dass die Tasche fast unmittelbar vor der Haustür der Besitzerin lag. Nachdem auf sein Klingeln niemand reagierte, hatte er die Nachricht hinterlassen.

Er ließ sich die Übergabe der Tasche von Hadice quittieren und bestand auf ein vollständiges Protokoll des Inhalts. Zum Glück hatte Elisabeth Calis nicht zu jenen Frauen gehört, die einen halben Hausstand mit sich führten. Neben dem Portemonnaie mit fünfzig Euro siebenundzwanzig Cent sowie Personalausweis und Führerschein enthielt die Tasche nur einen Schlüsselbund sowie Puder und Lippenstift in diskretem Farbton sowie einen Elektroschocker. Hatte sich die Calis bedroht gefühlt? Besonders interessant war jedoch eine abgerissene Karte für ein Konzert in der Elbphilharmonie am Abend ihres Todes. Vermutlich kam sie von da, als der oder die Entführer sie abfingen. Freiwillig war sie sicherlich nicht mitgegangen, sonst hätte sie die Tasche wohl kaum verloren. Der oder die Täter hatten sie offenbar mit ihrem eigenen Wagen verschleppt: Man hatte ihn in der Nähe eines Mitarbeiterzugangs des Zoos entdeckt. Hadice sah die Szene vor sich: Eine Gestalt, die aus dem Nichts aufzutauchen scheint und die Calis mit vorgehaltener Waffe zwingt einzusteigen. Oder hatte er oder sie das Opfer da bereits betäubt? Die Tat zeugte von einer gewissen Unverfrorenheit. Andererseits hatten Befragungen der Nachbarn ergeben, dass dies eine der Gegenden war, in denen prinzipiell nie irgendjemandem irgendetwas auffiel. Die Straßen wirkten auch tagsüber entvölkert wie nach einem Neutronenbombenangriff. Dennoch, es gab Spaziergänger wie den alten Herrn mit seinem Dackel. Der Täter war ein beträchtliches Risiko eingegangen.

Das Konzert hatte um zwanzig Uhr begonnen. Hadice notiert sich, dass man die Kartenkontrolleure befragen muss. Vielleicht hatte es einen Begleiter gegeben. Zwar verfügt der große Saal der Elbphilharmonie über 2100 Plätze, doch Elisabeth Calis war eine auffallende Erscheinung, an die sich durchaus jemand erinnern könnte. Wahrscheinlich war sie jedoch allein nach Hause gefahren, sonst hätte der Kidnapper sicher einen anderen Zeitpunkt abgewartet.

Immerhin hat Hadice bereits eine Auswertung der Kameras angefordert, die in der Nähe des Bungalows und des Tierparks platziert sind. Die Chancen, darüber den Täter zu identifizieren, sind jedoch gering. Auch eine Auswertung der ein- und ausgehenden Anrufe von Calis' Smartphone hat sie in Auftrag gegeben. Das war möglich, auch ohne dass sie das Gerät hatten. Es war weder bei der Toten selbst noch in ihrem Haus oder der Handtasche gefunden worden. Hadice hält es zwar für unwahrscheinlich, dass der Täter zuvor Kontakt mit ihr aufgenommen hatte, aber man konnte nie wissen. Vielleicht war nur etwas aus dem Ruder gelaufen. Sie klappt den Ordner zu und schaut auf die Uhr. Kurz nach neun. Heute gibt es nichts mehr, was sie noch tun könnte.

Sie reckt sich gerade ausgiebig, als es an der Tür klopft. Ein Mann steckt seinen Kopf herein. »N' Abend, Frau Kollegin. Darf ich stören?«

»Schelling? Kommen Sie rein. Was kann ich für Sie tun?«

Kommissar Schelling, Leiter der Drogenfahndung, muss bereits über sechzig sein, ist aber noch immer topfit. Mit seinen kurz geschorenen grauen Haaren und dem hageren Gesicht erinnert er Hadice an einen schlauen alten Wolf. Der Mann ist eine Legende. Als junger Beamter hat er lange undercover gearbeitet und einen der größten Drogenringe Deutschlands hochgehen lassen. Noch immer hat er gute Kontakte in die Szene, obwohl diese sich in den letzten Jahrzehnten stark verändert hat. Er gilt als unerbittlicher Jäger. Man munkelt, Gangster, die er hochgenommen hat, hätten einst aus Rache die Frau, die er liebte, drogenabhängig gemacht. Sie sei tot, sagen die einen. Sie hänge immer noch an der Nadel, die anderen – was vermutlich noch schwerer zu ertragen wäre. Hadice weiß nicht, ob etwas dran ist an der Geschichte. Auf jeden Fall trägt sie zu dem Mythos bei, der den Mann umgibt.

Hadice schätzt die ungebrochene Verbissenheit, mit der Schelling auch nach Jahrzehnten der Polizeiarbeit nicht nur die kleinen Fische, sondern auch die Bosse drankriegen will. Seine Aufklärungsrate ist spektakulär. Dennoch ist es ein Kampf gegen eine Hydra: Erwischt man einen Kopf, wachsen gleich drei andere nach. Nur wenige Beamte verlieren nach so vielen Jahren nicht den Biss.

Er tritt ein und lässt sich geschmeidig auf ihrer Schreibtischkante nieder.

»Ich hoffte eigentlich, etwas für Sie tun zu können.«

Hadice hebt die Brauen. »Im Fall Calis? Da kann ich tatsächlich jede Hilfe gebrauchen. Wir haben noch so gut wie nichts in der Hand. Nicht mal ein überzeugendes Mordmotiv.«

»Was ist mit dem Jungen? Clemens Januschek?« Als er ihren überraschten Blick bemerkt, schiebt er hinterher:

»Erik hat mir davon erzählt.« Erik, der Rotbart im Team, war erst vor einem halben Jahr vom Drogen- ins Fachkommissariat für Tötungsdelikte und Todesermittlungen gewechselt. »Entschuldigen Sie, Frau Kollegin, aber ich habe ihn ein bisschen ausgequetscht, als ich von der Sache gehört habe. Wissen Sie, ich habe Elisabeth Calis gekannt.«

»Im Ernst?« Hadice richtet sich in ihrem Stuhl auf.

»Nicht besonders gut, aber besser als die meisten. Sie war ein ziemlich verschlossener Mensch.«

»So viel haben wir inzwischen selbst festgestellt.«

»Ich habe Elisabeth vor einigen Jahren kennengelernt. Auf einer Jagdgesellschaft.«

Hadice stellt fest, dass er der Erste auf der langen Liste von Calis' Bekannten ist, der von ihr mit ihrem Vornamen spricht. »Sie gehen auf die Jagd? Haben Sie davon in Ihrem Beruf noch nicht genug?«

»Tatsächlich finde ich es entspannend. Die meiste Zeit sitzt man auf einem Hochstand. Man schweigt und lauscht und wartet. Das ist besser als jede Meditation, glauben Sie mir. Jedenfalls haben Elisabeth und ich da gut miteinander harmoniert. Und so hat es sich ergeben, dass wir an den Abenden öfter miteinander gesprochen haben. Sie war eine bemerkenswerte Frau.«

»Worüber haben Sie geredet?« Hadice hofft, mit Schellings Hilfe endlich einen Eindruck von der Person zu gewinnen, der tiefer geht als die gesellschaftliche oder berufliche Fassade.

Er überlegt. »Wenn ich es genau bedenke, waren es eher philosophische Gespräche. Zum Beispiel 9/11. Wenn ein Flugzeug entführt und für einen Anschlag missbraucht werden soll, darf man es abschießen, um Menschenleben zu retten, obwohl Unschuldige dabei sterben würden? Zu dem Thema gab es sogar eine Theaterinszenierung in Hamburg. Ferdinand von Schirach hat das Stück geschrieben.«

Hadice erinnert sich. Ihr ist es schwergefallen, eine Antwort auf diese Frage zu finden. Darf man das Leben von vielen opfern, um nicht verantwortlich für den Tod von Unschuldigen zu werden? Und das, obwohl die Flugzeuginsassen ohnehin sterben würden? Von Schirach hatte die Frage in einem Essay klar beantwortet. Man durfte und musste in einem solchen Fall sogar die schrecklichen Dinge ihren Lauf nehmen lassen. Das Gutheißen einer solchen Rettungsaktion würde der Willkür Tür und Tor öffnen. Wenn man bereit war, diese Grenze zu überschreiten, welche dann noch? Eine Kettenreaktion würde einsetzen, die unter anderem Folterungen Vorschub leisten würde: den einen zu quälen, um viele zu retten. Vom ethischlogischen Standpunkt aus hatte sie das nachvollziehen können. Der Wert eines Menschenlebens durfte nicht messbar sein, nicht abgewogen werden. Auch nicht gegen das von vielen.

»Und? War sie dafür oder dagegen, das Flugzeug abzuschießen?«

»Sie war unbedingt dafür.« Er sieht sie direkt an. »Ich übrigens auch.«

Hadice ist sich nicht so sicher. Moralisch ist sie bei von Schirach. Wie sie als Polizistin in einer vergleichbaren Situation reagieren würde, weiß sie jedoch nicht. Sie hofft, nie eine solche Entscheidung treffen zu müssen.

»Hat sie Ihnen etwas von ihrem Privatleben erzählt? Liebhaber, Ex-Freunde, irgendetwas?«

»Elisabeth hat sehr zurückgezogen gelebt. Ich glaube nicht, dass es da viel gab. Trotzdem war sie gesellschaftlich engagiert. Vorstand im Förderverein der Kunsthalle, Benefizveranstaltungen, so was. Sie ist gern in Konzerte gegangen und ins Ballett.«

Hadice tippt sich nachdenklich mit dem Stift gegen die Zähne. Trotz ihres beruflichen Erfolgs und den charmanten Umgangsformen, die so viele Weggefährten der Calis betonten, mit denen sie gesprochen haben, scheint die Therapeutin ein eigenartiger Mensch gewesen zu sein. »Wie passt das mit dieser Jagdgesellschaft zusammen?«

»Die Jagd an sich hat ihr gefallen, so wie mir. Aber das war im Grunde auch ein gesellschaftlicher Anlass: Elisabeth war im Vorstand einer Stiftung, die der Jagdherr gegründet hat: Werner von Rathjen.«

»Was ist das für eine Stiftung?«

»Sie fördert talentierte junge Menschen mit einem Stipendium. Es soll ausgesprochen großzügig sein, habe ich gehört.«

»Wie sind Sie überhaupt in diesen illustren Kreis geraten?«

Er lacht. Es gleicht eher einem Zähnefletschen. »So illuster ist der nun auch wieder nicht. In kenne von Rathjen seit mehr als zwanzig Jahren. Damals konnte ich ihm aus einer misslichen Lage helfen.«

»Ach ja?«

Schelling winkt ab. »Das war eigentlich keine große Sache. Auf einer seiner Partys haben ein paar Gäste Kokain konsumiert. Da von Rathjen nicht in die Geschichte verwickelt war, habe ich dafür gesorgt, dass die Angelegenheit nicht an die große Glocke gehängt wurde. Er hat wohl ganz einfach Gefallen an mir gefunden. Von Rathjen sammelt Menschen, die ihn interessieren, und protegiert sie. Daher auch die Stiftung.«

»Der Mann scheint ja sehr begütert zu sein.«

Er zuckt mit den Schultern. »Soweit ich weiß, ist er durch geschickte Spekulationen nach der Wende reich geworden.«

»Eine Art Glücksritter also.«

»Könnte man so sagen. Für einen einstigen Bürger der kapitalismusfeindlichen DDR hat er sich jedenfalls als äußerst geschäftstüchtig erwiesen.«

Er greift nach einem Stift, der quer auf dem Aktenchaos auf Hadices Schreibtisch liegt, und inspiziert ihn von allen Seiten. Er ist pinkfarben und glitzert. Auf seiner Spitze thront ein Einhornkopf. Es ist ein Geschenk von Lilly, Hadices zwölfjähriger Freundin. Sie verzieht keine Miene.

Schelling platziert den Stift kommentarlos wieder auf dem Aktenstapel.

»Wissen Sie, was von Rathjen und Calis miteinander zu tun hatten?«

»Elisabeth war, wie gesagt, im Vorstand der Stiftung. Ich glaube aber, dass die beiden einander schon aus DDR-Zeiten kannten.«

»Die Calis stammte auch aus der DDR?« Hadice ist überrascht und ärgert sich über sich selbst. Beim Sichten der Personenangaben hat sie nicht daran gedacht, dass ein Geburtsort und beruflicher Wirkungsbereich in Berlin vor dem Fall der Mauer auch im Osten gelegen haben konnte. »Wir wissen wirklich noch immer viel zu wenig über das Opfer.«

»Mir ist das auch erst aufgegangen, als sie einmal so eine Bemerkung machte: ›Hier riecht's nach Wofasept‹, hat sie gesagt, als wir in einem Gasthaus eingekehrt sind. Da war mir klar, dass sie aus dem Osten stammen musste.«

»Wieso das?«

»Das war das Desinfektionsmittel, das man dort überall

verwendet hat. Es roch scharf. Irgendwie muffig. Und ein bisschen nach Plastik.«

»Sind Sie dort aufgewachsen?«

Er grinst. »Gott bewahre. Aber ich war vor dem Mauerfall oft im Osten unterwegs.«

Sie zieht eine Braue hoch.

»Als Westler war man da bei den Damen begehrt.«

»Haben Sie die Calis auf ihre DDR-Vergangenheit angesprochen?«

»Ich habe es versucht. Sie hat nicht abgestritten, aus dem Osten zu sein. Aber ich habe gemerkt, dass sie nicht darüber reden will. Da habe ich nicht weiter nachgebohrt.«

Hadice macht sich eine Notiz. Und diesen von Rathjen, den würden sie sich gleich morgen vorknöpfen.

YELDA, AUF EINEM GUTSHOF IN HOLSTEIN, DREI TAGE NACH DEM MORD

Wir nähern uns dem Gut über eine breite Zufahrt, die von Pappeln gesäumt ist. Das Haupthaus, ein imposanter Klinkerbau mit weiß gestrichenen Sprossenfenstern, wird von zwei hübschen kleinen Nebengebäuden flankiert. Ein braun gefleckter Hund liegt flach ausgestreckt auf dem Pflaster neben der Treppe. Als wir aussteigen, hebt er nicht einmal den Kopf.

»Ein Wachhund ist das ja nicht gerade«, kommentiert Hadice den trägen Vierbeiner.

Die Tür wird von einem drahtigen Mann Mitte sechzig geöffnet, mit schneeweißem, kurz geschnittenem Haar. Das Gesicht darunter ist tief gebräunt. »Die Damen von der Polizei, nehme ich an? Ich bin Werner von Rathjen.« Der Hausherr höchstpersönlich also. Angesichts der Größe des Gebäudes hätte ich mit einem Bediensteten gerechnet, wenn nicht gar mit einem Butler. Er trägt ein weißes Hemd über beigen Chinos.

»Kommissarin Öztürk«, sagt Hadice, »und das ist meine Kollegin, Frau Batu.« Der Hausherr gibt auch mir die Hand. Sein Händedruck ist fest, aber ohne Dominanzgehabe.

»Kommen Sie, wir gehen in mein Büro.« Er führt uns durch eine imposante Eingangshalle, deren Boden schachbrettartig mit schwarzen und weißen Fliesen ausgelegt ist. An einer Wand hängen Jagdtrophäen. Neben heimischem Rot- und Schwarzwild ergänzen auch exotische Tierköpfe das Ensemble: ein paar Antilopen mit gebogenem Gehörn, ein Zebra, das traurig aus seinen Glasaugen auf uns herunterblickt. Sogar ein Löwenkopf fletscht uns an. Als von Rathjen meinen Blick bemerkt, sagt er: »Die habe ich selbstverständlich nicht selbst geschossen. Die hingen hier schon, als ich das Anwesen gekauft habe. Stammen vermutlich noch aus der Kolonialzeit.« Abgesehen von der makabren Sammlung ist das Interieur des Hauses überraschend modern gestaltet. Zwei Arne-Jacobsen-Stühle flankieren den Kamin, an dem vermutlich niemals jemand sitzt.

Von Rathjen geleitet uns durch einen langen Gang, dessen einstmals sicher dunkle Täfelung nun in einem lichten Schilfgrün gestrichen ist. Von den Fenstern aus kann man den gepflegten Garten bewundern. Ein Ahornbaum hat sich leuchtend rot verfärbt und streut seine Blätter über den Rasen. Der Hausherr stößt mit beiden Händen eine mit Kassetten verzierte Doppeltür auf und lässt uns den Vortritt. Das Büro wird von einem großen, modernen Schreibtisch dominiert, an dem notfalls gleich vier Personen arbeiten könnten. Er bittet uns zu einer Sitzgruppe mit kleinen, aber bequemen Sesseln.

»Also, was kann ich für Sie tun?«

»Es geht um eine Bekannte von Ihnen. Dr. Elisabeth Calis. Sie ist vor drei Tagen tot aufgefunden worden.«

Ich beobachte von Rathjens Reaktion. Sein Gesicht bleibt zunächst regungslos, dann weiten sich seine Augen. »Tot? Das ist ja fürchterlich! Was ist passiert?« Es ist eine meisterhafte Darstellung von Überraschung. Doch ich bin mir sicher: Von Rathjen ist über den Grund unseres Besuchs bereits bestens informiert. Wer zum Teufel hat ihn vorgewarnt?

»Wir gehen von einem Verbrechen aus.« Auch Hadice beobachtet unser Gegenüber genau.

»Wie kann ich Ihnen helfen?«

»Clemens Januschek. Der junge Mann gehört zu Ihren Schützlingen?«

Von Rathjen breitet seine Hände in einer Geste des Bedauerns aus. »Nicht mehr. Es gab da eine sehr unschöne Geschichte.«

»Wir wissen schon: Seine Schwester Nina hat ihn beschuldigt, sie als Kind sexuell missbraucht zu haben.«

»Sie sagen es.« Er seufzt. »Er ist ein äußerst vielversprechender junger Mann, wie alle unsere Stipendiaten. Wir brauchen solche klugen Köpfe in den Zeiten, die uns bevorstehen.«

»Wie meinen Sie das?«

»Unsere Weltordnung ist im Umbruch, wohin Sie auch blicken. Der Nahe Osten, Afrika. Es wird uns nicht gelingen, uns weiterhin in Europa zu verschanzen. Die Probleme der Welt sind längst bei uns angekommen. Darum brauchen wir gut ausgebildete, kluge und entschlossene junge Männer – und natürlich Frauen! –, um sie zu bewältigen. Nicht solche Hanswürste, wie sie derzeit im Parlament sitzen! Politiker vom alten Format, die gibt es doch nicht mehr. Die jetzige Generation kungelt nur um ihre Pfründe. Die denken in Legislaturperioden. Denen ist die eigene Macht doch wichtiger als das, was mit unserem Land geschieht!« Er hat sich in Rage geredet. »Entschuldigen Sie, das gehört nicht hierher.«

»Und Clemens Januschek gehört zu jenen, denen Sie zutrauen, etwas zu bewirken.«

Er nickt. »Vielleicht. Darum ist diese Geschichte mit Nina ja doppelt tragisch. Mit so einem Schatten auf der Biografie bekommt er kein Bein mehr auf die Erde.«

»Clemens hat Nina mitunter zu Veranstaltungen von Ihnen mitgebracht.«

»Clemens hatte keine Freundin, und Nina war ein reizendes Mädchen.« Er sieht plötzlich kummervoll aus. »Ich mache mir Vorwürfe.«

»Warum das?«

»Clemens kam verzweifelt zu mir, weil Nina in eine depressive Phase abgeglitten war. Wohl nicht zum ersten Mal. Sie litt unter einer bipolaren Störung. Ihre Stimmung wechselte häufig zwischen Euphorie und tiefer Verzweiflung. Da habe ich Elisabeth gebeten, sich ihrer anzunehmen. Sie wissen, wie es geendet hat.«

»Nina hat Selbstmord begangen.« Ich spreche es aus, um in dem Gespräch die unbeschönigte Realität begreiflich zu machen. Absichtlich verwende ich einen Begriff für einen Suizid, den eine Psychologin sonst vermeidet. Denn er ist falsch. Mord setzt in unserer Rechtsprechung Heimtücke voraus oder aber niedere Motive. Bei einem Suizid ist beides nicht der Fall.

»Was für eine Verschwendung.« Von Rathjens Bedauern ist nicht gespielt. Aber mir ist nicht klar, was er mehr bedauert: Ninas Tod oder dass er einen vielversprechenden Protegé verloren hat.

»Und Dr. Calis hat Ihnen davon erzählt? Stand sie nicht unter Schweigepflicht?« Hadice übernimmt wieder die Gesprächsführung.

»Nein, es war Nina selbst. Sie ist plötzlich in ein vertrauliches Gespräch geplatzt, das ich mit ihrem Bruder geführt habe. Sie hat ihn in meinem Beisein beschuldigt. Sie war … nun ja, sehr aufgewühlt.«

Das dürfte eine ziemliche Untertreibung sein.

»Und Clemens Januschek? Wie hat er darauf reagiert?«

»Er ist weiß geworden. Wie die Wand, wie man so schön sagt. Dann hat er versucht, sie zum Schweigen zu bringen und herauszuschaffen. Sie hat sich mit Händen und Füßen gesträubt. Es war … ziemlich emotional.«

Von Rathjen ist anzusehen, wie unangenehm ihm die Szene gewesen ist. Er ist ein Mann, der dramatische Auftritte hasst. »Irgendwann ist sie rausgerannt. Clemens hat nur noch gesagt, dass Nina sich das alles einbilde, dann ist er ihr gefolgt. Seither habe ich ihn nicht mehr gesehen.« Im Wort »gesehen« schwingt ein seltsamer Tonfall mit. »Aber gehört?«, hake ich darum nach. Von Rathjen antwortet nicht sofort. Eine winzige Pause nur, die mich erneut stutzen lässt. Dann sagt er: »Er hat mir eine E-Mail geschrieben. Er ist von seinem Stipendium zurückgetreten. Ohne Angabe von Gründen.«

Hadice schaltet sich wieder ein: »Eine Sache leuchtet mir nicht ein: Warum hätte Clemens Sie um Hilfe für seine Schwester bitten sollen, wenn er wusste, was eine Therapie zutage fördern könnte?«

»Sehen Sie, genau diese Frage haben wir uns auch gestellt. Vielleicht war es eine Art Missverständnis? Darum habe ich Nina am nächsten Tag aufgesucht und überredet, den Fall vorerst nicht publik zu machen. Jetzt mache ich mir natürlich die größten Vorwürfe. Vielleicht hätte sie nicht diesen schrecklichen Ausweg gewählt, wenn ich mich nicht eingemischt hätte.« Er wirkt betroffen. Zum ersten Mal während dieses Gesprächs scheinen mir seine Worte vollständig aufrichtig.

»Nachdem Nina sich etwas beruhigt hatte, habe ich Clemens angerufen«, fährt von Rathjen fort. »Es war nur die Mailbox zu erreichen. Ich habe ihm eine Nachricht hinterlassen mit der Bitte, sich zu melden. Doch das hat er nicht getan.«

»Dr. Calis hatte ebenfalls Zweifel an dem, was Nina erzählt hat?«

»Ich fürchte, ja. Sie hat gesagt, solche Erinnerungen, so plastisch und glaubwürdig sie auch erscheinen mögen, seien immer trügerisch.«

Als wir wieder vor dem Wagen stehen, sieht Hadice mich von der Seite an. »Was ist?«

»Es stimmt, was Elisabeth Calis zu von Rathjen gesagt hat. Auch wenn Ninas Erinnerungen noch so lebhaft waren und sie, wie die Videoaufzeichnung zeigt, selbst fest daran geglaubt hat: Das alles beweist nicht, dass der Missbrauch durch ihren Bruder stattgefunden hat.« Über das Autodach hinweg blicken wir einander an. Hadice entdeckt in meinen Augen den Vorbehalt. »Aber?«, fragt sie.

»Wenn die Psychiaterin Zweifel an der Glaubwürdigkeit von Ninas Aussage hatte, wenn sie sogar mit von Rathjen darüber gesprochen hat, warum hat sie das nicht in Ninas Fallakte vermerkt?«

»Hat sie nicht?«

»Hat sie nicht.«

Hadice schließt den Wagen auf. »Sie sind ein helles Köpfchen, Frau Kollegin.« Dann richtet sich ihr Blick auf einen Punkt hinter mir. Als ich mich umdrehe, sehe ich, dass von Rathjen, die Hände in den Hosentaschen vergraben, noch immer in der geöffneten Haustür steht. Erst als wir einsteigen, dreht er sich um und verschwindet im Haus.

Nachdem von Rathjen die Kommissarin und ihre Begleitung verabschiedet hat, tritt er ans Fenster und schaut hinunter auf den kunstvoll angelegten Teich. Er funkelt in der Sonne, Seerosen dümpeln darauf, eine Libelle flirrt darüber hinweg. Der Anblick erinnert ihn an das Bild von Monet, das er besitzt. Er hat es sich selbst zum sechzigsten Geburtstag geschenkt. Er wendet seine Gedanken dem anstehenden Problem zu. Calis' Tod wirbelt alles durcheinander. Es besteht die Gefahr, dass Dinge aufgedeckt werden, die sie seit vielen Jahren sorgfältig verbergen, er und die anderen. Er geht zurück zum Schreibtisch und greift nach dem Hörer des Festnetztelefons. Die Nummer, die er wählt, ist nirgendwo hinterlegt. Obwohl er sie nur selten benötigt, weiß er sie auswendig. Er lauscht dem Klingelton, bis sich am anderen Ende die bekannte Stimme meldet. »Wir haben ein Problem«, sagt von Rathjen.

YELDA, ABENDS, VOGELHÜTTENDEICH, AM DRITTEN TAG NACH DEM MORD

Der Falke schüttelt sich. Es ist ein kleines Exemplar, ein Turmfalke. Mit kurzem Schnabel, rundem Köpfchen und großen Augen. Er sieht eher drollig als gefährlich aus. Dabei sind die Vögel in der Lage, mit fast zweihundert Stundenkilometer vom Himmel herabzustürzen. Dann schnappen sie sich – zack! – eine Maus, die von ihrem Patrouillenflug aus gesehen kaum größer gewesen sein kann als ein Stecknadelkopf. Ich halte ihm ein Stück rohes Fleisch hin. »Komm schon, mein Schöner«, locke ich auf Mongolisch. Meine Hand ist klamm. Die Außentemperatur liegt nur wenige Grad über null. Der Falke fixiert den Bissen und schüttelt sich erneut.

Ein Spaziergang über die Dächer von Wilhelmsburg hat mir geholfen, meinen Kopf wieder frei zu kriegen – eine bewährte Methode, die ich gerne praktiziere, für die man absolut schwindelfrei sein muss. Von unserem Wohnhaus aus ist mein Radius allerdings begrenzt. Zu zahlreich sind die Lücken, die der Krieg in die Häuserzeilen gerissen hat. Wilhelmsburg mit seinem angrenzenden Hafen hat besonders viele Treffer kassiert.

Männer wie dieser von Rathjen sind mir unheimlich. Ich habe nachgeforscht. In der DDR hat er zwar keinen wichtigen Posten bekleidet, es war ihm aber gelungen, Zugang zum inneren Zirkel der SED-Bonzen zu finden. Er musste also seine aufrechte sozialistische Haltung unter Beweis gestellt haben. Und nun äußert er unverblümt Gedankengut, das ziemlich weit rechts einzuordnen ist. Wie passt das zusammen? Offenbar war Elisabeth Calis Teil der Gruppe um von Rathjen. Immerhin saß sie im Vorstand der Stiftung, die unter dem Namen »Euros« firmiert. Ich fürchte inzwischen, es ist nichts anderes als eine Kaderschmiede für »begabte junge Menschen«, die zu künftigen rechtslastigen Einflussnehmern gedrillt werden sollen. Hängt Elisabeth Calis' Tod in irgendeiner Weise mit dieser Organisation zusammen? Vielleicht kann Clemens Januschek uns dazu mehr erzählen.

Der Geruch glühender Kohlen zieht an mir vorbei wie Nebel. In einer der Wohnungen muss noch ein übrig gebliebenes Exemplar der Öfen stehen, mit denen hier früher alle heizten.

Der Falke trippelt seitlich näher, wendet mir den Kopf zu. Anders als die Hühner, die meine Großtante in Ulan Bator in ihrem Hinterhof hielt. Die haben mich immer mit schief gelegtem Kopf von der Seite beäugt. Hühner werden gefressen, darum sitzen ihre Augen seitlich am Kopf. Das ermöglicht ihnen einen Panoramablick von fast dreihundertsechzig Grad, um von allen Richtungen kommende Feinde wahrzunehmen. Turmfalken und viele andere Beutegreifer haben das nicht nötig. Ihre Augen sitzen wie beim Menschen frontal im Schädel. Das ermöglicht uns eine bessere 3-D-Wahrnehmung, damit wir Entfernungen präziser einschätzen können. Wir sind beide Jäger, der Vogel an meiner

Seite und ich. Bei Menschen erkenne ich den Unterschied sofort: Beute- oder Raubtier. Bei meinen Artgenossen verrät das allerdings nicht die Position der Augen, sondern ihr Blick.

Der Vogel hüpft noch einen Schritt näher, pflückt mir den saftigen Brocken aus der Hand. Dann breitet er die Schwingen aus und fliegt zum nächsten Kamin. Er zerteilt das Fleisch mit geschickten Schnabelhieben. Ich lächele. Askar, mein kirgisischer Lehrmeister in der Kunst der Falknerei, wäre zufrieden mit mir. »Zähme einen stolzen Vogel, und du wirst selbst fliegen«, hat er zu mir gesagt. Ich stehe auf und blicke auf die Stadt. Noch ist es nicht so weit.

YELDA, MORGENS AN DER ALSTER, VIER TAGE NACH DEM MORD

Am nächsten Morgen treffe ich Hadice vor einem makellos polierten Messingschild. Darauf ist in Schnörkeln »Klaasen, Mutius & Partner – Strafverteidiger« eingraviert. Die Adresse in den Alsterarkaden passt zu dem gediegenen Internetauftritt der Rechtsanwaltskanzlei, den ich mir in Vorbereitung auf den Termin angesehen habe: professionelle Fotografien in edlem Schwarz-Weiß mit einigen farbigen Akzenten in Rot und Gold. Wir wollen Clemens Januschek einen Überraschungsbesuch abstatten, der hier zwölf Stunden in der Woche als juristischer Werkstudent tätig ist. »Hier befasst man sich jedenfalls nicht mit den schmuddeligen Kleinkriminellen, hier geht es um die richtig dicke Kohle«, bemerkt Hadice.

Wir geben heute ein ziemlich seltsames Paar ab: Sie wie üblich in ihrer Bikerkluft. Ich im Kaschmirmantel und auf hochhackigen Ziegenlederstiefeln. In meinen Ohren schimmern Perlen. Meine Absätze klappern über die Marmorstufen.

»Heute hast du es aber übertrieben«, kommentiert Hadice mein Outfit.

»Könnte aber hilfreich sein. Vor allem bei Menschen wie Clemens Januschek. Hast du das Hemd bemerkt, das der Bursche gestern bei der Vernehmung getragen hat?«

»Teures Teil?«

»Ziemlich extravagant für einen armen Studenten, sogar wenn er ein großzügiges Stipendium bekommt.«

Die Empfangsdame hinter dem geschwungenen Weißlacktresen ist ebenso schick wie die Adresse. Ihr überschlanker Körper steckt in einem schlichten Kostüm, für das ich sicher ein Monatsgehalt auf den Tisch legen müsste. Sie lässt sich keine Irritation anmerken, als Hadice sich als Kriminalkommissarin ausweist und nach dem Werkstudenten fragt. Mit einem knappen Anruf zitiert sie ihn herbei: »Herr Januschek. Hier sind zwei Herrschaften für Sie. Von der Kriminalpolizei.« Sie dehnt das »A« in Kriminalpolizei ein wenig. Obwohl ihr Tonfall höflich ist, ist klar, dass er in der Kanzleihierarchie weit unter ihr steht.

Wir haben unser Kommen nicht angekündigt, und Clemens ist offensichtlich nicht erfreut, uns hier zu sehen. Mit gerötetem Gesicht und raumgreifenden Schritten kommt er auf uns zu. Er ist wütend. Das ist natürlich Hadices Ziel gewesen: Sie will ihn aus der Fassung bringen.

»Was machen Sie denn hier?«, sagt Clemens in mühsam beherrschtem Tonfall.

»Wir haben noch ein paar Fragen.«

Clemens geht hinüber zur Empfangsdame. »Kann ich kurz den Einser haben?«, fragt er fast unterwürfig. Sie tippt rasch auf ihrer Tastatur herum. »Aber nur für zwanzig Minuten«, sagt sie streng. »Dann kommen die Herren von Deepwater Industries.« Ich erinnere mich, dass das Unternehmen mit der Offshoreförderung von Öl und Gas auf hoher See Milliarden verdient. Vermutlich haben ihre Aktivitäten bereits seltene Meeresbewohner an den Rand des Aussterbens gebracht, sodass sie nun eine Klage im Keim ersticken müssen. Alle Achtung, denke ich, das ist mal ein fetter Mandant.

»Kein Problem. Länger wird es auf keinen Fall dauern«, verspricht Clemens mit einem abfälligen Blick auf Hadice und mich. Meine Kollegin lächelt. Giftig. Das kann sie also auch.

Der Raum, in den er uns führt, wird von einem riesigen weißen Tisch dominiert. Darum herum stehen in perfekter Formation schwarze Lederstühle mit Chromgestell. Der Blick aus dem Fenster geht direkt auf die Innenalster, auf der Schwäne ihre Bahnen ziehen. Für diese Vögel hat Hamburg einen eigenen Schwanenbeauftragen abgestellt, den »Schwanenvater«. Einer hanseatischen Legende nach wird der Reichtum der Hansestadt erhalten bleiben, solange Schwäne auf der Alster sind. Oder so ähnlich. Bis jetzt scheint es jedenfalls zu funktionieren.

Clemens setzt sich, ohne uns einen Platz anzubieten. Er schaut uns grimmig an. Umgangsformen muss er noch lernen, wenn er Karriere machen will. Insbesondere seinen Gegnern gegenüber sollte man sich durch emotionales Verhalten keine Blöße geben.

»Musste das sein?«

Hadice lässt sich entspannt auf einem Stuhl nieder, geschmeidig wie eine Katze. Sie gibt nicht vor, nicht zu wissen, worum es geht.

»Es tut uns leid, dass wir Sie hier so überfallen«, sagt sie. »Aber gestern sind noch ein paar Fragen aufgetaucht, die wir unbedingt schnell klären wollten. Das ist doch sicher auch in Ihrem Interesse.«

Clemens kann das kaum abstreiten. »Aber dazu hätten Sie nicht hier aufkreuzen müssen. Das hätten Sie auch diskreter handhaben können.« Er klingt maulig wie ein Kind.

Hadice geht gar nicht darauf ein. Sie nimmt sich eine der Seltersflaschen, die in militärischen Formationen auf wichtige Klienten warten. »Darf ich«, sagt sie, während sie das Getränk bereits mit einem bereitliegenden Kapselheber öffnet. Sie trinkt einen Schluck und stellt das blaugläserne Fläschchen ab.

»Gestern haben wir Ihrem Gönner einen Besuch abgestattet. Werner von Rathjen.«

Clemens versucht eine steinerne Miene. Was ihm nicht gelingt. Mit jeder Minute sehe ich seine Karrierechancen weiter schwinden. Der Junge hat sich einfach nicht im Griff. Aus dem wird nie ein großer Anwalt. Vielleicht hatte das auch von Rathjen inzwischen erkannt.

»Und?«

»Ihrem früheren Gönner, müssen wir wohl sagen. Er hat erzählt, dass Sie das Stipendium nicht weiter in Anspruch nehmen wollen. Warum?«

»Ich habe in das Umfeld einfach nicht so recht reingepasst.«

»Und das reicht, eine so schöne Summe auszuschlagen? So ein bisschen Small Talk auf dem Hochsitz sollte das doch wohl wert sein.«

»Ich schätze die Jagd nicht sonderlich.«

»Und das fällt Ihnen erst jetzt auf? Nachdem Ihre Schwester Sie des sexuellen Missbrauchs bezichtigt hat?«

Ich kann sehen, wie er die Kiefer fest aufeinanderpresst. »Nein, das ist mir schon vorher klar geworden. Ich habe mich bereits einige Tage vor einem … verwirrten Auftritt von Nina verabschiedet.« Da ist er wieder. Aufflammender, mühsam gezügelter Zorn. Auf seine tote Schwester. Auf Dr. Calis. Genug Zorn, um jemanden zu töten?

»Das ist interessant. Herr von Rathjen hat da eine andere Version. Demnach haben Sie sich erst nach den Vorwürfen zurückgezogen.«

»Dann ... täuscht er sich.«

»Dann lügt er«, hatte er sagen wollen, bin ich mir sicher. Clemens' Wut, erkenne ich, erstreckt sich auch auf von Rathjen. »Warum sind Sie so wütend auf ihn?«, hake ich nach.

»Weil ...« Er schüttelt den Kopf.

»Er hat auch gesagt, dass er erst abwarten will, ob sich die Vorwürfe halten lassen, bevor er Ihr Ausscheiden akzeptiert«, bohrt Hadice.

Clemens lacht kurz auf. »Ja, das hat er mir auch geschrieben.«

»Aber?«

»Kein Interesse.«

»Na gut.« Hadice lehnt sich entspannt zurück. »Erzählen Sie uns mehr von der Stiftung.«

Clemens schaut auf seine Armbanduhr. »Warum interessiert Sie das?« Ich registriere großes Unbehagen. Warum will er nicht über die Stiftung sprechen?

»In einer Morduntersuchung ist alles von Interesse.«

Clemens ist klar, dass er aus der Nummer nicht herauskommt. »Also gut. Die Stiftung. ›Euros‹. Den Leuten da geht es um die Zukunft unserer Gesellschaft. Ihr Ziel ist es, junge Menschen zu fördern, die das Potenzial haben, Verantwortung zu übernehmen.«

»Die künftige Elite. Ich verstehe.«

Clemens nickt.

»Und dazu gehören Sie.«

»Anscheinend.« Obwohl er aus dem Verein ausgetreten ist, ist er noch immer stolz, ausgewählt worden zu sein. Ich muss an ein Zitat von Groucho Marx denken: »Ich mag keinem Club beitreten, der mich als Mitglied akzeptiert.« In den Club hätten weder Groucho noch ich gewollt.

»Kennen Sie die anderen Begünstigten?«

»Selbstverständlich. Es gibt regelmäßige Gesprächskreise, auch Vorträge zu politischen und wirtschaftlichen Themen. Alles hervorragende Leute, die Redner! Zweimal im Jahr gibt es Alumni-Treffen, wo wir unsere Vorgänger treffen.«

Es ist interessant, dass er noch immer »wir« sagt.

»Sie wären überrascht, was für namhafte Leute darunter sind!« Seine Begeisterung straft seine vorangegangenen Äußerungen Lügen. Die angeblichen Beweggründe für seinen Austritt scheinen immer fadenscheiniger.

Das sieht auch Hadice so. »Und da haben Sie also nicht reingepasst. Sehr schade für Sie.«

Er presst die Lippen zusammen. Wenn es nicht wegen der Missbrauchsanschuldigungen war, wenn sogar von Rathjen ihn nicht gleich rausschmeißen wollte, warum ist er gegangen? Dann kommt mir eine Idee. »Euros«, sage ich. »Wissen Sie, was das bedeutet?«

»Es geht um Europa, wie schon der Name sagt.«

»Da liegen Sie etwas daneben. Euros ist in der griechischen Mythologie der Ostwind.«

Clemens blickt mich verunsichert an. »Na und?«

»Sie wissen, dass Herr von Rathjen und Dr. Calis aus dem Osten stammen? Insbesondere Werner von Rathjen war mit der SED-Führungsriege eng verbandelt.«

Ich lehne mich zurück. Clemens leckt sich nervös die

Lippen. Er hat es also gewusst. »Das spielt doch heute keine Rolle mehr. Menschen ändern sich.«

»Glauben Sie wirklich?«

Es klopft kurz und energisch. Die Tür öffnet sich, und die eiserne Lady vom Empfang tritt herein. »Wir würden den Raum dann in ein paar Minuten brauchen, wenn es Ihnen nichts ausmacht«, sagt sie maliziös.

Hadice hebt die Hand: »Einen Moment noch.« Die Frau zögert kurz, nickt dann und geht wieder hinaus. Hadice wartet, bis sie die gepolsterte Tür wieder hinter sich zugezogen hat. Der Raum hier ist für vertrauliche Gespräche gedacht.

Sie wendet sich wieder Clemens zu. »Warum haben Sie nicht erwähnt, dass Sie Dr. Calis auch privat kannten?«

»Ich kannte sie nicht privat. Wir sind uns ein paarmal begegnet. Auf Veranstaltungen der Stiftung. Wir haben kaum ein Wort miteinander geredet.«

Das kann ich mir gut vorstellen. Dieser Jüngling war sicher kein sonderlich inspirierender Gesprächspartner für eine Frau ihres Formats gewesen.

Unvermittelt lässt Hadice ihre Hand auf den Tisch knallen. Clemens zuckt zusammen. Hadices Stimme ist jetzt schneidend: »Hören Sie mal, die Therapeutin Ihrer Schwester ist ermordet worden! Der Sie die Schuld am Tod Ihrer Schwester geben. Die zudem einen Missbrauch ans Tageslicht gefördert hat, den Sie abstreiten. Wenn das so ist, dann hat die Frau Mist gebaut. Und zwar Mist, der das Potenzial hat, Ihre Zukunftsaussichten zu ruinieren! Und Sie halten es nicht für nötig, uns darüber aufzuklären, dass Sie sie kannten?«

»Ich …«, beginnt Clemens, doch Hadice gebietet ihm mit einer Handbewegung Einhalt. Sie erhebt sich, stützt die

Fäuste auf den Tisch und beugt sich vor. »Ich sage das mal so: Hier stinkt etwas gewaltig. Und ich werde herausfinden, was es ist. Verlassen Sie sich drauf!«

Zurück im Dienstwagen schaut Hadice mich von der Seite an. »Euros? Ostwind? Woher weißt du bloß solches Zeug?« Ich zerre den klemmenden Gurt über meine Brust. »Keine Ahnung. Solche Dinge bleiben einfach bei mir hängen.« Mit etwas Gefummel bekomme ich die Schließe endlich zu. »Clemens wusste jedenfalls davon, dass die Stiftung ehemaligen SED-lern nahesteht«, informiere ich Hadice über meine Wahrnehmung. Hadice startet den Motor. »Wenn Clemens die Wahrheit sagt und er sich zurückgezogen hat, bevor die Missbrauchsvorwürfe hochgekocht sind, muss etwas anderes dahinterstecken. Aber ist der Ostwind, der durch die Stiftung weht, der Grund dafür?«

»Das glaube ich keine Sekunde. Der Typ ist moralisch völlig schmerzlos, wenn es um die Karriere geht.«

»Warum lässt Clemens sich aber diese Chance entgehen, wenn man ihn wegen der Sache mit Nina gar nicht rausschmeißen will? Ganz abgesehen von dem Geld.«

»Vielleicht weiß dieser Kommissar irgendetwas. Schelling. Allerdings hat der wohl mit diesem Jugend-forscht-Programm nichts zu tun«, überlege ich laut.

»Aber er ist der einzige Insider in diesem Laden, den wir haben. Und er ist ein verdammt guter Polizist.«

VON RATHJEN, GUTSHOF IN HOLSTEIN, AM SELBEN ABEND

Für das anstehende Gespräch hat von Rathjen sich in das Besprechungszimmer zurückgezogen. Ein großer weißer Tisch dominiert das ehemalige Jagdzimmer. Exklusives dänisches Design. Oft hielt hier »Euros« ihre Sitzungen ab. Vordergründig ist es eine konservative Stiftung, die junge, vielversprechende Politiktalente förderte. Wie Clemens Januschek. Tatsächlich verbirgt sich dahinter aber ein weitverzweigtes, geheimes Netzwerk, das wesentlich aus veruntreuten Geldern der SED finanziert wird.

Die Überlebenden der ehemaligen DDR-Staatspartei SED hatten in der Wendezeit Millionen auf ausländische Konten transferiert. Die Idee der »Organisation«, wie sie die Mitglieder intern nannten, war, den Sozialismus wiederzubeleben. Dass man sich dabei konservativ gab, war kein Widerspruch. Es ging darum, die Massen zu kanalisieren. Allerdings hat von Rathjen eigene Pläne, die nichts mit denen der Organisation zu tun hatten.

Er zögert. Legt die Handflächen auf die kühle Platte des Tischs. Die Mitglieder einzuberufen, dafür war ihm die

Sache zu heiß. Er will erst einmal selbst Klarheit über die Lage gewinnen. Dafür muss er einen Anruf tätigen, den er sich lieber erspart hätte. Doch der lässt sich nicht länger hinauszögern. Der Anblick des Stuhls zu seiner Rechten, auf dem Elisabeth Calis sonst gesessen hatte, bereitet ihm Unbehagen. Die dunkle Standuhr, die in einer Ecke ihr Pendel schwingt, gibt ein schnarrendes Geräusch von sich. Dann beginnt sie volltönend die volle Stunde zu schlagen. Von Rathjen greift nach der Fernbedienung und schaltet den großen Monitor an, der von zwei Rehgeweihen flankiert über dem Kamin hängt. Er wartet, bis der Rechner hochgefahren ist, dann öffnet er mit ein paar Mausklicks das Videochatprogramm Skype. Das verpixelte Bild klärt sich rasch. Er kann nun den älteren Mann erkennen, der in kurzärmeligem, weißem Hemd hinter einem Schreibtisch mit grüner Marmorplatte sitzt. In der Hand hält er ein Kristallglas, in dem träge eine goldfarbene Flüssigkeit schwappt. Dabei ist in Chile noch nicht einmal Mittag, denkt von Rathjen.

Der alte Mann scheint seit ihrer letzten digitalen Zusammenkunft noch stärker gealtert. Seine fleischigen Hängebacken und die schweren Tränensäcke lassen ihn immer mehr wie eine Reinkarnation von Franz Josef Strauß erscheinen.

»Guten Abend, Werner.« Die Stimme läuft nicht synchron zum Bild, das zudem immer wieder stockt und sich verzerrt. Von Rathjen verabscheut solche Videokonferenzen, die ihm mühsamer erscheinen als ein Telefonat. Aber der alte Mann besteht darauf. Vermutlich hat er so den Eindruck, ihn besser im Blick zu haben. »Franke, wie geht es dir?«, begrüßt von Rathjen ihn.

»Das sind ja ausgesprochen unschöne Dinge, die da bei

euch ablaufen.« Franke kommt wie üblich direkt zur Sache. Dann nimmt er Tausende Kilometer entfernt einen Schluck aus seinem Glas.

Durch die Positionierung des Bildschirms scheint er auf von Rathjen herabzuschauen. So kann man es natürlich auch ausdrücken, denkt sich von Rathjen. Er räuspert sich. »Ich fasse die Lage mal kurz zusammen.«

»Ich bitte darum«, sagt Franke.

»Ich habe am Sonntag Kenntnis vom Tod von Elisabeth erhalten. Sie ist offenbar ermordet worden, genauere Tatumstände kennen wir noch nicht.«

»Jemand hat sie also tatsächlich getötet. Ich konnte es kaum glauben, als ich deine E-Mail las.«

»Ja, es war ein Schock.«

»Gewiss. Ihre Arbeit wird für uns kaum zu ersetzen sein. Wer hat dich informiert?«

»Unsere Quelle vor Ort.«

Franke nickt bedächtig. »Es zahlt sich eben aus, wenn man gut vernetzt ist.«

Von Rathjen berichtet kurz, wo und wie Calis aufgefunden wurde.

»In einem Zoo? Das ist doch absurd.«

Von Rathjen geht darauf nicht ein. »Gestern Vormittag hatte ich Besuch von der Polizei.«

Franke runzelt die Stirn. »Bedauerlich. Aber es war abzusehen, dass man die Verbindung von Elisabeth zu uns früher oder später herstellen würde.«

»Sie haben mich unter anderem zu Clemens Januschek befragt.«

»Unseren angehenden Starjuristen.«

Von Rathjen muss einmal mehr Frankes ausgezeichnetes Gedächtnis bewundern. Er selbst hatte das Debakel mit den Geschwistern Januschek heruntergespielt. Immer nur so viel preisgegeben wie unbedingt nötig. Das ist die Devise, mit der er bislang sehr gut gefahren war. Trotzdem ist Franke sofort im Bilde.

»Die Polizei hält Januschek offenbar für tatverdächtig. Mir leuchtet das ebenfalls ein. Nach dem Suizid seiner Schwester hatte er wohl eine Stinkwut auf Calis. Und zwar nicht nur wegen des Suizids. Nina hat auf Elisabeths Betreiben hin ihren Bruder beschuldigt, sie als Kind missbraucht zu haben. Clemens ist ausgerastet, wie man hört. Er hat Elisabeth sogar in ihrer Praxis aufgesucht und bedroht, hat sie mir erzählt.«

»Das ist ja eine widerliche Geschichte.« Hinter Frankes massiger Stirn arbeitet es. »Uns kann es allerdings nur recht sein, wenn die Polizei schnell ihren Schuldigen hat. Wenn der Fall zügig geklärt ist, schnüffeln sie jedenfalls nicht in unseren Angelegenheiten herum. Das könnte die Arbeit von Jahrzehnten gefährden! Clemens Januschek gibt vor diesem Hintergrund als Mörder doch eine sehr glaubwürdige Figur ab.«

Von Rathjen staunt einmal mehr über Frankes Kaltschnäuzigkeit. »Leider ist die Sache komplizierter. Clemens Januschek weiß mehr, als er sollte.«

Frankes Augen verengen sich zu Schlitzen. Er scheint geradezu aus dem Monitor heraus in den Raum zu ragen. »Was genau meinst du damit?«

»Er hat Informationen erhalten, die nicht für ihn bestimmt waren. Dadurch hat er mehr über die Organisation erfahren, als er zu diesem Zeitpunkt sollte.«

»Wie konnte das passieren?« Von Rathjen schweigt. Er hat nicht die Absicht, Franke diesen groben Schnitzer zu erklären. Der alte Mann schnauft. »Dann hol ihn wieder mit ins Boot«, sagt er schließlich. »Stell ihm einen gut dotierten Posten in Aussicht.«

Von Rathjen schüttelt den Kopf. »Ich fürchte, dazu ist er nicht der Typ. Er ist sogar von seinem Stipendium zurückgetreten.«

Frankes flache Hand saust auf die Marmorplatte. »Verdammt! Dann hast du ihn nicht sorgfältig genug ausgewählt!«

»Er schien uns allen als geeigneter Kandidat. Auch Elisabeth hat sich für ihn ausgesprochen. Auf ihre Gutachten konnten wir uns immer verlassen.«

Franke knurrt unwillig.

»Immerhin haben wir glücklicherweise ein Druckmittel gegen ihn in der Hand«, versucht von Rathjen, den Eindruck von Inkompetenz auszubügeln. »Den Missbrauchsvorwurf, den Elisabeth ausgegraben hat. Nachdem seine Schwester Nina tot ist, sind wir die Einzigen, die davon wissen. Wir können es publik machen, wir können es aber auch lassen, wenn er sich kooperativ verhält.«

»Dann stünde Aussage gegen Aussage.«

»Nicht ganz.« Von Rathjen gestattet sich ein Lächeln. »Ich habe die Angelegenheit mit Elisabeth vor ihrem Tod besprochen. Sie hat mir ein Video zugeschickt. Wenn wir das in Umlauf bringen, ist Clemens Januschek privat und beruflich ruiniert.«

Sie einigen sich darauf, dass von Rathjen mit Clemens Kontakt aufnehmen und den Deal aushandeln soll. »Wenn er sich nicht darauf einlässt, sorge dafür, dass man ihn für den Mord an unserer geschätzten Elisabeth drankriegt.« Franke bläst die feisten Backen auf. »Was ist aus dieser anderen Sache geworden?«

»Welcher anderen Sache?«

»Code Oktober.«

Code Oktober wurde immer dann ausgelöst, wenn irgendjemand Stasiakten aus dem Archiv zu bestimmten Personen anforderte. Personen, die der Organisation gefährlich werden konnten. Alarmiert wurde die Organisation dann von Mitarbeitern, die in der Behörde saßen, die man im Volksmund noch immer Gauck-Behörde nannte. Leute wie Franke hatten das Ablagesystem einst trickreich ersonnen und angelegt. Es gibt nicht etwa eine einzelne vollständige Akte zu einer Person, die Inhalte liegen verstreut an unterschiedlichen Orten der ehemaligen DDR – ein Geflecht aus Karteikarten und Querverweisen. Wer sie aufspüren will, muss den Spuren folgen, Deck- und Klarnamen entschlüsseln – eine Schnitzeljagd.

»Keine Sorge. Ich habe jemanden darauf angesetzt.«

Auf dem Monitor kann von Rathjen sehen, wie sich Frankes behaarte Hand auf der Marmorplatte zur Faust ballt. »Dann wollen wir mal hoffen, dass dieser jemand gute Arbeit leistet.«

YELDA, VOGELHÜTTENDEICH, AM SELBEN ABEND

Als ich die Wohnungstür aufschließe, ist alles still. Es ist fast sieben Uhr, und in den Räumen herrscht Dämmerlicht. Ich wundere mich kurz, denn Batu geht nicht mehr gern aus. Er fürchtet den Tag, an dem er den Heimweg nicht findet, sagt er. Wir wissen beide, dass dieser Tag vielleicht nicht mehr allzu fern ist. Ich habe schon überlegt, ihm einen Hund zu besorgen, der ihn wieder nach Hause geleitet. Gibt es Alzheimerhunde, so, wie es Blindenhunde gibt?

Ich finde meinen Vater auf dem Sofa. Wie aufgebahrt liegt er da, die Hände auf der Brust gefaltet. Ein irrationaler Schreck durchfährt mich, dass er in meiner Abwesenheit gestorben sein könnte. Erst als ich näher trete, sehe ich, wie sich seine Brust leise hebt und senkt.

Er schläft jetzt häufiger am Tag, nachts hingegen wacht er immer wieder auf, streift ruhelos durch die Zimmer. Auch das ist ein frühes Symptom der Krankheit, habe ich gelesen. Die Plaques, die sich in seinem Hirn ansammeln und seine Neuronen ersticken, betreffen auch das Zentrum für die Schlafregulation.

Er zwingt sich nicht in den alten Rhythmus von Schlafen und Wachen. »Ich muss nicht mehr arbeiten«, sagt er, »ich kann schlafen, wenn ich müde bin.« Mitten in der Nacht wach zu sein, wenn alle anderen schlummern, gefällt ihm sogar. Dann schreibt er an einem Buch, in dem ich noch nicht lesen darf. »Es ist nichts Bedeutendes, nur Erinnerungen eines alten Mannes, bevor sie mit mir verloren gehen. Vielleicht kannst du mir ja daraus vorlesen, wenn ich vollständig senil bin.«

Ich fürchte mich vor dieser Zukunft vielleicht noch mehr als er. Wird er dann noch mein Vater für mich sein? Was bleibt von uns, wenn die Summe unserer Erinnerungen erlischt? Ich nehme sein Smartphone, das auf dem niedrigen Wohnzimmertisch liegt.

Da ich die PIN selbst eingerichtet habe, kann ich durch die Fotos blättern, die er über den Tag hinweg geschossen hat. Batu hat nichts dagegen, er zeigt sie mir ohnehin bei jeder Gelegenheit. Manchmal sind es bloß Details, die mich rätseln lassen, was sie darstellen könnten. Andere fangen kleine zwischenmenschliche Szenen in unserem Viertel ein. Die meisten zeigen nüchterne Alltagssituationen. Sie sind es, die mich am meisten berühren, weil sie Kleinigkeiten festhalten, die mit Batu verschwinden werden.

Das erste Bild, das er heute geschossen hat, ist der Blick aus dem Fenster, laut Bildinformation morgens um halb vier. Bäume, deren Blätter in der Dunkelheit leuchten. Später ein Schuss auf sein Sudoku, vor dem Neguri hockt und ein Gesicht macht, als kenne sie die Lösung bereits. Auf dem nächsten Bild: die Theke des türkischen Supermarkts nebenan. Das Fleisch ist reichlich mit Fett marmoriert, so, wie er es mag. Ein weiteres zeigt Zechkumpane beiderlei Geschlechts vor einem Kiosk, dann eine Frau, die mit grimmigem Gesicht einen Kinderwagen voranschiebt. Schließlich ein Kind, das selbstvergessen mit einem Matchboxfeuerwehrauto auf den Stufen eines Hauses spielt. Manche Dinge ändern sich nie.

Anfangs hat Batu nur vereinzelt mit der Kamera seines Mobiltelefons herumgeknipst, wie alle anderen auch. In dem Maße, in dem sein Gedächtnis nachließ, stieg die Zahl der Bilder, die er machte. »Inzwischen kann ich mich damit immer öfter selbst überraschen«, hat er mir erzählt. An manche Begebenheiten könne er sich partout nicht mehr erinnern. Was anderen Menschen Angst machen würde, nimmt er eher verblüfft zur Kenntnis. Nach und nach ist das digitale Fotobuch für ihn zu einer Art ausgelagerter Gedächtnisfestplatte geworden. Vor ein paar Monaten hat er damit begonnen, sie aus Platzgründen auf Instagram hochzuladen.

Ich beschließe, meinen Vater schlafen zu lassen. Leise verlasse ich die Wohnung, steige wieder die knarzenden Treppen hinunter. Auf der Straße gehe ich los in Richtung Kanal.

In den letzten Wochen habe ich nach und nach mein altes Viertel erkundet. Es hat sich viel verändert, seit ich hier zur Schule gegangen bin. Auf meinen kurzen Stippvisiten in den letzten zehn Jahren habe ich es kaum bemerkt.

Wilhelmsburg, diese Flussinsel zwischen Norder- und Süderelbe, lag Jahrhunderte brach. Es gab ein paar Schafe und ihre Hirten. Erst als der Hafen an Bedeutung gewann, wurde auch hier gebaut. Entsprechend siedelten sich vor allem Hafenarbeiter an. In den Sechzigerjahren kamen die türkischen Gastarbeiter und später ihre Frauen und Kinder. Sie bilden die größte Gruppe der Menschen mit Migrationshintergrund, der hier bei mehr als sechzig Prozent liegt.

Dementsprechend ist die türkische Kultur bei uns besonders präsent.

Ich komme an den Stübenplatz, auf dem ein elegant geschwungener, hölzerner Baldachin den Menschen je nach Witterung Schatten oder Schutz vor Regen bietet. Hier warten Leute auf ihren Bus und sitzen die Kunden eines Imbisses, über dessen Tür »Lecker Pause machen!« steht. Sie essen Currywurst oder Sucuklu – eine würzige türkische Knoblauchwurst, trinken Bier oder Cola, abhängig von Alter, Vorlieben und Konfession. An einem der Fenster klebt ein Halal-Zertifikat, das den muslimischen Kunden Fleisch von vorschriftsmäßig geschächteten Tieren garantiert. Jeden Mittwoch und Samstag wimmelt der sonst eher beschauliche Platz von Menschen: Dann ist hier Wochenmarkt. Mir fällt das Restaurant *Flutlicht* mit seiner leuchtend roten Fassade ins Auge. Ich habe Lust auf die Süßkartoffelpommes und beschließe einzukehren.

Der Laden ist beliebt, doch ich ergattere den letzten freien Tisch. Geführt wird das *Flutlicht* von den drei Brüdern Abdul, die mit einer Speisekarte wild gemixter Gerichte aus aller Herren Länder punkten. Auch heute steht einer von ihnen hinterm Tresen. Sein Bart sieht so gepflegt aus wie der eines Hipster-Models. »Moin, Yelda«, begrüßt er mich, »siehst gut aus!« Er hat für jeden ein freundliches Wort, ganz gleich ob Mann, Frau, Kind oder Greis.

Eines hat sich seit meiner Kindheit nicht verändert: Wilhelmsburg ist ein Dorf. Schon jetzt treffe ich hier mehr Bekannte auf der Straße als nach zwei Jahren in London. Ich nehme an, das macht die besondere geografische Lage des Stadtteils, der eine Elbinsel ist. Im Herzen sind die Wilhelmsburger alle Insulaner, egal woher sie, ihre Eltern oder Großeltern stammen.

Während ich auf meinen Veggieburger mit Süßkartoffelpommes warte, lasse ich den Blick über die Gäste streifen. Verdutzt bleibe ich an einer schwarzen Lederjacke hängen, die mir ebenso vertraut ist wie der schmale Nacken und die kurz geschnittenen, verstrubbelten Haare. Hadice Öztürk? Hier? Ich zögere kurz. Dann nehme ich meinen Feierabend-Drink, gehe hinüber und tippe ihr auf die Schulter. Sie wendet unwillig den Kopf, dann reißt sie die Augen auf. »Wo kommst du denn her?«

»Ich wohne hier, gleich drüben. Im Vogelhüttendeich.«

»Mannesallee«, sagt Hadice. Sie runzelt die Stirn. »Und ich dachte, ich kenne hier jeden.« Dann wendet sie sich an ihre Tischnachbarn. »Das ist meine neue Kollegin, Yelda Batu. Nehmt euch vor ihr in Acht, sie kann Gedanken lesen. Und das nutzt sie auch skrupellos aus.«

»Hey, schon vergessen? Ich bin eine von den Guten!«

Die beiden Männer schauen mich neugierig an. Beide schätze ich auf Ende dreißig, womit die Gemeinsamkeiten aber auch schon aufhören. Der eine ist groß, dünn und blass. Sein Haar hat eine ungewöhnliche korallenrote Farbe. Trotzdem bin ich überzeugt, dass es nicht gefärbt ist. Er trägt ein grauviolett verwaschenes T-Shirt mit einem Iron-Maiden-Logo. Auf seiner Nase sitzt eine so unglaublich altmodische Brille, dass sie eventuell in der kommenden Saison topaktuell sein wird. »Lars Hansen«, sagt Hadice. »Künstler, Poet, Schrottsammler.«

»Entrümpler«, korrigiert er und blinzelt mir zu.

Hadice lächelt. Man sieht sie selten lächeln, denke ich. Ihr Lächeln ist offenbar wie ein Schafskopf im Kochtopf meiner mongolischen Großtante Sati: eine exquisite Rarität.

»Und das ist Theo Matthies«, sagt sie. »Er ist unser hiesiger Bestatter.«

»Bloß einer von vielen«, sagt Theo. Er hat dichte, dunkle Haare und ein schmales, intelligentes Gesicht, das melancholisch wirkt. Vielleicht, weil seine äußeren Augenwinkel etwas tiefer liegen als die inneren. Doch er hat etwas an sich, das mir sagt, dass er tatsächlich einiges erlebt hat, was sehr schmerzhaft gewesen sein muss.

»Du hast nicht zufällig chinesisches Blut oder so?«, fragt er. »Ich will nicht neugierig sein, aber ich kenne da ein chinesischstämmiges kleines Mädchen, das dringend gern mehr Kontakt zu Chinesen hätte. Hättest du da irgendwas zu bieten?«

»Möglicherweise. Das kann man bei meinem Volk nie so genau sagen. Ich bin Mongolin. Zur Hälfte zumindest. Wir sind ziemlich rumgekommen.«

»Mongolin. Davon haben wir sogar in Wilhelmsburg nicht allzu viele. Ich kenne eigentlich nur einen. Ein Verwandter?«

Ich nicke. »Vermutlich mein Vater.«

»Herr Batu, also? Ich dachte immer, das sei sein Vorname.«

»Ist er ja auch. In der Mongolei wird der Vorname des Vaters zum Nachnamen der Kinder. Normalerweise hängt man bei Frauen noch ein ›-iin‹ dran, also Batuiin, aber das fand mein Vater zu kompliziert für Deutschland.«

Der Kellner kommt mit meinem Essen. »Sitzt du jetzt hier?«

»Na sicher.« Lars zieht einen Stuhl heran und klopft auf den Sitz. Ich blicke kurz zu Hadice, doch die scheint nichts dagegen zu haben. Gekonnt platziert der Kellner den Teller vor mich. »Kann ich deinen Tisch weggeben, ja? Da warten nämlich schon welche.«

Ich nicke.

»Und du bist also so was wie ’ne Hellseherin?« Theo ist offensichtlich amüsiert.

»Gedankenleserin. Darum haben wir sie genommen«, korrigiert Hadice.

»Ein Polygraf«, sage ich.

»Ein menschlicher Lügendetektor«, erklärt Lars.

»Im Ernst?« Theo ist skeptisch.

»Du kannst sie testen«, sagt Hadice großzügig.

»He, ich habe auch Feierabend«, setze ich mich zur Wehr.

»Komm schon!« Theos Augen blitzen. Er gehört zu den Menschen, denen man schlecht etwas abschlagen kann.

»Also gut. Jeder von euch erzählt mir drei Dinge über sich.« Ich blicke von Theo zu Lars. »Aber nicht so etwas Banales wie: Ich bin achtunddreißig Jahre alt.«

»Woher weiß sie das?«, fragt Lars irritiert.

»Ich versuche herauszukriegen, was davon stimmt und was nicht. Dazu brauche ich ein bisschen drumherum, Infos, die die Sache etwas beleuchten. Alles klar?«

»Ohne mich«, sagt Hadice. »Ich gebe hier gar nichts von mir preis.«

Theo verdreht die Augen.

Während die beiden Männer überlegen, verputze ich meinen Burger. Erst beim Essen merke ich, wie hungrig ich bin.

»Okay«, sagt Lars, »dann lege ich mal los.«

Ich stecke mir rasch noch einen Süßkartoffelpommes in den Mund, dann konzentriere ich mich auf ihn.

Er räuspert sich. »Erstens: Ich habe einen Mops. Den habe ich beim Entrümpeln der Wohnung einer alten Dame gewissermaßen mitentrümpelt. Er heißt Kalle. Reicht das?«

Ich nicke.

»Zweitens: Ich bin der letzte Mensch in Hamburg, der keinen Wasserkocher besitzt. Ich koche mein Teewasser in einem Emaille-Kessel. Natürlich auch entrümpelt. Ich bilde mir ein, der Kaffee schmeckt dann besser.« Er blickt mich fragend an. Ich nicke ausdruckslos.

»Drittens: Ich verabscheue Friedrich Nietzsche. ›Wenn du zum Weibe gehst, vergiss die Peitsche nicht!‹ Ich bin Feminist!«

Ich stecke mir einen weiteren Pommes in den Mund und kaue.

»Und?«

»Das war zu leicht. Nietzsche ein Chauvi? Auf dem berühmten Foto mit dieser Busenfreundin von ihm, Lou Salomé, ist es jedenfalls sie, die die Peitsche schwingt. Die beiden anderen Sachen stimmen.«

»Alter, du bist einfach zu durchschaubar.« Theo feixt. Zwischen ihm und Lars besteht eine enge Freundschaft. Spontan beneide ich die beiden um ihre Fähigkeit, andere Menschen so nah an sich heranzulassen.

»Na, dann mach du es mal besser!«

»Okay.« Theo greift nach seinem Glas, bei dem es sich vermutlich um eine Apfelschorle handelt, und hält es hoch. »Ich trinke keinen Alkohol. Grundsätzlich nicht. Das Zeug schmeckt wie Benzin und ist ähnlich gesund! Zweitens: Ich bin eigentlich Arzt. Zumindest war ich das früher mal. Genauer gesagt, Chirurg.«

Das klingt allerdings ziemlich unwahrscheinlich. Warum sollte man ein aufwendiges Studium und anschließend eine lange Ausbildung auf sich nehmen und dann alles aufgeben für einen Beruf wie Bestatter? Nichts gegen diesen Job – aber den hätte er auch mit deutlich weniger Aufwand ergreifen können. Trotzdem bin ich überzeugt: Er sagt die Wahrheit. Und ich würde gern die Geschichte dahinter kennen. Ich nicke ihm zu. »Mach weiter.«

Er hebt die Augenbrauen. »Nummer drei: Mein Urgroßvater war Kapitän zur See. Nach seiner Pensionierung hat er in Seebestattungen gemacht.«

Ich wische mit den letzten Pommes den Rest Ketchup auf.

»Und?«, will er wissen.

»Der Chirurg als Bestatter und der Großvater zur See – das klingt vielleicht nach Seemannsgarn, ist aber keines. Das mit dem Alkohol – das stimmt nicht. Wenn du nicht gerade Apfelschorle trinkst, trinkst du vermutlich eher Bier als Wein.«

Theo breitet die Hände in einer Geste der Demut aus. »Ich gebe mich geschlagen.«

»Der, der hier in der Runde wirklich keinen Alkohol trinkt, ist dein Kumpel«, füge ich hinzu.

Lars und Theo sehen einander an. »Sie ist gut«, staunt Lars. »Sie ist richtig gut!«

»Hab ich doch gesagt.« Hadice grinst zufrieden. Sie tätschelt mir die Schulter, als sei ich ihre Einserschülerin. »Ich kann dich morgen mit ins Präsidium nehmen«, sagt sie. Mir ist klar, dass das so etwas wie ein Ritterschlag ist.

»Bevor du annimmst, solltest du wissen, dass Hadice dreihundertfünfzig Tage im Jahr Motorrad fährt«, warnt mich Theo. »Und sie fährt nicht wie ein Mädchen.«

»Hey, die Frau ist Mongolin, die weiß einen wilden Mustang zu reiten!«, witzelt Lars.

»Die mit den Mustangs, das waren Winnetou und Old Shatterhand«, korrigiere ich. »Wir haben unsere Steppenpferdchen.«

»Verdammt, Lars, endlich mal eine Frau, die dir noch was beibringen kann! Mein Freund hier ist nämlich eine wandelnde Wikipedia«, sagt Theo an mich gewandt. Ich verbeiße mir ein Lachen. Das ist ein Vorwurf, den ich kenne.

Ich lehne mich zurück. Mir fällt auf, dass ich mich rundum wohlfühle. Das letzte Mal ist lange her.

Als ich nach Hause komme, ist es spät, und Batu ist aufgewacht. »Hallo, mein schönes Pferdchen«, sagt er auf Mongolisch und küsst mich auf die Stirn. Ich schließe die Augen. Saikan mori. Niemand wird mich mehr so nennen, wenn er nicht mehr da ist. Sehnsucht nach der Mongolei steigt in mir auf wie Nebel über der Steppe. Doch wenn ich das nächste Mal dort hinreise, werde ich meinen Vater dort zurücklassen müssen. So haben wir es besprochen.

Batu sieht meinen Kummer. »Noch ist es nicht so weit«, sagt er. Dann lächelt er verschmitzt. »Heute ist ein Brief für dich gekommen – und ich erinnere mich sogar noch daran!« Er zieht ihn aus dem Ausschnitt seines Deels. Das kaftanähnliche blaue Gewand hat lange, weite Ärmel und einen hohen Kragen, der ursprünglich Schutz vor dem kalten Steppenwind bieten sollte. Dazu hat er sich seine safrangelbe Schärpe umgebunden. Er hat sich in seiner Freizeit schon immer gekleidet, wie es in seiner Heimat üblich war. »Viel bequemer als Jeans«, sagt er immer. Er reicht mir den unfrankierten Umschlag. Darauf steht nur mein Name. Als ich die Schrift sehe, beginnt sie vor meinen Augen zu tanzen. Ich bekomme keine Luft mehr. Trotzdem greife ich danach und gehe in mein Zimmer. Ich weiß, dass mein Vater mir besorgt nachschaut.

Verdammt, denke ich. Man hat mich also gefunden. Schneller, viel schneller, als ich gehofft hatte.

MATZE,
ZWÖLF WOCHEN VOR DEM MORD

Matze lag auf seinem Bett, achtzig Zentimeter breit, zwei Meter lang. Ein Lager, das seinen Zweck erfüllte. Wie alles in seiner Wohnung war es schlicht, funktional und spartanisch. Er besaß zwei Tassen, zwei kleine und zwei große Teller, zwei Gläser und ein Doppelset Besteck. In seinem Kühlschrank lagen ein Paket Graubrot, ein Stück Käse, zwei Tomaten, eine Tüte Milch. Eine Zweiraumwohnung für einen Einmannmenschen. Nur der Schreibtisch war großzügig mit einem Hochleistungsrechner und drei Monitoren bestückt. Wenn Matze nicht im Tierpark war, saß er meist davor. Frische Luft und Bewegung hatte er in seinem Job genug. Außer dem Typen, der einmal im Jahr die Heizung ablas, hatte seit seinem Einzug vor fünfzehn Jahren kein anderer Mensch die Räume betreten.

Ab und zu übernachtete er anderswo, bei einer Frau, die ihn wie einen streunenden Kater mit zu sich nahm. Frauen fühlten sich zu ihm hingezogen, vermuteten Tiefe hinter seiner Schweigsamkeit und schreckten dann zurück, wenn sie nur gähnende Leere fanden.

Nur einmal hatte er in all den Jahren eine Beziehung

versucht. Mehr als zehn Jahre war es jetzt her. Trixie war süß und deutlich jünger gewesen. Eine kleine, pummelige Person, die unbändigen Optimismus ausstrahlte. Oft hüpfte sie, statt zu gehen – wie ein Kind. Eine Weile hatte er sich eingeredet, sie könne ihn erlösen, ihm ermöglichen, sich endlich auszusöhnen mit dem, was geschehen war. Doch stattdessen musste er feststellen, dass die Leere triumphierte. Dass sie begann, selbst Trixies unerschütterliche Überzeugung, die Welt sei ein heller Ort, zu zersetzen. Als ihre Strahlkraft immer mehr verblasste, hatte er sich von ihr getrennt. Er wollte nicht für noch mehr Unglück auf der Welt verantwortlich sein.

Er dachte an das letzte Mal, als er Paula gesehen hatte. Paula, die auf ihn losging, stumm und verbissen auf ihn einschlug, ihm das Gesicht zerkratzte, bis jemand sie festhielt und von ihm wegzog. Das war nach seiner Freilassung gewesen. Anschließend war er nach Hamburg gegangen.

Carla musste sich irren. Er spürte ihn doch noch, den Schlag, mit dem er Paul am Kinn erwischt hatte, hörte das hässliche Geräusch, mit dem sein Kopf gegen die Mauer geprallt war, sah, wie das Leben sich aus den aufgerissenen Augen davonstahl.

Er hob seine Hände vors Gesicht, betrachtete sie im Mondlicht und ließ sie wieder sinken. Carla war sich ihrer Sache genauso sicher gewesen wie er. Zwei einander ausschließende Versionen einer Schicksalsnacht.

Ihr Plan sei schlicht gewesen, hatte Carla ihm erzählt. Sie fuhren mit dem Trabbi in die Nähe des Ostseeorts Kühlungsborn. Ihr Ziel war die Insel Fehmarn gewesen, fünfzig Kilometer entfernt. Der Weg zur Küste der BRD war hier weiter als anderswo. Doch sie hofften, dass deshalb dort weniger scharf kontrolliert wurde als in der Kieler Bucht, in der schon viele Fluchtversuche gescheitert waren. Für die Strecke würden sie einen Tag brauchen und eine Nacht, hatten sie ausgerechnet. Im Kofferraum hatten sie zwei Neoprenanzüge, Schwimmbrillen und Flossen für Hände und Füße. Außerdem in wasserdichten Umschnalltaschen Schokolade, Wasser, Schmerzmittel, einen Kompass und Methamphetamin. So gerüstet wollten sie ins Wasser steigen und in die Freiheit schwimmen. Für diese eine Nacht hatten sie ein ganzes Jahr trainiert, hatten sich mit Strömungen und Schiffsverbindungen beschäftigt.

»Aber dann haben wir die Hunde gehört und das Licht von Taschenlampen gesehen. ›Lauf‹, hat Paul gezischt. Und dann sind wir losgespurtet, in unterschiedliche Richtungen, wie wir es für diesen Fall vereinbart hatten.« Ihr, Carla, sei die Flucht gelungen. Was mit Paul geschehen war, habe sie erst viel später erfahren.

»Als ich irgendwann gehört habe, dass du ihn erschlagen hast, habe ich natürlich gedacht, dass das irgendwann später passiert sein muss. Dass Paul der Grenzpolizei irgendwie entwischt ist und sich zurück nach Berlin durchgeschlagen hat.«

»Aber hast du denn mit niemandem von den alten Freunden mehr gesprochen? Auch nach der Wende nicht?«, hatte Matze gefragt.

Sie schüttelte den Kopf. »So gut wie gar nicht. Keine zwei Wochen nach der Flucht haben zwei Männer in meinem Zimmer in Lübeck auf mich gewartet. Ich war damals bei einer Witwe untergekommen, Kost und Logis, aber keine Herrenbesuche.« Sie lachte, dann wurde sie wieder ernst. »Die deutsche Polizei hatte mich zwar davor gewarnt, dass man versuchen würde, mich einzuschüchtern, aber ich konnte es mir nicht vorstellen. Ich war doch bloß eine Musikerin! Aber dann standen sie auf einmal in meinem Zimmer: zwei Typen in Westklamotten, aber mit Stasiblick.« Matze sah, dass ihr die Erinnerung noch immer an die Nieren ging. »Sie haben mir nahegelegt, das Land zu verlassen und alle alten Kontakte abzubrechen«, fuhr sie fort. »Sie waren sehr höflich und eiskalt. Ich hatte eine Scheißangst. Ich hatte geglaubt, im Westen wäre ich endlich frei. Falsch gedacht.«

Sie sei dann so weit wie möglich weggezogen, ans andere Ende der Welt. Hatte sich in Neuseeland ein Leben als Reiseleiterin aufgebaut. Inzwischen hatte sie ihre eigene Agentur. Zum ersten Mal nach all diesen Jahren war sie jetzt wieder in Deutschland. Ein paar treue Kunden aus Hamburg, die viele Touren mit ihr unternommen hatten, hatten sie eingeladen. Als großer Zoo-Fan hatte sie die Gelegenheit genutzt, Hamburgs berühmten Tierpark zu besichtigen. Und war dabei prompt auf Matze gestoßen.

Matze glaubte nicht an so etwas wie das Schicksal. Aber bei dieser Begegnung war er sich dennoch nicht ganz sicher, ob nicht doch irgendwo eine Nemesis ihre Fäden wob. Seit dem Treffen mit Carla war Matzes Realität ins Rutschen geraten. Er hatte seinen besten Freund erschlagen. Ein einziger Schlag hatte seine Existenz, sein Selbstbild, seine innere Sicherheit, so, wie er sie kannte, ausgelöscht. Er hatte dafür gesessen. Und war nie darüber hinweggekommen. Und jetzt sollte es den tödlichen Schlag gar nicht gegeben haben?

Nackt, wie er war, stand er auf, ging in die winzige Küche und schaltete den Wasserkocher ein. Vom Wohnzimmer aus schimmerte bläuliches Licht hinüber. Wenn er zu Hause war, waren seine Rechner immer angeschaltet. Er hatte verschiedene Projekte parallel laufen. Zuletzt hatte er sich mit den Möglichkeiten künstlicher Intelligenz befasst. Ihm war klar, dass er mit seinen selbst erworbenen Computerkenntnissen viel Geld verdienen könnte. Aber er betrieb das Abtauchen in die abstrakte Welt aus Nullen und Einsen nur, um seinen Geist zu beschäftigen, abzulenken von dem, was ihn quälte. Jetzt kreisten andere Gedanken in seinem Kopf: Was war damals wirklich geschehen? Was steckte hinter dieser rätselhaften Angelegenheit? Und warum hatte die Stasi Carla bedroht? Sie war doch keine große Nummer gewesen, keine Berühmtheit, bloß eine Dissidentin unter vielen. Warum hatte man sie also unbedingt loswerden wollen?

Er löffelte Instantkaffee in einen Becher, goss heißes Wasser darüber und sah zu, wie es sich dunkel färbte. Dann fasste er einen Entschluss. Er würde die Wahrheit herausfinden. Koste es, was es wolle.

YELDA,
VOGELHÜTTENDEICH,
FÜNF TAGE NACH DEM MORD

Die Nacht steckt mir noch in den Knochen, als ich am nächsten Morgen aus der Haustür trete. Hadice wartet bereits auf mich. Sie lehnt an einem schwarzen Höllenungetüm von einem Motorrad. Ich muss beeindruckt aussehen, denn sie grinst und streckt mir einen lackschwarzen Helm entgegen. »Keine Sorge, ich werde fahren wie eine Missionarin.«

»Fahren die überhaupt Motorrad?«

»Die coolen unter ihnen immer!«

Kurz darauf pfeift mir der Fahrtwind scharf durchs hochgeklappte Visier. Es ist genau das, was ich nach dieser Nacht brauche. Der Brief hat mich kaum schlafen lassen. Ich muss dieses Problem aus der Welt schaffen. Ich weiß nur nicht wie. Doch dann reißt mich eine Erkenntnis aus meinen Grübeleien: Hadice ist geradewegs auf dem Weg zum Elbtunnel. Tatsächlich hat sie irgendwas von einem Stau auf den Elbbrücken gesagt. Kurz überlege ich, sie zu bitten, eine andere Route zu nehmen. Doch dann siegt meine Sturheit. Wenn ich vor einem harmlosen Tunnel kapituliere, wie soll ich gegen eine reale Bedrohung antreten?

Der 1975 eröffnete Tunnel ist über drei Kilometer lang.

Das sind mehr als dreitausend Meter ohne Tageslicht. Eine Röhre am Grund der Elbe, fensterlos und von trübem Wasser umspült. Ich muss an die riesigen Containerschiffe denken, die tagtäglich von winzigen Schleppern in den Hafen gebracht werden. Ich denke an die scharfen Schiffsrümpfe, die die Tunnelhülle beschädigen könnten. Auf dem Motorrad fühle ich mich noch schutzloser als in einer Blechbüchse mit vier Rädern.

Die Fahrt durch den weiß-orange gefliesten Tunnel dauert keine fünf Minuten, kommt mir aber wie eine Ewigkeit vor. Als wir am Polizeipräsidium ankommen, zittern mir beim Absteigen die Knie.

Hadice zieht sich den Helm vom Kopf. »Noch nicht oft auf einem Motorrad gesessen, was?« Ihr Blick taxiert mich amüsiert. Ich reiche ihr den Beifahrerhelm.

Kaum sitze ich in meinem winzigen Büro, habe ich meine Fahrerin schon wieder am Apparat. Ihre gute Laune vom Morgen scheint verflogen. »Wir haben einen Termin«, knurrt sie. »Am besten du setzt einen Schlapphut auf und schlägst den Kragen hoch.«

»Hä?«

»Verfassungsschutz.«

Der Mann, den wir eine Stunde später treffen, könnte harmloser nicht wirken. Er hat ein rundes Gesicht mit vollen Lippen und nur wenig mehr Haare als Bruce Willis. Er sieht aus wie ein Hausmeister, den man in einen teuren Anzug gesteckt hat.

Hadice ist offenbar kein großer Fan von ihm. »Reiner ist der Typ Mensch, der dich anlächelt und dir dann von hinten ein Messer in den Rücken rammt«, hat sie gesagt. Sie kennt ihn von der Grundausbildung bei der Polizei.

Wir sitzen in einem schicken Café mit Blick auf die Außenalster. Der Café latte, der vor dem Mann namens Reiner steht, kostet hier fast fünf Euro und wird vermutlich über Spesen abgerechnet. Umstandslos lässt Hadice sich in einen der bequemen Stühle fallen. Ich registriere, dass sie ihrem ehemaligen Kommilitonen nicht die Hand gibt. Ich rücke mir ebenfalls einen Stuhl zurück und setze mich. Reiners Mund verzieht sich zu einem Lächeln, das seinen bösen Blick Lügen straft.

»Du hast das Prinzip von konspirativen Treffen offenbar noch immer nicht verstanden«, rügt er Hadice sanft und nickt unmerklich in meine Richtung.

»Oh, ich kann ausgesprochen konspirativ sein. Yelda aber auch. Verschwiegen wie eine tote Katze. Siehst du, sie hat noch kein Wort gesagt.«

Ihr Gegenüber seufzt. »Also gut. Machen wir es kurz. Wie mir zu Ohren gekommen ist, ermittelt ihr in einem Mordfall.« Hadice sagt nichts, nickt auch nicht. Ich bleibe ebenfalls regungslos. Langsam fängt die Sache an, Spaß zu machen. Reiner ignoriert unser kleines Spielchen. Er nippt an seiner Tasse. Ein kleiner Milchschnurrbart bleibt an seiner Oberlippe hängen. »Wir sind an der Sache interessiert.«

»Woran genau?«

Eine rosa Zungenspitze taucht auf, leckt den Milchbart ab. »An allem.«

»Und an wem?«

»An jedem.«

»Von Rathjen?«

Ein winziger Muskel zuckt in seinem Augenwinkel. Der Mann sollte nicht Poker spielen. »Ich sagte doch, an jedem.«

Hadice lehnt sich zurück, trommelt mit den langen

schlanken Fingern auf der Tischplatte aus Granit. »Wenn ich helfen soll, muss ich wissen, worum es hier geht.«

»Komm schon. Du weißt, dass ich dir das nicht sagen kann.«

»Hängt es mit seiner DDR-Vergangenheit zusammen?«, bohrt Hadice nach.

Der Muskel zuckt erneut.

»Tut es«, sage ich.

Der Verfassungsschützer richtet zum ersten Mal seine Aufmerksamkeit auf mich. Seine Augen sind Hans-Albers-blau. »Ich habe schon gehört, dass Sie gut sind, Frau Batu. Vielleicht könnten Sie Ihre Fähigkeiten anderswo noch gewinnbringender einsetzen.« Er lächelt und entblößt dabei winzige Zähne. Als hätte er sein Milchzahngebiss nie verloren.

»Er macht dir gerade ein Angebot«, sagt Hadice.

»Danke, aber nein danke.«

Hadice zuckt übertrieben bedauernd die Schultern. »Wir reden also über die DDR«, sagt sie dann genüsslich.

»Wir reden über gar nichts.«

»Dreckige Geheimnisse aus der Vergangenheit? Gemauschel mit der Treuhand? Irgendwelches Stasizeug?«

»Hadice!«

»Vielleicht geht es ja auch um was ganz Aktuelles«, schlage ich vor. Ich sehe Reiner an, dass ich einen Treffer gelandet habe. »Wenn der Verfassungsschutz sich für jemanden interessiert, dann sind das Menschen und Gruppierungen, die dem Staat heute gefährlich werden könnten.«

Hadice steigt auf meine Idee ein. »Du meinst, von Rathjen plant eine kommunistische Konterrevolution?«

Ich behalte den Verfassungsschützer im Auge. Er bemüht

sich um Ausdruckslosigkeit, aber ich sehe, wie er sich entspannt, weil Hadice falschliegt. »Anscheinend nicht«, sage ich. »Was ist mit rechtslastigen Tendenzen?«, probiere ich mein Glück.

Hadice macht eine abwehrende Handbewegung. »Das sind doch Sozialisten. Die können doch nicht rechts orientiert sein.«

Der kleine Muskel am Auge des Hausmeisters zuckt erneut. Genauso gut könnte er uns die Bestätigung gleich schriftlich geben.

»Interessant«, sage ich. »Aber warum eigentlich nicht. Beide streben die Kontrolle des Staats über seine Bürger an. Gleichschaltung der Ideen, Eliminierung abweichenden Gedankenguts, Unterdrückung von freiheitlich-demokratischen Strukturen …«, zähle ich die Gemeinsamkeiten der Parteiführung in der DDR mit der aktuellen rechten politischen Szene auf.

»Du meinst, das alte Links ist das neue Rechts?«, fasst Hadice zusammen.

Dem Verfassungsschützer wird bei dieser Entwicklung des Gesprächs sichtlich unbehaglich. Rasch trinkt er seinen Kaffee aus. Er zieht eine Geldklammer mit Scheinen aus der Innentasche seines Jacketts, zupft einen Zehner hervor.

Ich mache einen letzten Vorstoß. »Was ist mit Schelling?«, frage ich. »Ist der mit von der Partie?«

Der Hausmeister schiebt den Schein sorgfältig unter seine Kaffeetasse, als könne ein Windstoß ihn davonwehen.

Ich lasse nicht locker. »Oder gehört er zu Ihrem Laden und ist bei von Rathjen als Maulwurf unterwegs?«

Reiner erhebt sich. Das Gespräch ist beendet. »Ich möchte, dass du ab sofort alle Ermittlungsergebnisse mit mir teilst«, wendet er sich abschließend an Hadice.

»Dazu brauchst du meine Hilfe nicht, da kommst du doch auch so ran.«

»Eine Frage der Höflichkeit, liebe Kollegin. Außerdem kann ich nicht in deinen Kopf schauen.«

»So weit kommt es noch.« Hadice sieht ihn an wie ein unappetitliches Insekt. Den Verfassungsschützer lässt das kalt. »Darum erwarte ich, dass du mich vorab über all eure Schritte informierst. Auch alle, die von Rathjen betreffen.«

»Das soll wohl ein Witz sein.«

»Rück ihm nicht zu sehr auf die Pelle. Du weißt nicht, worauf du dich einlässt.«

»Verrate es mir doch einfach.«

»Hier geht es um wichtigere Dinge als einen Mord.«

Kurz darauf sind wir wieder auf dem Weg ins Präsidium. »Wichtiger als ein Mord! Wichtiger als ein Mord!« Hadice schlägt mit der Hand aufs Lenkrad, und der Dienstwagen, ein unauffälliger Golf, macht einen kleinen Schlenker. »Dieser Scheißer vom Verfassungsschutz. Faselt dauernd von enger Zusammenarbeit, aber die läuft natürlich nur in eine Richtung: von uns zu denen. Die hocken auf ihrem Wissen wie der Drache auf einem Schatz und rücken nichts davon raus. Ich wette, wir würden ein ganzes Stück klarer sehen, wenn der Verfassungsschutz so freundlich wäre, uns teilhaben zu lassen. Jedenfalls lasse ich mir von dem Heini nicht in meine Mordermittlung reinreden.«

Ich schweige.

»Was?« Aufgebracht wirft Hadice mir einen Blick zu.

»Ich muss nur daran denken, dass der Mann dich schon länger kennt. Der weiß doch bestimmt, dass sein Verhalten dich auf die Palme bringt.«

»Was für eine Scheißpalme?«, sagt Hadice, aber sie klingt nachdenklich.

»Vielleicht will er, dass du genau das Gegenteil von dem tust, was er sagt. Dass du den Dachshund spielst, der für ihn die Beute aus dem Bau treibt.«

»Ich soll von Rathjen auf die Pelle rücken?« Hadice beißt sich auf die Unterlippe. »Kann er haben«, sagt sie dann. »Hauptsache, wir kriegen den Täter.«

MATZE,
BERLIN, ALEXANDERPLATZ,
FÜNFUNDZWANZIG TAGE VOR DEM MORD

Matze bog vom Bahnhof Alexanderplatz in die Karl-Liebknecht-Straße ein. Er war seit fast zwanzig Jahren nicht mehr in Berlin gewesen und staunte darüber, wie sehr sich alles verändert hatte: vom Schmuddelcharme zum in weiten Teilen gentrifizierten Antlitz. Dieser Teil von Berlin-Mitte, genauer gesagt der Alexanderplatz mit seinen in den Sechziger- und Siebzigerjahren entstandenen Gebäuden, war jedoch nach wie vor unpersönlich wie eine Legostadt.

Seit Wochen hatte die Sonne Stein, Beton und Asphalt aufgeheizt. Kaum ein Baum spendete Schatten, Sträucher ließen die Blätter hängen, darunter sah man den rissigen Boden, in dem Büschel gelb gewordener Gräser vor sich hin dorrten. Der Fußweg zum Sitz der »Behörde des Bundesbeauftragten für die Unterlagen des Staatssicherheitsdienstes der ehemaligen Deutschen Demokratischen Republik« dauerte keine zehn Minuten. Für viele Menschen ein Ort bitterer Erkenntnisse.

Seit 1990 haben die Menschen in der Bundesrepublik die Möglichkeit, einen Antrag auf Akteneinsicht bei dem Bundesbeauftragten für die Unterlagen des Staatssicherheitsdienstes der ehemaligen Deutschen Demokratischen Republik (kurz: BStU) einzureichen. Vielen ist sie wegen ihres ersten Leiters und dem späteren Bundespräsidenten noch immer als Gauck-Behörde geläufig. Mehr als drei Millionen Bürger haben seither von dieser Möglichkeit Gebrauch gemacht.

In den Metallregalen der Archive stehen insgesamt rund einhundertelf Kilometer Akten in Blassrot, Gelb und Grau. Gut die Hälfte davon wurde von der Staatssicherheit unfreiwillig archiviert hinterlassen. Weitere sechzig Kilometer wurden 1990 unsortiert in den Büros der Stasi gefunden. Und dann sind da noch die fünfzehntausend Säcke mit Papierschnipseln. Das Material haben die Stasimitarbeiter in den letzten Tagen vor der Wiedervereinigung mit bloßen Händen zerrissen, weil die Kapazitäten der Schredder nicht ausreichten. Seitdem haben die Mitarbeiter der Behörde sie zunächst in mühsamer Kleinarbeit, inzwischen mit digitalisierter Unterstützung, erschlossen. Die letzten neun Prozent sind noch in Arbeit.

In vielen Fällen erlebten die Menschen die Rückschau in die Vergangenheit als befreiend. Für andere war sie ein Schock. Sie erfuhren, dass der beste Freund, die Ehefrau, die eigenen Eltern sie ausspioniert hatten. Insgesamt verfügte die Stasi über mehr als neunzigtausend Mitarbeiter und ein Heer von hundertzehntausend inoffiziellen Mitarbeitern. Manche taten es aus Überzeugung. Andere wegen des Gefühls von Bedeutung, der heimlichen Macht, die ihnen der Spitzeldienst verlieh. Manche wurden mit der Aussicht auf Vergünstigungen angelockt. Anderen machte man deutlich, ein Studium sei nur drin, wenn man kooperiere. Ein großer Teil tat es aus Angst, um die eigene Existenz oder die Sicherheit geliebter Menschen zu schützen. Wer den Deal mit dem teuflischen Apparat einging, für den gab es kaum noch ein Entrinnen.

Als Matze die Treppenstufen zu der breiten Glastür hinaufstieg, fühlte er sich benommen. Er war überrascht, dass der kurze Fußmarsch ihn so mitgenommen hatte. Eigentlich hätte er sich inzwischen an die Sonne gewöhnt haben müssen, doch die Hitze war in Berlin noch einmal erbarmungsloser als in Hamburg.

Im Inneren des Gebäudes war es vergleichsweise kühl. An einem langen Tresen saßen zwei Pförtner, die in ein Gespräch mit einer alten Frau in verblüffend hohen High Heels vertieft waren. Matze, der schon auf der Zugfahrt von zunehmender Nervosität gepackt worden war, studierte zur Ablenkung die Informationstafeln, die Auskunft über die Behörde und ihre Arbeit gaben. Schließlich wandte sich die alte Frau vom Tresen ab und schritt leichtfüßig auf ihren hohen Absätzen hinaus.

»Bitte schön«, sagte der jüngere Pförtner dann zu ihm. Matze erklärte, einen Termin zur Akteneinsicht zu haben, und reichte seinen Personalausweis über den Tresen. Ein kurzer Abgleich, dann sagte der in gedeckte Töne gekleidete Mann: »Nehmen Se doch bitte dort drüben Platz.« Er nickte zu einem angrenzenden Raum mit schwarzen Freischwingerstühlen hinüber.

Auch dort war das Archiv gegenwärtig: Eine Fototapete zeigte Regale voller Akten. Matze, der sich unterzuckert fühlte, zog sich eine Cola aus einem Automaten.

Seit er seinen Termin per Post erhalten hatte, hatte er versucht, den nun anstehenden Moment zu verdrängen.

Ihm war klar, dass die Wahrheit unter den Aktendeckeln seinen Blick auf die vergangene Realität unwiederbringlich verändern würde. Würde er herausfinden, dass Menschen, die seine Freunde, seine Familie, seine Vorbilder waren, ihn verraten hatten?

Er setzte sich auf einen der Stühle und öffnete das Getränk. Beim ersten Schluck verzog er das Gesicht. Der übersüße Geschmack widerte ihn an, doch er trank weiter.

Bereits seit der Begegnung mit Carla war die Erinnerung an seine Jugend, die er so lange ausgeblendet hatte, mit Macht zurückgekehrt. Die Cola in seinem Magen verursachte ihm leichte Übelkeit. Er dachte an Paul und Paula, an sich selbst und all die anderen aus ihrem Umfeld. Wie entschlossen sie gewesen waren, dem Staat die Stirn zu bieten! Jung waren sie gewesen und naiv. Waren stolz darauf gewesen, sich aus dem System auszuklinken, sich zu verweigern, waren stolz auf ihren Protest. Die wütende Lebenslust, die sie damals umgetrieben hatte, konnte er schon lange nicht mehr in sich finden. »Wenn wir dafür ins Gefängnis gehen, so seid euch ganz gewiss: Einmal kommen wir wieder raus, dann sind wir Terrorist!«, hatte die Band Namenlos den Systemschergen entgegengeschleudert – und war verhaftet worden, so wie er. Zumindest er, Matze, war nach dem Knast allerdings nicht zum Terroristen geworden. Er hatte kapituliert. Mit einem Seufzer lehnte er sich zurück, legte den Kopf in den Nacken und schloss die Augen.

Vor einigen Jahren hatte er einen der Hagenbeck-Elefanten in seine neue Heimat im Leipziger Zoo begleitet. An einer Tafel an einer Hauswand war ein Schild angebracht gewesen. »Leipzig, Stadt der Helden« hatte darauf im Andenken an die Montagsmärsche Ende der Achtzigerjahre gestanden. Wo waren diese Menschen all die Jahre zuvor gewesen?, hatte er sich gefragt. All die Jahre, in denen die Punks aufgestanden waren, Honecker den Stinkefinger gezeigt hatten und dafür in den Bau gewandert waren.

Matzes Haltung gegenüber den Montagsmarschierern war zwiespältig. »Wir sind das Volk«, hatten sie gerufen und ihre Freiheit eingefordert. Und dann hatten aus seiner Sicht nicht wenige ihre Freiheit eingetauscht für Billigflüge nach Ägypten und große Flachbildschirme. Manche wählten heute rechtslastige Parteien und Gruppierungen, die darauf aus waren, die Freiheit, Gerechtigkeit und Menschlichkeit dadurch ad absurdum zu führen, dass sie plötzlich nur für Menschen mit deutschem Pass und deutschen Wurzeln gelten sollte. Was immer das auch bedeuten mochte.

»Herr Kranitz?«, sagte eine Stimme. Matze schreckte hoch. Vor ihm stand ein überraschend junger Typ. Er sah extrem lässig und extrem gut aus. Mit dieser Kerbe im markanten Kinn konnte er sicher jederzeit einen Job als Model bekommen. Matze erhob sich. »Schneider mein Name. Kommen Sie bitte mit mir«, sagte er. Er lächelte nicht, aber sein Blick war freundlich.

Der Raum, in dem eine neue Facette der Wahrheit auf Matze wartete, war schmucklos. Nur ein alter Mann saß mit feuchten Augen vor einer schmalen Akte. Ob er weinte oder ob es das Alter war, das seine Augen tränen ließ, wusste Matze nicht zu sagen. Eine junge Frau – viel zu jung, um von der Stasi bespitzelt worden zu sein – hatte die Beine unter sich auf den Stuhl gezogen und kaute an einer Haarsträhne. Vermutlich war es die Akte eines verstorbenen Angehörigen, zu der sie nun nach dessen Tod Zugang hatte.

Der schöne Herr Schneider führte ihn zu einem weiteren Tisch, auf dem ein etwa dreißig Zentimeter hoher Stapel lag. Ungläubig legte Matze die Hand darauf. »Das hier ist alles über mich? Ich war doch nur eine kleine Nummer in der Szene.«

Sein Begleiter lächelte. »Offenbar nicht ganz so klein, wie Sie dachten.«

Benommen zog Matze den Stuhl unter dem Tisch hervor und setzte sich.

»Sie wissen, wie wir hier verfahren? Die Namen aller Beteiligten sind aus personenschutzrechtlichen Gründen geschwärzt. Ausgenommen sind die Stasimitarbeiter. Von den Offiziellen stehen die vollständigen Namen in den Akten. Von den inoffiziellen Stasimitarbeitern finden Sie hier nur die Decknamen. Die Aufdeckung der Klarnamen können Sie in einem gesonderten Verfahren beantragen.«

»Warum ist das so kompliziert? Hier geht's doch darum, sich der Wahrheit zu stellen.«

»Manchmal stellen die Leute erst, wenn sie die Akte aufschlagen, fest, dass sie es doch nicht so ganz genau wissen wollen, wer sie verraten hat.«

Matze fand das absurd, sagte aber nichts dazu.

»Haben Sie sonst noch Fragen?« In Schneiders Blick lag Mitgefühl.

Matze schüttelte den Kopf, wollte endlich allein sein mit dem, was auch immer zwischen diesen Pappdeckeln auf ihn wartete.

Als der freundliche Behördenmann gegangen war, atmete er tief ein und schlug die erste Mappe auf.

Am nächsten Tag fühlte Matze sich seltsam surreal. Er hatte stundenlang in seinen Akten gelesen, und was er da gefunden hatte, hatte ihm den Boden unter den Füßen weggezogen. Trotzdem hatte er in der kleinen, etwas angestaubten Pension in Mitte geschlafen wie ein Toter.

Nach der dritten Tasse Kaffee war er morgens an den Ort der Geschehnisse aufgebrochen: dorthin, wo sein Leben auf perfide Weise ruiniert worden war. Er verstand nur noch immer nicht, warum.

In der ehemaligen Haftanstalt Hohenschönhausen herrschte schon am Morgen lebhafter Andrang. Matze buchte die nächstmögliche deutschsprachige Führung. Es kam ihm seltsam vor, für einen Bau Eintritt zu zahlen, in dem er unfreiwillig Jahre seines Lebens verbracht hatte. Eine junge Frau mit engagiert wippendem Dutt leitete die Führung. Als die Haftanstalt in eine Gedenkstätte umgewandelt wurde, war sie sicher noch nicht einmal auf der Welt gewesen.

Matze hatte gelesen, dass viele dieser Touren von ehemaligen Insassinnen und Insassen geführt wurden. Doch er war froh, dass seine Gruppe von einer unvorbelasteten Person übernommen wurde. Er wollte anonym bleiben. Bloß einer von vielen Tausend Besuchern, die hier jedes Jahr kamen und gingen. Ein ehemaliger Schicksalsgenosse hätte ihm vielleicht etwas angemerkt.

Sie standen auf dem Hof, der durch hohe Steinmauern von der Außenwelt abgeriegelt wurde. Auch die achteckigen Wachtürme waren noch da – und der Stacheldraht. Alles schien seltsam unverändert. Gleichzeitig war die Atmosphäre völlig anders: Jetzt flanierten Touristen über das Gelände – kichernde Teenager, die vermutlich von der Schule verdonnert worden waren, sich die Hinterlassenschaften des Stasiregimes zu Gemüte zu führen, Senioren in allen Abstufungen von Beige, bunt gekleidete Touristen. Er hörte japanische, französische, englische Wortfetzen. Wie die Überreste der Mauer war der einstige Stasiknast ein beliebter Punkt auf dem Sightseeing-Programm gebildeter Berlin-Besucher. Im Halbstundentakt wurden sie hier durchgeschleust – dabei wechselten sich deutsch- und englischsprachige Führungen ab.

Nach der Einsicht in die Akten war Matze, sich benommen und verloren fühlend, in die Hitze der Stadt getreten. In dem Jutebeutel mit Elefantendruck, den er vorsorglich mitgebracht hatte, spürte er das Gewicht der vielen kopierten Seiten.

»Ich freue mich, Sie hier in der ehemaligen Haftanstalt der DDR, Hohenschönhausen, begrüßen zu dürfen«, sagte die junge Frau. »Mein Name ist Maja, und ich bin heute Ihre Führerin vor Ort. Wenn Sie Fragen haben, können Sie sich jederzeit an mich wenden.« Ihr Lächeln in die Runde entblößte ebenmäßige weiße Zähne.

Junge Menschen mit schiefen Zähnen gibt es kaum noch, dachte Matze. Das war sicher ein Vorteil des hervorragenden bundesdeutschen Gesundheitssystems. Andererseits ging dadurch aber auch ein Stück Individualität verloren. Maja hatte lange schwarze Haare, die sie in einem Dutt oben auf dem Kopf zusammengewunden hatte. Ihr geblümtes Sommerkleid stand in scharfem Kontrast zur Tristesse des Orts. »Alles, was Sie hier draußen und innen sehen werden, ist authentisch, also so gut wie unverändert geblieben. Ursprünglich war das hier im Zweiten Weltkrieg eine Großküche, die Essen für mehrere Tausend Menschen bereitstellen konnte.«

Matze war verblüfft. Davon hatte er noch nie etwas gehört. »Insbesondere nach Bombenangriffen wollte man durch das Verteilen warmer Mahlzeiten die Moral der Bevölkerung stärken«, berichtete Maja. Nach der Kapitulation wurde der Gebäudetrakt schon bald als Gefängnis genutzt – zuerst von den Sowjets. Später übernahm die Staatssicherheit die Räumlichkeiten. »Mehr über die Historie erfahren

Sie in einer Dokumentation, die wir Ihnen zu Beginn der Führung zeigen«, sagte Maja. Auf Matze wirkte sie wie ein kleines Mädchen, das Museumswärterin spielt. »Wenn Sie mir bitte folgen würden.«

In dem Nebengebäude, das der Filmvorführung diente, war es angenehm kühl. In einem weiß getünchten Raum hatte man mehrere Reihen Stühle aufgestellt. Matze ließ sich etwas abseits auf einem davon in der vorletzten Reihe nieder.

Der Film bot einen Kurzabriss der Historie des Gebäudes. Viele bekannte Leute hatten hier eingesessen, darunter auch der Schauspieler Heinrich George, der von dort in ein Lager verlegt wurde. Die Sowjets hatten nicht nur Nazis, sondern auch Menschen hierhergebracht, die von Hitlers Schergen als Kommunisten oder Sozialisten in Lager gesteckt worden waren. Zu der Zeit tobte ein erbitterter Kampf um die Macht in der Sowjetunion. Die kommunistische Bewegung war in verfeindete Lager zersplittert, unter denen sich schließlich das von Josef Stalin durchgesetzt hatte. Seither war Kommunist nicht gleich Kommunist. Wer Trotzkist war, galt als subversiv und blieb nach dem Krieg in der russischen Besatzungszone kurzerhand in Haft. Die Bedingungen waren zermürbend: Kälte, Dunkelheit, Hunger sollten die Menschen brechen.

Zu DDR-Zeiten ging man subtiler, aber nicht minder grausam vor. Besonders erschütterte Matze eine Szene aus Original-Filmmaterial, die zeigte, wie eine Frau bearbeitet wurde. Sie hatte sich auf dem Lager in ihrer Zelle zusammengekauert. Immer wieder drängte ein Stasioffizier sie, zuzugeben, was sie getan hatte. »Aber sagen Sie mir doch, was ich getan haben soll!«, wimmerte die Frau. Sie musste schon längere Zeit dort sein. Ihr langes Haar hing ihr wirr ins Gesicht. Sie wirkte wie die Insassin einer Irrenanstalt aus dem 19. Jahrhundert. »Was Sie getan haben, das können wir ja nicht wissen, nicht wahr? Das sollen Sie uns sagen«, insistierte der Stasivernehmer. »Aber ich habe doch nichts getan.« »Wenn Sie nichts getan hätten, wären Sie doch nicht hier, nicht wahr?«

Am Ende hatten die meisten gestanden. Alle möglichen Dinge, die sie sich nie zuschulden kommen lassen hatten. Sie unterschrieben, Volksverräter zu sein, Republikflüchtlinge, Wirtschaftskriminelle oder Asoziale. Nur um endlich ihre Ruhe zu haben. Dafür landeten sie anschließend für Jahre hinter Gittern. Er konnte sich nur zu gut daran erinnern. Er fragte sich, wie vielen die Stasi nicht nur ein Geständnis abgepresst, sondern sie auch überzeugt hatte, die Dinge, derer man sie anklagte, tatsächlich begangen zu haben. So wie ihn. Als das Licht wieder anging, blinzelte Matze benommen.

Die junge Führerin scharte ihre Schäfchen wieder um sich, dann ging es in den Keller des Hauptgebäudes, den Matze nie betreten hatte. Einst als Lagerraum für die Großküche genutzt, hatten die Russen hier ihren Zellentrakt eingerichtet. Es herrschte klamme Kälte. Kein Strahl Tageslicht verirrte sich hinein, sodass den Insassen jegliches Zeitgefühl abhandenkam. Die Methoden zur Zermürbung waren perfide. Beliebt war insbesondere die Wasserfolter. Dabei schütteten die Wärter unter dem Vorwand, sie reinigen zu wollen, so viel Wasser in eine Zelle, bis es zentimeterhoch stand. Da die Zellen ansonsten völlig leer waren, hatten die Gefangenen keine Möglichkeit, sich hinzusetzen oder hinzulegen. Matze nahm diese Information mit Schaudern zur Kenntnis.

»1951 übernahmen die Deutschen das Gefängnis«, erklärte die Führerin weiter. »Damit war die Zeit der Wasserfolter und des Tageslichtentzugs zwar vorbei, man setzte aber auf ebenso wirksame psychologische Methoden zur Zerrüttung.« Sie führte die Gruppe ein paar Treppenstufen nach oben ins Freie und ließ dann ein breites Rolltor hochfahren. Als Matze sah, was dahinter war, überrollten ihn die Erinnerungen mit Macht.

Sie waren im Morgengrauen gekommen. Ein durchaus höfliches Klingeln riss Matze aus dem Tiefschlaf. Als er die Tür öffnete, hielt ihm ein Mann in Uniform ein Papier vor die Nase. »Herr Kranitz?«, fragte er. Matze nickte. »Sie sind festgenommen.« Zwei Männer, die zuvor rechts und links hinter dem Uniformierten gestanden hatten, traten vor und nahmen Matze in die Mitte. Sie führten ihn zu einem Lieferwagen, der im Hof parkte. Solche Transporter sah man in Berlin häufig. Sie wurden vor allem von Handwerkern und Lieferanten gefahren. Doch dieses hellgraue Modell hatte keinerlei Beschriftung.

Die Stimme der Gedenkstättenführerin holte Matze zurück ins Hier und Jetzt. »Die Häscher wollten möglichst diskret vorgehen. Niemand sollte mitbekommen, was passiert. Die Menschen, die sie mitnahmen, sollten einfach spurlos verschwinden«, erzählte Maja. Und so war es dann auch. Niemand wusste, wo die Verschwundenen abgeblieben waren. Hohenschönhausen lag in einer Sperrzone, die auf keiner Karte verzeichnet war. Dass hinter den hohen Mauern Menschen von der Staatssicherheit vernommen wurden, wusste niemand. Nicht einmal die Inhaftierten selbst wussten, wo sie hingelangt waren.

Auch Matze war es damals nicht anders ergangen. Der fensterlose Transporter holperte stundenlang durch die Gegend, so schien es Matze. Schon nach kürzester Zeit hatte er völlig die Orientierung verloren. Der Versuch, ein Gespräch mit dem stur geradeaus blickenden Beamten anzufangen, scheiterte. Als der Wagen schließlich hielt, kam es ihm wie eine Erlösung vor. Das rumpelnde Geräusch eines Rolltors war Matze von den Garagen gegenüber ihres Wohnblocks wohlbekannt. Der Wagen setzte sich wieder in Bewegung. Das Rolltor fuhr wieder herunter. Erst dann wurden die Hecktüren aufgestoßen. Nach der langen Zeit im dunklen Laderaum blendete ihn das grelle Licht.

»Solche Aktionen waren natürlich Teil einer Strategie gezielter Desorientierung«, erklärte die Führerin ihren gebannten Zuhörern in Hohenschönhausen. »Die Menschen hatten keine Möglichkeit festzustellen, wo sie sich befanden.« Anders als im alten Russenkerker gab es zwar Tageslicht, aber statt Glasscheiben hatte man Glasbausteine verbaut. Daher konnten die Gefangenen nicht mal einen Blick auf ein Paar Wolken erhaschen. Das war Teil des Kalküls: »Der Blick auf den Himmel kann einem Hoffnung schenken«, sagte Maja. »Nicht einmal der sollte den Gefangenen Mut machen.« Es hatte funktioniert. Und wie es funktioniert hatte. Matze traten die Tränen in die Augen. Schnell senkte er die Lider, damit das niemand bemerkte. Er wusste nur noch zu gut, wie sich die Hilflosigkeit schon am Tag seiner Einlieferung angefühlt hatte.

Als ihn die Wärter über eine Treppe delegierten, strauchelte Matze. Erst jetzt registrierte er, dass ihm die Knie zitterten. Sie führten ihn in einen Raum, in dem zwei Beamte ihn erwarteten. Der eine war ein großer, übergewichtiger Kerl, der in seiner Uniform schwitzte. Der andere war kleiner und etwas älter, wirkte aber durchtrainiert. Sein Mund war durch eine geflickte Hasenscharte zu einem dauerhaft angewiderten Ausdruck geschürzt. Er trug eine Brille mit leicht getönten Gläsern. Westware, dachte Matze.

»Ausziehen, Nummer 157«, sagte die Hasenscharte nur. Er ahnte nicht, dass Nr. 157 der Name sein würde, mit dem er in den nächsten Jahren angesprochen wurde. Erst Tage später wurde ihm klar, dass es seine Zellennummer war. Auch das gehörte zu den Maßnahmen, die den Gefangenen den Zugang zur eigenen Identität rauben sollten.

»Ausziehen«, wiederholte die Hasenscharte. Es klang gelangweilt. Matze zögerte.

»Na los!«, sagte der Beamte. Matze begann, sich zu entkleiden. Da es nichts gab, worauf er seine Kleider deponieren konnte, war er gezwungen, sie auf dem Boden abzulegen. Es folgte die körperliche Inspektion. Der Dicke ging um ihn herum, verkündete alle unveränderlichen körperlichen Merkmale, die die Hasenscharte akribisch protokollierte. Der Leberfleck auf seiner Schulter, der aussah wie ein Schmetterling – das hatte ein Mädchen, dessen Namen er längst vergessen hatte, einmal zu ihm gesagt. Die Narbe auf der Stirn, die er sich im Alter von neuen Jahren beim Sturz von Pflaumenbaum im Garten seiner Großeltern zugezogen hatte. Dann musste er sich vorbeugen und seine Pobacken auseinanderziehen. Der Dicke schob ihm einen gummibehandschuhten Finger in den After. Auch der Mund wurde inspiziert. Nie hatte Matze sich so nackt, so preisgegeben gefühlt.

»Anziehen, 157«, sagte der Dicke und wischte sich den Schweiß von der Stirn. Als Matze auch zu seiner zerrissenen schwarzen Jeans greifen wollte, hob der mit der Hasenscharte die Hand. »Nur die Unterwäsche. Die anderen Sachen bleiben hier.« Wie auf ein unsichtbares Signal öffnete sich die Tür, und zwei weitere Beamte traten ein. »Mitkommen«, sagte der eine.

Die junge Gedenkstättenführerin zurrte ihren in leichte Schieflage geratenen Dutt zurecht. Sie hat ein echtes Erzähltalent, dachte Matze, während er ihren Ausführungen weiter lauschte. Es war eigenartig, ihr zuzuhören wie ein x-beliebiger Besucher. Dass er selbst in diesen Räumen mehrere Jahre verbracht hatte, schien ihm seltsam surreal. Alles war noch genau so, wie er es in Erinnerung hatte. Auf den Pritschen der Zellen lagen sogar noch die blauen Trainingsanzüge aus Polyester, die die Gefangenen tagein, tagaus tragen mussten. Er erinnerte sich an das Gefühl des künstlichen Materials auf der Haut. Bereits nach wenigen Stunden begann es unweigerlich zu stinken – genauso wie die karierten Schlappen in hässlichem Senfton. Die anderen Besucher drängelten sich, um einen Blick durch die Versorgungsklappe ins Innere zu werfen: Pritsche, Tischchen, Hocker, Waschbecken, Klo.

Matze strich mit einem Finger über die Klappe in der Tür. Sie war damals wochenlang seine einzige Verbindung zur Außenwelt gewesen. Die Wärter öffneten sie zu jeder Tages- und Nachtzeit. Damit sie ihn sehen konnten, blieb das Licht in der Zelle unentwegt an. Durch die ständigen Störungen war an einen erholsamen Schlaf nicht zu denken, bis man sich auch daran gewöhnt hatte. Wenn sie ihn nicht in der vorgeschriebenen Schlafposition vorfanden – auf dem Rücken liegend, die Hände auf der Decke –, riefen sie ihn zur Ordnung. Nach wenigen Tagen war er sich vorgekommen wie ein Zombie. Schlimmer aber war noch, dass es absolut nichts zu tun gab. Die Zeit tropfte zäh wie Teer. Nichts zu lesen, nichts zu schreiben, kein Fitzelchen Papier. Da war nichts, außer den eigenen Gedanken, die unaufhörlich in seinem Kopf kreisten. Was hatten sie gegen ihn in der Hand? Wann würde er wieder rauskommen?

Anfangs hatte er noch versucht, sich fit zu halten, mit Kniebeugen und Liegestützen. Doch als ihn ein Wärter dabei ertappte, hatte es Ärger geben. »Für jedes Mal, das wir dich dabei erwischen, sitzt du einen Monat länger ein!«, hatte er gedroht. Einen Monat länger? Diese Information versetzte ihm einen Schock, der ihn anschließend in eine Depression stürzte. Das bedeutete, dass er mit einem längeren Aufenthalt rechnen musste. Und noch immer hatte ihm niemand gesagt, warum man ihn überhaupt verhaftet hatte.

Den eigentlichen Grund hatte er tatsächlich erst jetzt, mehr als drei Jahrzehnte später beim Blick in die Geheimakten durchschaut. Während die anderen Besucher der Führerin noch Fragen zu den Haftbedingungen stellten, betrachtete Matze den langen Gang mit den grau gestrichenen Zellentüren. Er musste an seine Elefanten in ihren Boxen denken. Plötzlich überfiel ihn heftige Traurigkeit. Mogli, Yashoda und die anderen wurden zwar gehegt und gepflegt, hatten ein schönes Zuhause und gutes Essen. Aber letztlich waren sie ebenso Inhaftierte, wie er es gewesen war. Ganz gleich, wie sein Leben weitergehen würde, in seinen alten Job würde er nicht mehr zurückkehren.

Als die Gruppe weiterging, ließ er sich ein Stück zurückfallen. Damals hatte er immer ein paar Schritte vor dem Wärter gehen müssen, die Hände auf dem Rücken verschränkt. Die Wachen trugen keine Waffen, wohl damit sich die Inhaftierten ihrer nicht bemächtigen konnten. Zur Sicherheit waren in allen Gängen Drähte angebracht. Mit einem Handgriff konnten die Wärter sie unterbrechen und so Alarm auslösen.

»Was sind das für rote Lampen?«, fragte ein Mädchen, das bis dahin die Führung schweigend, aber mit wachem Interesse verfolgt hatte. Matze schätzte sie auf vielleicht zwölf Jahre. Sie gehörte zu jener Randgruppe heranwachsender Mädchen, die sich aus modischen Klamotten nichts machte: ausgebeulte Jeans, T-Shirt, Sneaker. Lange, dichte, sandfarbene Haare. Auf der Nase saß eine Brille, mit der sie ziemlich schlau aussah.

»Die funktionieren wie ein Ampelsystem«, erklärte die Führerin. »Man wollte verhindern, dass die Insassen einander auf den Gängen begegneten. Darum hat man die Lampen angebracht. Leuchteten sie, war im quer verlaufenden Gang bereits ein anderer Inhaftierter unterwegs. Dann musste der Wärter mit seinem Gefangenen warten, bis die Bahn frei war.«

Das Mädchen runzelte die Stirn. »Wo wäre das Problem gewesen? Ich meine, wenn zwei Häftlinge sich begegnen?«

»Das war eine weitere Maßnahme, damit die Gefangenen sich schlecht fühlten. Sie haben nie jemanden getroffen, der in derselben Lage war wie sie. Die einzigen Menschen, die sie zu Gesicht bekamen, waren die Wärter, die, abgesehen von Kommandos, nicht mit ihnen gesprochen haben. Und die Stasileute, die sie verhört haben.«

Matze erinnerte sich noch genau an sein erstes Verhör. Als sie ihn das erste Mal holten, war es wie eine Befreiung gewesen. Endlich ein paar Schritte mehr in eine Richtung gehen können! Endlich etwas Abwechslung! Endlich erfahren, was man ihm überhaupt vorwarf! Und da war er ihr zum ersten Mal begegnet: Dr. Calis. Auch in seinem angeschlagenen seelischen Zustand war ihm sofort aufgefallen, wie wunderschön sie war. Trotz der grauen Stasiuniform schien sie zu leuchten: die sehr helle Haut, das dunkelrote Haar, die türkisfarbenen Augen. Er staunte darüber, dass eine derart attraktive Frau sein Verhör leitete. Sie hätte Schauspielerin sein können. Dr. Calis saß hinter einem Normschreibtisch, auf dem lediglich ein Telefon, ein Aufnahmegerät und ein Kasten mit zwei Knöpfen standen, mit dem sich das Wachpersonal herbeirufen ließ.

»Herr Kranitz.« Sie sah ihn streng, aber nicht unfreundlich an. »Nehmen Sie doch bitte Platz.« Sie nickte dem Wärter zu, der das Zimmer verließ und die Tür hinter sich zuzog. Matze setzte sich, steif von den langen Stunden in der engen Zelle. Sein Geist, ausgehungert nach Eindrücken, saugte alles gierig auf: die gelblich gemusterte Tapete an der Wand, die grünen Vorhänge, der Blick aus dem Fenster auf etwas grauen Himmel und ein paar Hausdächer. Selten war ihm ein Ausblick so spektakulär vorgekommen.

»Herr Kranitz, Sie wissen, warum Sie hier sind.« Das war eine Feststellung, keine Frage.

Er schüttelte den Kopf.

Sie seufzte. »Damit machen Sie es uns nur unnötig schwer, wissen Sie.« Sie sah ihn aufmerksam an. »Also gut. Es geht um Ihren Freund. Paul Leppin.«

Verdammt Paul, dachte er. Du machst rüber in den Westen, und ich bin hier am Arsch.

Das war die letzten Tage der Unschuld gewesen. Damals hatte er noch geglaubt, dass er Paul lediglich eine verpasst hatte. Dass er noch lebte. Die Stimme der Führerin namens Maja holte Matze zurück in die Gegenwart. »Hier endet unsere Führung«, sagte sie. »Haben Sie noch Fragen?«

Jede Menge, dachte Matze. Aber keine, die die junge Frau beantworten könnte.

YELDA, VOGELHÜTTENDEICH, SECHS TAGE NACH DEM MORD

Mein Mobiltelefon brummt auf dem Boden neben dem Bett einmal kurz auf. Mit geschlossenen Augen taste ich danach. Nach einem Blick auf das Display bin ich schlagartig hellwach. »Wir haben Styx geknackt«, hat Hadice nur getippt. »Schläft die Frau denn nie?«, stöhne ich. Es ist erst kurz nach sechs, und ich habe noch bis spät in die Nacht Patientenakten gewälzt.

Fünfzig Minuten später erscheine ich, das feuchte Haar zum Knoten geschlungen, im Präsidium. Die anderen sind schon alle da. Die junge Polizeianwärterin Lisa reicht umweltpolitisch inkorrekte Pappbecher mit Kaffee herum. Hadice nickt der IT-lerin zu. Heute trägt Micky ein schwarzes Shirt mit Rubiks Zauberwürfel darauf, der Dali-mäßig zerfließt.

»Also«, sagt Micky, und es ist offensichtlich, wie sehr sie es genießt, im Mittelpunkt zu stehen. »In diesem Datencontainer steckt wirklich eine Menge Zeug. Das sind mehr als zweihundert Dateien – PDFs, Worddateien, Videos, Audiodateien. Die Inhalte darin reichen bis in das Jahr 1982 zurück, auch wenn die Ordner erst später angelegt wurden.«

Wir wenden uns der blassen Beamerprojektion an der Wand zu. Hadice lässt die Rollläden herunter, damit das Bild deutlicher wird. Es erscheint eine Reihe von Dateiordnern, beginnend mit dem Jahr 1982 bis zur Gegenwart. Micky nimmt sich den ersten Ordner vor, der überwiegend mit Dateien im PDF-Format gefüllt ist. Sie öffnet die erste, die den Namen »1982_09_15_no1_toepfer_rufus« trägt. Es handelt sich offenbar um den Scan eines Gesprächsprotokolls.

Ich überfliege den Text. »Das sieht wie das Protokoll einer Therapiesitzung aus«, sage ich. Das Dokument erscheint mir sehr lang. »Kannst du weiter nach unten scrollen?« Micky nickt, und schon flitzt der Text über die Leinwand. Schnell wird mir klar, dass es nicht nur ein, sondern mehrere Gespräche sind, die einen längeren Zeitraum umfassen. Zwischendrin sind immer wieder längere Textpassagen, in denen jemand, vermutlich Dr. Calis, die Ergebnisse zusammengefasst hat. Am Ende des Dokuments kommt noch einmal eine längere Textpassage, die offenbar eine Art Abschlussbericht zu Klient Nummer 1 darstellt.

Micky öffnet auf meine Bitte hin ein paar weitere Dateien, die dem gleichen Muster folgen. Dazwischen sind längere Worddokumente, darunter auch eines, das wohl eine Versuchsanordnung für ein psychologisches Forschungsexperiment beschreibt. Ich beschließe, es mir später genauer anzusehen. Teilweise enthalten die Ordner auch Videomaterial von Patientensitzungen. Die Bildqualität ist anfangs noch schlecht. Es handelt sich um ältere Aufnahmen, die nachträglich digitalisiert wurden. Im Hintergrund erkennt man vage etwas, das wie eine schallisolierte gepolsterte Tür aussieht. Die Tapete zeigt ein hässliches gelbes Muster. Original DDR-Bürokraten-Schick, denke ich.

Die Chronologie endet schließlich vor gut drei Wochen mit Patient Nummer 423. Nina Januschek.

»Womit haben wir es hier zu tun?«, fragt Hadice.

»Das sind offenbar Aufzeichnungen zu Patientengesprächen von Elisabeth Calis – aus über dreißig Jahren«, sage ich.

»Warum sind die in einem gesicherten Ordner abgelegt? Andere waren doch auch frei zugänglich«, will Hadice wissen.

Ich nehme einen Schluck aus meinem Pappbecher. »Ich habe da so eine Idee. Dazu muss ich sie mir noch genauer anschauen.«

»Was für eine Idee?«

»Unter den Dateien war auch eine, die wie eine Versuchsplanung aussah.«

Hadice zuckt mit den Schultern. »Die Calis hat nicht nur therapeutisch gearbeitet, sie hat auch geforscht, das wissen wir ja schon.«

Ich sehe ihr in die Augen. »Vielleicht ist das, was in Styx abgelegt wurde, genau der Teil ihrer Forschung, den Dr. Calis nicht öffentlich gemacht hat.«

MATZE, HOHENSCHÖNHAUSEN, 1983

Er fühlte sich wie gerädert. Wie üblich hatte ihn das Öffnen der Luke in seiner Zellentür immer wieder aus dem Schlaf gerissen – was wohl auch der Sinn der Übung war. Mühsam kaute er auf einer muffigen Scheibe Graubrot herum. Die Marmelade, die man dazu bekam, verströmte ein Plastikaroma und enthielt sicher keine einzige Erdbeere. Manchmal fantasierte er von vergangenen Mahlzeiten: den dicken Pfannkuchen, die seine Großmutter ihm als Kind gebacken hatte, so groß, dass sie über den Tellerrand hingen. Sogar die Linsensuppe seiner Mutter aus aufgekochten Speckschwarten und Trockenlinsen, über die er früher gemeckert hatte, wäre jetzt eine willkommene Abwechslung gewesen. Trotz seines großen Appetits war er immer sehr schlank gewesen. Inzwischen waren seine Oberschenkel extrem dünn, und seine Wangen wirkten beim Rasieren hohl.

Die Luke öffnete sich. »157. Aufstellen.«

Matze erhob sich und stellte sich, wie es vorgeschrieben war, an das andere Ende der Zelle, so weit wie möglich weg von der Tür. Die Arme hatten dabei parallel neben dem Körper zu hängen. Die Tür öffnete sich. »Mitkommen«, sagte der Wachmann nur.

Matze versuchte gar nicht erst, ein Gespräch mit ihm anzufangen, eine harmlose Plauderei über das Wetter oder die Familie. Offenbar hatten die Wachleute die Anweisung, nicht auf solche Avancen einzugehen. Er war jetzt hellwach. Er hoffte zu erfahren, was genau geschehen war. Das aufwühlende Gespräch mit Dr. Calis war schon einige Tage her, während derer er unzählige Szenarien im Geist durchgespielt hatte. Vor allem hoffte er, zu erfahren, was aus ihm werden würde. Man würde versuchen, ihn dazu zu bringen, weitere Mitwisser zu benennen. Zum Glück wusste er tatsächlich nichts, was jemanden belasten könnte. Zumindest glaubte er das. Andererseits drehte man den Leuten schon aus Kleinigkeiten einen Strick.

Dr. Calis sah genauso blendend aus, wie er sie in Erinnerung hatte.

»Möchten Sie einen Kaffee?«, fragte sie, und er nahm dankend an.

Die dampfende Tasse im vertrauten Mitropa-Design schuf eine Illusion von Privatheit.

»Wie geht es Ihnen?«, fragte sie. In ihren grünen Augen glaubte er, einen Anflug von Empathie zu lesen.

Er zuckte mit den Schultern. »Warum bin ich hier?«

Sie beantwortete seine Frage nicht. Stattdessen sagte sie: »Sie haben von Paul Leppins Plänen zur Republikflucht gewusst.«

»Nein. Er hat mir davon nichts erzählt. Er wusste, dass ich dagegen gewesen wäre.«

»Sie? Erstaunlich. Sie sind doch aktiver Teil der antisozialistischen Szene.«

»Sie meinen ein Punk? Ich mag eben die Musik.«

»Am Abend der geplanten Republikflucht haben Sie beide, Paul Leppin und Sie, an einer subversiven Veranstaltung in den Hirschhöfen teilgenommen.«

»Da haben doch nur ein paar Bands gespielt. Keine große Sache.« Er nahm einen Schluck Kaffee und verbrühte sich die Zunge.

Sie sang leise: »Wenn ich wieder draußen bin, dann werde ich Terrorist.« Sie fixierte ihn. »Das ist von Namenlos, nicht wahr? Ich nehme an, Sie kennen das Stück. Nicht gerade harmlos, der Text, oder? Allein an solchen Konzerten teilzunehmen ist Volksverrat.«

»Falls das von irgendwelchen Fans gespielt wurde, waren wir wohl schon weg.«

»Stimmt. Sie haben die subversive Veranstaltung ungewöhnlich früh verlassen. Schon um 23:32 Uhr. Und zwar gemeinsam mit Paul Leppin. Warum?«

Er zuckte mit den Schultern.

»Worüber haben Sie gesprochen?«

»Ich werde Ihnen rein gar nichts erzählen.«

Sie lächelte. »Wenn Sie wüssten, wer hier schon alles gesessen hat und genau das Gleiche gesagt hat. Am Schluss redet jeder.«

23:32 Uhr, dachte er. Das konnte sogar stimmen. All diese Details. Lernt sie die vorher auswendig? Und dann wurde ihm klar, was eigentlich offensichtlich war: Irgendjemand musste die Stasi informiert haben. Einer, der auf dem Fest gewesen war. Einer, den er seinen Freund genannt hatte oder seine Freundin. Natürlich wusste er, dass die Stasi alles mit Spitzeln infiltrierte. Mit Drohungen und Versprechungen hatte sie ein Netzwerk aufgebaut, das das Land in Verdächtigungen und Angst zu ersticken drohte wie ein gigantisches Spinnennetz. Er verschränkte die Arme vor der Brust und beschloss erneut, gar nichts mehr zu sagen. Kein Wort.

»Mit Ihrem Schweigen ändern Sie doch nichts. Sie schaden nur sich selbst. Für Ihren Freund macht das keinen Unterscheid mehr. Schließlich befindet er sich außerhalb unserer Gerichtsbarkeit.« Calis' Stimme klang fast sanft.

Unvermittelt traf ihn eine Welle des Triumphs. Er hat es geschafft, dachte Matze, Paul, dieser verrückte Hund, er hat es also tatsächlich in den Westen geschafft!

Die Calis öffnete eine Schublade und zog eine Mappe hervor. »Nur um es Ihnen noch einmal in aller Deutlichkeit klarzumachen.« Sie entnahm der Mappe eine Fotografie. Legte sie auf die Tischplatte. Drehte sie so, dass er sie sehen konnte. Darauf war Paul zu sehen. Seine Lippen waren bläulich, die Augen standen einen winzigen Spalt offen. Er war ganz offensichtlich tot.

Matze sprang auf, sodass der Schemel, auf dem er gesessen hatte, polternd umstürzte.

»Aber das haben Sie doch gewusst, Matthias«, sagte sie.

YELDA, POLIZEIPRÄSIDIUM, SECHS TAGE NACH DEM MORD

Meine Augen brennen. Mein Kopf fühlt sich an, als würde ein Greifvogel ihn in seinen Klauen halten. Ein Blick auf die Uhr zeigt mir, dass ich seit mehr als zehn Stunden Calis' geheimes Archiv durchforste. Das sind keine gewöhnlichen Patientenakten. Langsam bekomme ich eine Ahnung von dem, was sich abgespielt hat. Angefangen hat es im Schutz der DDR-Diktatur. Damals hat Elisabeth Calis politische Gefangene in Hohenschönhausen einer Gehirnwäsche unterzogen, und zwar mit dem Ziel, ihnen Erinnerungen einzuimpfen, die den Zwecken der Staatsmacht dienten. Nach der Wende hat sie in der psychiatrischen Klinik weitergemacht. Ich habe mir angeschaut, was sie veröffentlicht hat. Die Namen der internationalen Fachzeitschriften sind renommiert: *Nature Psychology*, *Neurology* und all die anderen großen Wissenschaftspublikationen. Sie hat darüber geschrieben, wie anfällig das Gehirn für Falscherinnerungen ist. Was Calis getan hat, geht weit über die veröffentlichten Experimente hinaus. Dr. Julia Shaw habe ich vor einiger Zeit in einem Interview gesehen. Eine junge, brillante deutsch-kanadische Rechtspsychologin. Sie arbeitet am University College in London und hat mit einem Buch Aufsehen erregt. Es heißt *Das trügerische Gedächtnis*. Darin beschreibt sie nicht nur, wie falsche Erinnerungen zustande kommen, sondern auch, wie man Menschen gezielt dazu bringt, sich an etwas zu erinnern, das nie geschehen ist. Ihr selbst ist es in einem Experiment gelungen, siebzig Prozent der unbescholtenen Teilnehmer davon zu überzeugen, dass sie eine Straftat begangen haben. Das alles ist ungeheuer faszinierend, doch allmählich kann ich meiner Erschöpfung kaum mehr Herr werden. Ich brauche eine Pause.

MATZE, HOHENSCHÖNHAUSEN, 1983

Nachts kamen die Träume. Paul lief geradewegs auf einen mit Selbstschussanlagen verseuchten Mauerabschnitt zu, ohne dass er, Matze, ihn davon abhalten konnte. Er schreckte dann hoch, sein Anstaltspyjama war nass von Schweiß. Trotz seiner extremen Müdigkeit lag er oft wach und grübelte darüber nach, was er hätte tun können, um Paul von der verhängnisvollen Flucht abzuhalten. Längst war sein Zorn auf den Freund tiefer Trauer und Selbstvorwürfen gewichen. Immer wieder sah er das Bild des Toten vor sich. Was genau war passiert?

Schon am nächsten Nachmittag holten sie ihn erneut aus seiner Zelle. Dr. Calis wirkte in ihrer grauen Uniform frisch wie am Vortag.

Matze ging sofort in die Offensive. »Was habt ihr mit ihm gemacht?«

»Wir? Nichts.«

»Wie ist er denn gestorben? Selbstschussanlage? Abgetrieben und ertrunken? Mit einem Ballon abgestürzt? Im Fluchtauto erstickt?«

»Sie sind ja über Fluchtwege ins kapitalistische Ausland bestens informiert.«

»Verdammt, sagen Sie mir, wie!«

Sie beobachtete ihn aufmerksam. »Sie erinnern sich wirklich nicht, nicht wahr?«

Er starrte sie an.

»Das kann passieren. Posttraumatische Amnesie.«

»Amnesie?«

Sie zog eine weitere Fotografie aus der Mappe auf ihrem Tisch. Eine Hauswand mit bröckelndem Putz. Eine marode Tür, an der ein Plakat hing. Darauf ein Mädchen in blauer Bluse. Hinter ihr ein Typ mit Schirmmütze. Darüber stand: »Dein Beruf bei der Deutschen Reichsbahn«.

Das war genau der Ort gewesen, an dem er Paul das letzte Mal gesehen hatte. Er schloss die Augen. Spürte wieder, wie seine Faust auf Knochen traf. Sah Paul an der Wand neben der Tür herunterrutschen. Er öffnete die Augen. Auf dem Foto war unten an der Mauer eine dunkle Lache zu sehen. Er wusste, was es war.

»Warum haben Sie ihn geschlagen?« Calis' Stimme holte ihn in das Verhörzimmer zurück. »Wollten Sie ihn zurückhalten?«

»Was?«

»Hat er Ihnen offenbart, dass er Republikflucht begehen wollte? Waren Sie deshalb so wütend auf ihn?«

Er presste die Handballen fest auf die Augen, als wollte er sie in ihre Höhlen drücken. »Ich erinnere mich nicht. Nicht genau.«

»Herr Kranitz, wir haben einen Zeugen, der alles gesehen hat.«

Was für ein Zeuge? Er schloss erneut die Augen. Pauls totes Gesicht auf dem Foto. Die Blutlache vor der Mauer. Die grinsenden Reichsbahnanwärter auf Papier.

»Das nennt man Verdrängung, Herr Kranitz«, hörte er

ihre Stimme. »Ich lasse Sie jetzt zurück in Ihre Zelle bringen. Versuchen Sie, sich zu erinnern, was genau geschehen ist. Stellen Sie sich vor, Sie wären wieder da. Es zu verdrängen schadet Ihnen nur. Das ist sehr wichtig.«

»Nichts ist mehr wichtig. Paul ist tot.«

»Vielleicht droht Ihnen dann nur eine Anklage wegen eines Unfalls mit Todesfolge und nicht wegen Mordes.«

Mord, dachte er. Ich bin ein Mörder.

YELDA,
POLIZEIPRÄSIDIUM,
SECHS TAGE NACH DEM MORD

Um wieder klare Gedanken fassen zu können, muss ich raus an die frische Luft. Genauer: rauf aufs Dach. Gleich in der ersten Woche habe ich einen der Hausmeister des Präsidiums bearbeitet, bis er mir einen Zugang gezeigt hat. Oben angekommen, atme ich ein paarmal tief ein und aus. Es ist kurz vor Mitternacht. Das Wetter ist für die norddeutsche Tiefebene ungewöhnlich klar, über mir ergießt sich die Milchstraße. Im Vergleich zum Himmel in der mongolischen Steppe, weitab vom Lichtsmog der Großstädte, erscheint sie natürlich etwas mickrig. Aber der Anblick macht mir das Herz wieder weit. Mit langsamen Schritten drehe ich eine Runde über das ringförmige Plateau. Von hier aus kann man das ganze Panorama der Großstadt sehen. Den blinkenden Fernsehturm, den orangefarbenen Schein, der vom niemals schlafenden Hafen ausgeht. Nach Norden hin ist die Stadt dunkler, verschmilzt irgendwann mit dem ländlichen Schleswig-Holstein. Erst jetzt merke ich, wie sehr mir Calis' Fälle zugesetzt haben.

Die Erinnerungen, die sie ihren Patienten eingepflanzt hat, waren durchweg verheerend. Sie hat Freund gegen

Freund gehetzt, Geliebte gegen Geliebten, Vater gegen Sohn, Schwester gegen Bruder. Damit hat sie der bösen Saat der Stasi perfekt den Boden bereitet: Misstrauen, Verrat und Paranoia. Ihr letztes Opfer war Nina Januschek, die sich daraufhin das Leben nahm. Was macht es mit einem Menschen, wenn man in sein Gedächtnis einbricht? Dort etwas hinterlässt, was nicht dort hingehört? Wenn die engsten Vertrauten auf einmal Feinde zu sein scheinen, wenn zentrale Aspekte der eigenen Biografie auf einmal zur Disposition stehen? Ich stelle es mir vor wie einen psychischen Tumor. »Die Erinnerung ist das einzige Paradies, aus dem wir nicht vertrieben werden können«, hat der Philosoph Jean Paul gesagt. Er hat sich geirrt. Elisabeth Calis hat genau das gemacht. Sie hat Ninas Erinnerung an ihre Kindheit gezielt verseucht mit falschen Erinnerungen an einen Bruder, der sie missbraucht hat. Die Frage ist nur, warum?

»Warum?«, rätselt auch Hadice. Es ist kurz nach acht Uhr am nächsten Morgen. Wir sitzen in der *Kaffeeklappe*, einem Café in der Wilhelmsburger Fährstraße, das sich genauso gut im Schanzenviertel befinden könnte. Die hellblauen Wände sind abgeblättert, Mobiliar und Geschirr stammen aus den Sechzigerjahren. Das Essen ist deutlich vegan geprägt, aber ordentliche Buttercroissants sind auch zu haben. Hadice nippt an ihrer altmodischen Tasse mit Goldrand. »Nach Fake News haben wir es jetzt auch noch mit Fake Memorys zu tun. Ich kann nur hoffen, dass niemand den US-Republikanern davon erzählt.«

Es klingt wie ein Witz, ist aber keiner.

»Für die Stasi war diese Möglichkeit gezielter Gehirnwäsche ungeheuer praktisch. Staatskritische Gruppen konnte man so im Handumdrehen sprengen.« Ich habe mich schlaugemacht. Die Zerrüttung von Gruppen kritischer Geister war ein erklärtes Ziel der Stasi.

»Aber warum hat sie damit nach der Wende weitergemacht?«

»Sie war Wissenschaftlerin«, sage ich. »Sie wollte ihre Methode weiter vervollkommnen.«

Hadice kaut an ihrer Unterlippe. »Wie viele Fälle hast du in dem Styx-Ordner gefunden?«

»Weit über hundert.«

»Das bedeutet, wir haben auf einen Schlag mehr als hundert Menschen mit einem verdammt guten Motiv.«

»Das Problem ist allerdings: Wir haben hier keine Klarnamen. Die ersten stammen übrigens aus einer Zeit, in der die Calis für die Stasi in Hohenschönhausen gearbeitet hat.«

»Das war die Haftanstalt, in der man die politischen Gefangenen untergebracht hat, oder?«

»Richtig. An den Insassen hat sie ihre ersten Gehirnwäscheexperimente durchgeführt. Die stehen da nur als Nummern drin. Zellennummern, vermute ich. Später sind nur die Anfangsbuchstaben der Nachnamen verzeichnet.«

Vor dem großen Ladenfenster, an dem wir sitzen, geht ein Mann vorbei, der eine klirrende Plastiktüte trägt. Ich kenne ihn. Der eifrige Pfandflaschensammler dreht eine frühe Runde. Er scheint reiche Beute gemacht zu haben. Die vorangegangene Nacht war für die Jahreszeit recht mild, und so wurden auf Plätzen und Grünanlagen vermutlich einige Bierflaschen geleert. Unsere Blicke treffen sich, und ich nicke ihm zu. Er grinst und hebt den Daumen. Obwohl er sicher noch keine dreißig ist, fehlt in seinem Oberkiefer ein Zahn. Armut lässt sich auch in Deutschland wieder am Zustand des Gebisses ablesen.

Die Bedienung kommt und bringt mir ein warmes Porridge mit Früchten. Ich probiere immer gerne Dinge, die ich noch nicht kenne. Es schmeckt süß mit einem Hauch von Zimt und Kardamom.

»Sieht ja verdächtig gesund aus«, sagt Hadice und beißt von ihrem Croissant ab. »Ich glaube nicht, dass die Forschung Calis' einziges Motiv gewesen ist«, nimmt sie den Faden wieder auf. »Nehmen wir mal den Fall Nina Januschek. Durch die Fake Memorys hat man ihren Bruder gezielt diskreditiert. Die Frage ist nur, wozu?«

»Die Calis hat verhindert, dass er von Rathjens Geheimnisse ausplaudert«, sage ich. »Vielleicht wollten sie bloß ein Druckmittel gegen ihn in der Hand haben.«

Wir sehen uns an.

»Diese wohltätige Organisation ist jedenfalls ganz und gar nicht halal. Die sehen wir uns noch mal genauer an«, beschließt Hadice.

»Vielleicht kann dieser Kommissar uns ein paar Interna verraten. Dieser Schelling.«

Hadice tupft mit dem Finger die Brösel ihres Croissants auf. »Wir reden mit ihm. Aber wir dürfen uns in diesem Fall nicht nur auf die Gegenwart konzentrieren.«

»Das wird eine Menge Arbeit.«

»Wir fangen mit einem Abgleich an: die Personen aus der Styx-Datei und die Mitarbeiter von Hagenbeck.«

»Aber die Styx-Datei enthält keine Namen«, gebe ich noch einmal zu bedenken.

»Wäre ja auch zu einfach gewesen.« Hadice starrt wütend auf die Krümel auf ihrem Teller. »Vielleicht finden wir trotzdem irgendwelche Übereinstimmungen.«

»Es könnte aber auch ein Angehöriger von jemandem gewesen sein, den die Calis manipuliert und so ruiniert hat.«

Ich will noch einen Löffel von meinem Porridge nehmen, doch es ist inzwischen kalt und zäh geworden. Hadice grinst, als sie meinen Gesichtsausdruck sieht. Dann ordert sie die Rechnung. »Und zwei von diesen Kuchen da zum Mitnehmen, Meister.«

MATZE, TIERPARK HAGENBECK, NEUN WOCHEN ZUVOR

Das Walross glitt durchs Wasser, direkt auf ihn zu. Matze saß vor der Panzerglasscheibe, die Einblick in die Unterwasserwelt der mächtigen Tiere gewährte. In den Gängen von Hagenbecks Polarwelt war es still und kühl. Das bläuliche, diffuse Licht, das aus den Pools der Tiere sickerte, schuf eine magische Atmosphäre.

Matze kam oft hierher. Den an Land plump wirkenden, im Wasser aber anmutigen Großrobben zuzuschauen hatte fast hypnotische Wirkung auf ihn. Die Walrossdame sah ihn aus schwarz glänzenden Augen an. Sie kam so nahe, dass ihr gesträubter Bart fast die Scheibe berührte. Dann zeigte sie in einer geschmeidigen Rückwärtsrolle ihren Bauch und verschwand in Rückenlage gemächlich wieder in der Tiefe des Beckens. Schon kam der nächste Artgenosse in Sicht. Mit minimalen Bewegungen der Schwanzflosse näherte auch er sich dem Fenster und beendete seine Darbietung, diesmal mit einer Vorwärtsrolle.

Die ruhige Gleichmut, die die Tiere ausstrahlten, besänftigte Matzes aufgewühltes Gemüt. Tagelang hatte er sich durch seine Stasiakte gearbeitet. Das Ausmaß der Überwachung in der DDR war ihm zwar schon vorher bekannt gewesen. Aber zu sehen, wie sie gegen ihn persönlich vorgegangen waren, hatte ihn zu seiner Überraschung doch schockiert.

In der Akte fand er Fotos, die ihn in Kneipen, auf Konzerten und sogar beim Betreten des Hauses zeigten, in dem Paul und Paula gewohnt hatten. Man hatte mehrfach seine Wohnung gefilzt und dabei fein säuberlich eine Inventarliste seiner Bücher erstellt. Im Abstand von dreißig Jahren rührte sie ihn wegen ihres jugendlichen Idealismus. Wie hoffnungsvoll naiv er gewesen war! Und wie – vergleichsweise – glücklich. Einmal musste er laut auflachen, als er las, dass man vom Verwanzen seiner Zimmer hatte absehen müssen, da die Mangelwirtschaft der DDR sich sogar auf geheime Abhörgeräte erstreckte.

Am stärksten traf ihn erwartungsgemäß der vorhersehbare, aber doch schmerzliche Verrat durch seine Freunde. Es gab präzise Informationen von einem IM mit dem Decknamen »Uriel«, den er unschwer als seinen alten Kumpel »Pogobär« identifizieren konnte. Pogobär, ein DDR-Punk der ersten Stunde! Der gutmütig gelacht hatte, wenn sie ihn wegen seines enthusiastischen Tanzstils aufgezogen hatten. Er tauchte immer wieder in der Akte auf. Haarklein hatte er ausgeplaudert, wenn Matze kritische Reden schwang. Und die kleine Lila, die so hieß, weil sie sich die Haare violett färbte, musste IM »Schnatterinchen« sein, benannt nach dem Entchen aus dem DDR-Kinderprogramm. Auch sie hatte wahrhaft viel geschnattert. Aber dieser Verrat war nichts im Vergleich zu dem, was die schöne Dr. Elisabeth Calis ihm angetan hatte.

Wenn er die Augen schloss, konnte er sich ihr Gesicht noch genau in Erinnerung rufen. In der totalen Einsamkeit der Haft waren die Begegnungen mit ihr immer etwas gewesen, auf das er sehnsüchtig gewartet hatte. Ein bisschen Aufmerksamkeit. Jemand, der in ihm nicht nur eine Nummer, sondern einen Menschen sah. Isolation war Folter für menschliche Wesen. Säuglinge, die man nur fütterte und wickelte, die aber sonst keinerlei Zuwendung bekamen, starben.

Ihm fiel ein, wie er einmal seinen wöchentlichen Ausgang gehabt hatte. Ausgang, das bedeutete fünfzehn Minuten in einem Areal von wenigen Quadratmetern, aber wenigstens unter freiem Himmel. »Tigerkäfige« hatten sie die Boxen genannt, die mit einem Drahtgitter überspannt waren. Tigerkäfig, weil man auf der engen Fläche tatsächlich nur hin und her tigern konnte. Ein paar Schritte in eine Richtung, und man stand wieder vor einer Mauer. Trotzdem waren die Ausgänge ein Highlight im Anstaltsleben gewesen. Ein paar Wolken zu sehen. Dem Mief der Haftanstalt für ein paar Minuten entronnen zu sein. Wenn man Glück hatte, sah man einen Vogel vorbeiflattern. An einem Tag hatte er einen kleinen Löwenzahn in einer Spalte des Betonbodens entdeckt. Das bisschen Grün und die Blütenknospe hatten ihn zu Tränen gerührt. Er verfolgte den Werdegang des Pflänzchens von Woche zu Woche, immer in der Sorge, ein Mitgefangener könnte es pflücken, um die Blume wie einen Schatz in seiner Zelle zu verstecken. Doch keiner rührte sie an. Auch er hatte diesen Impuls verspürt, die Idee gehabt, die kleine Blume Dr. Calis mitzubringen. Doch er hatte sie schnell verworfen. Selbst in seinem durch die Haft beschädigten Realitätssinn war ihm klar, dass diese Gabe ihr nichts bedeuten würde. Abgesehen davon hätte man ihm das Blümchen ohnehin schnell wieder abgenommen. Als der Löwenzahn zur Pusteblume verblühte und schließlich mit kahlem Blütenkopf welkte, hatte er um ihn getrauert wie um ein Haustier.

Natürlich hatte Matze die ganze Zeit über gewusst, dass Dr. Calis' Zugewandtheit Teil des bösen Spiels war. Abgeschnitten von menschlichen Kontakten konnten sich die Gefangenen der emotionalen Bestechung wie dem freundlichen Angebot einer Tasse Kaffee, einer Bemerkung, die einen Hauch von Mitmenschlichkeit enthielt, aber kaum entziehen. Sie waren wie ausgehungerte Menschen, die ein Stück Brot herunterschlingen, obwohl sie wissen, dass Gift darin steckt. Und plötzlich begannen auch die, die eisern schweigen wollten, zu sprechen. Und sie erzählten mehr, als sie wollten. Scheinbar harmlose Informationen entschlüpften ihnen, aus denen die Stasibeamten Freunden, Familie und Bekannten außerhalb des Gefängnisses einen Strick drehten.

Auch Matze war es so ergangen. Mit Argusaugen hatte er seine Akte beim dritten Lesen daraufhin durchforstet, ob er durch seine Aussagen in Haft jemanden gefährdet hatte. Dr. Calis hatte ihn interessiert zu Punk befragt – Interesse an Punk vorgetäuscht, hatte er sich korrigiert. Aber sie war überzeugend gewesen. Sie hatten über die Liedtexte diskutiert. Er hatte versucht zu erklären, dass Punk nicht eigentlich antisozialistisch war, zumindest nicht antisozial, Punk war sogar sehr wohl sozial und, jawohl, auch antikapitalistisch, vor allem aber antikonformistisch. Jetzt, aus der Rückschau betrachtet, war ihm natürlich klar, dass das die größte Bedrohung für den sozialistischen Staat gewesen war: Gruppen junger Leute, die offen ein anderes Leben lebten, sich anders kleideten, anders dachten, und das in provokanter Sichtbarkeit.

Zu seinem Entsetzen las er, dass er ihr sogar von Paula

erzählt hatte. Seine Gefühle für sie lagen seit Jahrzehnten zwischen den Pappdeckeln, gepresst wie eine Sommerblume zwischen den fast tausend Seiten Beobachtungsprotokollen, heimlich aufgenommenen Fotografien und Haftdokumenten.

Vor allem aber konnte er das Muster erkennen: wie Dr. Calis ihn in den Gesprächen immer wieder zu Paul gelenkt hatte, zu jenem Abend, an dem er angeblich gestorben war. Jetzt, mit dem Abstand von vielen Jahren, ausgestattet mit dem, was Carla ihm erzählt hatte, erkannte er die Falle, die sie ihm gestellt hatte. Sie hatte ihn glauben lassen, seinen besten Freund getötet zu haben. Jahrzehnte hatte er dieses Schuldgefühl mit sich herumgetragen. Er hatte sich selbst jeden Tag dafür bestraft. Die Jahre im Knast waren ihm nicht als ausreichende Buße erschienen. Er hatte sich darum selbst zu einem Leben als Einzelgänger verdammt, unwürdig für Liebe oder Freundschaft.

Es war vor allem das Bild mit der Blutlache an der Mauer gewesen, das seine Überzeugung begründete, Paul an jenem Abend getötet zu haben. Ein Tatortbild, das man nachträglich fingiert haben musste. Jemand musste ihnen gefolgt sein und der Stasi von dem Streit und dem Faustschlag berichtet haben. Pogobär? Oder Schnatterinchen? Seltsamerweise stand davon nichts in der Akte.

Ein Seehund, der sich das Becken mit den Walrössern teilte, schoss vorbei, schlug spielerisch zwei Purzelbäume und tobte wieder davon. Ein paar Kinder kamen herbeigelaufen, ein Junge und ein Mädchen. Beide trugen sommerdünne T-Shirts und Shorts, mit denen es ihnen in der Kühle der arktischen Kunstwelt bald zu kalt werden würde. Aufgeregt pressten sie die Hände an die Glasscheibe. »Ist der riesig«, rief das Mädchen, als sich das nächste Walross näherte. Matze erhob sich aus seiner hockenden Position. Er hatte einen Entschluss gefasst. Nur eine Person konnte ihm Antworten geben. Er wollte wissen, was damals wirklich mit Paul geschehen war. Er wollte wissen, warum. Und dazu musste er Dr. Elisabeth Calis aufspüren.

YELDA, CAFÉ NAHE DES POLIZEIPRÄSIDIUMS, SIEBEN TAGE NACH DEM MORD

Die Sonnenschirme auf der Terrasse des Cafés nahe des Polizeipräsidiums sind zugeklappt. Vermutlich werden sie in Kürze in irgendeinem Winterquartier verstaut. Ich stelle mir vor, wie hier noch vor ein paar Wochen graugesichtige Kollegen saßen, vor sich koffeinhaltige Getränke gegen die Müdigkeit einer langen Schicht. Jetzt, im Herbst, hat die Sonne ihre Brennkraft heruntergefahren und sticht nicht mehr. Hadice sitzt mit lang ausgestreckten Beinen neben mir.

Ich betrachte meine Hände. Im Licht der dunstigen Herbstsonne sieht man die weißen Narben, die sich quer über mein linkes Handgelenk ziehen. Wer sie entdeckt, starrt meist kurz darauf und schaut mich dann erschrocken an. Dann gleitet der Blick voll Unbehagen zur Seite. Nicht so Hadice. »Für einen Suizidversuch bist du eigentlich nicht der Typ«, sagt sie.

Ich zucke mit den Schultern. »Das war ein Steinadler.«

»Du hast dich mit einem Adler angelegt?«

»Nicht wirklich. Ich habe nicht nachgedacht. Ich habe den Arm ausgestreckt, und er ist darauf gelandet. Ohne Lederschutz kommt dann so was dabei raus.«

»Ein Adler ist auf deinem Arm gelandet. Einfach so.«

»Der hat einem Freund gehört. In der Mongolei. Er hat damals Steinadler zur Jagd ausgebildet.« Trotz der Krallen, die mir die Haut aufrissen, war es mir wie eine Auszeichnung vorgekommen, dass der majestätische Vogel zu mir gekommen war. Mein Lehrmeister, Askar, hatte dann auch anerkennend genickt. »Er hat dich erwählt«, hatte er gesagt und den Vogel auf seinen lederbewehrten Unterarm übernommen. Blut war aus den tiefen Rissen in meinem Arm getropft und in der mongolischen Steppe versickert. Es war mir vorgekommen wie ein Eid, den ich ablegte.

»Hast du jemals darüber nachgedacht, dort zu leben, in der Mongolei?«, riss Hadice mich aus meinen Erinnerungen.

»Früher als Kind und als junges Mädchen vielleicht. Aber dann musste ich immer wieder zur Schule.« Zurück zu Asphalt und Pflastersteinen statt des Steppengrases unter meinen Füßen. Wenn ich die Narben berühre, denke ich an das Leben, das ich hätte führen können, wenn ich mich für die Heimat meines Vaters entschieden hätte. »Und du? Jemals daran gedacht, in der Türkei zu leben?«

»Nicht wirklich. Aber manchmal überlege ich, was für ein Mensch aus mir geworden wäre, wenn meine Großeltern nicht nach Deutschland gekommen wären.«

»Kennst du diese Theorie, die mit den unendlich vielen Universen?«

»Hab ich schon mal gehört. Geht es nicht darum, dass wir in jedem eine jeweils andere Version unseres Lebens leben?«

»Unendlich viele verschiedene Schicksale!« Bei dem Gedanken wird mir jedes Mal aufs Neue schwindelig. Mit jeder einzelnen anders getroffenen Entscheidung von uns potenziert sich auch die unendliche Entscheidungsvielfalt aller anderen Wesen. Wenn man daran denkt, erhascht man einen Blick auf die Unendlichkeit.

»Mir langt eigentlich schon das eine hier«, sagt Hadice. Sie schließt die Augen, verschränkt die Hände hinter dem Kopf und reckt ihr Gesicht der Sonne entgegen. Wir schweigen. Ich horche in mich hinein und stelle fest, dass ich schon lange nicht mehr so zufrieden mit dem Leben war, in dem ich gelandet bin. Doch dann denke ich wieder an den anonymen Brief, den ich erhalten habe, und der Augenblick des Einklangs ist vorbei. Ich weiß, dass ich mich dieser Sache stellen muss. Aber nicht jetzt. Erst will ich diesen Fall aufklären.

Ein Schatten fällt auf unseren Tisch, und ich drehe mich um. »Schelling«, sagt Hadice, obwohl sie die Lider nach wie vor geschlossen hält.

Das ist er also, dieser legendäre Kommissar, von dem Hadice erzählt hat. Ich sehe ihn an, und irgendetwas sagt mir, dass das kein Zufall ist. Der Kommissar hat ein Anliegen, das er nicht preisgeben will. Hadice hat gesagt, dass er etwas von einem alten Wolf habe. Es hat bewundernd geklungen. Jetzt fletscht der Wolf sein Raubtiergebiss zu einem Lächeln. »Woher haben Sie gewusst, dass ich es bin?«, will er wissen.

»Ermittlergeheimnis«, sagt Hadice und öffnet nun doch die Augen. Sie sieht aus wie eine Katze, die nur vorgegeben hat, in der Sonne zu schlafen. Die Katze und der Wolf. Das klingt nach einer Fabel von La Fontaine. Hadice stellt mich vor, und er gibt mir die Hand. Sie fühlt sich schwielig an. Er setzt sich nicht zu uns, sondern lässt sich auf der Tischkante nieder, als sei er jederzeit bereit aufzuspringen. In Gegenwart des Gegners sollte man nicht sitzen. Der Gegner, das sind wir, Hadice und ich. Ich bin nur nicht sicher, ob er sich grundsätzlich so verhält oder ob wir eine spezielle Bedrohung darstellen.

»Wie kommen Sie im Tötungsdelikt Calis voran?« Schelling kommt direkt zu Sache.

»Wir haben uns mit Ihrem Freund von Rathjen unterhalten. Vielleicht können Sie uns ein bisschen mehr über ihn und seine Organisation verraten«, sagt Hadice.

»Damit habe ich nichts zu tun. Wie gesagt, ich bin ihm vor allem auf Jagdveranstaltungen begegnet.«

»Wie würden Sie ihn politisch einordnen?«

»Konservativ, vermute ich mal. Er spielt gern den Gutsherrn. Den Sozialismus hat er jedenfalls weit hinter sich gelassen.«

»Irgendeine Ahnung, warum sich der Verfassungsschutz für ihn interessieren sollte?«

Seine Augen werden einen Moment lang schmal. »Nein«, sagt er, und ich weiß, dass das nicht die Wahrheit ist. Damit ist allerdings nicht klar, auf welcher Seite er steht. Auf von Rathjens und der seiner Leute? Oder ist Schelling vielleicht ein Rekrut des Verfassungsschutzes? Und was genau treibt die Organisation, für die von Rathjen arbeitet? Im Moment wird Schelling uns das nicht verraten. So viel steht fest.

Er zieht ein Päckchen Zigaretten aus seiner Jackentasche, eine Marke, die ich nicht kenne. Darauf ist ein Pfeife rauchender Indianer abgebildet. Wortlos bietet er uns davon an, was Hadice zu meiner Überraschung akzeptiert. Er gibt ihr Feuer mit einem Zippofeuerzeug, und beide inhalieren tief. Es hat etwas von einem Ritual.

Hadice rekapituliert kurz, was wir herausgefunden haben. Den Zeitpunkt der Entführung. Sie lässt allerdings beiseite, dass die Calis ihren Versuchskaninchen falsche Erinnerungen eingeimpft hat. Schelling drückt seine Kippe in dem Aschenbecher auf dem Tisch aus.

»Clemens Januschek? Haben Sie den mal kennengelernt?«, will Hadice von ihm wissen.

»Nur flüchtig. Er war ein paarmal auf von Rathjens Festen und ein-, zweimal mit zur Jagd. Hat ihm wohl nicht sonderlich gefallen, im Morgengrauen bei Affenkälte auf einem Hochsitz zu hocken.« Schelling grinst. Ich kann es mir vorstellen. Clemens mit seinen teuren Hemden über schmalen Schultern ist wohl nicht so der Outdoor-Typ.

»Und seine Schwester? Nina?«

Schelling antwortet nicht sofort. »Schlimme Sache«, sagt er dann. »Sie habe ich allerdings noch seltener getroffen als ihren Bruder. Das war ein nettes Mädchen. Ein echter Sonnenschein.« Er schüttelt betrübt den Kopf.

»Wussten Sie, dass sie bei Dr. Calis in Behandlung war?«

»Ja. Von Rathjen hat das wohl eingefädelt. Sie litt unter einer bipolaren Störung. Sie wissen schon: in einem Moment total euphorisch und überdreht und dann plötzlich verzweifelt und depressiv. Ich habe sie offenbar in einer guten Phase erlebt.«

»Clemens glaubt, dass Dr. Calis Schuld am Tod seiner Schwester ist.«

»Tatsächlich? Ich habe sie immer für eine sehr kompetente Therapeutin gehalten.«

»Kompetent, aber skrupellos.« Hadice richtet sich aus ihrer entspannten Position auf und setzt sich aufrecht hin. »Wussten Sie, dass sie die Erinnerungen ihrer Patienten gezielt manipuliert hat?«

»Ich weiß. Sie hat Traumata aus der Erinnerung gelöscht und sie mit harmlosen Bildern überschrieben.«

»Davon rede ich nicht. Sie hat dafür gesorgt, dass ihre

Patienten glaubten, Dinge gesehen zu haben, Dinge getan zu haben, die nie passiert sind.«

»Das ist eine ziemlich schwere Anschuldigung.« Schelling mustert Hadice unter halb gesenkten Lidern.

Du weißt es, denke ich. Du weißt genau, was Calis getan hat.

»Es gibt keine Zweifel. Wir haben dafür genug Beweise auf ihrem Computer gefunden. Wir sprechen hier von mehr als hundert Fällen. Damit haben wir jede Menge potenzieller Täter.«

»Hundert?« Nun ist er doch überrascht.

»Ihre kleine Spezialität hat sie schon vor dreißig Jahren entwickelt. Im Dienst der Stasi.«

»Das ist doch schon Ewigkeiten her.«

»Wenn jemand von damals das erst jetzt herausgefunden hat, könnte das sehr wohl ein Motiv sein. Davon ganz abgesehen hat sie damit nie aufgehört. Und eines ihrer letzten Versuchskaninchen war Nina Januschek.«

»Nina?«

»Ihr Bruder hat sie nie angerührt. Das hat Calis ihr nur eingeredet. Und dann hat sich das Mädchen das Leben genommen.«

SCHELLING, POLIZEIPRÄSIDIUM, EINE STUNDE SPÄTER

Nina. Schelling starrt, ohne etwas zu sehen, auf seinen Monitor. Statt den fälligen Bericht zu schreiben, erinnert er sich daran, wie Clemens seine Schwester das erste Mal zu einem Treffen der Stiftung, die von Rathjen leitete, mitgebracht hatte. Sie war von allem begeistert gewesen: Wie ein Kind war sie durch die Räume des Gutshofs gestreift, hatte Sofas und Sessel ausprobiert, hatte mit geschliffenen Kristallgläsern das Sonnenlicht über Wände tanzen lassen. Sie war sogar aus den Schuhen geschlüpft, um den dicken Teppich an den nackten Füßen zu spüren. Alle waren entzückt von ihr gewesen. Clemens, der (»Noch!«, wie er zu sagen pflegte) keine Freundin hatte, nahm seine Schwester von da an häufiger mit zu Veranstaltungen der Stiftung, schmückte sich mit ihr wie mit einem teuren Accessoire. Schelling sah dem Mädchen gern zu, wie sie an den Möbeln entlangging, mit den Fingerspitzen anmutig über das von der Sonne erwärmte Holz einer Kommode strich oder eine samtbezogene Sessellehne streichelte wie ein Haustier. Nur einmal erlebte er sie anders. Sie hatte sich auf einer der tiefen Fensterbänke verkrochen, die Vorhänge hinter sich zugezogen und weinte untröstlich. Als es ihm nicht gelang, sie zu beruhigen, holte Schelling Clemens, der eher peinlich berührt als besorgt erschien. »Das hat sie manchmal«, sagte er abwiegelnd, »Sie wissen schon: Frauen!« Dann rief er ein Taxi, das seine Schwester nach Hause verfrachtete. Schelling aber wusste nun, dass die junge Frau ein ernsthaftes Problem hatte. Von da an schien ihm ihre strahlende, lebhafte Art nur die andere Facette einer bipolaren, von Höhen und Tiefen zerklüfteten Seele zu sein.

Anfangs hatte er die beiden für ein Paar gehalten, Clemens und Nina, so offensichtlich zusammengehörig waren sie: beide hochgewachsen, fast weißblond, mit ihren aristokratischen Gesichtern, die verblüfften, wenn man wusste, dass sie aus einfachen Verhältnissen stammten. Nur wer genau hinsah, erkannte hinter Clemens' lässig-souveränem Auftreten die Unsicherheit, die ihn umgab wie ein kaum wahrnehmbarer Geruch. Anders als junge Leute, die in selbstverständlicher materieller Sicherheit und gesellschaftlicher Stellung aufwuchsen, war Clemens' Lässigkeit brüchig. Es war etwas, das er sich erst antrainieren musste. Nina hingegen machte sich weniger Gedanken, nahm und genoss, was man ihr anbot, glitt durch die Räume wie jemand, dem das alles zustand. Einmal, auf dem Fest, das von Rathjen anlässlich von Clemens' erstem juristischem Staatsexamen ausgerichtet hatte, lernte Schelling Clemens' Eltern kennen. Abgesehen von der gemeinsamen Haarfarbe schienen sie so gar nicht zu ihren Kindern zu passen: sie Kassiererin in einem Supermarkt, der Vater einst Brummifahrer, doch nun schon seit Jahren frühverrentet. Beide waren stolz auf ihren erfolgreichen Sohn, aber sichtlich eingeschüchtert von der Gesellschaft, in der sich dieser nun bewegte. Nina beanspruchte das, was von Rathjen ihrem

Bruder anzubieten hatte, mit Begeisterung auch für sich: ein Ticket in gesellschaftliche Kreise, die beiden sonst verwehrt gewesen wären.

Schelling vermutet inzwischen, dass die Beziehung der Geschwister so ungewöhnlich, fast demonstrativ eng gewesen ist, weil sie beide aus einem Umfeld stammten, für das sie nicht geboren schienen. Und als von Rathjen ihm auf Ninas Beerdigung von der Sache mit dem Missbrauch erzählte, stellte er fest, zwar schockiert, aber nicht überrascht zu sein. Schelling kneift die Augen zusammen und massiert seine Nasenwurzel mit zwei Fingern. Dann richtet er sich auf, schließt alle Programme und fährt den Rechner herunter. Der Bericht wird warten müssen. Was er jetzt von Hadice erfahren hat, verwirrt ihn. Ninas Missbrauch durch ihren Bruder hat also offenbar doch nicht stattgefunden, sondern war eines von Elisabeths taktischen Manövern. Sicher war von Rathjen eingeweiht gewesen! Er fragt sich, was er sonst noch alles nicht weiß. Bislang war ihm das auch lieber gewesen. Doch Ninas Tod macht ihn zornig. Er beschließt herauszufinden, was dahintersteckt.

Die Übereinkunft, die er mit Elisabeth und von Rathjen getroffen hatte, war ein Geschäft, von dem letztlich die Gerechtigkeit profitieren würde, hatte er sich immer wieder gesagt. Jetzt zweifelt er zunehmend daran.

Allein schon der jüngste »Gefallen«, den er von Rathjen hatte tun sollen. Es ginge nur darum, diesen Elefantenpfleger Matthias Kranitz im Auge zu behalten, hatte von Rathjen behauptet. »Eine Person aus der Vergangenheit, die uns Unannehmlichkeiten bereiten könnte«, war seine Erklärung gewesen. Schelling schließt die Augen und erinnert sich daran, wie er in die Wohnung des Mannes eingedrungen war.

Die spartanische Ausstattung glich stark der seiner eigenen Behausung. Nur die IT-Ausrüstung auf dem großen Schreibtisch, der abgesehen vom Bürostuhl das einzige Möbelstück im Wohnzimmer war, war auffallend hochwertig. Ebenso das brandneue Smartphone, das auf dem mit Resopal bezogenen Tisch in der Küche lag. Schelling schaltete es ein und stellte fest, dass es über eine Prepaidfunktion betrieben wurde, also nicht zu seinem Besitzer zurückzuverfolgen war. Vermutlich hatte Kranitz es sich als Zweithandy für geheime Aktivitäten zugelegt. Und natürlich war es mit einer PIN geschützt. Der Kommissar ging zurück zum Rechner und startete ihn. Vom Innenhof klangen Kinderstimmen durch das geschlossene Fenster. Trotz der stickigen Luft im Zimmer bezwang Schelling seinen Wunsch, es zu öffnen. Auch wenn es nur einen Augenblick dauerte, wollte er nicht riskieren, dabei gesehen zu werden.

Wie erwartet war auch der Rechner mit einem Passwort geschützt. Doch damit hatte er gerechnet. Er durchsuchte zunächst den Schreibtisch nach einem Zettel mit dem Code. Seiner Erfahrung nach notierten es sich achtzig Prozent aller Computerbesitzer und deponierten es zudem in greifbarer Nähe des Rechners. Nicht so Kranitz. Also musste er auf Plan B zurückgreifen. Er öffnete die Tastatur, dann zog er aus seinem Rucksack einen unauffälligen Stecker, den er hineinmontierte. Dieser sogenannte Keylogger würde registrieren, welche Tastenkombination Kranitz als Passwort eingab. Bei Schellings nächstem Besuch hätte er dann Zugriff auf Kranitz' Daten. Er rollte mit den verspannten Schultern. Ihm war schon lange völlig unverständlich, dass der Datenschutz der Polizei derart die Hände band. Also hatte er sich schon vor Jahren von einer begabten Hackerin beibringen lassen, wie man verschiedene Operationen durchführte.

Jetzt musste er abwarten. Als er ging, hatte er die Tür leise hinter sich ins Schloss gezogen.

Das Gelächter einiger Kollegen im Gang reißt Schelling aus seinen Gedanken. All seine Bemühungen haben nicht verhindern können, dass die Sache in einer Katastrophe geendet ist. Elisabeth Calis ist tot. Und er, Schelling, steckt tief in der Sache drin.

YELDA, VOGELHÜTTENDEICH, AM ABEND DESSELBEN TAGES

Als ich nach Haus komme, duftet es nach Lammeintopf. Vorsichtig hebe ich den Deckel und koste, in der Hoffnung, dass er nicht wieder versalzen ist. Er schmeckt köstlich. Ich schließe die Augen und sehe meine Großtante in Ulan Bator mit dem Holzlöffel in einem riesigen Alutopf rühren. Von ihr stammt das Rezept.

»He«, sagt Batu hinter mir. »Der Deckel muss draufbleiben, bis es fertig geschmort ist.«

»Aber es ist fertig«, protestiere ich. Während ich den Tisch mit zwei Tellern decke, die nicht zusammenpassen, meldet sich mein Mobiltelefon. Hadice.

»Können wir uns treffen?«, fragt sie umstandslos. »Ich würde gern etwas mit dir besprechen.«

»Deine Kollegin soll zum Essen kommen«, ruft Batu vom Herd. Er ist zwar dement, aber er hört noch immer wie ein Bergpuma. Außerdem ist er der neugierigste Mensch, den ich kenne.

»Mein Vater lädt dich zum Essen ein«, sage ich in den Apparat.

»Jetzt sofort?«

»Sieht so aus.«

»Dann bis gleich.« Es überrascht mich, wie erfreut ich bin, als sie akzeptiert.

Hadice und Batu verstehen sich auf Anhieb. Mein Vater hat das mongolische Gastgebergen im Blut. Bei ihm fühlt sich jeder sofort willkommen.

»Schafskopfeintopf«, sagt er, als er den gusseisernen Topf auf den Küchentisch wuchtet.

Ich verdrehe die Augen. »Hör nicht auf ihn.« Den Witz macht Batu bei jedem neuen Gast.

Hadice bleibt ungerührt. »Bei uns heißt das ›Kelle Paca‹. Meine Großmutter kocht das auch.«

»Diese Dame würde ich sehr gerne einmal kennenlernen«, sagt Batu.

Beim Verspeisen des gottlob vorzüglichen Ragouts quetscht er Hadice mühelos aus. Ob sie die deutsche Staatsbürgerschaft hat? (Ja. Ohne kann man nicht Beamtin sein.) Ob sie Heimweh nach der Türkei verspüre? (Nein, schließlich sei sie in Deutschland aufgewachsen, und jetzt, seitdem Erdogan verrücktspielt, reist sie nur noch in Ausnahmefällen dorthin: zu Hochzeiten und Beerdigungen.)

»Meine Tochter hier ist nur halbe Mongolin, aber sie hat mehr Heimweh nach der Steppe als ich«, sagt Batu und tätschelt liebevoll meine Hand. »Sie hat eben nur die schönen Seiten meiner Heimat kennengelernt.«

»Warum sind Sie Polizistin geworden?«, will er dann wissen.

Sie zuckt die Achseln. »Ich wollte nie was anderes sein. Als Kind habe ich immer den Sheriff gespielt.«

Ich stelle mir die kleine Hadice mit einem Stern an der Brust vor und grinse in mich hinein.

»Warum?«, will Batu wissen, der sich nie mit der ersten Antwort zufriedengibt.

Hadice spießt einen Brocken Fleisch auf die Gabel und betrachtet ihn nachdenklich. »Gerechtigkeit. Ich kann es nicht leiden, wenn die bösen Jungs und Mädchen davonkommen«, sagt sie und schiebt den Bissen in den Mund. »Und du?« Hadice wendet sich an mich.

»Dito.«

»Aber vor allem will sie wissen, wie die bösen Jungs und Mädchen ticken«, sagt Batu.

»Nur wenn man das weiß, kriegt man sie so richtig«, sage ich.

Ein schabendes Geräusch lässt uns alle auf einen Punkt auf dem Küchenfußboden blicken. Auftritt der Schildkröte.

»Na, das ist ja mal was anderes als ein Hund«, sagt Hadice. »Darf ich?« Sie blickt fragend zu Batu.

Der nickt. Vorsichtig setzt sie das Tier auf den Tisch. Wie alt Neguri genau ist, wissen wir nicht. Vermutlich ist sie älter als mein Vater.

»Eine asiatische Gelbkopfschildkröte, die zu den Landschildkröten gehört. Ihre Art ist vom Aussterben bedroht«, sagt Batu stolz.

»Insbesondere, weil sie in Asien eine geschätzte Delikatesse ist«, ergänze ich.

»Ich habe sie vor diesem Schicksal bewahrt«, sagt Batu.

»Er hat sie Großtante Sati aus der Küche gestohlen«, gebe ich preis. Bei der hat er damals in Ulan Bator gewohnt, weil er dort zur Schule gehen sollte.

»Die Schildkröte war eigentlich als Vorspeise für einen chinesischen Ehrengast gedacht«, bestätigt Batu. »Aber ich habe sie mir geschnappt und in einem Karton auf dem Dachboden versteckt.« Er kichert. Allerdings sei Tante Sati kein

Trottel gewesen, und so sei ihr schnell klar geworden, wer für das Verschwinden der Suppengrundlage verantwortlich war. »Irgendwann hat sie uns offiziell begnadigt, Neguri und mich«, erzählt Batu. »Wenn ich allerdings frech wurde, hat sie immer damit gedroht, dass Neguri doch noch im Kochtopf landen würde. Aber ich habe ihr das nie geglaubt.«

Batu räumt die Teller in die Spüle und weicht sie ein. »Abwaschen tun wir später«, sagt er. Ich lächle, weil ich weiß, dass dieser Teil der Hausarbeit an mir hängen bleiben wird. Batu hasst es abzuwaschen. Manchmal frage ich mich, wer das erledigt hat, als er all die Jahre allein wohnte. Er schnappt sich ein Sudoku-Heft. »Hirnjogging«, sagt er grinsend und verzieht sich damit ins Wohnzimmer.

Hadice blickt ihm hinterher. »Er ist sehr interessant, dein Vater«, sagt sie.

»Du wolltest etwas mit mir besprechen«, erinnere ich sie an den eigentlichen Grund unseres geselligen Beisammenseins.

»Ja«, sagt sie. Ihr Unbehagen steht plötzlich im Raum wie Luftdruckabfall. Sie rührt in dem Buttertee, den Batu uns kredenzt hat, und probiert vorsichtig.

»Es geht um Schelling«, rate ich.

Sie nickt. »Du musst wissen«, sagt sie, »Schelling ist so eine Art Legende unter den Ermittlern. Seine Aufklärungsquote ist enorm. Es geht schon lange das Gerücht herum, dass er nicht immer ganz sauber arbeitet.«

»Du denkst, die Calis hat ihn in ihre Methoden eingeweiht.«

»Dann hätten sie ihn in der Hand gehabt.«

»Dann hätte er ein Motiv, sie zum Schweigen zu bringen.«

Wir sehen uns an. Damit erscheint sein Interesse an unserem Fall noch einmal in einem ganz anderen Licht.

SCHELLING, HAMBURG-ÖVELGÖNNE, AM NACHMITTAG ZUVOR

Nach dem Gespräch mit Hadice fühlte Schelling sich rastlos. Um den Kopf frei zu kriegen, war er nach Dienstende hinunter an den Hafen bei Övelgönne gefahren. Jetzt läuft er mit weit ausholenden Schritten am Uferweg entlang, vorbei am »Alten Schweden«, einem Findling, den man vor einigen Jahren aus der Elbe geborgen hatte. Während der vorletzten Eiszeit ist er den weiten Weg von Skandinavien millimeterweise herunter nach Hamburg gewandert. An der *Strandperle*, die eigentlich ein Kiosk war, sich aber irgendwann zu einem hoch frequentierten Treffpunkt entwickelt hat, lagern im Sommer Gruppen von jungen Leuten im Sand, mit Flaschen angesagter Bier- und Limonadenmarken in der Hand. An diesem kühlen Spätnachmittag hat Schelling den Strand fast für sich allein. In dem hölzernen Kioskbüdchen sitzt ein junger Mann mit großen metallgefassten Löchern in den Ohrläppchen und wischt auf seinem Smartphone herum. Schelling kauft ein Mineralwasser. Er sucht sich einen Platz und setzt sich ein paar Meter abseits in den klammen Sand. Nicht nur die Temperaturen, auch der tiefere Stand der Sonne erinnert daran, wie der Winter jeden Tag einen großen Schritt näher rückt.

Er nimmt einen Schluck aus der Flasche. Warum haben von Rathjen und Elisabeth zu einer derart drastischen Maßnahme gegriffen? Sosehr er es auch dreht und wendet, Clemens musste eine echte Bedrohung für die Organisation gewesen sein. Es war unverzeihlich, dass sie Nina mit hineingezogen haben. Die falsche Überzeugung, ihr Bruder habe sie missbraucht, hat ihre fragile Seele endgültig aus der Umlaufbahn katapultiert.

Erst vor ein paar Wochen war er Gast bei einem Fest auf von Rathjens Landsitz gewesen. Der liebte es, sich als Grundbesitzer alter Schule zu inszenieren. Überall standen dekorative Strohgebinde herum. Der Gastgeber hatte sogar einen Pfarrer aufgetrieben, der eine Andacht unter freiem Himmel hielt. Zu DDR-Zeiten hatte von Rathjen sicher wenig mit der Kirche am Hut, war Schelling überzeugt. Und das Essen mit Spanferkel vom Grill, Röstkartoffeln und riesigen Apfelkuchen mit Schlagsahne war viel zu mächtig für den heißen Tag.

Als er sich im Haus etwas abkühlen wollte, bemerkte er Clemens und von Rathjen. Sie waren offenbar in einen heftigen Disput verstrickt. Fast sah es aus, als würden sie sich gleich schlagen. Von Rathjen beschimpfte Clemens als »undankbaren kleinen Parasiten«. Und dass er – mit welcher Sache auch immer – nicht durchkommen würde.

Schelling zog sich unbemerkt zurück. Er hatte keine Lust, in die Auseinandersetzung verwickelt zu werden. Kurz darauf preschte Clemens mit seinem Cabrio davon. Er musste irgendetwas herausgefunden haben. Etwas, das wichtig genug war, dass Elisabeth Nina dazu brachte, falsche Anschuldigungen gegen ihren Bruder zu erheben.

Eine Möwe landet direkt vor Schelling und beäugt ihn frech von der Seite. Dann stakst sie den feuchten Streifen Elbsand entlang und hinterlässt eine zierliche Reihe Flossenabdrücke. Schelling blickt ihr nach.

Er ist sich inzwischen fast sicher, dass der Streit, den er beobachtet hatte, zumindest teilweise der Auslöser für die fatalen Entwicklungen der letzten Tage war. Und nun droht alles ans Licht zu kommen. Wenn Hadice Öztürk sich erst einmal in eine Sache verbissen hat, lässt sie nicht locker, so viel ist ihm klar. Noch bedrohlicher erscheint ihm aber die neue Psychologin. Schmal und still hält sie sich im Hintergrund, nur um dann plötzlich mit einer unerbittlichen Bemerkung aufzuwarten. »Die Mongolin«, so nennt man sie bereits im Präsidium. Er war sich sicher, dass sie ihm seine Unkenntnis, was Elisabeths Methoden betraf, nicht abgekauft hatte.

Denn natürlich kennt er die. Besser sogar als jeder andere. Elisabeth hatte ihm beigebracht, wie man es anstellt. Wie man Zeugen dazu brachte, Dinge auszusagen, die sie nie gesehen hatten. Wie man Täter dazu brachte, Geständnisse für Dinge abzulegen, die sie nie getan hatten.

Angefangen hatte alles an dem Tag, als er von Rathjen, entgegen den waidmännischen Gepflogenheiten, in den langen Stunden auf dem Hochsitz von seiner tiefen beruflichen Frustration berichtet hatte. Während Nebel wie eine magische Milchsuppe um die Stämme der Bäume schwappte, erzählte er ihm von der zermürbenden Tatsache, dass so viele Verbrecher davonkamen. Ganz einfach, weil man ihnen trotz aller ermittlungstechnischen Raffinesse, bei aller hartnäckigen Verbissenheit und Erfahrung nichts nachweisen konnte. Nach jedem Freispruch verfolgte ihn ihr hämisches Grinsen bis in den Schlaf. Haufenweise falsche Alibis, die sich nur erschüttern ließen, wenn man eine glaubwürdige Gegenaussage präsentieren konnte. Von Rathjen hatte sich verständnisvoll gezeigt. »Für den Zusammenhalt in der Gesellschaft ist Gerechtigkeit unabdingbar«, hatte er gesagt. »Wenn wir die Täter nicht zur Verantwortung ziehen können, ist das toxisch.« Dann stellte er ihm Elisabeth vor.

Sein erstes Experiment mit falschen Erinnerungen hatte ein Junkie-Mädchen betroffen. Jemand hatte sie misshandelt und dann in der Elbe entsorgt. Der Anblick war grausig. Schelling kriegte deswegen einen ihrer Dealer dran, ein durchgeknallter Typ mit einer Sammlung sadistischer Sexvideos. Alle wunderten sich, dass seine eigene Mutter gegen ihn aussagte. Doch Schelling ließ sie glauben, dass ihr Sohn ihr Schoßhündchen auf dem Gewissen hatte. Das fand sie deutlich schwerwiegender als den Tod des Mädchens. Der Dealer saß noch immer hinter Gittern. Vollkommen zu Recht, davon ist Schelling nach wie vor überzeugt.

Er war sich natürlich darüber bewusst, dass sein Treiben gegen alle ethischen und rechtlichen Grenzen verstieß. Aber der Rechtsstaat, dachte er, war in seinen Möglichkeiten viel zu eingeschränkt, ein alter Köter, der den Biss verloren hatte, wenn es darauf ankam. Nach und nach wurden es immer mehr Fälle. Er beruhigte sein Gewissen damit, dass er vielleicht das Falsche tat, aber damit Gutes bewirkte. Er hatte dadurch so manchen jungen Menschen vor einer Drogenkarriere bewahrt und so Menschenleben gerettet. Davon ist er überzeugt. Bis auf die eine Sache, wo alles gründlich schiefgegangen war. Er schiebt den Gedanken beiseite. Auch da hatte er nur die besten Absichten gehabt. Was Elisabeth mit Nina gemacht hatte, war hingegen durch nichts zu rechtfertigen. Musste sie deswegen sterben? Er würde von Rathjen zur Rede stellen. Und zwar gleich morgen.

Ein kleiner Junge, der in Richtung Wasser stolpert, lenkt ihn von seinen Gedanken ab. Der Knirps watschelt breitbeinig durch den Sand, landet dann mit einem Plumps auf den Knien. Pummelige Kinderhände greifen nach Sand und Steinen. Wo ist die Mutter? Schelling blickt sich suchend um und entdeckt eine junge Frau unweit auf einer Parkbank. Sie hat ihren Kopf auf einen Arm gebettet, der wiederum auf der Lehne der Bank ruht. Augenscheinlich schläft sie tief – total erschöpft von der Mutterschaft, vermutet Schelling. Neben ihr steht der leere Buggy. Das Kind lutscht inzwischen an einem Stein, den die Jahrmillionen durch Wasser und Eis zu einem ergonomischen Objekt geformt haben. Der Zwerg trägt ein St.-Pauli-Fantrikot mit Totenkopf zu einer Minijeans. »Da!«, sagt das Kind und hält ihm das angesabberte Ding hin. Entweder hatte die Mutter es versäumt, das Kind ordentlich festzuschnallen, oder er hat hier einen angehenden Meisterausbrecher vor sich. »Ausgebüxt, was?«, sagt Schelling zu dem Kind. Es grinst ihn an, das Gesicht verschmiert mit einer Mischung aus Spucke und Sand. Schelling erhebt sich steif aus dem Schneidersitz. Seine Knie schmerzen und erinnern ihn daran, dass er kein junger Mann mehr ist. Er klemmt sich das Kind unter den Arm. »Auf geht's, ab zu Muttern!«, sagt er.

VON RATHJEN, SPORTCLUB HAMBURG-UHLENHORST, ZWEI STUNDEN SPÄTER

Der beheizte Außenpool ist zwanzig Meter lang und nahezu leer. Außer von Rathjen halten sich darin nur zwei Frauen mittleren Alters auf, die sich am Beckenrand festhalten und angeregt plaudern. Von Rathjen zieht seine Bahnen ruhig und kraftvoll. Er war schon immer ein exzellenter Schwimmer.

Man hatte sein Talent früh entdeckt und konsequent gefördert. Schon mit elf war er von den Funktionären auf ein Sportgymnasium geschickt worden und träumte von einer Laufbahn als Olympionike. 1971 gewann er in seiner Altersklasse sogar die Spartakiade, die große Sportmeisterschaft der DDR-Jugend. Doch dann ging er trotz einer Erkältung mit leichtem Fieber zum Training und zog sich eine Endokarditis zu. Die Erkältungsviren waren auf den Herzbeutel übergesprungen und schädigten ihn so stark, dass von einer Karriere als Leistungssportler nichts übrig blieb. So schlug er eine Laufbahn bei der Staatssicherheit ein. Inzwischen ist er mehr als froh darüber. Die meisten seiner Kameraden aus dem Sportinternat sind heute verarmt, vergessen und krank. Das erbarmungslose Training in viel zu jungen Jahren und die leistungssteigernden Medikamente hatten sie körperlich und psychisch ruiniert. Nicht wenige sind in die Drogenabhängigkeit gerutscht, weil man ihnen zu häufig Schmerzmittel gespritzt hatte, damit sie ihr Training nicht unterbrechen mussten. Einige sind schon vor Jahren am Herzinfarkt verstorben. Bis heute ist nicht vollständig geklärt, was die medizinischen Betreuer damals alles in ihre »Aufbauspritzen« gemixt hatten.

Von Rathjen schlägt am Beckenrand an, hält sich fest und schiebt die Schwimmbrille auf die Stirn. Ein Blick auf seine Pulsuhr zeigt ihm, dass sein Herzschlag trotz der Anstrengung erfreulich niedrig ist. Er lässt den Blick über die hochwertig ausgestattete Anlage schweifen: ein gepflegter Garten, bereit für den Winterschlaf. Vom beheizten Wasser steigen in der kühlen Luft Nebelschwaden auf. Der Club im vornehmen Hamburger Stadtteil Uhlenhorst ist ideal für seine Zwecke. Die Mitgliedsbeiträge sind zwar exorbitant, aber Service und Ausstattung stimmen. Abgesehen von den Fitnessräumen und dem großzügigen Spa-Bereich stehen den Mitgliedern ein erstklassiges Restaurant, ein mit Clubsesseln ausgestattetes Kaminzimmer sowie Besprechungsräume für geschäftliche Meetings zur Verfügung. Seit er sein Hamburger Büro vor zwei Jahren aufgegeben hat, empfängt von Rathjen hier häufig Besucher.

Nachdem er Schellings Nachricht abgehört hatte, hat er auch den Kommissar hierher bestellt. Doch vor dem Treffen bleibt ihm noch Zeit für ein paar weitere Bahnen. Von Rathjen taucht ab und gleitet unter der Wasseroberfläche entlang. Wie immer genießt er die plötzliche Stille, in der seine Bewegungen, die Wirbel, die sie erzeugen, und das leise Rauschen seines Bluts in den Ohren die einzigen Geräusche sind.

Während er so dahingleitet, überdenkt er die aktuelle Situation. Elisabeths Ermordung ist ein schwerer Schlag. Nicht nur, weil niemand in der Organisation ihre Aufgaben übernehmen kann. Schlimmer ist, dass jetzt Polizisten wie aufgeschreckte Kellerasseln um sie herumwuseln. Franke hat recht. Das können sie nicht brauchen. Ihre Strategie ist schon immer gewesen, nach außen hin in leuchtender Offenheit zu agieren, jenseits der Fassade aber unter dem Radar der Öffentlichkeit zu fliegen. Diese Zweigleisigkeit und insbesondere die Stiftung ermöglichen es ihnen, die Sorte Leute anzuziehen, die sie für ihre Mission benötigen. Menschen mit Einfluss in den unterschiedlichen Strukturen der Macht. Unternehmer, Politiker, Wissenschaftler. Aber auch kleinere, Erfolg versprechende Rädchen in der großen Maschine, die Gesellschaft heißt. Von Rathjen ist Meister der Rekrutierung – einst wie heute. Er findet für jeden Menschen den Hebel, mit dem er ihn zur Mitarbeit bewegen kann. Die einen lassen sich von Geld oder Macht verlocken. Andere, wie Clemens, streben nach gesellschaftlicher Stellung. Andere junge Menschen lassen sich von einer Ideologie beeindrucken, die ihnen ein Gefühl von Bedeutung verleiht. Wenn all das nicht fruchtet, gibt es immer noch die Möglichkeit, mit Druck zu arbeiten. Jeder hat seine Schwachstelle, seine verborgenen Ängste. Doch zu diesem Mittel greift von Rathjen nur im Notfall. Es ist unklug, sich mehr Feinde zu machen als unbedingt nötig. Bei Clemens Januschek ist das zuletzt leider unabdingbar gewesen.

Ein Körper durchbohrt anderthalb Meter neben ihm die Wasseroberfläche. Der durchtrainierte Leib eines jungen Mannes schießt an ihm vorbei. So etwas wie Wehmut steigt in von Rathjen auf. Bei allem Training ist er doch zu einem älteren Mann geworden.

Insgesamt sind es etwa hundert Leute, die inzwischen für die Organisation arbeiten. Doch nur sehr wenige gehören zum inneren Zirkel und wissen, worum es wirklich geht. Auch Schelling ist darin nicht eingeweiht. Er gehört zu den Idealisten: ein Weltverbesserer, der sich dem Kampf gegen die Windmühlenflügel der Kriminalität verschrieben hat. Sie haben darüber diskutiert, ob es ratsam wäre, ihn mit Calis' Methoden vertraut zu machen. Er, von Rathjen, hatte sich dafür eingesetzt. Damals hatte er noch gehofft, Schelling würde im Polizeiapparat weiter aufsteigen und ihnen noch nützlicher sein. Er hatte sich verkalkuliert. Schelling ist kein Karrierist. Er ist ein einsamer Wolf.

Ideologisch steht der Mann ihnen in mancher Hinsicht nahe. Was sie im Großen planen – nämlich mit Missständen aufzuräumen, für Sicherheit und Strukturen zu sorgen, das Land vor Überfremdung schützen –, vertritt der Kommissar im Kleinen. Und auch, dass man dafür Grenzen überschreiten muss, akzeptiert er. Franke hingegen hat von Anfang an bezweifelt, dass man den Polizisten so lenken konnte, wie es erforderlich war. Tatsächlich ist Schelling ein Einzelkämpfer und schwer zu kontrollieren. Letztendlich gab aber Elisabeths Stimme den Ausschlag. Für sie war Schelling allerdings auch eine Art verlängerter Arm ihrer Forschungsarbeiten. Ein Versuchskaninchen für den Test, inwieweit die »Methode Calis« funktionierte, wenn sie nicht von ihr selbst angewendet wurde. Es hat sich gezeigt: Sie hat auch in der Umsetzung durch Schelling hervorragend funktioniert. Abgesehen davon ist es natürlich auch von unschätzbarem Vorteil, notfalls einen Polizisten einsetzen zu können. Interna der Hamburger Polizei zu kennen – und die Arbeit derselben gegebenenfalls entscheidend beeinflussen zu können. Der Kommissar ahnte bisher nicht, dass auch das eine Rolle ist, die er eines Tages ausfüllen sollte. Jetzt ist dieser Tag gekommen.

Vorhin am Telefon klang Schelling aufgebracht. Er war schon nicht sonderlich begeistert, als sie ihn auf Matthias Kranitz angesetzt hatten. Als dessen Stasiakte aus dem Schattenreich des Archivs hervorgezerrt wurde, war Schelling ihr Ass im Ärmel gewesen. Die Tatsache, dass Matthias Kranitz Beweise für Calis' Arbeit hatte, hat Schelling überzeugt. Natürlich hat auch geholfen, dass sie dem Kommissar die offizielle Version von Kranitz' Aufenthalt in Hohenschönhausen aufgetischt haben. »Gegenüber einem Totschläger wird Schelling nur wenig Animositäten verspüren«, hatte Elisabeth einmal gesagt und damit recht behalten. Der Auftrag, den er Schelling heute erteilen würde, würde bei diesem allerdings größeren Widerstand provozieren. Von Rathjen merkt, wie er sich darauf freut. Schwungvoll stemmt er sich aus dem Wasser und geht hinüber zu den Umkleideräumen.

SCHELLING, GLEICHER ORT ZUR GLEICHEN ZEIT

Der Raum, den der sportliche junge Mann am Empfangstresen als Kaminzimmer bezeichnet hat, ist mit Sitzgruppen in verschieden Farbtönen ausgestattet. Schelling, der das Gefühl von Samt auf der Haut verabscheut, wählt einen Ledersessel, der direkt neben dem Kamin platziert ist. Offenbar war es die Vision der Innenarchitekten, eine moderne Interpretation eines britischen Herrenclubs zu schaffen. Außer ihm befindet sich nur ein junges Mädchen in dem Raum. Es sitzt in die Ecke einer rostroten Couch geschmiegt und tippt mit leerem Gesichtsausdruck, aber in beeindruckendem Tempo auf seinem Smartphone herum.

Von Rathjen taucht pünktlich auf die Minute auf. Weißes T-Shirt, beigefarbene Chinos und Slipper an den Füßen, die vermutlich ein monatliches Kommissarsgehalt gekostet haben. Sein Haar ist noch feucht vom Duschen. »Kommen Sie, Schelling, ich habe uns einen Raum reserviert«, sagt er statt einer Begrüßung.

Als Schelling wieder vor die Tür des Clubs tritt, ist der Herbstabend über die Stadt gefallen wie ein dunkles Tuch.

Im Licht der Straßenlaternen leuchten die Blätter, die feucht auf dem Asphalt kleben. Das Gespräch hat keine halbe Stunde gedauert. Jetzt fühlt er sich benommen. Er hatte von Rathjen zu den Erkenntnissen, die Hadice ihm mitgeteilt hatte, zur Rede gestellt. Er hatte ihm vorgeworfen, dass er und Elisabeth Nina manipuliert und so ihren Tod provoziert hatten. Doch von Rathjen nahm ihm den Wind aus den Segeln. »Das waren keine falschen Erinnerungen«, behauptete er. Elisabeth habe in diesem Fall nur etwas aus Nina hochgeholt, was tatsächlich passiert sei. »Natürlich war Elisabeth darauf aus, uns ein Druckmittel gegen Clemens zu beschaffen. Aber sie hat etwas zutage gefördert, was tatsächlich da gewesen ist. Der Missbrauch hat wirklich stattgefunden, davon war sie überzeugt.«

Schelling ist sich da nicht sicher. Er geht zu seinem elf Jahre alten Golf, der zwischen den wuchtigen SUVs auf dem Parkplatz des Clubs deplatziert wirkt. Sagt von Rathjen die Wahrheit? Er weiß, dass das nicht ausgeschlossen ist. Oft kommen bei den Manipulationsaktionen vergrabene Erinnerungen ans Licht, das hat er selbst schon erfahren. Oder ist das nur eine Finte, um ihn, Schelling, dazu zu bringen, das zu tun, was die Organisation von ihm will? Denn deren neuestes Ansinnen ist ungeheuerlich. Von Rathjen hat ihm gerade überaus höflich klargemacht, was man von ihm erwartet. Er soll Matthias Kranitz zum Schweigen bringen. Und zwar endgültig.

Er hat es natürlich zunächst rundweg abgelehnt. Er ist kein Auftragskiller. Er ist jemand, der Verbrecher hinter Gitter bringt.

Tatsächlich hat von Rathjen aber die Möglichkeit, ihn zu ruinieren. Schelling hat seit Jahren Verbrecher mittels fingierter Beweise ins Gefängnis gebracht – ob diese nun stofflicher oder psychologischer Natur waren, spielt keine Rolle. Und auch wenn von Rathjen es zwar nicht direkt ausgesprochen hat: Er hat dennoch unmissverständlich zu verstehen gegeben, dass er Schelling ans Messer liefern würde, sollte dieser sich weigern zu kooperieren.

Dabei ist er doch gerade im Begriff, einen großen Drogenring zu knacken. Seit Kurzem ist er endlich nah genug an den Bossen dran. Wenn man ihn jetzt suspendiert, gibt es niemanden, der den Job zu Ende bringen kann. Davon ist er überzeugt. Dann werden noch mehr junge Menschen zu körperlich und seelisch zerstörten Zombies werden. Crystal Meth ist viel grausamer als das Heroin, das vor vielen Jahren seine Freundin erst zugrunde gerichtet und Jahre später umgebracht hat. Wenn er Kranitz nicht opfert und deshalb selbst vor Gericht kommt, wäre es dann nicht so, als würde er selbst den Kids die erste Dosis in die Hand drücken? Diesen einen letzten Job als Kommissar muss er unbedingt noch zu Ende bringen. Dann wird er den Dienst quittieren, um nicht länger erpressbar zu sein. Schelling startet den Motor. Immerhin: Wenn er Matthias Kranitz tatsächlich tötet, wird es zumindest keinen Unschuldigen treffen. Elisabeth zufolge hat er bereits wegen Totschlags in Haft gesessen. Und dann hatte er sich Elisabeth geschnappt. Schelling gibt Gas und lenkt den Wagen vom Parkplatz auf die ruhige Nebenstraße, an der der luxuriöse Fitnessclub liegt. Er denkt an den Trumpf, den er noch im Ärmel hat. Er hat alles, was nötig ist, um Hadice Öztürk den letzten Beweis für Kranitz' Schuld zu liefern. Ein Gegenstand, den er in Kranitz' Wohnung deponieren kann: die Tatwaffe.

VON RATHJEN, KURZ DARAUF, AUF EINER SCHNELLSTRASSE RICHTUNG NORDEN

Auch von Rathjen ist kurz nach dem Gespräch mit Schelling aufgebrochen. Als er die Landstraße erreicht, gibt er Gas. Der Mercedes Roadster beschleunigt mit sattem Klang. Trotz der niedrigen Außentemperaturen steht das Dach des Wagens offen. Das Gespräch mit dem Kommissar hat von Rathjens Adrenalinspiegel angenehm nach oben getrieben. Herausforderungen psychologischer Art sind für ihn ein Lebenselixier. Er hat das Gefühl, den richtigen Hebel gefunden zu haben. Hier geht es darum, Schadensbegrenzung zu betreiben. Die Polizei durfte Matthias Kranitz auf keinen Fall in die Hände bekommen. Wenn er erzählte, was er wusste, wäre die Arbeit vieler Jahre zunichte. Vor allem aber steht seine persönliche Existenz auf dem Spiel. Er hatte Schelling klargemacht, dass er viel zu tief in der Sache drinsteckte, um jetzt noch Skrupel zu kriegen. Er hatte Zeugenaussagen manipuliert. Und er hatte einen unverzeihlichen Fehler gemacht: Er war verantwortlich für den Tod eines unschuldigen Menschen.

Von Rathjen seufzt. Er muss den Alten anrufen. Franke. Plötzlich taucht im Licht der Scheinwerfer ein Reh auf. Er umfasst das Lenkrad fest mit beiden Händen und macht sich auf den Zusammenprall gefasst. In letzter Sekunde verschwindet das Tier mit einem Satz in der Nacht. Schwer atmend verlangsamt er das Tempo und stoppt am Straßenrand. Zum zweiten Mal an diesem Tag denkt er, dass er nicht mehr der Jüngste ist.

Zuhause angekommen nimmt er sich auf dem Weg ins Besprechungszimmer Zeit. Das geschmackvoll eingerichtete Landgut ist für ihn Inbegriff all dessen, was er erreicht hat. Anders als die meisten hat er nach dem Zusammenbruch der DDR seine Ziele nahtlos weiterverfolgen können. Der Traum von einer besseren sozialistischen Welt war schon viele Jahre vorher bankrott gewesen. Im Osten wie im Westen bereicherten sich einige wenige auf Kosten der übrigen Bevölkerung. Er selbst entschied sich schon früh dafür, immer auf der Seite der Gewinner zu stehen.

Im Unterschied zum Westen, wo man Macht und Geld gern zur Schau stellte, verbargen die Kader des DDR-Politbüros ihr privilegiertes Leben hinter den Betonmauern der geheimen Waldsiedlung in Wandlitz. Die Siedlung war auf keiner Karte verzeichnet. Ein einziges Mal war er sogar zu Gast im Hause der Honeckers. In Frankes Gefolge verbrachte er dort einen Abend mit dem Generalsekretär der Sozialistischen Einheitspartei Deutschlands und seiner Frau Margot, der Ministerin für Volksbildung. Es gab Westbier und Schnittchen. Heute weiß er, dass das, was ihm damals wie purer Luxus vorgekommen war, gemessen an westlichen Standards ein Witz gewesen ist. Die Bungalows waren grundspießig, und von den goldenen Wasserhähnen, von denen man munkelte, gab es keine Spur. Doch für DDR-Maßstäbe waren die mit modernem Komfort eingerichteten Häuser überaus großzügig. Ein Kaufladen in der Siedlung versorgte die Familien mit einem erstaunlichen Angebot an frischen Südfrüchten und Gemüse sowie Lebensmitteln und anderen Waren aus dem Westen. Was dort nicht erhältlich war, bestellte man per Otto-Katalog.

Das Volk draußen drängte sich oft in kleinen Altbauwohnungen, in deren Fassaden noch die Einschusslöcher russischer Granaten zu sehen waren. Geheizt wurde mit Kohle, das Klo war auf dem Hausflur. Wer eine moderne Dreiraumwohnung im Plattenbau ergatterte, konnte sich glücklich schätzen. Auch von Rathjen war so aufgewachsen. Von Jugend an war er entschlossen gewesen, ein besseres Leben zu führen. Nach dem Ende seiner sportlichen Laufbahn war es ihm gelungen, innerhalb der Strukturen aufzusteigen. Er besaß die nötige Intelligenz und Skrupellosigkeit. Vor allem aber brachte ihn sein Geschick im Umgang mit Menschen voran. Er war charmant und anpassungsfähig wie ein Chamäleon. In welcher Gesellschaft er sich auch befand, er schlüpfte stets mühelos in die Rolle, die ihm größtmögliche Vorteile verschaffte. So konnte er alle Annehmlichkeiten nutzen, die die DDR ihren hohen Funktionären und deren Geschwader zu bieten hatte. Rauschende Feste mit hübschen Frauen, französischem Cognac und russischem Kaviar. Er hatte noch heute das intensive Aroma der schwarzen Perlen von der Krim auf der Zunge: Meer mit einem Hauch von Nuss und Sahne. Vor allem schätzte er die Jagdgesellschaften in der Schorfheide. Dem mit Pelzmütze ausstaffierten Genossen Honecker hatte man stets die kapitalsten Hirsche zugetrieben. Schöne Zeiten waren das gewesen! Er, von Rathjen, hatte sich nicht beklagen können.

Nach dem Fall der Mauer nutzte er die Gunst der Stunde. Während sich die Honeckers mit ihrer Entourage, zu der auch Franke gehörte, nach Chile absetzten, hielt er »die Stellung«. So hatte er es den Genossen zumindest verkauft. Geld war reichlich vorhanden. In den Wirren der Wende hatte die SED Millionen beiseitegeschafft. Geld, das dazu dienen sollte, den sozialistischen Geist irgendwann wieder erstarken zu lassen. Margot Honecker hielt bis zu ihrem Tod im Mai 2016 eisern an dem Irrglauben fest, die sozialistische Idee sei wieder auf dem Vormarsch. Sie ignorierte, dass die Jugend, die das von ihr ideologisch getrimmte Bildungssystem durchlaufen hatte, sich von der großen Idee abgewandt hatte. Bis zum Schluss leugnete sie, dass ihre historische Mission ein Scherbenhaufen war. Sonst hätte ihr Leben rückblickend jeglichen Sinn verloren.

Von Rathjen hingegen schätzt sich glücklich, frei von jeglichen ideologischen Schimären zu sein. Er hatte die schwarzen SED-Gelder, die ihm zur Verfügung standen, ausgesprochen gewinnbringend investiert. Seine Ostkontakte und sein Insiderwissen waren ihm zugutegekommen, als die Treuhand nach der Wiedervereinigung wie ein Mähdrescher über den Osten kam. Während die unrentablen Betriebe reihenweise abgewickelt wurden und Zigtausende ihre Arbeit verloren, rissen clevere Spekulanten die Filetstücke zu Schleuderpreisen an sich. Auch er hatte so ein Vermögen gemacht. Natürlich dienten seine Aktivitäten offiziell der »Sache«. Er überzeugte die Genossen davon, dass eine Fassade als wohlhabender Finanzier die beste Möglichkeit war, die kapitalistische Gesellschaft zu infiltrieren. Seit dreißig Jahren spielte er nun dieses Spielchen. Die Genossen in Chile bei Laune zu halten war ein geringer Preis für den Lebensstil und das gesellschaftliche Ansehen, die er sich erarbeitet hat. Inzwischen hat er auch genügend eigenes Vermögen angehäuft. Doch nach wie vor reizt das

Spiel, Menschen in einer niemals endenden Schachpartie der Macht strategisch einzusetzen. Die sozialistisch-romantischen Träumereien in Übersee betrachtet er amüsiert. Sie dienen nur dazu, zu rechtfertigen, was man am eigenen Volk verbrochen hatte.

Franke allerdings ist ein schlauer Hund. Von Rathjen weiß, dass der alte Haudegen einer der wenigen ist, die ihm nicht so recht über den Weg trauen. Seit Margot Honeckers Tod hält der ehemalige Oberst der Staatssicherheit die Stränge fest in der Hand.

Von Rathjen selbst hatte Margot Honecker nur flüchtig kennengelernt. Eine harte und entschlossene Frau, aber apart mit hohen Wangenknochen. Eines Abends, als Franke zu viel intus hatte, hatte er ihm Margots Lebensgeschichte erzählt. »Schon ihre Eltern sind überzeugte Anhänger der Kommunistischen Partei gewesen. Ihr Vater wurde von den Nationalsozialisten inhaftiert. Die Mutter brachte die Kinder allein durch. Sie hatte ihnen eingeimpft, immer stolz auf ihre Überzeugungen zu sein und niemals klein beizugeben.« Franke hatte vor lauter Sentimentalität feuchte Augen bekommen. Die junge Margot, so erzählte er weiter, hatte das verinnerlicht. Nach Kriegsende war sie in die Freie Deutsche Jugend eingetreten und hatte schnell auch in der SED Karriere gemacht. Sie war der Idealfall für ein weibliches Aushängeschild der Partei: jung, auf eine patente Art hübsch und vor allem erfüllt von glühendem Glauben an den Sozialismus. Den verheirateten Honecker lernte sie auf einer Reise nach Moskau kennen. Ihre Affäre war von der sittenstrengen SED mit Missfallen gesehen worden. Nach der Geburt ihres gemeinsamen Kindes schickte man Margot zum Studium ins ferne Moskau. Honecker setzte man ebenfalls massiv unter Druck. Schließlich lenkten die Genossen ein. Honecker stieg als Nachfolger von Ulbricht an die Spitze der Partei auf. Margot wurde Ministerin für Volksbildung. Anders als die anderen Minister, die im Wesentlichen als Marionetten des Politbüros fungierten, hatte sie weitgehend freie Hand. Sie formte den Bildungsapparat zur Nachwuchsschmiede für die sozialistische Welt. Die Ausbildung war hervorragend, der Drill streng, Individualismus unerwünscht. »Was die Genossin Honecker erleben musste, hat sie nur entschlossener gemacht!«, hatte Franke getönt. Es war nicht zu übersehen gewesen, dass er der Frau vollkommen verfallen war.

Er war wohl nicht der Einzige gewesen. Nach der Wende tauchten Protokolle von Stasimitarbeitern auf, die aussagten, sie habe zahlreiche diskrete Affären gehabt. Jeder hatte gewusst, dass sie mit Perücke und Sonnenbrille häufig unbegleitet in ihrem Wartburg nach Berlin gefahren war. Ob auch Franke jemals bei ihr gelandet war? Von Rathjen vermochte es nicht zu sagen. Doch es hatte ihn nicht überrascht, dass Franke den Honeckers ins chilenische Exil gefolgt war. In seinem Büro angekommen, schenkt von Rathjen sich passend zum Anlass ein Glas Wodka ein. »Wáshe zdarówje«, prostet er dem noch dunklen Monitor zu und leert das Glas. Dann startet er seinen Rechner für ein weiteres Gespräch mit Franke.

»Wie ist es gelaufen?« Franke hält statt eines Whiskyglases eine dicke Zigarre in der Hand. Von Rathjen unterdrückt ein Lachen. Franke und seine Entourage sitzen in ihrer südamerikanischen Enklave wie in einer Zeitblase. Sicher hängt bei ihm noch das Porträt des Genossen Lenin über dem Bett. Im Westen raucht kaum noch ein Mensch mit Stil, und getrunken wird auch deutlich weniger als einst – zumindest während der Arbeit.

»Ich denke, er wird den Job erledigen.«

»Den Job. Wie du redest. Wie ein verdammter Ami.« Franke regt sich gerne über Amerikanismen auf, die seine deutsche Muttersprache infiltrierten. Auch so ein Zeitblasenphänomen.

Von Rathjen beruhigt ihn: »Wenn Schelling nicht spurt, ist er erledigt, das weiß er.«

»Und wenn er es tut, steckt er noch tiefer drin.« Franke saugt an seiner Zigarre wie an einem sauerstoffspendenden Inhalationsgerät.

»Vielleicht können wir ihm dann Elisabeths Aufgaben übertragen.« Am liebsten würde von Rathjen diesen Part selbst übernehmen. Er hatte Elisabeth immer darum beneidet, wie sie in die Seelen der Menschen eingedrungen war und sie für immer verändert hatte. Doch er ist nicht in der richtigen Position dazu. Er ist kein Therapeut. Schelling ist das zwar auch nicht, aber er kann in seiner Eigenschaft als Kommissar Menschen einbestellen.

»Das wäre eine Lösung für unser Problem. Ohne Elisabeths Unterstützung wird es schwer werden, die harten Nüsse zu knacken.« Mit den harten Nüssen meint Franke einflussreiche Personen, die nur schwer zu korrumpieren waren. Eine falsche Erinnerung konnte da Wunder wirken. Bisher hatte sich immer jemand im näheren Umfeld der Zielperson gefunden, der dankbar Elisabeths psychologische Hilfe in Anspruch nahm und den sie so manipulieren konnte.

Von Rathjen registriert erfreut, dass Franke seinem Vorschlag so schnell zustimmt.

»Schelling ist ein harter Hund«, fährt von Rathjen fort. »Seine Schwachstelle ist, dass er sich für unersetzlich hält. Er hält sich für eine Art Superhelden der Gerechtigkeit. Er wird tun, was wir verlangen, damit er weiter tun kann, was er für richtig hält.«

Franke stößt eine dicke Rauchwolke aus. »Es wäre besser, wenn er aus freien Stücken für uns arbeiten würde.«

Franke hat recht, das weiß von Rathjen. »Ich denke, das könnte gelingen. Wir müssten Schelling allerdings tiefer in unsere Pläne einweihen. Wenn er das Gefühl hat, mithelfen zu können, dass Deutschland zu einem sicheren, besseren Ort wird, wird er sich mit flammendem Schwert auf sein Ross schwingen.«

Franke legt den Stummel seiner Zigarre in einem überdimensionierten Aschenbecher ab. Von Rathjen hätte schwören können, dass es ein Originalexemplar aus DDR-Zeiten war. »Einverstanden. Wenn Schelling die Angelegenheit mit Kranitz sauber über die Bühne bringt, rekrutieren wir ihn für die Organisation.«

MATZE,
ACHT WOCHEN VOR DEM MORD

Matze setzte sich an seinen hochgerüsteten Rechner. Er hatte sich innerlich gewappnet. Er musste damit rechnen, dass die Calis inzwischen verstorben war und die Antworten auf seine Fragen mit ins Grab genommen hatte. Dass sie geheiratet hatte und es schwer werden würde, ihren aktuellen Namen herauszufinden. Dass sie nach dem Fall der Mauer auf die andere Seite der Welt gezogen war, so wie Carla. Mit allem hatte er gerechnet, nur mit einem nicht: Er fand sie auf Anhieb.

Das Foto auf der Website der psychiatrischen Klinik, die sie inzwischen leitete, beseitigte letzte Zweifel, dass es sich vielleicht um eine andere Person gleichen Namens handeln könnte. Es zeigte sie in der Tracht der Mediziner, weiß wie Schnee, dazu die Haare rot wie Blut. Sie lächelte nicht, doch ihr Blick strahlte Kompetenz und Mitgefühl aus. Auch Blicke konnten lügen.

Natürlich war sie älter geworden. Doch die Zeit war gnädig mit ihr umgegangen. Auch wenn das rote Haar inzwischen gefärbt sein musste, sah sie trotz einiger Falten noch immer erstaunlich jung aus. Unter der Rubrik »Klinikleitung« war eine respekteinflößende Liste wissenschaftlicher Veröffentlichungen aufgeführt. Als er sie überflog, packte Matze der Zorn: In ihrer Forschung ging es ausgerechnet um Erinnerungen! Basierend auf den Experimenten, die Calis an ihm und vielen weiteren Opfern betrieben hatte, hatte sich die Psychiaterin einen Namen in der Wissenschaft gemacht. Er hätte seine rechte Hand darauf verwettet, dass sie nie öffentlich gemacht hatte, was sie im schützenden Schatten der Berliner Mauer mit den ihr anvertrauten Menschen gemacht hatte. Während sie in den Jahren nach der Wende auch im Westen Karriere machte, hatte er, von Schuldgefühlen gelähmt, dreißig Jahre seines Lebens vertan. Wut flammte in ihm auf, wie ein Streichholz, das man über eine raue Fläche reibt. Für einen Moment verschwamm die Schrift auf dem Monitor in einer orangefarbenen Wolke. Er kannte diese plötzlich hereinbrechenden Stichflammen des Zorns schon seit seiner Kindheit. Nur wer ihm nahestand, wusste, dass sich der immer ruhige, immer besonnene Matze urplötzlich in einen Berserker verwandeln konnte. Er sprang auf und ging in die winzige Küche mit der vom Vormieter abgewetzten Arbeitsplatte. Dort stand er minutenlang im Dunklen, während sein Atem wieder ruhiger wurde.

Zurück an seinem Schreibtisch fand er unter dem Menüpunkt »Kontakt« heraus, wo die Klink genau lag, die Calis nun leitete. Der Routenplaner im Internet errechnete eine Entfernung von siebenunddreißig Kilometern und nur achtundvierzig Minuten Fahrtzeit von seiner Wohnung. Die Vergangenheit lag viel näher, als er je geahnt hatte. Er würde die Calis zur Rechenschaft ziehen, und zwar schon bald. Aber bevor er sich dem stellte, musste er noch etwas anderes erledigen.

MATZE, BERLIN-GRUNEWALD, SECHS WOCHEN VOR DEM MORD

Das Bahnhofsgebäude der heutigen Berliner S-Bahnstation Grunewald war Ende des 19. Jahrhunderts errichtet worden. Am 18. Oktober 1941 war von hier aus im Rahmen der »Endlösung« der allererste Transport deutscher Juden in die Todeslager erfolgt. Mehr als tausend Männer und Frauen, Alte und Kinder fuhren an diesem Tag nur mit dem, was sie tragen konnten, einem Schicksal entgegen, das kaum einer von ihnen überleben sollte. Das hatte Matze im Internet gelesen und auch, dass es hier ein Mahnmal gab. Er nahm sich Zeit dafür. Am stillgelegten Gleis 17, von dem aus die Züge Richtung Osten führten, wuchs nun das Gras zwischen den Bahnschwellen. Dort hatte man hundertsechsundachtzig Stahlgussplatten in den Boden eingelassen. Darauf vermerkt waren das jeweilige Datum des Transports, die Zahl der deportierten Juden sowie der Bestimmungsort: Auschwitz, Treblinka. Namen, die in Matzes Kopf sofort Bilder von Bergen toter, ausgemergelter Körper und verwaisten Schuhen und Brillen entstehen ließen. Insgesamt war von hier aus eine halbe Million Menschen in die Gaskammern geschickt worden.

Matze schulterte seinen Rucksack, der außer einer Zahnbürste, Wechselwäsche und einigen Kopien aus seiner Stasiakte nichts enthielt. Er hatte seinen Besuch nicht angekündigt. Er hätte auch gar nicht gewusst wie. »Hallo, Paula, lange nicht gesehen. Wie geht's denn so?«

An einem schmucken Kiosk, der viel Obst feilbot, erstand er eine Flasche Wasser, die er sogleich durstig leerte. Dann vergewisserte er sich auf seinem Smartphone noch einmal, welchen Weg er einschlagen musste. Er lief leicht bergauf durch die gepflegten, von Bäumen beschatteten Straßen, vorbei an Villen und stuckgeschmückten Bürgerhäusern. Nur vereinzelt waren die Lücken, die das Bombardement der Alliierten gerissen hatte, mit profaneren Mietshäusern gefüllt worden. Er war nie zuvor in Grunewald gewesen, das zu Wilmersdorf und damit zum Berliner Westsektor gehörte. Paula, so hatte er online recherchiert, führte ein sogenanntes Dog Hostel unter dem Namen »Fellnasen«, offenbar eine Hundepension. Er hatte vergessen, wie sehr Paula Hunde mochte. Jeden dreckigen Köter auf der Straße hatte sie abgeschmust. Doch Pauls Hundehaarallergie hatte die Anschaffung eines gemeinsamen Vierbeiners verhindert.

Ihr Bild auf der Website zeigte eine Frau, der man ansah, dass sie die fünfzig überschritten hatte. Auf dem Arm hielt sie einen Rauhaardackel, der selbstbewusst in die Kamera schielte. Ihr Haar war noch immer so blond wie in seiner Erinnerung, doch jetzt war es kurz geschnitten. Sie war nicht dick, aber doch deutlich fülliger geworden, und dazu sehr braun gebrannt. Um ihre Augen hatten die Jahre tiefe Falten geschnitzt. Matze wurde klar, dass er sie auf der Straße wohl nicht erkannt hätte. Paula, seine große Liebe. Ihre gemeinsame Jugend schien unendlich weit weg zu sein.

Er hatte versucht, aus dem Bild zu lesen, wie es ihr ergangen war. Hatte sie Pauls Tod überwunden? Hatte sie ein gutes Leben gelebt? Er konnte es nicht erraten.

Er ging durch Straßen, denen man das Geld ansah, das sich hier vor mehr als hundert Jahren niedergelassen hatte: hochherrschaftliche Villen, alter Baumbestand, gepflegte Gärten. Matze hatte sich informiert. Hier hatten Schriftsteller, Schauspieler und hochrangige Wissenschaftler gewohnt. Ferdinand Sauerbruch, Gustaf Gründgens, Hildegard Knef, Walter Benjamin. Aber auch Heinrich Himmler hatte einst eine Villa in der Hagenstraße 22 bezogen. Paula, die eine behütete Kindheit in der Kaderaristokratie der SED-Bonzen verbracht hatte, war in gewisser Weise zu ihren Wurzeln zurückgekehrt. Einen wohlhabenden Ehemann gab es wohl nicht – sie trug noch immer Pauls Nachnamen. Hatte ihr Vater vor der Wende genug Scherflein ins Trockene gebracht? Oder warf die Hundepension so viel Geld ab?

Nach zehn Minuten erreichte Matze die angegebene Adresse: ein frei stehendes Haus mit ockerfarbenem Anstrich und dunkelbrauner Holzverkleidung oben am Giebel. Im Vorgarten spross der mit Gänseblümchen gesprenkelte Rasen trotz der Hitze saftig grün. Der hintere Teil des Gartens wurde durch einen hohen Palisadenzaun zu beiden Seiten von der Straße abgeschirmt. Dahinter ragten die Wipfel üppig behangener Obstbäume. Matze wunderte sich über die Stille: kein Hundegebell, kein Jaulen, kein Kläffen. Entweder hielten die Fellnasen gerade Mittagsschlaf, oder das Geschäft lief nicht allzu gut.

Er holte tief Luft und drückte auf die Messingklingel, die neben der Pforte in die Mauer eingelassen war.

Sein Herz schlug fast schmerzhaft in seinem Brustkorb und setzte dann kurz aus, als sich die Tür öffnete.

Da stand die Frau von der Website. Paula. Es dauerte nur einen Moment, bis sie mit dem Mädchen, das einst an die Mauer im Schulhof gelehnt hatte, verschmolz. »Momentchen«, rief sie. »Ich komme sofort!« Dann schloss sich die Tür wieder. Kurz darauf kam sie wieder mit einem Lächeln heraus. »Entschuldigen Sie, ich musste die Racker erst noch sicher verwahren.« Sie reichte ihm die Hand, die er vorsichtig ergriff. »Leppin mein Name, aber sie können mich auch Paula nennen, wie alle hier.« Sie blickte ihn arglos an.

»Paula«, sagte er.

Sie lächelte weiter, doch inzwischen wirkte es etwas fragend. »Was haben Sie denn für einen?«

»Wie?«

»Na, was für ein Hundchen Sie haben. Deswegen sind Sie doch da, nehme ich mal an.«

Er schüttelte den Kopf. Kurz stellte er sich vor, hier mit einem seiner Elefanten aufzukreuzen.

»Paula«, sagte er. »Ich bin es. Matze.« Ungläubiges Wiedererkennen ließ das Lächeln auf ihrem Gesicht gefrieren.

»Was willst du?«

»Ich muss mit dir reden.«

»Bitte geh wieder.« Sie machte Anstalten, die Pforte zu schließen. Er stellte einen Fuß dazwischen.

»Paula. Ich bitte dich. Es ist wichtig.«

»Nicht für mich.« Sie wandte sich ab und ging in Richtung Haustür.

»Paula, warte doch. Ich hab ihn nicht getötet. Ich habe Paul nicht umgebracht!« Es war das erste Mal, dass er es laut aussprach. Sie blieb stehen und drehte sich um. Ihre Hände waren zu Fäusten geballt. »Du hast es selbst gestanden! Ich hab die Abschrift deiner Aussage mit eigenen Augen gesehen!«

»Das stimmt. Ich habe es ja selbst geglaubt! Aber ich bin es nicht gewesen. Sie haben es nur so aussehen lassen. Die von der Stasi.«

»Das ergibt doch keinen Sinn.«

Er trat durch die Pforte und machte ein paar zögerliche Schritte. »Ich weiß, dass das verrückt klingt. Aber ich habe eine Zeugin.«

»Eine Zeugin.«

»Es ist Carla.«

»Welche Carla?«

»Die Sängerin. Mit den blauen Haaren. Du weißt schon.«

»Das ist doch Unsinn.«

»Sie hat Paul gesehen, nachdem wir uns an jenem Abend getrennt haben. Es stimmt schon, ich habe ihm eine verpasst, aber daran ist er nicht gestorben. Er hatte nicht einmal eine Beule, hat Carla mir erzählt.« Seine Worte kamen in verzweifeltem Stakkato. Sie glaubte ihm nicht. Natürlich glaubte sie ihm nicht. Er hatte es ja selbst kaum glauben können.

»Wenn er an jenem Abend noch gelebt hätte, dann wäre er doch nach Hause gekommen. Zu mir.«

Matze breitete die Arme aus. »Hör mal, können wir nicht reingehen? Das ist kein Thema, das man im Vorgarten bespricht.«

Sie musterte ihn von Kopf bis Fuß. »Also schön. Aber wir gehen nicht rein, wir gehen nach hinten.«

In Paulas Garten bogen sich die Bäume unter der Last der Äpfel und Zwetschgen. Bienen summten über die Wiese, fünf Hunde dösten im Schatten. Der sechste, ein cognacfarbener Cockerspaniel, der schon etwas weiß um die Schnauze war, hatte seinen Kopf auf Paulas Knie gebettet. Das friedliche Bild ließ Matzes Erzählung noch unwirklicher erscheinen. Paula sagte keinen Ton, nicht einmal, als er ihr zögernd eröffnete, dass Paul damals geplant hatte, in den Westen zu gehen. Ohne sie.

Auch als er endete, schwieg sie. »Tut mir leid«, sagte sie dann, »aber das klingt total meschugge.«

»Ich weiß.«

»Man kann doch jemandem nicht einfach so einreden, dass er einen Mord begangen hat!«

»Aber ich hatte ihn ja schließlich wirklich geschlagen. Und dann haben sie mir ein Foto mit der Blutlache gezeigt, genau da, wo ich Paul zuletzt gesehen habe. Und das Bild von Paul, als er tot war. Irgendwie ist das alles in meinem Kopf verschmolzen.«

»Weißt du, ich habe Jahre gebraucht, sogar Jahrzehnte, um das alles hinter mir zu lassen. Ich kann das jetzt nicht brauchen, dass alles wieder aufgewühlt wird.«

Er öffnete den Rucksack und zog einen Schnellhefter heraus. »Ich lass dir das trotzdem mal da.«

»Was ist das?«

»Das sind Kopien von den wichtigsten Unterlagen aus meiner Stasiakte. Wenn man weiß, dass ich Paul nicht getötet habe, kann man sehen, wie die vorgegangen sind. Wie diese Psychiaterin es angestellt hat, damit ich das glaube.« Er erhob sich und schulterte den Rucksack. »Da stehen auch meine und Carlas Handynummer drin. Ruf sie an, sie wird dir alles bestätigen.«

Eine lange Pause entstand. Paulas Hand streichelte mechanisch den Kopf des Hundes. Das Geräusch eines Flugzeugs drang zeitverzögert zu ihnen hinunter. Matze war in seinem Leben noch nie geflogen. Vielleicht würde er es jetzt irgendwann tun. Wenn alles vorbei war.

»Was hast du jetzt vor?«

»Ich werde mir diese Stasipsychiaterin vorknöpfen, diese Calis. Ich habe sie sogar schon gefunden.«

Paula schwieg. Dann nickte sie. Matze kam es vor wie eine Absolution.

Als er gegangen war, saß Paula noch lange still im Garten, bis die Tiere schließlich aufstanden, sich reckten und herübergeschlendert kamen, um höflich den fälligen Spaziergang einzufordern. Als sie mit ihrer kleinen Meute loszog, hatte sie den Ordner auf dem Gartentisch noch immer nicht angerührt.

LISA, POLIZEIPRÄSIDIUM, ACHT TAGE NACH DEM MORD

»Wir haben einen Treffer.« Die Wangen von Lisa, der Polizeianwärterin, glühen vor Eifer. Sie hat sich triumphierend vor Hadices Schreibtisch aufgebaut. In der Hand schwenkt sie einen Computerausdruck, auf dem ein Name dick mit einem Leuchtstift umrandet ist. Sie hat einen ganzen Tag damit verbracht, die Lebensläufe von Hagenbecks Mitarbeitern zu überprüfen. Ihre Aufgabe war es, herauszufinden, wer von ihnen aus der DDR stammte und wenn, ob es sonst irgendwelche Auffälligkeiten gab. Die Kommissarin hatte das angeordnet, nachdem sie Calis' Tätigkeit für die Stasi in Hohenschönhausen entdeckt hatten.

Lisa hatte sich die langweilige Routinearbeit mit einer Tafel Schokolade versüßt. Nach jedem fünften Namen gab es ein Stückchen. Dennoch war ihr mit jeder Person, die sie als unauffälligen Normalbürger von der Liste streichen konnte, die Aufgabe ermüdender vorgekommen. Ein kleiner Adrenalinstoß rüttelte sie auf, als sie auf eine Frau stieß, die in einem Souvenirshop des Tierparks arbeitete. Geboren in Chemnitz. Doch war sie Jahrgang 1995 und damit zu jung, um in irgendwelche DDR-Geschichten verstrickt zu sein. Lisa notierte den Namen trotzdem, man konnte nie wissen. Vielleicht ging es ja um einen Angehörigen von ihr. Der nächste war ein zweiundsechzigjähriger Gärtner aus Halle. Wie bei beschämend vielen Geburtsorten hatte sie erst nachschauen müssen, ob dieser auf dem Gebiet der ehemaligen DDR lag oder nicht. Doch abgesehen von seiner Herkunft war an dem Mann nichts, was ihn mit dem »Mord im Krokodilhaus!«, wie eine Zeitung ihren Fall bereits nicht ganz korrekt betitelte, in Verbindung brachte. Erst heute Morgen war sie auf ihn gestoßen: »Matthias Kranitz, sechsundfünzig Jahre alt, Elefantenpfleger. Gebürtig in Berlin-Pankow – das liegt im Ostteil der Stadt«, informiert sie Hadice mit leuchtenden Augen.

»Was ja nun noch nicht per se verdächtig ist.«

»Warte, jetzt kommt's: Er hat gesessen. In Hohenschönhausen. Von …« Sie wirft einen Blick auf ihre Notizen, »1983 bis 90.«

»Hohenschönhausen? Da, wo die Calis damals mit ihren Psychoexperimenten begonnen hat?«

»Genau. Und was komisch ist, er ist nicht wie die meisten anderen Inhaftierten schon kurz nach der Wende entlassen worden. Denn das waren ja alles Politische. Ihn hat man erst später gehen lassen. Er saß da wegen Körperverletzung mit Todesfolge.«

»Tatsächlich.« Hadice zieht die Augenbrauen hoch.

»Das sind noch nicht alle Hagenbeckler aus dem Osten.« Lisa rattert fünf weitere Namen herunter, auf die sie gestoßen ist. Pflichtschuldig, aber voller Ungeduld hatte sie die Liste bis zum Ende abgearbeitet, bevor sie zur Chefin geeilt war. »Alle ansonsten unauffällig.«

Hadice greift zum Hörer. »Gute Arbeit«, sagt sie. »Den knöpfen wir uns vor.«

Lisa strahlt. Ihr erster richtiger Einsatz bei einer Mordermittlung.

»Was ist noch?«

»Kann ich mit?«

Hadice zögert. Wenn der Mann ihr Täter war, konnte es gefährlich werden. Andrerseits mussten die jungen Leute irgendwann schwimmen lernen.

»Na gut. Aber du hältst dich schön im Hintergrund.« Dann drückt sie eine Kurzwahltaste. »Yelda? Wir haben einen Treffer.«

YELDA, AUF DEM WEG ZUM TIERPARK, EINE STUNDE SPÄTER

Die Fahrt vom Präsidium zum Tierpark ist nicht lang. Auf dem Schoß halte ich noch den Ausdruck einer Patientenakte aus Elisabeth Calis' geheimem Styx-Verzeichnis. Es muss die von Matthias Kranitz sein. Zumindest stimmen die Daten der ersten Verhöre von Patient 157, wie er in dem Styx-Verzeichnis heißt, mit den ersten Wochen von Kranitz' Haftzeit überein. Dieser Zusammenhang macht die Spur brandheiß. Jede von uns ist überzeugt, dass wir den richtigen Mann im Visier haben. »Kranitz ist 1983 wegen Totschlags in Hohenschönhausen in Haft gekommen«, beginne ich, »vermutlich unschuldig. Elisabeth Calis hat ihn sich vorgeknöpft. Ziel des Experiments war, ihn davon zu überzeugen, dass er seinen Freund Paul Leppin erschlagen hat. Angeblich haben sie gestritten, weil dieser sich in den Westen absetzen wollte. Es hat funktioniert.«

»Und dieser Leppin, ist der tatsächlich tot?«

»Scheint so. In der Akte ist ein Foto seines Leichnams, das sehr echt aussieht. Ich nehme an, die Stasi steckte da mit drin. Kranitz ist bei dem Anblick zusammengeklappt, schreibt Calis.«

»Steht da auch, was genau passiert ist und warum man ihm Pauls Tod anhängen wollte?«

»Nein.«

Hadice kaut an ihrer Unterlippe. »Die Vorstellung finde ich allerdings ziemlich drastisch. Ich würde zu gerne wissen, was dahintersteckt.«

Hinter uns fährt ein Streifenwagen mit zwei Beamten, die sich am Hinterausgang des Elefantenhauses positionieren. Kranitz soll uns nicht entwischen. Dass der Zoo noch nicht geöffnet hat, erleichtert uns die Sache. Der Einzige, der informiert ist, ist der Tierparkinspektor. Am Tor Nummer 1, direkt hinter dem Elefantenhaus, nimmt er uns in Empfang. Sein Haar steht ihm wirr vom Kopf ab, als hätte er es sich gerauft. Naturgemäß ist er beunruhigt. »Ich hoffe, es handelt sich um ein Missverständnis«, sagt er. »Kranitz ist ein guter Mann. Er arbeitet hier seit mehr als zwanzig Jahren. Ein ruhiger, freundlicher Typ. Dass er etwas mit diesem Mord zu tun hat, kann ich mir beim besten Willen nicht vorstellen.«

Er geleitet uns durch den Hintereingang. Der Geruch, der uns streng, aber nicht unangenehm entgegenschlägt, muss von den Elefanten stammen. Der Tierparkinspektor bedeutet uns, stehen zu bleiben. Von unserer Position aus können wir die Halle überblicken, in der sich die Elefanten bei schlechtem Wetter aufhalten. Es fühlt sich seltsam an, an einem Ort, den ich als Besucherin so gut kenne, auf einmal hinter den Kulissen zu stehen. Zwei Pfleger mit Schubkarren reinigen den Boden. Rechts davon stehen die Dickhäuter in ihren Boxen und warten darauf, dass ihr Tag beginnt. Ein einzelnes Tier steht auf einer Freifläche in einer Art Vorraum. Um sein Hinterbein ist eine schwere Kette geschlungen, die bei jeder Bewegung klirrt. Der Elefant fächelt leise mit den Ohren und lässt den Rüssel hin und her schwingen.

Einer der Pfleger kommt uns entgegen. Er ist nicht allzu groß und rundlich und strahlt dieselbe Gelassenheit aus wie das mächtige Tier hinter ihm. In der Hand hält er einen kurzen Stab, der in einen Haken mündet. »Was gibt's?«, fragt er.

»Thorsten, die drei Damen hier sind von der Polizei.«

»Thorsten Körner, der Chef vom Elefantenhaus«, stellt der Tierparkinspektor den Mann an uns gewandt vor.

»Öztürk«, sagt Hadice, »meine Kolleginnen Batu und Katz. Wir möchten gerne mit Matthias Kranitz sprechen.«

Der Elefantenchef zieht die Brauen zusammen. »Der ist nicht da. Hat sich krankgemeldet.«

»Entschuldigung, ich habe nicht dran gedacht, das nachzuprüfen«, sagt der Inspektor.

Hadice und ich wechseln einen Blick. »Kommt das öfter vor?«

Körner runzelt die Stirn. »Eigentlich nicht. Ich kann mich nicht erinnern, wann er das letzte Mal ausgefallen ist.« Es ist offensichtlich, wie sich zunehmend Unbehagen in ihm breitmacht. Erst der Mord. Jetzt die Polizei, die nach seinem Mitarbeiter fragt. Und dann ist dieser auch noch nach einem Mord auf dem Tierparkgelände untypischerweise erkrankt.

Eine junge Frau nähert sich mit einer Schubkarre. Sie setzt sie ab und wischt sich den Schweiß von der Stirn.

»Maike, komm mal rüber. Du kennst Matze doch von uns am besten. Weißt du, was mit ihm los ist?«

Die Tierpflegerin kommt schüchtern näher. »Krank«, sagt sie. »Grippe oder so.«

»Können wir uns irgendwo kurz unterhalten?«, fragt Hadice.

»Warum? Ich weiß sonst nichts.«

»Es geht um den Mord im Tropen-Aquarium.«

Die Pflegerin klappt den Mund auf und wieder zu.

»Am besten Sie gehen in den Aufenthaltsraum«, sagt der Chef des Elefantenhauses.

Der Tierparkinspektor hebt in einer hilflosen Geste die Hände. »Wenn Sie noch etwas brauchen, finden Sie mich im Büro. Heute wird wieder die Hölle los sein. Publicity ist ja schön und gut, aber auf einen Mord hätte ich gern verzichtet. Sie halten mich auf dem Laufenden?«

Hadice nickt. »Bitte behandeln Sie die Angelegenheit diskret. Das gilt übrigens für alle hier.«

Im kleinen Aufenthaltsraum ist es angenehm warm. Im Radio dudelt leise Musik. An der Wand entdecke ich ein Bild, das den Chef des Elefantenhauses mit einem Elefanten zeigt. Das Tier liegt am Boden, der Wärter liegt auf ihm in inniger Umarmung. Kuscheln mit Dickhäutern. Was so unbeschwert aussieht, kann schnell ungemütlich werden, vermute ich. Ich schätze, es wird Schwimmen mit Delfinen als therapeutische Maßnahme kaum ablösen.

Maike hat sich auf einen Stuhl gesetzt. Auf dem Tisch liegt eine offene Bäckertüte mit Franzbrötchen, die einen Duft nach Zimt verströmen.

»Ich weiß wirklich nichts«, sagt sie. »Matze kennt hier eigentlich keiner von uns so richtig.«

»Aber Sie kennen ihn von allen am besten.«

Sie zuckt die Schultern. »Vermutlich«, sagt sie und wird rot.

Aha, denke ich. Offensichtlich ist die Frau in unseren Verdächtigen verschossen. Das Bild, das wir seiner Personalakte entnommen haben, zeigt einen attraktiven Mann mit schmalen, scharfen Gesichtszügen und auffallend blauen Augen im gebräunten Gesicht.

»Ist Ihnen in letzter Zeit irgendetwas an ihm aufgefallen?«, fragt Hadice.

Maike sieht sie unsicher an. »Was denn?« Ihr bekümmertes Gesicht sieht aus, als ob sie normalerweise gern lacht.

»Hat er sich verändert?«

»Vielleicht schon seit ein paar Wochen oder Monaten?«, ergänze ich.

»Kann schon sein«, sagt sie vorsichtig. Sie knibbelt an der Nagelhaut ihres Daumens. Als sie es bemerkt, lässt sie die Hände sinken und verschränkt sie im Schoß.

»Eigentlich war er noch stiller als sonst. Und er hat oft so vor sich hin gestarrt, als ob er über etwas nachgrübelt. Sonst war er immer absolut auf die Elefanten konzentriert.«

»Sie sind eine gute Beobachterin«, lobt Hadice.

Maike lächelt flüchtig, und zwei tiefe Grübchen erscheinen in ihren Wangen. Das Lächeln erlischt. »Ich glaube, das hat angefangen, als diese Frau hier war.«

»Was für eine Frau?«

»Sie wollte ihn besuchen. Das ist vorher noch nie passiert. Ich glaube, er ist einer, der lieber alleine ist.« Sie sieht traurig aus.

»Hat sie wie die hier ausgesehen?« Hadice zeigt ihr ein Bild von Dr. Calis.

»Ist das die Frau, die man im Tropen-Aquarium gefunden hat?« Maike schüttelt den Kopf. »Nein, Matzes Besucherin sah ganz anders aus. Vielleicht auch so Mitte fünfzig und sehr attraktiv. Mit so ganz kurzen, hellen Haaren, fast weißblond war sie.« Sie blickt von mir zu Hadice.

»Ehrlich gesagt hat er ziemlich komisch reagiert, als sie hier auftauchte. Ich glaube, das war ein Schock.«

Kurz darauf sitzt Maike Lorentz auf der Personaltoilette des Elefantenhauses. Schon während des Gesprächs mit den Beamten haben sich ihre Gedärme verkrampft. Als sie fertig ist, zieht sie die Spülung. Dann bleibt sie noch einen Moment hocken. Diese Kommissarin hat ziemlich klar Diskretion eingefordert. Aber wiegt Freundschaft nicht stärker, als die Polizei zu unterstützen? Auch wenn diese Freundschaft leider ziemlich einseitig ist. Aber vielleicht wird sich das ändern, wenn sie Matze beweist, dass er ihr hundertprozentig vertrauen kann? Andererseits geht es um Mord. Maike schaudert, als sie daran denkt, dass die Tat nur ein paar Meter entfernt begangen wurde. Bei den Krokodilen! Die Reptilien gehörten zu den wenigen Spezies, die die Tiernärrin verabscheut. Hat der Mörder die Leiche etwa verfüttern wollen? Sie schaudert. Ganz sicher wäre Matze zu so etwas nicht in der Lage. Entschlossen zieht sie ihr Mobiltelefon hervor und wählt. Als die Mailbox anspringt, ist sie gleichzeitig enttäuscht und erleichtert.

YELDA, HAMBURG-ALTONA, KURZ ZUVOR

Hadice und ich machen uns allein auf den Weg zu Matthias Kranitz. Lisa hat die Kommissarin mit den Streifenbeamten zurück ins Präsidium geschickt. »Hoffen wir, dass er brav und krank zu Hause in seinem Bett liegt.« Hadice fädelt sich geschickt in den dichten Vormittagsverkehr ein. Als wir in Kranitz' Wohnung in Altona ankommen, öffnet niemand auf unser Läuten.

»Wäre ja auch zu einfach gewesen.«

»Vielleicht macht er bloß die Tür nicht auf.«

Hadice zuckt mit den Schultern. Dann geht sie zu einem Mann hinüber, der vor dem Haus an einem Fahrrad schraubt. Er ist etwa Mitte vierzig und muskulös. Muskeln, denke ich, die vom Arbeiten kommen und nicht aus der Muckibude. Die schwarzen Haarwurzeln, die dicht an dicht seine Kopfhaut überziehen, verraten, dass sein kahler Schädel eine freie Entscheidung ist und nicht die Folge genetisch bedingten Haarausfalls. Trotz der Kälte trägt er nur ein T-Shirt, aus dessen Ärmeln und Kragen sich Ausläufer eines farbenprächtigen Tattoos schlängeln.

»Entschuldigung, gehören Sie hier zum Haus?«

»Momentchen.« Er zieht eine Schraube fest und erhebt sich. Seine Augen sind so dunkel, dass man kaum die Pupille von der Iris unterscheiden kann. »Moin«, sagt er. »Yilmaz mein Name. Ich bin hier so was wie der Hausmeister.«

»Matthias Kranitz, der wohnt doch hier.«

»Jupp. Und wer will das wissen?«

Hadice zückt ihren Ausweis. »Öztürk, Kripo Hamburg.«

»Sieh an. Ich vermute mal, Sie werden mir nicht verraten, was Sie von Matze wollen.« Er kratzt sich nachdenklich mit dem Schraubenschlüssel im Nacken und mustert uns dabei unverblümt. Offenbar fällt sein Urteil zu unseren Gunsten aus.

»Gerade eben ist er hier vorbeigekommen«, sagt er dann. »Vielleicht vor zehn Minuten. Schien es eilig zu haben, der Mann.«

Hadice und ich wechseln einen Blick. Natürlich könnte das auch reiner Zufall sein. Aber ich sehe, dass sie das Gleiche denkt wie ich. »Maike Lorentz«, sagt sie.

Ich nicke. Auch ich bin mir sicher, dass die junge Frau ihn gewarnt hat. »Sie haben nicht zufällig einen Schlüssel zu Kranitz' Wohnung?«, frage ich den Hausmeister.

»Ich habe Schlüssel zu allen Wohnungen hier im Haus.«

»Dann holen Sie den bitte.«

»Brauchen Sie da nicht so was wie einen Durchsuchungsbefehl?«

»Nein«, sagt Hadice. »Nicht bei Gefahr in Verzug.«

Yilmaz wischt sich die Hände an einem Lappen ab. Er scheint nicht im Mindesten beunruhigt. »Nichts für ungut.« Er lächelt und zeigt dabei ausnehmend weiße Zähne. »Dann wollen wir mal.« Er stellt das Fahrrad mit Schwung wieder auf die Räder und schließt es ab. »Kommen Sie mit.«

Im Hausflur riecht es nach Zitronenreinigungsmittel.

Das Linoleum auf den Stufen ist alt und abgetreten, sodass man erst auf den zweiten Blick sieht, dass es blitzsauber ist.

»Ist ein ziemlich ruhiger Vertreter, der Matze. Bekommt nie Besuch«, plaudert Yilmaz, während wir hinter ihm in den dritten Stock hinaufsteigen. »Schweigsam, aber hilfsbereit. Wenn er sieht, dass ich die Tonnen vor die Haustür stellen muss, packt er mit an. Dass der was mit der Polizei zu tun bekommt, hätte ich jetzt nicht erwartet.« Er bleibt vor einer Tür ohne Namensschild stehen. »Da wären wir.« Er zieht einen Schlüssel hervor, an dem ein Anhänger mit der Beschriftung »3. OG, links« steht. Offenbar ist der Mann gut organisiert. »Bitte sehr«, sagt er. Hadice wartet, bis er sich zurückgezogen hat, dann stößt sie die Tür auf.

Sie bedeutet mir, zu warten, dann betritt sie den winzigen Hausflur. Meine Begleiterin hat die Hand an der Waffe. »Herr Kranitz«, ruft Hadice zur Sicherheit, »Kripo Hamburg! Wir kommen jetzt zu Ihnen herein.« Vielleicht hat er das Haus ja unbemerkt vom Hausmeister wieder betreten. Doch es bleibt alles still.

»Ich geh dann mal«, ruft Yilmaz aus dem Flur. Offenbar ist er ein angenehm diskreter Mensch. Ich schließe die Tür. Hadice ist bereits mit wenigen Schritten, die Hand an der Waffe, durch die Wohnung geeilt. »Niemand«, ruft sie mir zu. Und kurz darauf: »Yelda Batu, das hier solltest du dir ansehen.«

Wie Kranitz lebt, mutet geradezu mönchisch an. Die Wohnung besteht aus einem Schlafzimmer mit einem schmalen Bett, einer winzigen Küche und einem vielleicht fünfundzwanzig Quadratmeter großen Wohnraum. In ihm steht lediglich ein großer Schreibtisch, der mit mehreren Monitoren bestückt ist. Während die wenigen Möbel schon ein paar Jahrzehnte auf dem Buckel haben, scheint das technische Equipment auf dem neuesten Stand. Hadice stupst die Maus an. »Sieh mal, er ist an.« Das Bild eines Browsers öffnet sich. Kranitz hat seinen Rechner nicht heruntergefahren. Was für ein Glücksfall! »Er hatte es wohl ziemlich eilig.« Auch das spricht dafür, dass er gerade erst einen Tipp bekommen hat. Hadices Augen blitzen. »Das wird es uns leichter machen herauszufinden, womit er sich in den letzten Tagen und Wochen beschäftigt hat.«

MATZE,
ZUR GLEICHEN ZEIT AM SELBEN ORT

Matze wagt kaum zu atmen. Er sitzt auf der Treppe zum fünften Stock und weiß, dass die Polizei gerade seine Wohnung durchstöbert. Sein erster Impuls, nachdem er Maikes Anruf auf der Mailbox abgehört hatte, war gewesen, zu fliehen. Aber schon als er um die erste Straßenecke bog, hielt er inne. Er wartete, bis sich sein Herzschlag wieder beruhigt hatte. Dann kam der nächste Schock: der Rechner! Er hatte ihn nicht heruntergefahren! So etwas passierte ihm zum ersten Mal. Also war er zurückgeschlichen: über die Toreinfahrt des Nachbarhauses in den gemeinsamen Innenhof und von da aus durch die Hintertür. Er hoffte, dass Mehmet Yilmaz der Polizei erzählte, er sei nicht zu Hause. Seit Maikes Anruf bestand für ihn kein Zweifel, dass man ihn jetzt sucht. Vermutlich ist die Verbindung zwischen ihm und Calis aufgeflogen. Doch als Matze seine Wohnung gerade wieder betreten wollte, hörte er, wie Mehmet Yilmaz in Begleitung die Treppe hinaufkam. Der einzige Fluchtweg führte nach oben.

Und nun sitzt er da wie eine Maus, vor deren Loch die Katzen lauern. Allerdings erweist es sich nun als unerwarteter Vorteil, dass der Rechner in seiner Wohnung noch läuft. Er zieht sein Handy hervor. Gleich darauf erscheint das Gesicht einer Frau auf dem Display. Kurze dunkle Haare, wacher Blick. Sie zieht erst ungläubig die Augenbrauen nach oben, dann lächelt sie erfreut. Sie wendet sich ab. Während sie sich entfernt, kann er sehen, wie sie eine Pistole in das Holster steckt, das an ihrem Rücken befestigt ist. »Yelda Batu, das solltest du dir anschauen!«, ruft sie.

Jetzt tritt eine zweite Frau näher. Die besagte Yelda Batu offenbar. Matze sieht sie in Großaufnahme: ein schmales, intelligentes Gesicht mit hohen Wangenknochen und Augenbrauen, die zusammengewachsen sind. Eine Eurasierin offensichtlich. »Wer bist du, Matthias Kranitz?«, sagt sie. Matze lässt vor Schreck fast das Handy fallen. Sie scheint ihn direkt anzusehen. »Sechsundfünfzig Jahre alt, ehemals Insasse in Hohenschönhausen, seit dreißig Jahren Elefantenpfleger, keine Frau, keine Kinder.«

»Was murmelst du da?«, fragt die andere aus dem Hintergrund. Die Frau namens Yelda dreht sich vom Monitor – und damit von Matze – weg. »Ich rekapituliere, was wir über den Mann wissen, Hadice.«

»Dann solltest du dir das hier näher ansehen.« Ein Stapel von Akten landet auf dem Schreibtisch.

»Was ist das?«

»Matthias Kranitz' Stasiakten.« Die Stimme der Kurzhaarigen klingt triumphierend.

»Lass sehen.« Die Halbasiatin schlägt die oberste Mappe auf.

Auch die Polizistin mit den kurzen Haaren beugt sich über die Unterlagen und ist nun auf Matzes Handydisplay ebenfalls gut zu sehen. Die Verbindung ruckelt, sodass die Gesichter der beiden Frauen kurz einfrieren.

»Er war ein Punk?«, hört er die Stimme der Kurzhaarigen.

»Nehme ich mal an: Igelfrisur, Sicherheitsnadel im Ohr, schwarzes Netzshirt. Das ganze Paket.«

Matze stöhnt. Er wusste, welches Bild die beiden Frauen betrachteten. Sommer 1983. Damals, zur Hochzeit der No-future-Ära, hatte er paradoxerweise noch so etwas wie eine Zukunft gehabt.

»Ich wusste gar nicht, dass es die auch in der DDR gab.«

Die Polizistin namens Hadice blättert weiter in den Unterlagen. »Na klar, die Punkszene war damals drüben sogar ziemlich aktiv. Sieh mal, hier gibt es ein paar Gruppenfotos. Offenbar von irgendeinem Überwachungsposten aufgenommen. Und hier, das muss eine Liste mit Konzerten sein, die er besucht hat: Namenlos, Rosa Extra, Kollateralschaden, AG Geige. Ich finde, das klingt alles sehr nach Punk.«

»Auf jeden Fall sehr subversiv.«

»Das dürfte den DDR-Apparatschiks nicht gefallen haben.«

Yelda betrachtet das Antlitz des jungen Matthias Kranitz aufmerksam. »Wie jung er aussieht. Und wie finster.«

»Auf erkennungsdienstlichen Fotos macht jeder ein finsteres Gesicht. Dazu muss man kein Punk sein«, sagt die Kurzhaarige mit der Waffe.

»Na, er hat zumindest allen Grund dazu gehabt. Er ist nach der Aufnahme für ...«, die Frau namens Yelda Batu rechnet offenbar kurz nach, »... sieben Jahre in den Stasiknast gewandert. Sieben Jahre! Ein Viertel seines Lebens damals. Und was wohl das Schlimmste gewesen sein muss: Elisabeth Calis hat ihm, so wie ich die Unterlagen zu seiner Therapie gelesen habe, weisgemacht, er habe diesen Freund erschlagen. Diesen Paul Leppin. Kranitz hat wahrscheinlich die ganze Zeit geglaubt, es verdient zu haben, im Gefängnis zu sitzen.« Die beiden Frauen schauen sich an.

Matze lässt das Handy sinken. Sie wussten es also! Sie wussten, was Elisabeth Calis getan hatte! Aber woher? Seine Stasiakte hatten sie ja gerade erst gefunden. Und die ließ Elisabeth Calis' perfides Spiel auch nur erkennen, wenn man wusste, wonach man suchen musste. Wenn man wusste, dass er unschuldig war. Sie mussten den Styx-Ordner mit den geheimen Patientenunterlagen geknackt haben, genau wie er.

»Nach seiner Freilassung zieht er weg aus Berlin, weg von seinen Freunden«, hört er Yelda Batu seine Geschichte weiterspinnen.

»Weg von Freunden, die ja alle glauben, er habe Paul Leppin auf dem Gewissen«, ergänzt die andere.

»Er hat das nie verwunden: Ich meine, schau dich um, der Mann lebt immer noch fast wie in einer Zelle. Er bestraft sich für etwas, das er nicht getan hat.«

»Und dann taucht plötzlich diese Frau bei Hagenbeck auf, wer immer die auch war. Was immer die ihm auch erzählt hat: Er fordert seine Stasiakte an, und peng!«

»Ihm wird klar, dass er unschuldig ist.«

»Da beschließt er, sich an Elisabeth Calis zu rächen«, sagt die Kurzhaarige.

Die Halbasiatin zögert. Matze hält den Atem an. »Wahrscheinlich«, sagt sie dann langsam. »Aber etwas dürfte für ihn noch wichtiger gewesen sein als Rache.«

»Und das wäre?«

Sie blickt in den Monitor und scheint ihn direkt anzusehen, als sie sagt: »Er wollte wissen, warum.«

Warum? Die Frage hallt in Matzes Kopf nach, während er zusieht, wie weitere Polizisten auftauchen und seine Wohnung durchsuchen. Sie nehmen Fingerabdrücke und DNA-Proben. Zum Abgleich mit den Spuren im Tropen-Aquarium vermutlich. Es ist, als schaute er einem Fernsehkrimi zu, nur dass dieser surrealerweise in seiner eigenen Wohnung spielt. Schließlich tritt ein junger Mann näher, der die Internetverbindung kappt, ohne den Rechner herunterzufahren. Vermutlich hat er ihn an eine unabhängige Stromversorgung angeschlossen, damit er weiterläuft.

Als die Beamten gegangen sind, bleibt Matze noch eine Weile auf der Treppe sitzen. Im Grunde hat sich nicht allzu viel an seiner Lage geändert. Eigentlich ist er bereits seit dem Abend, an dem Elisabeth Calis starb, auf der Flucht. Seine Pläne hatten immer nur bis zu diesem Tag X gereicht. Was danach geschieht, was mit ihm passiert, war ihm nicht mehr wichtig gewesen. Aber dann war die ganze Sache schiefgelaufen. Noch immer auf der Treppe sitzend fasst er einen Entschluss. Und die Frau namens Yelda Batu wird dabei eine entscheidende Rolle spielen.

YELDA, VOGELHÜTTENDEICH, AM SELBEN ABEND

Als ich nach Hause komme, finde ich Batu in der Küche. Heute köchelt nichts auf dem Herd. Arbeitsfläche und Tisch sind sauber. Nicht einmal im Spülbecken steht benutztes Geschirr herum. Mein Vater sitzt sehr aufrecht auf einem Stuhl am Küchentisch. Ein Blick macht meine Hoffnung auf einen entspannten Abend zunichte. Vor meinem Vater liegt ein unfrankierter Umschlag, auf dem in steilen, handschriftlichen Buchstaben mein Name steht. Yelda Nele Batu. Meinen zweiten Vornamen hat meine Mutter ausgesucht. Sie wollte auch noch einen deutschen Namen für mich, »damit du die Wahl hast«. Ich habe gewählt, ich lebe im Westen unter östlichem Namen. Meinen norddeutschen Namen finde ich hübsch, benutze ihn aber nie. Kaum einer weiß, dass ich so heiße. Aber der Verfasser des Briefs schon. Mir wird schlecht, wenn ich daran denke, wie diese Person sich durch mein Leben bohrt wie ein Holzwurm.

Batu hat den Umschlag sorgfältig gerade gerückt. Er liegt genau mittig, exakt zur Längskante des Tischs ausgerichtet. Er scheint unheilvoll zu leuchten. Ich muss an einen alten Hitchcock-Film denken – *Verdacht*. Ein Mann, gespielt von Cary Grant, scheint seine reiche Ehefrau zu vergiften. In einer Szene trägt Grant ein Glas Mich für sie die Treppe hinauf. Als Zuschauer ist man sich vollkommen sicher: In dem Glas ist Gift. Später habe ich gelesen, dass Hitchcock eine Glühbirne in der Milch versenken lassen hat, um den Effekt zu erzielen.

Hier gibt es keine Glühbirne. Das Unheilschwangere, das vom Brief auszugehen scheint, existiert nur in meinen Kopf. Ich streife meine Jacke ab und hänge sie über den Stuhl, der gegenüber von Batu steht.

»Wer schreibt dir so einen Brief?«, will mein Vater wissen, und ich weiß, dass ich nicht länger schweigen kann. Ich schließe einen Moment die Augen und bin wieder an dem Ort, der für mich maximalen Schrecken bedeutet.

Ich erwache und kann mich nicht bewegen. Staub erfüllt meine Lungen, doch sogar zum Husten ist es fast zu eng. Für einen Moment kann ich mich nicht erinnern, wer ich bin. Ich liege zusammengerollt wie ein Fötus. Mich umgibt Finsternis. Sie scheint über die Poren in mich einzudringen und mich ganz auszufüllen. Es ist feucht und kalt und riecht nach Dreck. Dann fällt mir alles wieder ein. Und ich weiß, dass mich niemand retten wird.

MATZE, IM TIERPARK, SPÄTER IN DER NACHT

Matze liegt mit geschlossenen Augen auf einer muffigen Couch. Tierlaute dringen zu ihm herein: ein Kreischen und Grunzen, Flöten und Kreischen, dessen Ursprung er nicht identifizieren kann. Nachts ist auch ihm der Tierpark fremd. Die nächtliche Kälte ist durch die Ritzen des verlassenen Bungalows gesickert und von da aus in seine Knochen. Er hat nur ein T-Shirt getragen, als er Hals über Kopf seine Wohnung verließ. Zum Glück steckte sein Portemonnaie in der Gesäßtasche seiner Jeans, sodass er sich am Geldautomaten mit einem größeren Betrag eindecken konnte. Sicher wird man bald seine Kontobewegungen überwachen. Von dem Geld hatte er sich einen schwarzen Kapuzenpullover gekauft, der ihn nun einigermaßen warm hält. Und er hat geistesgegenwärtig nach dem richtigen Mobiltelefon gegriffen – dem zweiten, unregistrierten, das er sich zugelegt hat, um Elisabeth Calis zu überwachen. Er hatte jedes Detail ihres Tages mitverfolgt: mit wem sie sprach, was für Nachrichten sie erhielt. Vor allem aber wollte er jederzeit wissen, wo sie sich gerade aufhielt.

Nachdem die Polizisten wieder abgerückt waren, war

er versucht gewesen, einfach in seine Wohnung zurückzukehren. Dort würden sie ihn jetzt gewiss nicht suchen. Doch ein Blick auf das Siegel an der Tür hat ihn seinen Plan aufgeben lassen. Wenn Mehmet Yilmaz entdeckte, dass es zerrissen war, würde er die Polizei sicher informieren. Der Hausmeister ist immer hundertprozentig korrekt.

Und so hat Matze sich fast instinktiv im Tierpark verkrochen, dem einzigen Ort, an dem er sich außerhalb seiner Wohnung zu Hause fühlt. Ihm ist der unscheinbare Bungalow auf dem Gelände wieder eingefallen, in dem früher Büroräume untergebracht waren und in dem jetzt nur die Kostüme für die Paraden im Sommer lagern: Turbane und Kaftane, Fantasiekostüme und Perücken. Hineinzugelangen war kein Problem gewesen. Im Vorfeld von Calis' Entführung hat er sich eine Art digitalen Generalschlüssel erstellt. So kann er sich überall auf dem Gelände Zutritt verschaffen.

Auf dem Weg in den Tierpark zog er sich die Kapuze des Hoodies über den Kopf. Dass das Outfit amerikanischer Gangs inzwischen weltweit hip und damit unauffällig war, kam ihm zugute. Obwohl er schon so lange im Zoo arbeitete, rechnete er sich gute Chancen aus, unerkannt durchzukommen. Jetzt zahlte sich aus, dass er jenseits des Elefantenhauses kaum Kontakte hat. Die meisten Angestellten kannten ihn zudem nur in seiner Elefantenwärterkluft. Die Alltagskleidung funktionierte als wirksame Verkleidung.

Statt seinen auffälligen Mitarbeiterausweis zu benutzen, kaufte er sich ein Ticket. Er wartete etwas, bis eine größere Gruppe auftauchte, und war mit ihnen wie ein ganz normaler Zoobesucher hereinspaziert.

Wie er nun so still im Dunkeln liegt, spürt er, wie schwach er sich noch immer fühlt. Die Tage seit Calis' Tod hat er wie in einem Fiebernebel verbracht. Immer wieder sieht er ihr Bild vor sich: das Loch in ihrer Brust, das Blut, das sich auf ihrer Bluse ausbreitet. Dazu das Kreischen der aufgeschreckten Tiere im Tropen-Aquarium. Wie ein waidwundes Wild hat er sich in seiner Wohnung verkrochen. Die letzten Wochen kamen ihm rückblickend vor wie ein Film, in dem er einem Drehbuch folgte, das er nicht kannte. Die Begegnung mit Carla, die erste Zweifel an den Geschehnissen um Pauls Tod 1983 in Berlin gesät hatte. Der Einblick in seine Stasiakte in Berlin vor fünf Wochen und die erschütternde Gewissheit, dass Dr. Calis ihm die Schuld an Pauls Tod nur eingeimpft hatte. Der Zorn über sein vergeudetes Leben. Die Wochen der Observation der Psychiaterin, in denen er Rachepläne geschmiedet und die Entführung geplant hatte. Und schließlich der Abend vor acht Tagen, an dem die Calis gestorben war. Alles war anders gekommen, als er geglaubt hatte. Es hatte ein Befreiungsschlag werden sollen, für ihn selbst und die anderen Opfer von Calis' perfiden Methoden. Stattdessen war er in ein Loch gestürzt und hatte noch immer das Gefühl, sich im freien Fall zu befinden. Erst Maikes Anruf vor etlichen Stunden hatte ihn aus diesem Zustand aufgerüttelt. Dass die Polizei im Elefantenhaus aufgetaucht war, dass man ihm schon so nah auf den Fersen war, hatte ihn aufgeschreckt.

Ihm ist klar geworden, dass man ihn zum Schweigen bringen wird, wenn er nichts unternimmt. Dieser Gedanke reißt ihn jetzt endlich aus seiner Lethargie. Darum geht es ihm schließlich: Dass die Wahrheit ans Licht kommt. Er musste sein Schicksal wieder selbst in die Hände nehmen.

Jetzt muss er handeln.

Zuallererst muss er ein paar Dinge recherchieren, sich möglicherweise in nicht öffentliche Verzeichnisse hacken.

Dazu braucht er Zugang zu einem Rechner, sein Smartphone reicht dafür nicht aus. Er blickt auf das Display seines Mobiltelefons. 00:20 Uhr. Die Zahlen leuchten bläulich in der Dunkelheit seines Unterschlupfs. Er wird noch eine gute Stunde warten, bis er sich drüben im Hauptgebäude ans Werk macht. Den Zeitplan, nach dem die Nachtwärter ihre Runden drehen, hat er sich eingeprägt. Er deckt sich mit einem Samtumhang aus dem Kostümfundus zu, rollt sich auf der Couch zusammen und schließt die Augen. Dann denkt er an den Tag vor ein paar Wochen zurück, als er Elisabeth Calis das erste Mal nach dreißig Jahren wiedergesehen hatte.

Er hatte sie sofort erkannt. Sie war aus dem Hauptgebäude der privaten Nervenklinik getreten und hinüber zu ihrem Wagen gegangen. Ein elegantes blassblaues Kleid schwang um ihre Beine. Ihre Taille war noch immer sehr schmal. Aus dem hochgesteckten dunkelroten Haar hatten sich ein paar Strähnen gelöst, die in der leichten Brise wehten. Bevor sie in ihr Cabrio stieg, setzte sie sich eine große Sonnenbrille auf die Nase. Es war ein Bild wie aus einem Fünfzigerjahrefilm. Matze beobachtete sie von seinem Platz im Schatten einer Platane aus. In der Hand hielt er eine Zigarette, die er nicht angesteckt hatte. Als ihr Blick ihn streifte, hielt er den Atem an. Auf einer irrationalen Ebene war er sicher gewesen, dass die Frau, die in den letzten Jahrzehnten so oft in seiner Erinnerung aufgetaucht war, ihn wiedererkennen musste. Doch sie schloss den Gurt, rückte den Spiegel zurecht und fuhr davon. Anders als sie hatte Matze sich sehr verändert. Aus dem schmalen jungen Punk war ein magerer Mann mit wettergegerbter Haut und harten Gesichtszügen geworden. Matze sah dem teuren Wagen hinterher, bis er am Ende der Allee abbog und verschwand.

Vermutlich hatte sie ihn einfach für irgendeinen Besucher der Klinik gehalten. Dabei wusste er inzwischen mehr über sie als die Menschen in ihrem Umfeld.

Nach dem Besuch bei Paula in Berlin hatte Matze fast manisch alles recherchiert, was es über Elisabeth Calis herauszufinden gab. Nicht nur das, was ihm die Suchmaschinen auf den Bildschirm spülten, sondern auch Dinge, für die er sich in verschiedene Systeme hacken musste. Und es war ihm gelungen, ihr einen Trojaner auf den Rechner zu schicken, ein Spähprogramm, mit dem er sie ausspionieren konnte. Die gefakte E-Mail, mit der er der Psychiaterin den Link zugespielt hatte, schien von ihrer Assistentin zu kommen. Sogar der Absender, an dem man eine solche Phishingmail häufig entlarven kann, wirkte überzeugend. Dr. Calis hatte den enthaltenen Link nichts ahnend angeklickt und sich damit den Trojaner heruntergeladen. Von da an hatte er vollständigen Zugriff auf den Computer der Psychiaterin. Er konnte ohne Weiteres alle E-Mails mitlesen, die sie verschickte oder empfing. Über ihre Kalenderfunktion hatte er Einblick in all ihre Termine. Matze wusste, wann sie wen traf und wo. Er wusste, welche Mahlzeiten sie sich vom Lieferservice bringen ließ, welchen Wein sie bevorzugte und wie hoch ihr Konsum war (drei Flaschen pro Woche). Er wusste, welche Musik sie hörte (Jazz, Oper und erstaunlicherweise zwischendurch auch härteren Rock, Rammstein). Er kannte ihre Blutfettwerte (vorbildlich) und ihre Leberwerte (im Normalbereich). Vor allem aber hatte er den verschlüsselten Ordner Styx auf ihrer externen Festplatte durchstöbert, als sie diese einmal angeschlossen hatte. Die Erkenntnis, dass er nur einer von vielen war, die sie manipuliert hatte, kränkte ihn anfangs seltsamerweise. Inzwischen befeuert sie seinen Zorn nur noch weiter.

Matze steht auf, macht ein paar Kniebeugen und lässt die Arme rotieren, um nicht zu sehr auszukühlen. Abgehärtet von vielen kalten Tagen bei Wind und Wetter im Zoo friert er normalerweise nicht schnell. Heute aber kommt die Kälte vor allem aus seinem Inneren.

Draußen knirschen Schritte auf dem Sandweg. Es muss einer der Nachtwärter sein, der seine Runde durch den Park dreht. Undeutlich hört Matze, dass der Wärter sich mit jemandem unterhält. Seit wann waren die Jungs in Gruppen unterwegs? Waren es gar keine Wärter, sondern Polizisten, die auf der Suche nach ihm waren? »Und dann genehmigen wir uns ein schönes Mettbrötchen«, hört er eine Stimme unmittelbar vor seinem Fenster sagen. Mettbrötchen? Ein zustimmendes Blaffen verrät ihm, dass dort draußen doch nur ein Nachtwärter mit seinem Hund spricht. Er hält den Atem an. Wenn das Tier ihn wittert und anschlägt, ist er geliefert. Doch die Schritte entfernen sich wieder. Matze atmet aus. Trotzdem. Ewig würde er nicht unentdeckt bleiben. 01:33 Uhr. Es ist an der Zeit, aktiv zu werden. Er wartet noch ein paar Minuten, dann macht er sich auf den Weg.

Seine Schritte knirschen auf den Sandwegen, sodass er stattdessen über die Rasenflächen läuft. Auf der kurzen Strecke zum Hauptgebäude wandern seine Gedanken zurück zu Dr. Elisabeth Calis.

Vielleicht wäre alles anders gelaufen, wenn sie ihn erkannt hätte. Wenn er das Gefühl gehabt hätte, dass er im hinteren Winkel ihrer Seele eine Bedeutung für sie hatte. Natürlich war das ein völlig unsinniger Gedanke. Ihm selbst war schon vor langer Zeit klar geworden, dass die Gefühle, die er für sie während der Zeit im Gefängnis entwickelt hatte, eine Variante des Stockholmsyndroms waren. Dieses psychologische Phänomen war nach einer Geiselnahme in einer Stockholmer Bank im Jahr 1973 benannt worden. Damals hatten die Geiseln sich mit ihren Geiselnehmern solidarisiert. Was bei ihnen, aber auch bei ihm abgelaufen war, war lediglich Teil eines instinktiven Überlebensprogramms. Menschen, die man kannte, die man vielleicht sogar mochte, schädigte und tötete man nicht. Wer irgendeine Art von Bindung zu den Geiselnehmern herstellen konnte, hatte größere Überlebenschancen. Das wussten Menschen, die anderen ausgeliefert waren, instinktiv. Und das beeinflusste ihre Haltung und ihre Gefühle. Und so hatte auch er in der Stasivernehmerin nicht die Gegnerin gesehen, die sie war, sondern eine Verbündete. Jemanden, auf den er seine Hoffnung setzte, statt ihr zu misstrauen.

Als die Psychiaterin ihn von seiner Schuld überzeugt hatte, war ihre Mission beendet gewesen. Von da an wurde er von einem anderen Stasioffizier verhört. Er war verzweifelt gewesen, hatte darauf bestanden, nur mit Dr. Calis zu sprechen. Doch der Apparat verlor nun, da er von ihm ein Tötungsgeständnis hatte, zunehmend das Interesse an ihm.

Natürlich war ihm inzwischen klar geworden, dass Elisabeth Calis ihn schon vor dreißig Jahren, nachdem sie ihr kleines Experiment mit ihm erfolgreich beendet hatte, ganz einfach abgehakt hatte. Dennoch erschütterte es ihn, als er in der Realität damit konfrontiert wurde. Für sie war er nicht mehr gewesen als eine Laborratte. Dass sie später vermutlich nie mehr an ihn gedacht hatte, machte ihn noch immer rasend.

Am Verwaltungsgebäude angekommen, zieht er die digitale Türkarte hervor und deaktiviert automatisch den Alarm. Maximal eine Stunde hat er Zeit. Er öffnet die Tür zu einem beliebigen Büro. An den Wänden hängen gerahmte Plakate des Tierparks aus vergangenen Jahrzehnten: ein Tiger warb für die berühmten Dschungelnächte, ein Hai fürs Tropen-Aquarium. Zwei Schreibtische, die Personen mit offenbar sehr unterschiedlichem Ordnungssinn nutzen, stehen sich gegenüber. Auf einem befindet sich noch ein schmutziger Kaffeebecher in Form eines Flamingos, daneben reihen sich Urlaubsfotos und unzählige Plastikfiguren auf, die einem Überraschungsei entschlüpft sein mochten. Matze wählt den anderen Schreibtisch, auf dem lediglich sauber gestapelte Unterlagen und akkurat ausgerichtete Stifte liegen. Während der Rechner startet, spürt Matze, wie ihn ein Gefühl zu überwältigen droht, dem er nicht nachgeben darf: Resignation.

Das Treffen mit Carla, die Akteneinsicht – die Erkenntnis, dass er für Pauls Tod gar nicht verantwortlich war, all das war anfangs ein Schock gewesen. Man sollte meinen, er wäre erleichtert gewesen. Aber er hatte sich viele Jahre in ein Leben mit der Schuld eingerichtet. Sie war Teil seiner selbst geworden, abgekapselt wie der Splitter der russischen Panzerfaust, die seit dem Krieg tief in Opa Hannis Bein steckte. Etwas, das einen begleitete, das sich immer wieder bemerkbar machte. Matze hatte gewissermaßen um das Trauma herum gelebt. Doch jetzt war etwas in Bewegung gekommen, wie Opa Hannis Granatsplitter, der zu wandern begann. »Wenn er im Herzen ankommt, geh ick übern Jordan«, hatte Hanni immer gesagt, und die Kinder hatten sich gegruselt und sich gefragt, wo wohl dieser Jordan sein mochte.

Auf dem Bildschirm erscheint das Log-in-Fenster. Er löscht den Nutzernamen der Hagenbeck-Mitarbeiterin, deren Schreibtisch er nutzt, und loggt sich mit dem Zugang des Administrators ein, den er sich vor einiger Zeit besorgt hat. Er beginnt mit dem Naheliegendsten und googelt in verschiedenen Schreibweisen den Namen der Frau von der Polizei, den er sich eingeprägt hat. Wie sich zeigt, ist es ein mongolischer Name. Zu ihr selbst findet er: nichts. Eine Yelda Batu oder Jelda Battu oder Jellda Bahtu ist weder in den gängigen sozialen Medien noch sonst wo im Netz zu finden: auf keiner Vereinsseite, bei keiner Veranstaltung, in keinem Zeitungsartikel taucht eine Person dieses Namens auf. Er versucht die Kombination »Batu/Polizei« und stößt dort lediglich auf den fiktiven Tatortkommissar Cenk Batu, den 2012 der Serientod ereilt hatte. Mit wenig Hoffnung auf Erfolg scrollt er die Treffer für »Batu, Hamburg«. Und hier findet er schließlich ein Foto, das ein Instagram-Nutzer unter »Batus Tagebuch« veröffentlicht hatte: »Yelda auf dem Dach«, lautete der Untertitel. Offenbar war die Aufnahme erst vor zwei Wochen in einem unbeobachteten Moment entstanden. Yelda Batu ist im Profil zu sehen, die Haare zu einem Knoten geschlungen, wie sie ihn auch am Vormittag in seiner Wohnung getragen hatte. Sie hat eine Hand ausgestreckt. Irgendein Greifvogel scheint im Begriff, darauf zu landen. Im Hintergrund erkennt Matze verschwommen, aber eindeutig die Fassade der Elbphilharmonie.

Über Google Maps ortet er den ungefähren Standpunkt, von dem aus das Bild entstanden sein muss: jenseits der Elbe auf jeden Fall, vielleicht etwas südöstlich. Das Gebäude muss nah am Wasser liegen, keine anderen Hausdächer ragten zwischen der Elbphilharmonie und dem Dach auf, auf dem Yelda Batu saß. Matze ist sich ziemlich sicher, dass die Aufnahme in Hamburg-Wilhelmsburg entstanden ist.

Er schaltet auf die Satellitenansicht und packt das kleine gelbe Männchen am unteren rechten Bildrand. Mit der Maus lässt er es über dem Hamburger Stadtplan baumeln und schließlich in eine größere Straße plumpsen. Innerhalb von dreißig Sekunden baut sich das Bild auf dem Monitor auf. Sofort sieht Matze, dass sein Männchen falsch gelandet ist. Es befindet sich mitten auf einer von Bäumen und Büschen gesäumten Schnellstraße. Würde er sich höchstpersönlich und nicht nur virtuell dort aufhalten, führe man ihn vermutlich umgehend über den Haufen. Häuser gibt es hier keine. Er verlässt die Ansicht und macht einen neuen Versuch. Dieses Mal landet das Männchen in einer Straße namens Vogelhüttendeich. Matze blickt sich dort um, spaziert virtuell die Straßen auf und ab. In diesem Stadtteil ist er nie gewesen. Die Gegend hatte in Hamburg früher nicht den besten Ruf. Wenn es in Hamburgkrimis um Drogen oder anderweitige soziale Tristesse ging, wählten die Drehbuchautoren häufig Wilhelmsburg. Jetzt wirken die Straßen auf ihn zwar sanierungsbedürftig, aber durchaus sympathisch.

Der Krieg hatte große Lücken in den alten Bestand der Jugendstilbauten gerissen. Manche waren noch immer unbebaut, ließen beispielsweise Platz für einen Autoservice, in den meisten aber waren in den Nachkriegsjahrzehnten schmucklosere Wohnhäuser hochgezogen worden.

Matze betrachtet weitere Bilder aus Batus Tagebuch. Er findet: Teigtaschen, unter denen ein Fotograf vermerkt hatte »Buuz. Leider versalzen«. Außerdem weitere Aufnahmen, die er mithilfe von Google Streetview ebenfalls im Wilhelmsburger Reiherstiegviertel verorten kann. Einen Wasserturm. Ein Kulturzentrum namens Honigfabrik, von dem er immerhin schon einmal gehört hat. Und schließlich ein Lokal, an dessen Fassade der Name *Flutlicht* montiert ist. Davor steht Yelda Batu in einem blauen Kleid. Zweifellos: Jetzt weiß er, wo er sie finden kann.

BATU, HAMBURG-WILHELMSBURG, ZUR GLEICHEN ZEIT

Batu kann nicht schlafen. Dieses Mal sind es nicht nur die an- und abbrandenden Wellen der Demenz, die seinen inneren Rhythmus aus dem Takt bringen. Das Gespräch mit Yelda will ihm einfach nicht aus dem Kopf gehen. Er hat ein ungutes Gefühl. Irgendetwas braut sich zusammen. Er schlüpft in die ausgetretenen Pantoffeln vor seinem Bett, die er mit Zähnen und Klauen vor Yeldas Entrümpelungsversuchen bewahrt hat, und tapst im Pyjama in die Küche. Auf dem Boden sitzt die Schildkröte, als ob sie auf ihn gewartet hätte. »Neguri, in was Yelda neuerdings verwickelt ist, gefällt mir gar nicht!«, sagt Batu zu dem Panzertier. Er hebt Neguri vorsichtig auf und platziert sie auf dem Küchentisch. Schon als Kind hat er sich mit ihr unterhalten. Ein langsames Blinzeln, ein leichtes Nicken oder Zurückziehen des Kopfs sind ihm Antwort genug. Seit er so zurückgezogen lebt, ist das Reptil oft das einzige Lebewesen, mit dem er den Tag über spricht. Auch das Ingenieurstudium hat ihm die Überzeugung nicht vollständig austreiben können, dass Neguri ganz genau versteht, wovon er redet. Genau genommen ist sie seine älteste Freundin.

»Es ist nicht nur diese Sache mit den anonymen Briefen, sondern auch der Fall, von dem Yelda erzählt hat«, erklärt Batu. Sobald das Wort Stasi fiel, gingen bei ihm alle Alarmglocken los. Er späht in den Kühlschrank, zupft zwei Blätter Kopfsalat ab und hält sie der Schildkröte ihn. Die streckt gemächlich ihren langen, faltigen Hals vor und beißt einen Happen ab. »Weißt du noch, wie diese Fritzen mich damals anheuern wollten?« Mehr als dreißig Jahre ist das nun her, doch der Gedanke löst noch immer tiefes Unbehagen in ihm aus.

Neguri kaut und blinzelt. Batu wertet das als ein Ja.

Man wollte ihn damals als »Inoffiziellen Mitarbeiter« anwerben. Die Männer in den staubgrauen Anzügen waren sehr höflich gewesen, doch die Drohung, dass er im Fall einer Weigerung seinen Studienplatz verlieren würde, stand im Raum wie ein Elefant. Batu löffelt reichlich lose Teeblätter in einen Becher, wartet, bis das Wasser kocht, gießt auf, rührt um. Die Teeblätter entfalten sich und wirbeln in dem zunehmend dunkler werdenden Gebräu herum wie Schiffbrüchige in einem Strudel. »Und jetzt hat Yelda es mit der Bande zu tun!«, informiert er seine gepanzerte Gesprächspartnerin. »Eiskalt sind die allesamt. Und geschmeidig!«

Nach dem Mauerfall hatten sich die meisten ehemaligen Stasimitarbeiter still verhalten. »Die warten ab, bis sich ihnen eine günstige Gelegenheit bietet. Dann schnappen sie zu. Wie Krokodile an einem Wasserloch!«, sagt Batu. Krokodile, so hat er in einer Tierdoku gesehen, töten ihre Beute, indem sie sie wieder und wieder im Wasser herumrollen. Bis sie ertrinken. Wer überleben will, muss sich totstellen und hoffen, dass die Luft in seinen Lungen reicht. Es wundert Batu keineswegs, dass so viele Stasimitarbeiter auch nach der Wende Karriere gemacht haben.

Dass seine Tochter sich jetzt mit Stasigeschichten auseinandersetzen musste, gefällt ihm gar nicht. Er war schon damals nicht angetan von ihrem Berufswechsel gewesen, als sie bei der Londoner Polizei angeheuert hatte. »Verletzte Seelen zu heilen ist eine Sache. Sich mit Verbrechern herumzuschlagen eine andere!«, hielt er ihr bei einem Gespräch kurz nach ihrer Rückkehr vor. Da waren sie einem Streit näher gekommen als je zuvor.

»Irgendjemand muss es aber tun«, hatte Yelda dagegengehalten. »Jemand muss sie aufhalten, bevor sie noch mehr Unheil anrichten. Das nennt man Sekundärprävention!«

»Warum jetzt auf einmal?«, fragte Batu, aber sie spannte nur die Kiefer an und schwieg. Jetzt ahnt er den Grund. Dieser Brief will ihm gar nicht gefallen. »Und nun ist sie auch noch auf Reptilienjagd!« Neguri enthält sich eines Kommentars. Sie genehmigt sich einen weiteren Bissen von dem Salatblatt, das er ihr hinhält. Um sich abzulenken, öffnet Batu seinen Instagram-Account und blättert darin wie in einem Bilderbuch. Sein Frühstücksei, daneben seine Medikamentenration für den Tag: Vitamin E, Omega-3, Blutdrucksenker. Und eine Tablette mit dem Wirkstoff Galantamin, der seinem Hirn noch eine Weile auf die Sprünge helfen soll. Fünf Tabletten, danach ist er eigentlich schon satt.

Als Nächstes in Großaufnahme ein ganzer gehäuteter Schafskopf, der ihn aus leeren Augenhöhlen anglotzt. So etwas ist in deutsch betriebenen Metzgereien nicht zu finden. Vermutlich werden die Köpfe zu Hundefutter verarbeitet. Oder in die Mongolei exportiert. Hierzulande wenden sich die Menschen angeekelt von den Tierschädeln ab. »Als ob die Tiere, die man zu Fleisch verarbeitet, ohne Köpfe zur Welt kämen!« Batu schnaubt. Irgendwann wird es sicher so weit kommen. Auf die Hähnchen mit so groß gezüchtetem Brustfleisch, dass sie fast nach vornüber fallen, folgen Rinder und Schafe mit Miniköpfen. Der Microcephalus als Qualitätsmerkmal! Es folgt ein Hund, der auf den Gehweg kackt, während sei Herrchen abwartend danebensteht. Dann ein Riss im Putz einer Häuserwand, der dem Umriss eines Kamels verblüffend ähnelt. Batu nimmt die Tasse und schlürft einen Schluck von dem noch immer viel zu heißen Tee. Er ist immer wieder überrascht, dass »Batus Tagebuch« bereits hundertachtundsechzig Follower hat. Er weiß, es gibt Menschen, denen Millionen folgen. Doch er findet auch hundertachtundsechzig Unbekannte schon viel. Es fühlt sich seltsam an: Menschen, die seine Alltagsaktivitäten begleiten, ohne dass er weiß, wer sie sind.

Plötzlich hält er inne. Er betrachtet das Foto einer Frau. Ihr Kopf erscheint durch die ruckartige Bewegung, mit der sie sich abwendet, unscharf. Sie haben offenbar vor ein paar Tagen im selben Bus gesessen, mit dem er zum neuen Ärztezentrum an der Mengestraße gefahren war. Als er sie nun genauer betrachtet, kommt sie ihm bekannt vor. Das könnte auch daran liegen, dass sie eine flüchtige Ähnlichkeit mit Yelda hat: hohe Wangenknochen, glattes schwarzes Haar. Er klickt sich zurück durch die Zeit. »Tosoor gooj!«, ruft er plötzlich aus, was so viel bedeutet wie »Möge dein Fett überlaufen« – in der Mongolei ein verbreiteter Fluch. Insgesamt hat er acht Bilder gefunden, auf denen er die Frau zu erkennen glaubt. Im Gewühl des Wochenmarkts am Stübenplatz, im Supermarkt, undeutlich hinter dem verregneten Fenster eines Cafés oder auch nur die Rückansicht einer Gestalt im blauen Mantel, die um eine Hausecke biegt. »Erst die anonymen Briefe an Yelda, jetzt diese Frau, die mich verfolgt – kann das ein Zufall sein?«, fragt er die Schildkröte. Neguri zieht den Kopf fast vollständig in den Panzer. Nur die hornbewehrte Nase und die Knopfaugen schauen noch hervor. Ihr ist die Angelegenheit also ebenso suspekt wie Batu. Batu überlegt. Dann kommt ihm eine Idee. Ob Mann oder Frau – er wird sich den Briefeschreiber schnappen. Und er weiß auch schon wie!

MATZE,
IM TIERPARK,
ZUR GLEICHEN ZEIT

Matze wirft einen Blick auf die Uhr. 2:24 Uhr. Schon in zwei Stunden wird die Truppe der Futtermeisterei im Tierpark aufschlagen. Wie in einer Großküche werden sie Rinderkeulen für die Großkatzen portionieren, Kisten mit Obst und Gemüse für die Affen zusammenstellen und Sprotten und Makrelen für die Humboldt-Pinguine im Eismeer abwiegen. Es ist an der Zeit für seinen Abschiedsbesuch.

Shila steckt ihren Rüssel durch das Gitter. Matze streicht mit der flachen Hand darüber, spürt die starken Muskeln, die Falten, die langen borstigen Haare, die vereinzelt darauf sprießen. Shilas Kalb, Raj, das Matze in Gedanken noch immer Brausepaul nennt, schläft stehend, wie es sich für einen Elefanten gehört, in der Ecke der Box.

Der Chef hatte ihn erst vor ein paar Wochen mit Kokosmilch getauft, nachdem die Zoobesucher sich für einen von drei Namensvorschlägen entschieden hatten. Dazu hatte man ihnen mit dem Zooticket getrocknete weiße Bohnen ausgehändigt, die sie in eine von drei beschrifteten Plexiglassäulen, den »Bohn-o-Meter«, werfen konnten. Der Name Raj hatte haushoch gewonnen, auch wenn nur wenige ihn korrekt »Radsch« aussprachen, sondern den Kleinen nun vielmehr »Rei« riefen. »Wie Rei in der Tube«, hatte Maike gemosert.

Matze hatte vor Brausepauls Geburt mehrere Nächte im Elefantenhaus ausgeharrt. Dazu hatte er eine Klapppritsche vor die Boxen geschoben. Zweiundzwanzig Monate waren die Kühe trächtig, das Heranwachsen eines Elefantenkalbs im Mutterleib dauerte damit zweieinhalbmal so lange wie das eines Menschenkindes.

Matze schlüpft, wie unzählige Male zuvor, durch die Gitterstäbe zu Mogli hinein. Er weiß, dass es riskant ist, sich hier aufzuhalten. Doch er will sich auch von den anderen großen Tieren verabschieden. Natürlich wird man auch im Zoo nach ihm suchen. Das ist ihm klar. Er spekuliert aber auch darauf, dass man nicht mit einem Großaufgebot nach ihm fahnden würde – denn für die Öffentlichkeit stellt er keine Gefahr da. Wenn die Polizisten seine Verbindung zu Calis herausgefunden hatten, wussten sie auch, dass vor allem sie sein Ziel gewesen ist. Er hofft noch auf etwas Aufschub.

Er krault Brausepaul, der ihn verschlafen anblinzelt, ein letztes Mal den Kopf. Der Kleine schlingt kurz seinen Babyrüssel um Matzes Arm. Dann steckt er die Spitze wieder in das Maul wie einen Schnuller.

Matze geht von Box zu Box, tätschelt Gajendra das Hinterteil, streicht Kandy über den Rüssel, legt Yashoda die Hand auf die Schulter, verteilt Leckerlis in Form von Milchbrötchen. Bei der Leitkuh Mogli bleibt er noch einmal länger stehen. Die imposante Elefantendame blickt ihn trotz der nächtlichen Ruhestörung gelassen an. »Hier trennen sich unsere Wege«, sagt Matze. »Pass gut auf die Rasselbande auf!« Er streckt die Hand aus, und die Elefantin legt ihren Rüssel hinein, wie ein freundschaftliches Händeschütteln. Matze wendet sich ab, betritt noch einmal den Pausenraum und blickt sich um. Kurz zögert er, dann schiebt er seinen Tierpflegerausweis unter die elefantenköpfige Ganesha-Statue. Ein Abschiedsgruß an die Kollegen und seine Opfergabe für die Götter, an die er nicht glaubt. Er öffnet die Hinterpforte und tritt hinaus in die Dunkelheit. Er atmet tief ein, dann macht er sich auf den Weg. Es wird ein langer Marsch werden. Doch er hat die ganze Nacht Zeit.

Er geht an der U-Bahnstation Tierpark Hagenbeck vorbei, die er so viele Jahre lang fast täglich zweimal durchschritten hat – einmal auf dem Weg zur Arbeit und wieder zurück. Auf dem einsamen Bahnsteig gibt es sicher viele Überwachungskameras. Im morgendlichen Getümmel des Hauptbahnhofs hingegen kann er sicher untertauchen.

Der Imbiss *KeBaP Lounge*, in dem er erst vor ein paar Wochen mit Carla zusammengesessen hat, wartet auf die Gäste des nächsten Tages. Der heiße Sommerabend, der sein Leben zum zweiten Mal komplett auf den Kopf gestellt hat, scheint Ewigkeiten her zu sein.

Der Plan, den er daraufhin entwickelt hatte, war einfach, aber effektiv gewesen. Er wollte den Spieß umdrehen. Dieses Mal sollte Elisabeth Calis die Rolle der Gefangenen spielen. Dank des Spionageprogramms auf ihrem Rechner wusste er von dem Konzertbesuch. Es schien eine gute Gelegenheit, sie vor ihrer Haustür abzufangen. Die Aktion wirkte gewagter, als sie tatsächlich gewesen war. Als er ihre Wohngegend inspizierte, wurde klar, dass es dort ausgesprochen ruhig zuging. Er musste schon sehr großes Pech haben, um ertappt zu werden. Selbst für diesen Fall setzte er auf den Überraschungseffekt. Langfristig spielte es ohnehin keine Rolle, ob man ihm auf die Spur kam. Hauptsache, er hatte bis dahin sein Ziel erreicht. Er wollte eine breite Öffentlichkeit erreichen.

An der Kreuzung zur Julius-Vosseler-Straße sieht er ein junges Mädchen mit Parka und Strickmütze in einer heruntergekommenen Telefonzelle. Sie gestikuliert, während sie spricht. Der Anblick überrascht ihn. Wer telefonierte heutzutage noch von einer Telefonzelle aus? Vermutlich hat sie ihr Handy verloren, oder der Akku ist leer, denkt Matze. Ihre Schminke ist verwischt und lässt ihre Augen riesig erscheinen. Sie trägt einen Minirock, eine Lederjacke, dazu Springerstiefel. Ein wenig erinnert sie ihn an Paula, damals vor einer Million Jahren. Was macht das Mädchen hier so früh am Morgen? Steckt sie in Schwierigkeiten? Normalerweise hätte er ihr seine Hilfe angeboten, doch das wäre angesichts seiner eigenen heiklen Lage keine gute Idee. Er nimmt den Fußweg durch eine kleine Grünanlage. Hier gibt es viele Einfamilienhäuser aus rotem Klinker. Die meisten haben gepflegte Vorgärten. Weniger privilegierte Bürger teilen sich Mehrfamilienhäuser in ebenso gleichförmiger Bauweise. Die Bäume haben bereits einen Teil ihres Laubs abgeworfen, das nun über die Straße tanzt.

Anfangs war er noch unentschlossen, wie er weiter verfahren sollte. Zu sehen, wie unbeschadet Calis ungeachtet ihrer Machenschaften geblieben war, dass sie auf Kosten ihrer Opfer Karriere gemacht hatte, heizte aber einen Zorn in ihm an, den er nur mühsam unter Kontrolle bekam. Ein giftiges, böses Gefühl hatte sich in ihm breitgemacht, ein eitriges, entzündetes, septisches Schwelen. Das Einzige, was dagegen half, war, sich auszumalen, wie es sein würde, wenn er sie dazu zwang, ihm die Wahrheit zu sagen. Er wollte aus ihrem Mund hören, was damals wirklich mit

Paul geschehen war. Und warum. Warum sie ihm die Schuld am Tod seines Freundes eingetrichtert hatte. Denn irgendeinen Grund musste es ja geben, oder nicht?

Doch dann hatte er eben diesen Grund aus anderer Quelle erfahren, noch ehe er seine Mission durchziehen konnte. Und zu seinem Entsetzen hatte die Antwort auf das drängende Warum das hässliche Gefühl nicht abgemildert, sondern es im Gegenteil noch weiter anschwellen lassen, bis er kaum noch atmen konnte. Alles, woran er noch denken konnte, war, dass Elisabeth Calis dafür bezahlen sollte. Bezahlen für sein halb gelebtes Leben um den Granatsplitter herum, bezahlen für die Frauen, die er nicht geliebt, die Kinder, die er nicht gezeugt, die Freunde, die er nicht gefunden, und die Träume, die er nicht geträumt hatte. Er wollte sie zur Rechenschaft ziehen. Sie öffentlich demontieren. Sie zwingen, Abbitte zu leisten. Um das zu erreichen, war ihm jedes Mittel recht. Doch dann war alles schiefgelaufen. Seither befindet er sich in einer Lage, die ihm aussichtslos erscheint.

Am Straßenrand stehen anthrazitfarbene Mülltonnen mit roten Deckeln und harren ihrer morgendlichen Leerung. Hier sind die Einfamilienhäuser bereits größer als in der Gegend direkt um den Tierpark und vor allem architektonisch abwechslungsreicher. Jeder Bauherr hat sich seinen persönlichen Traum vom Eigenheim verwirklicht.

Inzwischen nimmt die Stadt zunehmend Fahrt auf. Der Takt der vorbeifahrenden Autos erhöht sich. Ein früher Bus rauscht vorbei. Hinter den erleuchteten Fenstern erkennt Matze ein paar blasse, leere Gesichter. Menschen auf dem Weg zu ihrem Tagewerk. Er selbst hat kein Tagewerk mehr. Er hat nichts mehr, keine Wohnung, in die er zurückkehren konnte, keine Kollegen, keine Elefanten.

Das Betäubungsmittel für die Entführung hatte er mithilfe der gefälschten Chipkarte aus dem Vorratsschrank des Tierarztes gestohlen. Es war auch erschreckend einfach gewesen, an die Waffe zu kommen. Matze ist schon seit Jahren im Darknet unterwegs. Das Internet ist wie ein Eisberg, der größte Teil treibt unterhalb der sichtbaren Oberfläche der Suchmaschinen. Die Möglichkeit, unter dem Radar fliegen zu können, hatte ihn von Anfang an gereizt. Das Darknet ist ein Segen für Menschen, die aus gutem Grund anonym bleiben wollen – Bürgerrechtsaktivisten, Kritiker in Regimes, die ihre Bevölkerung unterdrücken. Es wird aber auch für Verbrechen aller Art genutzt. Dort kann man alles kaufen: Frauen, Drogen, Kinderpornos, sogar einen Auftragskiller. Die größere Herausforderung war es gewesen, an die Zugangsdaten für die Schlüsselkarte des Tierparks zu kommen. Fast zwei Wochen hatte er daran getüftelt, doch schließlich war es ihm gelungen. Er erinnert sich an das Gefühl des Triumphs, das ihm aus heutiger Perspektive naiv vorkommt.

Als er schließlich die Alster erreicht, macht er einen Moment Pause. Er geht zum Ufer, setzt sich auf eine Bank und zündet sich eine Zigarette an. Ein paar Schwäne dümpeln im dunklen Wasser. In den prachtvollen Villen, die sich rund um das Gewässer gruppieren, sind schon einige Fenster erleuchtet. Er stellt sich vor, welche Menschen dort wohl so früh am Morgen wach sind. In einigen der repräsentativen Bauten haben sich Botschaften verschiedener Länder einquartiert. Vor einem hochsicherheitsgeschützten Gebäude weht die US-amerikanische Flagge. Doch die meisten Häuser sind nach wie vor von Privatpersonen bewohnt. Alteingesessene hanseatische Familien, Zugezogene – in jedem Fall leben hier Menschen mit sehr viel Geld. Mit ihrem exquisiten Geschmack hätte eigentlich auch Elisabeth Calis sehr gut in diese Umgebung gepasst. Doch sie hatte sich entschieden, in einem vergleichsweise bescheidenen Bungalow in einem Vorort zu leben. Offenbar hatte sie ein Leben in unauffälliger Zurückgezogenheit bevorzugt. Das war seinen Plänen entgegengekommen.

Es brauchte nur wenige Augenblicke, um sie zu überwältigen. Er hatte sie abgepasst, als sie aus ihrem Wagen stieg. Er trat hinter sie, packte sie mit dem Arm um den Hals und stieß ihr einen Betäubungspfeil, wie ihn auch der Zootierarzt verwendete, in den Oberarm. Ihre Gegenwehr war verblüffend heftig ausgefallen. Hätte Matze nicht über Jahrzehnte Schubkarre um Schubkarre voller Elefantenscheiße durch den Sand gewuchtet, hätte er sie kaum halten können. Doch schon nach wenigen Sekunden sackte die zierliche Frau in seinen Armen zusammen. Er verfrachtete sie in den Kofferraum und fixierte ihre Hände und Füße mit Kabelbindern. Auf einen Knebel verzichtete er. Für den Fall, dass sie früher, als er berechnet hatte, wieder zu sich kam, würde sie vielleicht um Hilfe rufen. Doch das Risiko musste er eingehen. Zu groß war die Gefahr, dass ihr aufgrund der Betäubung übel wurde. Er wollte nicht, dass sie an ihrem Erbrochenen erstickte. Nicht, bevor er die Antworten von ihr bekommen hatte, die er wollte. Dann setzte er sich in ihren Wagen und fuhr zum Zoo. Er hätte die Psychiaterin natürlich auch an einen einsameren Ort bringen können, um sie in die Mangel zu nehmen. Doch der Zoo bot eine einzigartige Möglichkeit, die er sich zunutze machen wollte: die Krokodile.

MICKY, POLIZEIPRÄSIDIUM, NEUN TAGE NACH DEM MORD

Im Polizeipräsidium herrscht Stille. Micky mag es, hier am frühen Morgen zu arbeiten. Nirgendwo auf der Welt fühlt sie sich so sicher. Das Präsidium ist eine Burg, vor der ein Wachmann wie Zerberus sitzt und niemanden hereinlässt, der nicht hierhergehört. Diese Sicherheit ist einer der Hauptgründe für sie gewesen, bei der Polizei anzufangen. Das und die Tatsache, dass sie dazu beitragen konnte, Verbrecher am Arsch zu kriegen. Mit ihren Computerkenntnissen hätte sie anderswo ein Schweinegeld verdienen können. Doch das interessiert sie nicht. Wie bei allen anderen spielt sich heute auch das Wirken der Kriminellen zu einem großen Teil digital ab. Und sie, Micky, kann sie anhand beschlagnahmter Festplatten und ihrer Spuren im Netz auffliegen lassen. Es fasziniert sie, über gespeicherte Daten so viel über die Menschen zu erfahren. Das bläuliche Licht des Monitors lässt ihr pinkfarbenes Haar violett leuchten. Ihre Finger tanzen über die Tasten, als folgten sie einer stummen Partitur. Der Elefantenmann, wie sie Kranitz inzwischen nennt, nötigt ihr ziemlichen Respekt ab. Er hat einige Programme geschrieben, deren Architektur sie beeindruckt. Die Art, auf die jemand programmiert, offenbart einiges über den Charakter eines Menschen. Manche schludern herum, andere verwenden die immer gleichen Versatzstücke, gehen ausgelatschte Wege.

Nicht so der Elefantenmann. Seine Lösungen waren immer elegant, sein Code originell. Seinem Stil zufolge hatte er sich seine Programmierkenntnisse wohl selbst angeeignet. Hacken war natürlich noch etwas völlig anderes. Aber auch hierzu hatte er offenbar Talent. In den Sicherheitsserver des Tierparks einzubrechen und sich die Zugangsdaten des Wachpersonals zu kopieren war die Leistung eines Meisterdiebs. Sich in den Rechner von Elisabeth Calis zu schleichen war im Vergleich dazu ein Kinderspiel gewesen. Anschießend hatte er die ganze Kommunikation, die darüber gelaufen war, verfolgen können, alles, was sie schrieb und speicherte. Alle Termine ihres Kalenders.

Micky greift in ihre Tasche und zieht eine Dose eines Energydrinks heraus, mit dem sie eine Hassliebe verbindet. Beim ersten Schluck verzieht sie noch immer das Gesicht. Es schmeckt wie aufgelöste Gummibärchen.

Der Fall macht ihr zu schaffen. Je mehr sie über den Elefantenmann erfährt, desto sympathischer wird er ihr. Sicher, er hat allem Anschein nach diese Psychiaterin auf dem Gewissen. Aber die Frau hatte, nach allem, was sie wussten, Strafe mehr als verdient. Sie hat nicht nur während der DDR-Zeit menschliche Erinnerungen auf übelste Weise manipuliert, sondern all die Jahre nach der Wende damit weitergemacht! Es behagt Micky nicht, dass Matthias Kranitz dafür hinter Gitter wandern wird. Im Grunde hatte er seine Strafe doch damals in Hohenschönhausen gewissermaßen im Vorfeld abgesessen. Sie seufzt und kann die ketzerischen Gedanken nur schwer beiseiteschieben.

Im Polizeidienst darf man sich solche Überlegungen nicht erlauben. Gesetz ist Gesetz und Kranitz ein Mörder, egal, wie berechtigt sein Zorn gewesen sein mag.

Wieder tanzen ihre Finger über die Tastatur. Dann halten sie abrupt inne. Kranitz ist offenbar nicht nur ein Jäger gewesen. Er wird auch selbst gejagt.

YELDA, POLIZEIPRÄSIDIUM, ZWEI STUNDEN SPÄTER

Hadice sitzt wie üblich auf dem Tisch ganz vorne im Besprechungszimmer. Sie sieht aus, als sei sie auf dem Sprung. Ich kann ihre Ungeduld spüren, sie ist wie ein Jagdhund an der straff gespannten Leine. Alles in ihr will losspurten. Sie weiß nur noch nicht, in welche Richtung. Es ist noch früh am Morgen, alle halten Kaffeebecher in den Händen. Ein Sammelsurium aus Werbepräsenten und ungeliebten Geburtstagsgaben, das sich in allen Büros der Welt häuft. Wir wärmen uns die Hände daran, obwohl der Raum angenehm temperiert ist. Doch der Blick aus dem Fenster lässt einen frösteln: Am Himmel fegen zornige Wolken über den Horizont. Gestern ist es spät geworden, und selbst Lisa wirkt müde. Sogar ihr sonst so kecker Pferdeschwanz hängt in traurigen Strähnen herunter. Sie versucht, ein Gähnen zu unterdrücken. Auf Eriks Becher prangt ein schnaubender Stier, unter dem »Superbulle« steht.

»Matthias Kranitz ist uns durch die Lappen gegangen«, sagt Hadice und blickt in die Runde. Kranitz' Abtauchen hebt ihn vom Status des Verdächtigen zum mutmaßlichen Täter, auch wenn das noch niemand ausgesprochen hat.

»Hagenbeck hat vorhin angerufen. Offenbar hat er sich gestern am frühen Morgen ein weiteres Mal mit einer gefälschten Karte Zutritt zum Elefantenhaus verschafft.«

»Der Mann hat wirklich Nerven.« Erik ist beeindruckt. »Der kann sich doch denken, dass wir ein Auge auf den Zoo haben.«

»Er ist eben ein ziemlicher Einsiedler. Allzu viele Möglichkeiten, sich einen Unterschlupf zu suchen, hat er wohl nicht«, sagt Lisa.

Aus genau dem Grund hatte Hadice an alle Tierparkmitarbeiter ein Bild von Kranitz verteilen lassen und um Aufmerksamkeit gebeten. Zudem hat sie das Gelände nach der Schließung des Parks mit einer Hundestaffel absuchen lassen. Allerdings war der Hundeführer von Anfang an skeptisch, was die Erfolgschancen betraf: »Wenn der Mann hier tagein, tagaus herumläuft, hat er überall Spuren hinterlassen.« Ausgebildete Mantrailer, wie man die Hunde zum Aufspüren von Menschen nennt, könnten Spuren noch nach Tagen und in geschlossenen Räumen sogar noch Jahre später erschnüffeln, hatte der Hundeführer erklärt. »Wie genau machen die das?«, hatte ich wissen wollen und zu meinem Erstaunen erfahren, dass das überhaupt noch nicht vollständig geklärt ist. »Man vermutet, dass dabei die Hautpartikel eine Schlüsselrolle spielen, die jeder Mensch unentwegt verliert«, hatte der Hundeführer gesagt und seinen Retriever hinter den Ohren gekrault. Die Schuppen würden von den darauf siedelnden Bakterien zersetzt. Das Duftergebnis sei immer unterschiedlich, weil auf jedem Menschen ein individueller Bakterienmix lebt. »Das Ergebnis ist ein Duftprofil, das vermutlich genauso einzigartig wie ein Fingerabdruck ist. Und das können die Hunde mit ihren bis zu dreihundert Millionen Riechzellen in der Nase auseinanderhalten.« Da ist es natürlich wenig hilfreich, wenn ein Mensch überall seine Duftmarke hinterlassen hat. Und so waren die Tiere Kranitz' Spuren kreuz und quer durch den ganzen Park gefolgt. Es hatte etwas von einem Stummfilm-Slapstick gehabt, bis Hadice die Aktion schließlich abbrechen ließ.

Es gab schlicht nicht genug Personal, um auf bloßen Verdacht hin alle Eingänge zu überwachen. Neben den Besuchereingängen konnten die Mitarbeiter noch etliche weitere Zugänge nutzen. Und dass Kranitz tatsächlich die Chuzpe hatte, am Tatort Unterschlupf zu suchen, davon war nicht wirklich auszugehen gewesen.

»Er ist uns die ganze Zeit direkt vor der Nase herumgetanzt. Das verrät mir einiges darüber, wie er tickt. Er ist bereit, alles zu riskieren. Und das macht ihn gefährlich. Wir haben übrigens gestern noch ein Asservat hereinbekommen«, sagt Hadice. »Das Mobiltelefon von Elisabeth Calis ist wiederaufgetaucht.« Sie macht eine Pause.

»Wo?«, fragt Lisa eifrig.

»Bei den Krokodilen.«

»Und das hat man erst jetzt gefunden?« Erik zerrt erregt an seinem Bart.

»Das war nicht so leicht. Es musste erst den Verdauungstrakt eines Reptils passieren«, sagt Hadice ungerührt.

Ich muss mir ein Grinsen verbeißen. Lisa verzieht das Gesicht.

»Ich bezweifle, dass ich da noch was auslesen kann.« Micky verzieht ebenfalls das Gesicht.

Hadice nickt Erik zu. »Apropos Telefonauswertung: Wie weit bist du mit Kranitz' Handy?« Bei seinem überstürzten Aufbruch hatte Kranitz auch sein Smartphone hinterlassen. Erik hat es übernommen, das Bewegungsprofil beim Mobilfunkanbieter anzufordern und die ein- und ausgehenden Anrufe auszuwerten. Er setzt sich aufrecht hin. »Wenn er der Täter ist, dann hat er es in der Tatnacht nicht dabeigehabt.« Er deutet auf das Bild, das der Beamer an die Wand wirft. »Und auch sonst war es an keinen neuralgischen Orten eingeloggt: weder im Bereich der Klinik, an der das Opfer gearbeitet hat, noch bei ihr zu Hause.« Er zuckt die Schultern. »Der Typ hat ein ziemlich eintöniges Leben geführt, wenn man seinen Daten glauben kann. Von der Wohnung zum Tierpark und wieder zurück – das war's so im Wesentlichen.«

»Was ist mit Telefonaten? Vielleicht hat er irgendwelche Kumpels, bei denen er unterkriechen kann?« Hadice gibt so schnell nicht auf.

»Fehlanzeige. Allerdings hat er, kurz bevor ihr bei ihm aufgeschlagen seid, noch einen Anruf auf die Mailbox bekommen.«

Hadice verdreht die Augen. »Jede Wette, das war diese Elefantenpflegerkollegin. Diese Maike.«

Erik ist noch nicht fertig. »Es gibt aber zwei Tage, in denen er von dieser Routine abgewichen ist. Einmal vor etwa zehn Wochen. Da war er in Berlin.«

»Er stammt ja ursprünglich aus Berlin. Vielleicht hat er einfach alte Freunde besucht?«, mutmaßt Lisa.

»Ich nehme an, er hat sich in der Karl-Liebknecht-Straße herumgetrieben?«, werfe ich ein.

Erik checkt die Daten und dreht sich zu mir. »Ja. Einige Stunden sogar. Woher weißt du das?«

»Da kann man seine Stasiakten einsehen.«

Hadice nimmt noch einen Schluck von ihrem kalt gewordenen Kaffee und verzieht das Gesicht. »Er hat dort also in seine Akte geschaut. Und dann hat er mit seinem

Rachefeldzug losgelegt.« Sie hat recht. Die Entdeckung von Kranitz' Stasiakten in dessen Wohnung ist ein wichtiger Hinweis darauf, was ihn nach drei Jahrzehnten aus seinem Bau gelockt haben könnte. Doch ich habe das Gefühl, dass noch mehr dahintersteckt.

Hadice blickt fragend in die Runde. »Sonst noch was?«

Erik räuspert sich. »Es hat noch einen zweiten Berlintrip gegeben. Etwa vierzehn Tage später.«

»Wohin ist er diesmal gefahren?«, will Hadice wissen.

Erik tippt kurz auf seinem Laptop herum. »Grunewald«, sagt er dann.

»Beste Berliner Lage«, sage ich. »Alles ziemlich gediegen und gutbürgerlich. Und es liegt im Westteil der Stadt.«

Erik blickt auf seinen Monitor. »Er ist vom Hauptbahnhof direkt da hingefahren und hat sich keine Stunde aufgehalten. Dann ist er zurück nach Mitte und hat sich den Rest des Tages nicht mehr wegbewegt. Und am nächsten Morgen ist er wieder zurück nach Hamburg gefahren.«

»Was hat er in Berlin bloß gewollt?«, sinniert Lisa.

»Er hat jemanden aus seiner Vergangenheit getroffen«, sage ich. »Jemand, der wissen sollte, dass er unschuldig ist.«

»Möglich.« Hadice trommelt mit den Fingern auf dem Tisch. »Die wichtigste Frage ist: Wo steckt er? Und was hat er jetzt vor?«

Wieder ruhen alle Augen auf mir. Keine Überraschung. Wenn niemand mehr weiterweiß, ist die forensische Psychologie gefragt.

Ich schließe kurz die Augen. »Matthias Kranitz lebt ein zurückgezogenes Leben. Seinem Handyprofil zufolge geht er außer zur Arbeit und zum Supermarkt praktisch nirgendwohin. Keine Liebesbeziehungen, keine Freunde. Ich wette, auch seine hochgerüstete Computeranlage verwendet er nicht, um damit virtuell mit seinen Mitmenschen in Kontakt zu treten.«

Ich werfe einen Blick zu Micky.

»Stimmt, nichts dergleichen, nada. Abgesehen von ein bisschen fachlichem Austausch in den entsprechenden Foren habe ich nichts gefunden. Auch keine privaten Telefonate über sein Handy. Überhaupt: kaum Telefonate.«

»Wir wissen: Kranitz ist ein gewissenhafter Arbeiter«, fahre ich fort. »Seinen Job macht er offensichtlich ausgezeichnet. Er scheint aber auch keine darüber hinausgehenden Ambitionen zu haben. Seit dreißig Jahren macht er dieselbe Arbeit. Und die besteht zu einem großen Teil darin, eine Horde Elefanten zu beaufsichtigen. Dabei ist er ziemlich intelligent. Immerhin ist er in der Lage, auch ausgetüftelte Sicherheitssysteme zu hacken.«

»Genau«, sagt Micky. »Ich habe da noch ein paar spannende Dinge auf seinem Rechner gefunden. Wenn ihr wollt …«

»Später«, unterbreche ich sie. »Also: Plötzlich geht dieser unauffällige Mann los, entführt eine Psychiaterin, verschleppt sie in den Tierpark. Und am Ende haben wir eine Tote und einen Mann auf der Flucht. Was ist passiert?«

Ich blicke in die Runde. »Er hat Besuch bekommen«, fahre ich fort, »das wissen wir von seiner Kollegin Maike. Und auch, dass das ungewöhnlich war. Es muss ein Besuch aus der Vergangenheit gewesen sein, irgendetwas, das ihn dazu gebracht hat, nach Jahrzehnten seine Stasiakten einzusehen. Das hat sein Leben zum zweiten Mal komplett aus der Bahn geworfen.« Micky nickt wissend. Vermutlich hat auch sie schon einmal etwas aus der Spur gebracht. »Vor seiner Inhaftierung war er in der Ostberliner Punkszene gut integriert«, referiere ich. »Wie wir aus seiner Stasiakte wissen, hatte er viele Freunde. War auf Konzerten. Und er hatte Courage. Im Osten Punk zu sein war riskant. Und tatsächlich landet er in Stasigewahrsam. Ich habe ein bisschen recherchiert.« Ich schlage ein Notizbuch auf und lese vor: »Niemand, der nach Hohenschönhausen kommt, wird anschließend derselbe Mensch sein wie zuvor.« Ich blicke auf. »Das hat einer der ehemaligen Verhörleiter so formuliert. Das war das Ziel. Sie haben ein ausgeklügeltes System entwickelt, um die Menschen psychisch zu brechen.« Ich gehe hinüber zu meinem Laptop und verbinde ihn mit dem Beamer. Schon erscheint das Bild von Kranitz aus seiner Akte an der Wand. Ein junger Mann blickt uns an: schmales Gesicht, düsterer Ausdruck, sensibler Mund. Trotz des weitgehend rasierten Schädels hat er den Blick eines James Dean. »Sie haben ihn systematisch fertiggemacht. Und die Schuldgefühle für den Tod seines Freundes waren ihr wirksamster Hebel.«

»Da können einem schon die Sicherungen durchbrennen, wenn man erfährt, dass alles nur gefaked war«, sagt Lisa.

»Aber ihm sind nicht die Sicherungen durchgebrannt«, wende ich ein. »Er hat alles akribisch geplant. Dazu passt allerdings nicht, dass er offenbar keinen Plan für die Zeit nach der Entführung hat. Er verlässt seine Wohnung so überstürzt, dass er sogar seinen Rechner laufen lässt?« Ich blicke in die Runde.

»Er hat nicht mit uns gerechnet«, sagt Hadice. »Zumindest noch nicht. Er konnte nicht wissen, dass wir so schnell eine Verbindung zwischen ihm und Calis herstellen konnten. Als Maike ihn dann angerufen hat, ist er panisch geworden.«

»Das ist nicht der Punkt. Er wusste, dass wir früher oder später auf ihn stoßen. Aber er hat offenbar überhaupt keinen Plan für die Situation, in der er sich gerade befindet. Also hat er nicht damit gerechnet.«

»Etwas ist schiefgelaufen«, sagt Hadice.

Ich nicke. »Das glaube ich auch. Ich glaube, der Tod von Elisabeth Calis war vielleicht gar nicht geplant.«

Einen Moment herrscht Stille.

»Aber wenn er sie nicht töten wollte, worum ist es ihm dann gegangen?«

»Die Wahrheit«, sage ich. »Matthias Kranitz wollte wissen, warum man ihn zum Sündenbock gemacht hat.«

Hadice verordnet uns eine zehnminütige Pause. Wir recken unsere verspannten Glieder. Keiner sagt etwas, dafür rattert es in den Köpfen umso lauter. Trotz des unwirtlichen Wetters öffnet Lisa die Fenster. Mehr als Kipp ist hier im vierten Stock nicht möglich. Schließlich soll sich niemand ausgerechnet aus dem Polizeipräsidium zu Tode stürzen. Sofort kriecht feuchte Kälte in den Raum. Micky öffnet mit lautem Knall eine Dose der unsäglichen Energielimonade, die für Angehörige der digitalen Zunft offenbar ein Grundnahrungsmittel darstellt. Wir Übrigen trotten schweigend in die Kaffeeküche und füllen unsere Becher. Erik lehnt sich im Gang an die Wand, fingert an seinem Handy herum. Vermutlich checkt er rasch Nachrichten aus seinen sozialen Netzwerken.

Als alle wieder auf ihren Plätzen sitzen, wendet Hadice sich an Micky. Unsere IT-Spezialistin liegt wie üblich mit lang ausgestreckten Beinen mehr auf ihrem Stuhl, als dass sie sitzt. »Wie weit bist du mit dem Rechner?«

Micky kratzt sich am Kopf. Ihre mageren Arme ragen heute aus einem T-Shirt, auf dessen Brust ein Walfisch eine Zahlenfontäne ausstößt. Ein Motiv wie für ein Kind entworfen. »Jaa«, sagt Micky, »wie ihr wisst, war der Rechner ja noch an, als wir ihn gefunden haben. Darum mussten wir kein Passwort knacken. Was die Sache schon einmal deutlich abgekürzt hat. Und ich habe eine Menge interessantes Zeug gefunden.«

Sie hebt den Blick, der sonst meist an ihrem Monitor klebt, und schaut in die Runde.

»Das Wichtigste: Er hat sich eine Spionagesoftware installiert. Damit hat er sich in den Computer des Opfers gehackt und sich die Kontrolle darüber gesichert. Und das hat er sogar ziemlich raffiniert angestellt.«

Während Micky weiter berichtet, was sie auf Kranitz' Rechner alles zutage gefördert hat, leuchten ihre Augen.

»Er konnte Elisabeth Calis also jederzeit beobachten, sobald sie ihren Rechner angeschaltet hatte«, sagt Lisa leise. Ihre Fingernägel sind heute in Türkis lackiert, der Sommerfarbton der Saison, habe ich irgendwo gelesen. Er ist ein bisschen abgeblättert, was ihre rundlichen Hände noch kindlicher wirken lässt als sonst. »Und zwar bereits seit Wochen.«

»Er hat sie also schon länger im Visier gehabt«, fasst Hadice zusammen.

»Fiese Vorstellung. Merkt man das nicht? Blinkt da nicht ein Lämpchen oder so?« Erik schaut unbehaglich drein. Vermutlich überlegt er, was er alles so in Sichtweite seiner Laptopkamera getrieben hat, von dem er nicht will, dass andere es wissen.

Micky schüttelt den Kopf. »Das Lämpchen kann man über das Programm deaktivieren. Dann kriegt man davon nichts mit.«

»Gruselig«, sagt Lisa.

Micky zieht ein Gaffa Tape hervor und legt es auf den Tisch. »Ich habe meine Kamera abgeklebt. Würde ich euch auch empfehlen, wenn ihr nicht gerade skypt. Man kann nie wissen.« Ich sehe, dass alle im Raum sofort beschließen, genau das umgehend zu tun. Wenn nicht einmal Micky sich sicher davor fühlt, ausspioniert zu werden …

»Er hatte Zugriff auf all ihre Daten.« Hadice trinkt einen Schluck ihres Kaffees. »Das bedeutet, er hat gewusst, dass sie am Abend ihrer Entführung in die Elbphilharmonie gehen wollte«, fährt sie fort.

»Bruckner und Beethoven«, informiert uns Lisa. »An dem Abend hat Alan Gilbert mit dem NDR-Elbphilharmonie-Orchester gespielt. Den hab ich auch schon gehört.« Hadice wirft ihr einen Blick zu, der sagt: Erstaunlich, aber tut nichts zur Sache. Lisa wird ein bisschen rot.

»Gut. Wir wissen also, dass er sie abpassen konnte. Hast du noch mehr?«, führt die Kommissarin das Gespräch zurück zum Wesentlichen.

»Er hat eifrig im Darknet geshoppt«, berichtet Micky.

»Eine Pistole?«, vermutet Hadice.

»Ganz genau.«

»Und das Betäubungsmittel, das man in ihrem Blut gefunden hat?«, will Erik wissen.

»Das nicht. Vermutlich hat er es aus den Tierarztbeständen des Zoos entwendet. Dank der Karte, die er sich kopiert hat, hatte ja überall Zugang.«

»Braucht man dafür nicht ein Gewehr oder so ein Blasrohr?«, fragt Erik und streicht nachdenklich über seinen Wikingerbart.

»Ich denke, man kann es wohl auch so verabreichen«, sagt Hadice.

Er hat ihr aufgelauert wie einem wilden Tier, denke ich.

»Außerdem«, sagt Micky und macht eine Kunstpause, bemüht, die Aufmerksamkeit wieder auf sich zu bündeln, »hat er dieselbe Spionagesoftware wie bei ihr auch auf dem eigenen Rechner installiert. Er konnte darüber beobachten, was in seiner Wohnung vorgeht.«

Erik runzelt die Stirn. »Warum sollte jemand das tun?«

»Vielleicht war er ein bisschen paranoid. Wenn ich in einem Stasiknast gesessen hätte, wäre ich vermutlich auch paranoid geworden«, sagt Hadice.

»Vielleicht wollte er das System bloß ausprobieren, bevor er es bei Calis installiert hat«, schlägt Micky vor.

»Heißt das, er kann uns über seinen Rechner beobachten?« Lisa blickt erwartungsvoll in die Runde.

»Wohl kaum. Schließlich hat er sein Handy nicht dabei. Das liegt auf meinem Schreibtisch«, erinnert uns Micky.

»Schade.« Lisa blickt enttäuscht. »Sonst hätten wir ihm eine Nachricht schicken können.«

»Von meiner interessantesten Entdeckung habe ich euch aber noch gar nicht erzählt.« Micky sieht aus wie ein Zauberer, der gleich das größte Kaninchen aus seinem Hut zieht.

»Und zwar?«

»Matthias Kranitz ist selbst gehackt worden.« Mickys Stimme klingt triumphierend.

Das ist allerdings eine unvorhergesehene Wendung. Jetzt ist sogar Lisa hellwach. Auch Hadice richtet sich auf. »Nun wird es richtig kompliziert, wer könnte Interesse daran haben, ihn zu tracken?«

Schweigend sehen wir einander an. Die Sache ist noch weitaus kniffliger, als wir gedacht haben.

»Kannst du herausfinden, von wem?«, wendet Hadice sich an Micky.

Erik ergreift das Wort. »Wenn ich es recht verstanden habe, ist Kranitz doch ein echter Computercrack. Wie kommt es, dass er nicht gemerkt hat, dass man ihn ausspioniert?« Er schüttelt ungläubig den Kopf.

»Er hat vermutlich nicht damit gerechnet und geglaubt, er fliegt bis zur Entführung von Calis unter dem Radar«, mutmaße ich.

»Trotzdem: Ein Nerd, der sich von einer Phishingmail übertölpeln lässt?«, zweifelt Hadice.

Micky grinst. »Er ist nicht über eine Phishingmail gehackt worden.«

»Wie dann?«, will Erik wissen.

»Ganz einfach: Jemand muss in seiner Wohnung gewesen sein und die Software vor Ort installiert haben. Das ist die einzige Erklärung.«

Für einen Moment herrscht Stille.

»Kranitz hat sich jahrzehntelang ruhig verhalten«, sagt Hadice schließlich. »Dass er aktiv geworden ist, scheint jemanden aufgescheucht zu haben.«

»Und das dürfte jemand aus der Vergangenheit sein«, wiederhole ich meine Vermutung. »Und zwar jemand mit einiger krimineller Energie.« Ich suche aus meinem Laptop ein weiteres Bild heraus und werfe es an die Wand. Es zeigt von Rathjen im Kreise seiner Jagdfreunde.

»Der Stasifuzzi und sein dubioser Verein?« Micky zieht die Nase kraus, als röche sie etwas Unangenehmes.

Ich nicke. »Jemand hat die Krokodile geweckt.«

»Na dann: Halali«, sagt Hadice.

MATZE, IN DER S-BAHN, AM SELBEN MORGEN

Die S-Bahn fährt ratternd über die Elbbrücken aus hundertjährigem Stahl. Dicke Nieten halten die geschwungenen Träger zusammen, so grau wie das Wasser, das sich unter ihnen hindurchschiebt. Matze blickt aus einem Fenster, an dem vermutlich ein pubertierender Junge ein Graffiti-Tag hinterlassen hat. Er findet, dass dieses Bedürfnis, überall ein Kürzel ihres Namens hinzusprühen, das viele Jugendliche umtreibt, etwas Mitleiderregendes hat. Ein »Ich war hier!«, das für ihn Parallelen zu den an einen Baum gepinkelten Hinterlassenschaften von Hunderüden hat. Ihm kommt der Gedanke, dass dieses aufmerksamkeitsheischende Gebaren bei Menschen wie bei Tieren fast ausschließlich bei männlichen Vertretern der Art aufzutreten scheint.

Der Zug fährt in den S-Bahnhof Veddel ein und kommt zum Stillstand. Obwohl Matze seit dreißig Jahren in Hamburg lebt, ist er nie zuvor im Stadtteil Wilhelmsburg gewesen. Er, der im ganzen Osten von Berlin herumgezogen war, hatte nach den Jahren auf wenigen Quadratmetern Zelle in Hohenschönhausen seinen Lebensradius radikal eingeschränkt. So hatte er inzwischen mehr als sein halbes

Leben überwiegend zwischen seinem Wohnviertel und dem Tierpark verbracht. Unterwegs in der S-Bahn kommt er sich nun vor wie ein Reisender.

Eine Frau lässt sich ihm gegenüber auf der frei gewordenen Bank nieder. Obwohl sie einen robust wirkenden Parka trägt, streicht sie diesen mit einer raschen Bewegung über ihrem Po glatt, bevor sie sich setzt. So, als wollte sie verhindern, dass er Knitterfalten bekommt. Neben sich stellt sie eine Handtasche aus grauem Filz, die mit Plüsch ausgekleidet ist. Während Matze noch überlegt, wozu, taucht ein braunblond gesträhnter Schopf darin auf, unter dem zwei Knopfaugen hervorschauen. Der Yorkshire Terrier gähnt ihn an und zeigt dabei spitze Zähne und eine rosafarbene Zunge. Die Frau kramt in ihren Jackentaschen und zieht einen Hundekeks aus der einen und einen Schokokeks aus einer anderen hervor. Einen Augenblick später mümmeln Hund und Frauchen einträchtig nebeneinander ihre Leckerlis. Matze überlegt, ob sie manchmal die Kekse verwechselt und wenn ja, ob sie es merkt. Die Frau zieht eine graue Strickmütze vom Kopf. Mit ihrer kurzen, blonden Frisur erinnert sie ihn plötzlich vage an Paula.

Paula. Nach ihrem verkorksten Wiedersehen in Berlin hatte er nicht mehr damit gerechnet, noch einmal von ihr zu hören. Sie hatte mit der Vergangenheit abgeschlossen, wollte keine vernarbten Wunden aufreißen. Das konnte er verstehen. Umso überraschter war er gewesen, als sie ihn dann eines Abends angerufen hatte. Drei Wochen ist das jetzt her.

Er hatte auf dem winzigen Balkon seiner Wohnung gestanden und geraucht. Obwohl er allein lebt, vermeidet er es, in der Wohnung zu qualmen. Der Gestank von kaltem Rauch widert ihn an.

Als er das Gespräch mit der unbekannten Nummer annahm, gab es einen winzigen Moment der Stille. »Ich bin es«, sagte sie dann. Er erkannte ihre Stimme sofort. Die Zigarette fiel ihm aus der Hand und verglühte auf dem Weg zum Gehweg wie eine Sternschnuppe in der Dunkelheit.

»Wir müssen reden.«

Paula hatte die Stasiunterlagen, die Matze bei ihr zurückgelassen hatte, nach seinem Besuch auf den Stapel mit Altpapier verfrachtet und ein Werbeblatt für Tiernahrung darauf platziert. Aus den Augen, aus dem Sinn. Das hatte nicht funktioniert. Sie musste unentwegt daran denken. Ihr kam es vor, als ginge magnetische Strahlung von den Papieren aus, die Wellen durch die ganze Wohnung sandte. Nach zwei Tagen hielt sie es nicht länger aus und holte sie schließlich hervor.

Sie rief einen alten Bekannten an. »Onkel Hans« kannte sie seit ihrer Kindheit. Er war ein Freund ihres Vaters gewesen und wie dieser gut vernetzt. Sie hatte ihn zuletzt vor Jahren auf der Beerdigung ihres Vaters gesehen. »Wenn du irgendetwas brauchst, Herzchen: Zu mir kannste immer kommen«, hatte Hans gesagt und ihr mit feuchten Augen die Hand gedrückt. Und nun war es so weit. Onkel Hans hatte Hinz und Kunz gekannt. Und er hatte noch immer seine Beziehungen. Fünf Tage, nachdem sie ihn um Hilfe gebeten hatte, hatte sie eine Telefonnummer. Und einen Namen: Rudolf Kramer.

Sie trafen sich in einem Bootshaus mit Restaurant am Wannsee. Kramer war 1983 Grenzpolizist an der Ostsee gewesen. In seine Dienststelle hatte man Paul gebracht, nachdem ihn die DDR-Grenzsoldaten auf seinem Fluchtversuch geschnappt hatten.

»Sie haben ihn also nicht auf der Flucht erschossen?«, fragte Paula. Denn wenn Matze Paul nicht getötet hatte, musste es schließlich jemand anders gewesen sein.

Kramer zog ein Taschentuch hervor und wischte sich den Schweiß von der Stirn. Sogleich bildeten sich neue Schweißperlen. Er war ein schwerer Mann mit einem eiförmigen Schädel, auf dem oben noch ein paar vereinzelte Haare sprossen. Er fühlte sich sichtbar unwohl in seiner Haut. Paula hatte fast Mitleid mit ihm. Damals war er fast ebenso jung gewesen wie sie und Paul. Die Verantwortung für das, was auch immer geschehen sein mochte, lag bei anderen.

»Nee«, sagte Kramer. »Der Junge war jut in Schuss, als se ihn bei uns abjeliefat haben. Pitschenass in seinem Neoprenfummel, aber hochnäsig wie een Jroßherzog.«

Paula konnte es sich gut vorstellen. Paul hatte die Staatsbediensteten mit dieser Masche immer gern in Rage gebracht. Wie man das machte, hatte er sich bei seiner Mutter abgeschaut, einer Geborenen von Dallwitz. »Alter schlesischer Adel«, hatte Paul ihr einmal erzählt und mit den Augenbrauen gewackelt. Nach dem Krieg wurde die Familie vertrieben, aber ihre stolze Haltung hatte die Mutter nie abgelegt. Das hatte auf ihren Sohn abgefärbt. Paul blickte nicht auf andere herab. Aber er hatte ein unerschütterliches Selbstbewusstsein mitbekommen, eine amüsierte Lässigkeit, die ihn geschmeidig durchs Leben gleiten ließ. Dazu geschliffene Manieren, die er bei Bedarf jederzeit abrufen konnte und die, je nach Gegenüber, seine Mitmenschen betörten oder rasend machten. Ganz abgesehen davon war er vermutlich der Einzige in der Ostberliner

Punkszene gewesen, der auch Etüden von Chopin spielen konnte.

Der Kellner brachte die Getränke und servierte sie prompt dem falschen Gast. Sie tauschten. Kaffee schwarz für Paula und eine Berliner Weiße mit Waldmeisterschuss für Kramer. Der Glaskelch mit der grünlichen Schaumkrone passte so gar nicht zu den fleischigen Fingern, die ihn umschlossen. Paula blickte auf den See. Kleine Segelboote kreuzten eifrig auf dem Wasser. Darin saßen Kinder, die unter Anleitung eines älteren Jugendlichen Wendemanöver trainierten. In ihren Rettungswesten sahen sie aus wie zum Leben erwachte Exemplare der Cartoonfigur SpongeBob.

Paula lehnte sich zurück. »Was ist dann passiert?«

»Nachdem wir Meldung jemacht hatten, kamen die von der Stasi och schon anjerauscht. Die haben deinen Paul in die Mangel jenommen. Dit war schon unjewöhnlich, dass die Herrschaften sich eijens aus Berlin herbemüht haben.«

Paula nickte nachdenklich. »Warum hatte man es derart eilig?«

»Wenn ick mir die Bemerkung erlauben darf, ick gloobe, das dit wejen Ihnen so jeloofen is.«

»Meinetwegen?«

Kramer drehte verlegen sein Glas in den Pranken. »Der Junge war immerhin der Schwiejersohn von Ihrem Herrn Vater! Vor dem hatten die Manschetten.«

Natürlich! Ihr Vater! Immer wieder ihr Vater. Sicher hatte man ihn gleich informiert. Und der hatte den Skandal möglichst diskret aus der Welt schaffen wollen. Immerhin hatte man den Ehemann seiner Tochter bei der Republikflucht aufgegriffen!

»Sechs Stunden hat das Verhör jedauert. Danach war der

Junge jänzlich am Ende. Der war jewissermaßen nur noch een Schatten seiner selbst.«

»Das kann ich mir nicht vorstellen. Paul konnte man nicht so schnell einschüchtern.«

»Ditte hier, dit war ’ne andere Hausnummer. Dit war irjendwie komisch: Die hatten da eene Frau dabei. So ’ne rothaarije Frau Doktor. Psychiaterin, hat es jehießen. Blutjung, aber die anderen haben se mit Hochachtung behandelt.«

Elisabeth Calis!, war Paulas erster Gedanke. Das konnte nur Elisabeth Calis aus den Verhörprotokollen gewesen sein, die auch Matze fertiggemacht hatte. Was hatte die Psychiaterin bei Paul zu suchen gehabt?

Kramer drehte das unberührte Glas in seinen Händen. Dann hob er den Blick. »Ick habe ihn jefunden, Ihren Paul. Dit Bild werde ick mein Lebtag nicht mehr los. Er hat sich uffjehängt. Noch in der Nacht hat er seine Pritsche hochkant jestellt und sich uffjehängt. Mit seinem Hemd.«

Paulas Stimme klang seltsam unbewegt, als sie Matze davon erzählte. Er stand noch immer auf dem Balkon, das Handy ans Ohr gepresst. Im Hof schallte lautes Jaulen und Kreischen. Zwei Kater, die sich ums Revier prügelten.

»Das glaube ich nicht«, sagte er. »Paul und sich umbringen? Nie im Leben. Die haben das doch fingiert.« Der Paul, den Matze gekannt hatte, hätte sich nicht von der Aussicht auf Knast den Lebensmut ruinieren lassen. Der hätte weitergemacht und darauf gesetzt, dass der Westen ihn irgendwann freikaufte. Andererseits hatte Elisabeth Calis ihre Finger im Spiel gehabt.

»Du weißt ja noch nicht alles«, sagte Paula. »Dieser Kramer, mit dem ich geredet habe, den hat die Sache fuchsig gemacht. Irgendwie hat er es geschafft, einen Blick ins Verhörprotokoll zu werfen.«

Matze hielt die Luft an. In seinem Magen bildete sich ein Klumpen.

»Die Calis hat Paul weisgemacht, dass ich mich aus Verzweiflung über seinen Verrat aus dem Fenster gestürzt hätte.« Matze glaubte es sofort. Die Inhaftierten maximal emotional zu destabilisieren war eine hilfreiche Strategie der Stasi gewesen. Bei Paul waren sie zu weit gegangen.

Kurz darauf beendeten sie das Gespräch. Matze setzte sich auf den Betonboden des Balkons, den Rücken an die Hausmauer gelehnt. Vom üppig bepflanzten Nachbarbalkon wehte Blumenduft zu ihm hinüber. Er sah Paul vor sich in einer Zelle. Wie er die Pritsche hochgewuchtet hatte. Wie er aus dem Hemd geschlüpft war und sich einen Strick gedreht hatte. Wie er den an einem Bein der Pritsche befestigt hatte. Wie er den Kopf durch die Schlinge steckte und sich dann mit dem Gewicht des eigenen Körpers erdrosselte.

Wenn der Druck der Schlinge die Blutversorgung zum Hirn abschneidet, verliert man schnell das Bewusstsein. Das war es also, was damals geschehen war. Paul hatte sich das Leben genommen. Doch das war nur ein Teil der Antworten, die er suchte. Die übrigen konnte ihm nur eine Person geben. Elisabeth Calis. Er zog das Zigarettenpäckchen aus der Brusttasche und zündete sich eine Neue an. Der Rauch biss ihm in die Zunge. Unten im Hof stritten immer noch die Katzen.

Zwei Tage vor der Entführung hatte er dann Paula angerufen. Er hatte den irrationalen Wunsch verspürt, sie noch einmal zu sprechen, bevor er seine Pläne in die Tat umsetzte. Er wusste nicht, wie die Sache für ihn ausgehen würde. Und schließlich war sie Teil dieser Geschichte.

»Was tun wir jetzt?«, hatte Paula gefragt. »Ich will nicht, dass diese Frau damit durchkommt. Aber rechtlich ist da wohl nichts mehr zu machen. War ja alles im Auftrag der Stasi. Genau wie bei den Nazis. Da war dann plötzlich auch kein Mensch mehr schuld.« Sie seufzte. Im Hintergrund bellte gedämpft ein Hund.

Matze lehnte seinen Hinterkopf gegen die raue Hauswand. »Ich kümmere mich darum.«

»Was hast du vor?«

Er zögerte. Verfluchte sich für seine Dummheit, sie überhaupt angerufen zu haben. Er wollte sie nicht mit in die Sache hineinziehen. Andererseits war es auch ihre Geschichte. Auch ihr Leben war durch das Eingreifen von Elisabeth Calis zerstört worden. Die Legende von Paul und Paula. Sie hatte ein Anrecht darauf, zu erfahren, was er vorhatte. Also begann er zu reden.

Sie hörte schweigend zu. Auch als er endete, sagte sie nichts. Durch die Leitung hörte er, wie ein Hubschrauber in zweihundertachtzig Kilometern Entfernung über den Berliner Himmel knatterte. Er stellte sich vor, wie sie im Garten hinter ihrem Haus zwischen den Bäumen und den Hunden stand.

»Du bist verrückt«, sagte sie schließlich. »Das ist doch der helle Wahnsinn. Die werden dich schnappen. Du wirst wieder im Knast landen.«

»Das ist es mir wert.«

Eine Stimme kündigt den S-Bahnhof Wilhelmsburg an. Matze erhebt sich von seinem Sitz. Ist es das? Ist es das wirklich wert gewesen? Ein Mensch ist tot, er selbst auf der

Flucht. Matze schiebt den Gedanken beiseite. Er muss sich darauf konzentrieren, was jetzt wichtig ist. Vom S-Bahnhof nimmt er einen Bus der Linie 13. Durch das Fenster sieht er einen futuristisch anmutenden Gebäudekomplex: abgerundete Ecken, die Fassade strukturiert von bunten Streifen wie ein riesiger Ringelstrumpf. Die Anlage ist im Zuge der Internationalen Bauausstellung entstanden und beherbergt, soweit er sich erinnert, nun irgendeine Behörde. Dann fährt der Bus durch Straßen, die von weniger spektakulären Backsteinbauten gesäumt sind. Am Stübenplatz steigt er aus. Er sieht sich um. Es ist viel beschaulicher, als er es sich vorgestellt hatte. Er orientiert sich mithilfe des Smartphones. Dann zieht er sich die Kapuze seines Pullovers noch etwas tiefer ins Gesicht und geht schnellen Schritts in den Vogelhüttendeich. Er wandert von Tür zu Tür, studiert die Klingelschilder. Bald findet er den gesuchten Namen: Auf dem Klingelschild mit dem Namen »Batu Natsagyn« hat jemand mit einem Klebestreifen provisorisch, aber säuberlich, einen weiteren Namen ergänzt: Yelda Batu.

Er hat sie gefunden.

YELDA, POLIZEIPRÄSIDIUM, ZUR GLEICHEN ZEIT

Als ich am Morgen in meinem Büro ankomme, wartet Hadice schon auf mich. Sie sitzt auf meinem Schreibtisch und wippt ungeduldig mit dem Fuß. Ich bin heute später dran als gewöhnlich, weil Batu seine Pillen verlegt hat. Tabletten, von denen wir wissen, dass sie seine Krankheit nicht heilen können, aber die Vergesslichkeit noch eine Zeit lang in Schach halten. Schließlich haben wir sie im Schränkchen neben dem Schildkrötenfutter gefunden. Batu hat gelacht. »Schlau von mir, da hätte ich sie spätestens heute Mittag gefunden.« Ich musste mitlachen, obwohl es wehtat.

Hadice mustert mich mit hochgezogenen Augenbrauen. »Schickes Teil«, sagt sie und meint meinen Mantel. Er ist aus weicher, warmer, leuchtend roter Wolle, die der Traurigkeit trotzt. Schmal in der Taille mit schwingendem Schoß. Früher hat er meiner Mutter gehört. Wir haben die gleiche Figur, aber nicht denselben Stil. Batu hat sich immer geweigert, ihre Kleidung wegzugeben. Ihre Kleider, Blusen und Jacken hängen im Schrank wie bunte Gespenster. »Die fressen kein Brot«, sagt er immer. Halbjährlich tauscht er die Zedernholzscheiben aus, die die Motten fernhalten sollen. Heute trage ich zum ersten Mal ein Stück ihrer Garderobe. Batu hat nichts dazu gesagt. Aber ich habe ihm angesehen, dass es ihn gleichermaßen freut wie schmerzt. Sorgsam hänge ich den Mantel auf einen Bügel.

Hadice geht zur Tür. »Da ist ein Kollege von Schelling, der uns was erzählen will. Er hat sich benommen, als wäre er in geheimer Mission unterwegs.«

»Das klingt doch ganz vielversprechend«, sage ich.

Kurz darauf fahren wir mit dem Fahrstuhl abwärts. »Wir treffen ihn im Fahrzeugpark«, erklärt Hadice.

»Warum denn das?«

»Er hat wohl Sorge, dass uns jemand zusammen sieht.«

»Wenn uns da unten jemand zusammen sieht, wirkt das auf jeden Fall verdächtig.«

»Ich weiß.« Hadice verdreht die Augen.

Vor der Tür empfängt uns ein bissiger Wind. Ich bedaure, meinen Mantel abgelegt zu haben. Andererseits ist das auffällige Stück für geheime Treffen wirklich nicht geeignet.

»Platz 54«, informiert mich Hadice.

Während wir an den vielen Wagen vorbeigehen, fühle ich mich an eine Szene aus *Die Unbestechlichen* mit Dustin Hoffman und Robert Redford erinnert. In der Geschichte rund um die Watergate-Affäre treffen die zwei Reporter den Whistleblower »Deep Throat« auch stets höchst konspirativ in einer Tiefgarage. Als wir uns dem Platz nähern, öffnet sich die Tür eines betagten, aber hochglanzpolierten Benz. Ein Mann steigt aus und sieht uns entgegen. Schellings Kollege ist noch sehr jung. Ich schätze ihn auf Mitte zwanzig. Groß ist er und breitschultrig, mit kleinem Bauchansatz. Die Haare stehen ihm blond und bürstenartig vom Kopf ab. Das Gesicht ist pfannkuchenflach, mit einer Nase wie eine Gurke, der Blick wasserblau und offen. Er wirkt, als hätte er gestern noch auf einem Krabbenkutter auf der Nordsee gearbeitet.

Es gefällt ihm nicht, dass ich Hadice begleite. »Ich dachte, das hier bleibt unter uns.«

»Das ist Yelda Batu. Sie ist forensische Psychologin und arbeitet mit mir an unserem aktuellen Fall.«

Er nickt mir zu. »Ich weiß, wer Sie sind.« Sein Blick schweift über die abgestellten Fahrzeuge. »Also gut. Am besten setzen wir uns einfach hier hinein«, fordert er uns auf, während er sich selbst hinters Steuer seines Wagens schiebt.

Hadice gleitet mit unbewegter Miene auf den Beifahrersitz. Nur ein scharfes Hochziehen der Nase verrät, wie ungeduldig sie ist. Sie empfindet die Theatralik dieses Treffens zweifellos als überflüssig. Ich selbst schlüpfe auf die Rückbank. Ich will erneut die Rolle der stummen Beobachterin übernehmen, die sich nur bei Bedarf als Überraschungsmanöver einklinkt. Die Bezüge sind etwas verschlissen, und es riecht dezent nach nassem Hund.

»Also«, sagt Hadice, »Sie wollten uns etwas erzählen.«

Schellings Kollege legt beide Hände auf das Lenkrad, als wolle er gleich losfahren. »Eines möchte ich voranstellen: Kommissar Schelling ist ein großartiger Polizist. Für mich ist er der Beste.« Er taxiert Hadice aus den Augenwinkeln, doch sie blickt unbewegt nach vorn.

»Mir war es eine Ehre, als ich vor zwei Jahren in seine Truppe gekommen bin. Für mich hat sich das angefühlt wie so eine Art Ritterschlag.« Er klingt verlegen, doch es schwingt vor allem Stolz in seiner Stimme mit. »Aber jetzt ist da diese Sache, die mir nicht aus dem Kopf geht.« Seine Hände krampfen sich um das Lenkrad. Die Unterarme sind mit goldblonden Haaren bedeckt. »Vor etwa zwei Jahren ist auf einmal ein Haufen Crystal auf Hamburger Schulhöfen aufgetaucht. Dieses verdammte Dreckszeug.«

Crystal, oder auch Crystal Meth, gehört zu den Drogen mit dem höchsten Abhängigkeitspotenzial. Das Zeug schießt einem ins Hirn und legt da einen Schalter um. Wer es nimmt, fühlt sich hellwach, topfit. Wie Superman oder Superwoman. Hitler hat es seinen Soldaten mit ins Marschgepäck gegeben, weswegen das Zeug auch Panzerschokolade genannt wurde. Doch genauso schnell, wie die Wirkung anflutet, rauscht die Stimmung wieder in den Keller. Dann geht die Jagd nach der nächsten Dosis los.

»Wir hatten das Schwein, das dahintersteckte, schon lange im Visier.«

»Yasha Agai«, sagt Hadice. Der Name sagt sogar mir etwas. Der Prozess gegen ihn war aufsehenerregend, weil man erstmals den Kopf eines arabischen Drogenclans hinter Gitter bringen konnte.

Schellings Kollege nickt. »Genau. Aber dem konnten wir lange Zeit nichts nachweisen. Endlich hatten wir einen Zeugen an der Hand, der bereit war auszupacken. Aber der verstarb dann mysteriöserweise bei einem Autounfall.«

»Fahrerflucht«, sagt Hadice.

»Wir haben schon gedacht, das war's. Aber dann hat Schelling Agais Freundin dazu gekriegt, gegen ihn auszupacken. Nicht wegen der Drogengeschäfte, sondern weil er höchstpersönlich den Zeugen mit seinem eigenen Wagen umgenietet hat. Den er übrigens vorsorglich am Tag zuvor gestohlen gemeldet hat.«

»Wie hat Schelling die Freundin dazu gekriegt?«

»Die alte Geschichte: Schelling hat ihr gesteckt, dass Agai sie betrogen hat. Da hat sie dann nicht nur gesagt, wo wir den Wagen finden, sondern auch, dass Agai tatsächlich an jenem Tag damit losgefahren ist. Beim Auto haben wir dann das Blut des Opfers an der Kühlerhaube gefunden und einen verschmierten Fingerabdruck von Agai am Lenkrad. Andererseits war es ja Agais Wagen, insofern war der leider kein Beweis.«

Schellings Kollege niest, zieht ein Taschentuch hervor und schnäuzt sich. »Entschuldigung«, sagt er, »ich bin Allergiker.« Er verstaut das Taschentuch in seiner Hosentasche und fährt fort. »Der Fall war also wasserdicht.«

»Dank der Zeugenaussage der Freundin«, bestätigt Hadice.

»Der Haken ist nur: Er war es nicht, wie wir inzwischen wissen! Agai kann den Wagen nicht gefahren haben. Er war exakt zum Zeitpunkt des Unfalls zehn Kilometer entfernt mit einem ganz anderen Auto unterwegs. Und dabei ist er geblitzt worden. Es besteht kein Zweifel.«

»Und warum kommt das erst jetzt, zwei Jahre später, auf den Tisch?«

»Agai ist vor vier Wochen im Gefängnis bei einer Messerstecherei getötet worden. Seine Schwester hat sich um seine Angelegenheiten gekümmert. Und dabei hat sie den Strafzettel gefunden. Sie hat offenbar gleich geschaltet. Clevere Frau.«

»Dann hat die Freundin ihrem untreuen Typen eben eins auswischen wollen und eine Falschaussage gemacht.«

»Das ist natürlich eine naheliegende Erklärung. Aber ich glaube das nicht. Sie hat geglaubt, was sie uns erzählt hat. Dass Agai wirklich an jenem Morgen das Auto genommen hat. Ich war bei Gericht dabei. Wenn die Frau da gelogen hat, hat sie einen Oscar verdient.«

»Es gibt überall verborgene Talente.«

»Wenn, dann hat sie ihren Auftritt mit dem Leben bezahlt.«

»Jetzt erinnere ich mich. Man hat sie ermordet.«

»Man hat sie abgeschlachtet! Ein Agai kann es sich nicht leisten zu verzeihen, dass man ihn verrät.« Der Polizist wendet sich Hadice jetzt doch noch zu. »Mir kam es merkwürdig vor. Also habe ich mir die Verhörprotokolle noch einmal angesehen.« Er zieht einen USB-Stick hervor.

»Worauf wollen Sie hinaus?«

»Ich habe gehört, in Ihrem Fall geht es um eine Psychiaterin, die Erinnerungen manipuliert hat. Und Schelling hat die gekannt.«

»Ja und?«

Er hält den USB-Stick hoch. »Was, wenn Schelling das Gleiche gemacht hat? Wenn er Agais Freundin dazu gebracht hat, sich falsch zu erinnern? Nach der Ermordung von Agais Freundin war er zumindest ziemlich durch den Wind.«

Kurz darauf schiebe ich den USB-Stick in die Buchse meines Laptops und rufe die gespeicherte Datei auf. Hadice steht hinter mir und beugt sich über meine Schulter. Ich kann den Kaffee in ihrem Atem riechen. »Und?«, fragt sie nach circa zwanzig Sekunden. Ich lasse mich nicht hetzen und lese konzentriert.

»Ja«, sage ich dann. »Wenn man weiß, wonach man suchen muss, ist es ziemlich eindeutig.«

Hadice richtet sich auf und atmet hörbar aus, als hätte sie die ganze Zeit die Luft angehalten.

»Verdammt«, sagt sie. Sie geht um den Schreibtisch, lässt sich auf einen Stuhl fallen und starrt an die Decke. »Schelling hat also tatsächlich Zeugenaussagen manipuliert. Und er hat von der Calis gelernt, wie das funktioniert.«

»Und damit hat sie ihn in der Hand gehabt.«

Wir sehen uns an. Unser Verdacht hat sich bestätigt. Wir haben zwar noch immer keinen Beweis, aber wir wissen, dass wir richtigliegen.

SCHELLING, IN DER KANTINE, ZUR GLEICHEN ZEIT

In der Kantine geht es kurz nach eins eher ruhig zu. Vereinzelte Grüppchen von Polizeibeamten unterhalten sich angeregt, andere tippen auf ihren Smartphones herum. Die meisten von ihnen ziehen eine Currywurst dem vegetarischen Gericht vor. Schelling steht an der Essensausgabe und versucht, sich zwischen den angebotenen Menüs zu entscheiden. Was nicht leicht ist, da er keinerlei Appetit verspürt. Er blinzelt kurz. »Die Kartoffelpuffer, bitte«, sagt er dann.

»Mit extra Apfelmus für Kommissar Schelling«, weiß die Frau hinter der Essensausgabe. Ihre tiefdunkle Haut lässt ihr Lächeln umso mehr strahlen. Er schämt sich dafür, ihren Namen nicht zu kennen, obwohl sie sich sogar gemerkt hat, dass er Apfelmus schätzt. »Ja, bitte«, sagt er. Sie zwinkert ihm zu. Ihre Wimpern sind lang und umrahmen schwungvoll ihre Augen. Er nimmt sein Tablett und blickt suchend über den Raum. Ihm steht nicht der Sinn nach Gesellschaft. »Schelling«, sagt eine Stimme neben ihm, und er muss den Impuls unterdrücken, zusammenzuzucken. »Frau Öztürk«, sagt er und wendet sich ihr zu. Neben der Kommissarin steht die Mongolin mit dem irritierenden blauen Blick. Yelda Batu. Er kann sie nicht einschätzen. Ihr Gesicht ist wie eine verschlossene Tür. Bei Hadice Öztürk hingegen weiß er, womit er es zu tun hat. Topfit, hellwach, misstrauisch. Boxtraining, wie er gehört hat. Grimmig entschlossen, die Wahrheit ans Licht zu bringen. Schelling weiß, er hat ein Problem.

»Verziehen wir uns doch in ein ruhiges Eckchen, Herr Kollege«, sagt die Öztürk und lässt keinen Zweifel daran, dass sie nicht mehr lockerlassen wird.

»Sicher«, sagt Schelling.

YELDA,
KANTINE DES POLIZEIPRÄSIDIUMS

Ich beobachte Schelling, wie er uns vorangeht. Er hat eine attraktive Art zu gehen. Kein breitbeiniges Cowboygestampfe, kein schüchternes Trippeln, kein Geschlurfe. Er geht geschmeidig und zielstrebig, und die Menschen machen ihm automatisch Platz. An der Art, wie ein Mensch geht, lässt sich viel ablesen. Der Kommissar wählt einen Tisch an der Wand und setzt das Tablett ab. Mit einer Handbewegung fordert er uns auf, Platz zu nehmen.

»Stört es Sie, wenn ich esse?«, sagt er. Das ist ein Zeichen, das uns sagen soll: »Ihr macht mir keine Angst.«

»Aber bitte sehr«, sagt Hadice. Es klingt zuvorkommend, aber ich weiß, sie sagt es ironisch.

Schelling greift zum Besteck, säbelt ein Stück Kartoffelpuffer ab, bestreicht es dick mit Apfelmus. Dann kaut er darauf herum, als sei es aus Sägespänen. »Wie kommen Sie voran in der Mordsache Calis?«, fragt er.

Hadice gibt sich verbindlich. »Ziemlich gut. Wir haben einen Verdächtigen. Er ist zwar flüchtig, aber ich bin sicher, wir werden ihn bald aufstöbern.«

»Davon habe ich gehört.« Schelling bleckt die Zähne. »Ein Elefantenpfleger. Ist doch mal was anderes.«

Er sieht Hadice direkt in die Augen. »Ich vermute, Sie kennen sein Motiv?«

»Natürlich, ein ziemlich ungewöhnliches sogar. Aber eigentlich wollte ich mit Ihnen über den Fall Agai reden.«

Schelling spießt ein weiteres Stück Sägespänepuffer auf und schiebt es sich in den Mund. Er kaut betont langsam, aber ich kann sehen, dass er alarmiert ist. Mit diesem Thema hat er nicht gerechnet. Aber er ahnt, worauf wir hinauswollen.

»Warum interessieren Sie sich dafür?«

»Sie haben ihn aufgrund einer falschen Zeugenaussage hinter Gitter gebracht.«

»Richtig. Ein Ermittlungsfehler. Mea culpa. Da kommt ein Nachspiel auf mich zu. Aber Sie wissen ja, wie das ist. Nichts ist unzuverlässiger als ein Augenzeuge.« Er lehnt sich zurück, faltet die Hände über dem Magen. Sein Blick trifft Hadice unter gesenkten Lidern.

Sie beugt sich vor. »Ich glaube allerdings, dass dabei nicht alles mit rechten Dingen zugegangen ist.«

»Tatsächlich?« Schelling gibt sich unbeeindruckt. »Die Frau war stinksauer auf ihren Geliebten. Er hat sie betrogen.«

»Was Sie ihr unter die Nase gerieben haben.«

»Na und? Es hat den gewünschten Effekt gehabt: Sie hat gegen Agai ausgesagt. Er ist aus dem Verkehr gezogen worden.«

»Agai ist tot«, werfe ich ein.

»Umso besser«, entgegnet Schelling.

»Aber die Frau, die gegen ihn ausgesagt hat, ist auch tot.«

Schelling legt sein Besteck neben den Teller. »Was wollen Sie von mir?«

»Der Frau zu erzählen, dass ihr Freund untreu war, war erst der Anfang, nicht wahr?«, bohrt Hadice tiefer. »Sie haben sie dazu gebracht, tatsächlich zu glauben, dass er an jenem Morgen das Tatfahrzeug gefahren hat. Was definitiv nicht der Fall gewesen sein kann, wie wir inzwischen wissen.«

»Woher haben Sie das?«

Hadice ignoriert die Frage und starrt ihn an. Wenn Augen Funken sprühen könnten, hätten wir hier jetzt ein schönes Feuerwerk.

»Sie hat gelogen, um ihn reinzureiten. Aus Rache«, insistiert Schelling.

»Nein«, sage ich nüchtern. »Sie hat geglaubt, sie sagt die Wahrheit.«

»Tatsächlich.« Schelling schiebt den Teller mit den Kartoffelpuffern von sich. Er hat kaum einen halben davon verzehrt. Jetzt nimmt er mich ins Visier. »Zeugen sind häufig von etwas überzeugt, das nicht der Wahrheit entspricht. Damit muss man immer rechnen.«

Ich erwidere seinen Blick. »Sie haben dafür gesorgt.«

»Jetzt bin ich neugierig«, sagt Schelling. »Wie genau soll ich das angestellt haben?«

»Sie haben ihr einen Haufen Fotos von diesem Tag vorgelegt, die man bei Agais Überwachung aufgenommen hat. Agai beim Joggen am Morgen. Wie er mit Blumen für sie zurückkommt. Bilder vom Frühstück mit ihr, durch das Fenster geschossen. Wie sie gemeinsam das Haus verlassen. Und dann eines, wie er in den Wagen steigt. Nur dass das an einem ganz anderen Tag entstanden ist.«

»Und das soll sie nicht gemerkt haben?«

»Nein. Mit den anderen Fotos haben Sie eine Basis geschaffen. Da alles andere auf diesen Bildern tatsächlich an jenem speziellen Morgen stattgefunden hat, hat ihr Gehirn auch das hineingeschummelte Bild als Wahrheit akzeptiert. Das klappt bei circa dreißig Prozent der Menschen. Man kann es ja mal versuchen, nicht wahr?«

»Eine faszinierende Theorie, die Sie da haben, Frau Batu.«

»Verdammt, Schelling«, sagt Hadice. Sichtlich aufgebracht steht sie auf und geht davon. Schelling schaut ihr hinterher, sucht dann meinen Blick. »Schönen Tag noch«, sage ich und folge der Kommissarin.

Ich hole sie vor dem Fahrstuhl ein. »Ausgerechnet Schelling«, sagt sie und drückt den Aufzugsknopf. »Der ist eine Art Held für die jungen Beamten hier.« Mir ist klar, dass sie auch von sich selbst spricht. »Der Mann ist wirklich ein Phänomen. Zäh und couragiert. Absolut unbestechlich. Sensationelle Aufklärungsrate.« Sie schüttelt den Kopf. »Jetzt müssen wir uns natürlich fragen, ob es da immer mit rechten Dingen zugegangen ist.« Der Fahrstuhl öffnet seine Türen, und wir steigen ein. Als sich die Türen schließen, redet Hadice weiter. »Dem muss doch klar sein, dass wir unsere moralische Existenzberechtigung als Polizisten beschädigen, wenn wir anfangen, Beweise zu fälschen. Dann verspielen wir alles, wofür wir stehen.« Sie blickt zur Decke des Aufzugs, als stünde dort eine Antwort geschrieben.

Als Hadice ihn damit konfrontiert hat, hat Schelling natürlich nicht zugegeben, dass er die gleiche Schiene fährt wie die Calis bei ihrer Tätigkeit für die Stasi. Aber er hat innerlich gezuckt. Mit der Stasi wollte er nichts gemein haben. Dass es dennoch so ist, damit muss er jetzt leben.

MATZE, VOGELHÜTTENDEICH, ZUR GLEICHEN ZEIT

Matze musste nicht lange vor Yelda Batus Haustür herumlungern, bis eine Hausbewohnerin herauskam. Bevor die Tür ins Schloss fiel, war er rasch hineingeschlüpft. Zielstrebig steigt er nun die knarzige Treppe hinauf, bis er abrupt innehält. Auf einem Treppenabsatz sitzt ein Kind, dessen Geschlecht er nicht auf dem ersten Blick identifizieren konnte. Neben sich hat es eine violette Plüschfigur platziert: ein lila Knäuel mit spitzen Ohren und einer Art winzigem Papageienschnabel aus Plastik. Er hat diese monsterartigen Puppen in der letzten Zeit häufiger unter dem Arm von Kindern im Zoo gesehen. Es gab sie in allen Bonbonfarben. Beide, Kind und Plüschfigur, blicken ihm aus großen Augen entgegen. »Sie wohnen hier nicht«, stellt das Kind fest.

»Nein, ich möchte jemanden besuchen«. Matze geht noch eine Stufe weiter hinauf und bemerkte irritiert, dass die Plüschfigur seinen Bewegungen mit den digital animierten Augen folgte.

»Sag guten Tag, Furby«, sagt das Kind und stupst das Plüschwesen an, woraufhin dieses den Schnabel aufsperrt und ein keckerndes Lachen ausstößt. Dann blinzelt es wohlig mit den Augen. Das Kind betrachtet das Plüschtier mit interessierter Distanz, wie ein kleinwüchsiger Verhaltensforscher. »Den hab ich von meiner Oma gekriegt«, sagt es dann. »Ich finde ihn ziemlich blöd. Eigentlich wollte ich einen Hund. Aber was soll man machen?«

Trotz seiner Anspannung muss Matze lächeln.

»Zu wem wollen Sie denn?«, fragt das Kind. Er zögert kurz. Es würde einen erstklassigen Zeugen abgeben, davon war er überzeugt. Andererseits würde es ohnehin nicht mehr darauf ankommen.

»Yelda Batu«, antwortet er dann.

»Die ist nicht da«, sagt das Kind. »Aber bestimmt ist ihr Vater zu Hause. Der geht fast gar nicht mehr raus. Er hat Angst, dass er sich verläuft.« Es lächelt und entblößt eine Zahnlücke. »Aber bestimmt können Sie in seiner Wohnung auf Yelda warten. Er ist sehr nett.«

»Wann kommt sie denn immer so nach Hause?«

»Weiß nicht. Ganz verschieden. Aber nie vor sechs, glaube ich.«

»Vielleicht komme ich dann besser später wieder.«

Das Kind gibt dem Plüschmonster einen Klaps. »Sag Tschüss zu dem Mann.« Das Ding stößt einen Satz unverständlichen Kauderwelsches aus.

Matze seufzt. Was war aus den guten alten Teddys geworden?

Um die Zeit zu überbrücken, sucht er sich ein türkisches Café. Jetzt, da er weiß, wo er Yelda Batu finden kann, muss er sich einen Plan zurechtlegen. Es gibt keine Gegensprechanlage in dem Haus und nicht einmal Türspione. Vielleicht kann er sie einfach überrumpeln. Andererseits arbeitet sie für die Polizei. Er muss davon ausgehen, dass Nahkampf zur

Ausbildung gehört. Und dann ist da noch dieser Mann, ihr Vater. Auf den Fotos sieht er alt und harmlos aus, aber auch er ist eine unbekannte Größe.

Als der Kellner kommt, ordert er einen Chai. Doch bereits nach dem ersten Schluck sinkt ihm das Kinn auf die Brust.

Matze erwacht mit einem Ruck. Vor ihm steht nun der Kellner und grinst ihn an. »War wohl 'ne harte Nacht, Bruder«, sagt er. »Darf's noch so einer sein?« Er deutet auf die leere Tasse Minztee, die Matze vor über einer Stunde bestellt hat. Dieser wirft einen Blick auf die Uhr und ordert stattdessen einen Mokka. Während er wartet, fasst er einen Entschluss. Er wird versuchen, an Yelda Batu über ihren Vater heranzukommen. Im Hintergrund dudelt arabische Musik, und der Duft einer Shisha hängt in der Luft. Matze schließt erneut die Augen. Sofort sind ihm wieder die Bilder jenes Abends präsent.

Matze hatte den Wagen auf einen Parkplatz nahe am Mitarbeitereingang hinter dem Elefantenhaus gelenkt. Hinten im Kofferraum schien alles ruhig. Offenbar wirkte die Betäubung – wie geplant – noch immer. Oder Elisabeth Calis war tot. Er holte einmal tief Luft und öffnete dann die Fahrertür. Jetzt kam der heikelste Teil seiner Mission. Er ging zu der vertrauten Pforte und öffnete sie mit der kopierten Chipkarte. Hinter dem Elefantenhaus hatte er am Abend einen der Rollstühle abgestellt, den der Tierpark für gehbehinderte Besucher bereithielt. Als er sah, dass das Gefährt noch an seinem Platz stand, atmete er erleichtert aus. Kurz darauf stand er damit wieder am Wagen. Er zögerte kurz, öffnete dann aber kurz entschlossen den Kofferraum. Elisabeth Calis war noch in die Embryonalstellung zusammengekrümmt, in der er sie dort hineingelegt hatte. Er strich ihr das lange rote Haar aus dem Gesicht und legte ihr zwei Finger an den Hals, um ihren Puls zu überprüfen. Dann wuchtete er sie in den Rollstuhl. Ein Mobiltelefon rutschte aus ihrer Manteltasche und fiel zu Boden. Rasch steckte er es ein. Was war überhaupt aus ihrer Handtasche geworden? Im Eifer des Gefechts musste sie verloren gegangen sein. Egal, es spielte keine Rolle mehr. Mit Kabelbinder fixierte er die Calis an den Armlehnen und an den Fußrasten des Rollstuhls. Dann deckte er sie mit einer vorsorglich organisierten Decke zu, die die Restaurants im Tierpark für kühle Tage bereithielten.

Im Tierpark war um diese Zeit längst Ruhe eingekehrt. Jetzt ging es darum, den Nachtwärtern aus dem Weg zu gehen. Zwar hatte er sich deren Zeitpläne für die Runden besorgt. Doch natürlich schützte ihn das nicht vor einer unerwarteten Begegnung. Um im Zweifelsfall möglichst unverdächtig zu wirken, trug Matze zwar seine Tierpflegerkluft. Doch wie sollte er erklären, dass er mitten in der Nacht eine bewusstlose Frau durch die Gegend schob? Er musste sich darauf verlassen, dass jetzt nichts mehr schiefging. Für den Notfall trug er eine weitere Betäubungsspritze in seiner Brusttasche.

Der Weg vom Elefantengehege zu seinem eigentlichen Ziel war nicht weit. Es war nicht das erste Mal, dass Matze sich nachts im Hamburger Tierpark aufhielt. Aber jetzt erschien ihm das vertraute Gelände im Mondlicht plötzlich fremd. Elisabeth Calis' Kopf hing nach vorn, während er sie schob, und wippte bei jeder Bodenunebenheit. Als er am Tropen-Aquarium ankam, war er trotz der Kälte schweißgebadet. Er zog die Chipkarte hervor. Für einen Augenblick überfiel ihn der erschreckende Gedanke, dass sie nicht funktionieren würde. Doch die Türflügel öffneten sich, und er trat, den Rollstuhl voranschiebend, in das schwülwarme Dämmerlicht.

CLEMENS,
VOR DEM GUTSHOF,
AM ABEND ZUVOR

Clemens schaltete die Scheinwerfer seines Sportcabrios aus und blieb regungslos sitzen. Er liebte den Wagen, doch die Leasingraten betrugen fast dreihundert Euro im Monat. Ohne das Stipendium würde er ihn sich nicht mehr leisten können. Aus den Fenstern des Gutshofs fiel Licht auf den Kies der Auffahrt. Von Rathjen musste nicht ans Stromsparen denken, so viel stand fest.

Clemens biss sich auf die Lippe. Die Organisation sollte seine Eintrittskarte für ein Leben in Wohlstand mit Einfluss und Ansehen sein. Und jetzt war das also mit einem Schlag vorbei? Clemens ballte die Fäuste. So einfach würden sie ihn nicht loswerden!

Gut, ihm war sein Höhenflug zu Kopf gestiegen, und er hatte zu viel gequatscht. Aber im Grunde genommen war alles Elisabeths Schuld gewesen. Immerhin war sie diejenige gewesen, die ihn verführt hatte!

Es war ganz einfach passiert. Nach einem der Feste hatte er ihr angeboten, sie mit seinem schicken neuen Wagen nach Hause zu fahren. Vor ihrer Haustür war sie ausgestiegen, dann hatte sie sich noch einmal zu ihm hinuntergebeugt. »Kommst du«, hatte sie nur gesagt. Es war keine Frage gewesen, sondern eine Anweisung. Und dann war sie in ihren Bungalow gegangen. Die Haustür hatte sie einfach offen stehen lassen.

Natürlich war sie mehr als drei Jahrzehnte älter als er gewesen. Aber das spielte keine Rolle. Sie war klug und schön, elegant und erfahren. Vor allem aber besaß sie Macht. Wenn »Euros« erst einmal sein ganzes Potenzial entfaltete, würde sie eine führende Rolle in Deutschland spielen. Und ihn würde sie mitnehmen, ganz nach oben.

»Die Sache zwischen uns darf niemand erfahren«, hatte sie ihm allerdings eingeschärft. Eine ganze Weile war ihm das Arrangement genug gewesen. Die Heimlichkeit ihrer Affäre hatte ihn sogar noch zusätzlich gereizt.

Doch vor Kurzem hatte er sein Versprechen gebrochen. Er hatte zu viel getrunken und von Rathjen gegenüber durchblicken lassen, dass er mehr über die wahren Ziele von Euros wusste, als er eigentlich durfte. Er wollte zeigen, dass er kein dummer Junge mehr war, sondern ein Mann, mit dem man rechnen musste. Noch fataler erwies sich jedoch, dass er ziemlich deutlich machte, was ihn mit Elisabeth verband. Sie hatte ihm gegenüber gestanden und war weiß geworden vor Wut. In dem Augenblick war er schlagartig stocknüchtern gewesen. Ihm war klar geworden, dass er viel zu viel gesagt hatte. Den Rest des Abends war er still gewesen, hatte immer wieder ihren Blick gesucht. Doch sie hatte ihn nicht mehr angeschaut.

Er war zu ihr gefahren, hatte auf der Hausschwelle gesessen und auf sie gewartet wie ein liebeskranker Teenager. Als sie kam, jagte sie ihn davon. »Was hast du dir nur dabei gedacht?«, fuhr sie ihn an. In ihrem schulterfreien

Kleid sah sie wunderschön aus. »Ich bin kein Pokal, mit dem man herumprahlen kann.«

Als er sich entschuldigen wollte, schnitt sie ihm das Wort ab. »Du hast mich blamiert. Was sollen die anderen denken, wenn ich mich mit einem derart dummen Jungen abgebe? Aber das ist jetzt vorbei.«

Ihre Worte hatten ihn tief getroffen und schmerzten noch immer. Und dann hatte sie die Nummer mit Nina durchgezogen, die ihn endgültig erledigen sollte. Und jetzt war sie tot. Wenn er daran dachte, kochte noch immer ein Cocktail aus Hass und Schmerz in ihm hoch. Schluss damit! Er musste von Rathjen dazu bringen, ihn wieder in die Organisation aufzunehmen. Ihn drängen, dass er jetzt, da er ohnehin schon so viel Insiderwissen von Elisabeth erhalten hatte, eine wichtigere Position bekleiden sollte.

Er holte tief Luft. Dann stieg er aus dem Wagen und ging hinüber zum Anwesen.

YELDA,
AUF DEM HEIMWEG,
AM NEUNTEN ABEND NACH DEM MORD

Auf der Fahrt nach Hause geht mir Kommissar Schelling nicht aus dem Kopf. Hadice hat mir einiges über ihn erzählt. Dass er sich so in den Kampf gegen die Drogenclans verbeißt, weil vor vielen Jahren seine Freundin heroinabhängig geworden ist.

»Ist sie gestorben?«, habe ich gefragt.

Hadice schüttelte den Kopf. »Ich weiß es nicht.«

Ich verstehe. Schelling ist nicht nur ein Jäger, er ist auch ein Rächer. Was für einen Polizisten eine problematische Konstellation ist. Die Frustration, die Hintermänner immer wieder laufen lassen zu müssen, muss dadurch unerträglich werden. In Hamburg ist die Lage nicht ganz so krass wie in Berlin oder in Essen, aber auch in dieser Stadt gibt es Familien, die die kriminellen Geschäfte weitgehend unter Kontrolle haben. Die Mafia scheint im Vergleich zu ihnen wie ein Rudel zahnloser Tiger. »In die Clans kann man keine V-Männer einschleusen, da kommen nur Verwandte rein«, hat Hadice mir erzählt. »Und Zeugen werden eingeschüchtert oder, wie in diesem speziellen Fall, offenbar ganz einfach beseitigt. Dass man diesen Agai drangekriegt hat, war ein spektakulärer Erfolg.« Nur dass es dabei leider nicht mit rechten Dingen zugegangen war.

Ich schließe die Haustür auf und trete in unseren Flur. In der Wohnung ist alles still und dunkel. Vermutlich ist Batu wieder einmal eingeschlafen. Ich knipse das Licht an und merke sofort, dass etwas nicht stimmt. Sein Mantel und eines der zwei Paar Straßenschuhe, die er besitzt, fehlen. Batu ist nicht da. Besonders beunruhigt mich, dass Batus Pantoffeln nicht wie sonst fein säuberlich unter der Garderobe stehen, sondern achtlos in eine Ecke geworfen wurden. Ich ziehe mein Handy hervor und wähle seine Nummer. Als bei mir der Rufton ertönt, erklingt in der Küche der Achtzigerjahre-Hit *Dschingis Khan*. Batu findet, der passt zu ihm, so als Mongole. Ich laufe hinüber und nehme sein Handy vom Tisch. Normalerweise geht er nicht ohne das Ding vor die Tür. Aber vielleicht hat er es ganz einfach vergessen. Ich gebe die Zahlen, die dem Namen seiner Schildkröte entsprechen, als PIN ein: Neguri. »An die Dinge aus seiner Kindheit erinnert man sich bei Alzheimer noch am längsten«, hat Batu gesagt, als wir bei der Anschaffung gemeinsam überlegt hatten, an welches Wort er sich am besten erinnern würde. Ein leises, schabendes Geräusch verrät mir, dass die Namensgeberin der Handy-PIN in der Nähe ist. Neguri schiebt sich langsam und ungelenk aus einer Ecke der Küche auf mich zu. Batu hat ihr da ein Nest bereitet, aber sie mag unsere Gesellschaft. Ihre Art, sich fortzubewegen, hat etwas ebenso Mühevolles wie Gleichmütiges. Ich nehme sie hoch und platziere sie auf dem Küchentisch.

Ich gehe zum Kühlschrank, zupfe ein paar Salatblätter ab und füttere die Schildkröte damit. Sie fährt den runzligen Hals aus und schnappt zu. Dass sie so unbesorgt scheint, beruhigt mich absurderweise. Ich habe eine Idee, nehme

Batus Handy und rufe die Bilder auf, die er heute als Erinnerungsstützen geschossen hat. Vielleicht liefern sie mir einen Hinweis darauf, was er vorgehabt hat. Ich sehe sein Frühstück, das ich ihm morgens noch hingestellt habe: Müsli mit vielen Blaubeeren. Die sind gut fürs Gehirn. Daneben drei Tabletten, die vielleicht auch nicht besser wirken. Eine Taube auf dem Fenstersims. Der bizarre Schatten unseres riesigen Philodendrons auf den Dielen. Batu hat einen Blick für die Schönheit im Detail. Ich finde nichts, was mir weiterhilft. Nachdenklich schließe ich die Bildergalerie. Dann fällt mein Blick auf ein Icon, das mich überrascht. Hat Batu irgendwo eine Webcam installiert? Neugierig öffne ich sie und sehe nur Dunkelheit sowie ein paar Schemen. Es dauert eine Weile, bis mir klar wird, dass es sich um unser Treppenhaus handelt. Das Auge der Kamera ist auf unsere Briefkastenanlage gerichtet. Warum zum Teufel interessiert sich Batu dafür? Dann wird es mir klar. Vorsichtig lege ich das Handy auf den Küchentisch. Batu hat unseren Briefkasten überwacht, weil er die Person erwischen will, die mir die Briefe schreibt.

Die Sache ist inzwischen sechs Jahre her. Ich war damals für »Ärzte ohne Grenzen« als Psychotherapeutin in Afghanistan eingesetzt. Für Psychologen war reichlich zu tun. Traumatisierte Soldaten, traumatisierte Zivilisten. Einer meiner Patienten war ein noch sehr junger deutscher Soldat. Es war sein erster Einsatz, und er geriet in einen Hinterhalt der Taliban. All seine Kameraden starben, und er gab sich die Schuld dafür. Seine posttraumatische Belastungsstörung bekam ich in den Griff. Die Schuldgefühle nicht. Bei seinem nächsten Einsatz verschwand er. Man fand nicht heraus, ob er von Rebellen getötet oder verschleppt und irgendwo gefangen gehalten wurde. Dann, zwei Monate später, kamen die ersten anonymen Briefe. Ich fand sie auf meinem Kopfkissen oder hinter den Scheibenwischern meines Jeeps. Sie klagten mich an, für seinen Tod verantwortlich zu sein. Weil ich nicht dafür gesorgt hätte, dass er wegen der psychischen Belastungen nach Hause geschickt worden war. Das Schlimme war: Ich gab mir selbst die Schuld dafür. Und dann explodierte diese Bombe, und ich lag mehr als dreißig Stunden unter Schutt begraben.

»Und du glaubst, diese Bombe war kein Zufall, sondern ein Attentat auf dich?«, hatte Batu gefragt, als ich ihm davon erzählte.

»Ich weiß es nicht. Aber der Sprengstoff kam aus deutschen Armeebeständen. Was natürlich kein Beweis ist. Da verschwinden immer wieder solche Dinge.«

Batu rührte eine Weile in seinem Tee.

»Und was ist noch passiert?«

Mein Vater sah mich an, und ich kapitulierte. »In den Briefen stand auch, dass der Schreiber mich überall finden würde. Und das hat er bisher auch.«

»Dieser Soldat. Hatte er eine Freundin? Oder einen engen Freund? Wenn du die Briefe schon in Afghanistan bekommen hast, muss der Schreiber ja vor Ort gewesen sein.«

»Wir haben während der Therapie viel geredet. Aber ich hatte nicht den Eindruck, dass es so war.«

»Was dann?«

»Ich habe gedacht, vielleicht gab es jemanden in Deutschland, der jemanden vor Ort in Afghanistan kannte. Jemanden, den er beauftragen konnte.«

»Und was, wenn dieser Mann gar nicht tot oder verschollen ist? Wenn er selbst der Briefeschreiber ist?« Dazu sagte ich nichts. Aber daran hatte auch ich schon gedacht.

Und jetzt ist mein Vater also irgendwo da draußen und versucht, jemanden davon abzuhalten, seiner Tochter etwas anzutun.

Ich nehme das Handy und lasse die Webcam zurücklaufen. Batu hat sie offenbar mit einem Bewegungsmelder gekoppelt. Sie nimmt nur dann etwas auf, wenn sich bei den Briefkästen etwas tut. Mein Vater ist zwar nicht mehr jung, und in seinem Hirn lagern sich zunehmend verklumpte Proteine ab, aber er ist immer noch Ingenieur.

Es treten auf: Der alte Herr aus dem Erdgeschoss, der stoppelbärtig und in Morgenmantel und Puschen seinen leeren Briefkasten inspiziert. Die stets gestresste alleinerziehende Mutter aus dem ersten Stock, die ihre sich windende einjährige Tochter auf dem Arm hält. Der zehnjährige Nachbarssohn Max, der sich auf die Zehenspitzen stellen muss, um den Briefkasten zu öffnen.

Und dann kommt diese Person ins Bild. Schlank und groß ist sie, in einem eleganten blauen Mantel. In der Hand hält sie einen Brief. Ich bin verwirrt. Ich hatte einen Mann erwartet. Ihre langen dunklen Haare schimmern unnatürlich seidig. Trägt sie eine Perücke? Sie öffnet eine hochpreisig wirkende Handtasche und zieht einen Umschlag hervor. Plötzlich taucht die neunjährige Nachbarstochter Dunja im Bild auf. Sie streckt der Frau vor dem Briefkasten ihr scheußliches lila Kuscheltier entgegen, die es reflexartig entgegennimmt. Dunja quasselt offenbar auf sie ein, gestikuliert dabei mit den Händen. Ich kenne das, die Kleine kann einen zuquatschen wie ein Handyverkäufer. Dann betritt eine weitere Person die Szenerie. Es ist mein Vater. Er wuschelt Dunja kurz durchs Haar, die daraufhin der Frau das Stoffmonster wieder aus den Händen pflückt und verschwindet. Die strafft sich und verschwindet ebenfalls aus dem Blickfeld der Kamera. Batu blickt kurz hoch und scheint mir direkt in die Augen zu sehen. Er sieht grimmig aus. Dann tritt auch er ab.

Ich schalte das Smartphone aus und lege es mit zittrigen Händen auf den Küchentisch. Neguri schiebt sich ein Stück weiter zu mir, reckt den Kopf und blinzelt in Zeitlupe. Ich sehe durch das Fenster direkt in die Nachbarwohnung, wo ein alter Mann eine einsame Mahlzeit einnimmt. Irgendwo da draußen ist mein Vater und verfolgt eine Frau, die mir Angst macht.

Ich stehe auf und setze Neguri wieder auf den Boden. Dann greife ich meine Tasche und meinen Mantel. Ich laufe hinunter in den ersten Stock und muss mich zurückhalten, um nicht Sturm zu klingeln. Dunjas Vater öffnet mir die Tür. Über seiner Schulter hängt ein Küchenhandtuch. Er sieht mich fragend an. »Guten Abend«, sage ich und ringe mir ein schiefes Lächeln ab, »entschuldigen Sie die Störung, aber ich muss kurz mit Ihrer Tochter sprechen. Es ist wichtig.«

»Sie sind die Tochter von Batu, oder?«

Ich nicke. »Richtig. Aber der ist mir gerade abhandengekommen, und ich hoffe, Dunja kann mir weiterhelfen.«

Ich bin dankbar, dass er keine weiteren Erklärungen verlangt, sondern sich umdreht und nach seiner Tochter ruft. Sie ist schon im Pyjama. Er ist blau-weiß gestreift. Keine Blümchen, keine Einhörner. Ich habe sie noch nie in Mädchenklamotten gesehen. In der Hand hält sie eine Zahnbürste, deren Griff in einen Saurierkopf mündet. »Hallo, Dunja«, sage ich, »ich suche meinen Vater, Batu.«

»Der ist vorhin weggegangen, mit dieser Frau.«

»Weißt du, warum?«

»Das ist eine Geheimaktion.« Sie presst die Lippen aufeinander.

»Hat er dich vielleicht gebeten, die Frau aufzuhalten, bis er kommt?«

Sie sieht mich misstrauisch an. »Woher wissen Sie das?«

»Na ja, er musste ja vom fünften Stock runterlaufen, um sie noch zu erwischen. Da wäre sie normalerweise längst weg gewesen.«

»Er hat mir unser Codewort auf mein Handy geschickt. Wie es heißt, ist auch geheim.«

»Das verstehe ich, aber ich muss trotzdem wissen, was er vorhatte.«

»Er hat bloß gesagt, dass er unbedingt rauskriegen muss, wo sie hingeht. Und dass ich sie einfach ein bisschen festquatschen soll.«

»Was ist hier eigentlich los?«, schaltet sich der Vater ein.

Ich schüttle den Kopf. Innerlich zürne ich Batu, dass er ein kleines Mädchen in die Angelegenheit verwickelt hat. Andererseits habe ich ihm längst nicht alles erzählt.

»Mein Vater hat Alzheimer«, sage ich nur zur Erklärung. »Ich muss ihn finden.«

Ich gehe hinunter auf die Straße und bleibe dann stehen. Er könnte überall sein. Vielleicht hat er die Verfolgung irgendwann abgebrochen und irrt jetzt ganz in der Nähe umher. Im Vergleich zu den Dingen, die passieren könnten, wenn sie merkt, dass er ihr folgt, halte ich das für die deutlich bessere Variante. Ich ziehe mein Mobiltelefon hervor und wähle Hadices Nummer.

»Mein Vater ist verschwunden«, sage ich ohne eine Einleitung. »Er verfolgt eine Frau, die mich stalkt. Und sie ist wahrscheinlich gefährlich.«

»Seit wann ist er weg?«

»Etwa eine Stunde.«

»Was ist mit seinem Handy? Wir könnten es orten.«

»Er hat es zu Hause liegen lassen.«

»Okay. Schick mir ein Bild von ihm. Ich schreibe ihn zur Fahndung aus.«

»Danke.« Ich weiß, dass das nicht das normale Vorgehen ist. Batu ist noch nicht lange fort. Aber Hadice scheint meine Besorgnis wegen der Stalkerin ernst zu nehmen.

»Du gehst am besten nach Hause und wartest da. Vielleicht meldet er sich«, sagt sie.

»Ich sehe mich nur noch kurz im Viertel um.« Einfach nach Hause zu gehen und zu warten scheint mir unerträglich.

»Na schön.«

»Bis später.«

»Yelda?«

»Ja?«

»Wir finden ihn.«

BATU, IM VOGELHÜTTENDEICH, EINE STUNDE ZUVOR

Batu trat auf die Straße vor seinem Wohnhaus und blickte sich suchend um. Die Frau im blauen Mantel stand vor einer Limousine und griff in ihre Handtasche. Sie zog einen Autoschlüssel hervor. Gleich würde sie einsteigen und davonfahren. Batu war nicht überrascht. Eine Frau wie diese fuhr nicht mit öffentlichen Verkehrsmitteln, obwohl er eher auf ein Taxi gesetzt hätte. Er tastete nach seinem Telefon, um ein Foto von dem Kennzeichen zu machen. Sicher konnten Yeldas Kollegen dann herausfinden, wo die Frau sich aufhielt. Es war ein Mietwagen, sah er nun, aber das würde keinen großen Unterschied machen. Dann bemerkte er, dass er in der Eile sein Handy auf dem Küchentisch liegen gelassen hatte. Und jetzt? Dann würde es eben ohne gehen müssen, auch wenn auf sein Gedächtnis kein Verlass mehr war! Er würde die Buchstaben und Zahlenkombination so lange laut wiederholen, bis er etwas fand, um sie zu notieren, beschloss er.

Die Frau blickte auf und sah ihn an. Batu wappnete sich für eine Konfrontation. Sie musste wissen, wer er war. Wie die Fotos seines visuellen Tagebuchs belegten, hatten sich ihre Wege oft genug gekreuzt. Er sah, wie die Frau den

Schlüssel zurück in ihre Handtasche steckte und ein Smartphone hervorzog. Sie wandte sich von dem Wagen ab und lief los. Wo wollte sie hin? Batu blieb nichts anderes übrig, als ihr zu folgen. Die Frau bog, das Handy in der Hand, erst in die Dierkstraße und dann in die Fährstraße ab. Sie schaute jetzt nicht mehr auf das Display, sondern beschleunigte das Tempo ein wenig. Batu fand es immer wieder verblüffend, wie flott manche Frauen auf derart hohen Absätzen unterwegs waren. Sie schien genau zu wissen, wohin sie wollte. Die Klettergeräte der Kita, auf denen im Sommer auch spät noch Kinder herumturnen, waren verwaist. Ein einsamer Trinker hatte es sich mit einem Vorrat an Bierdosen auf einer Bank gemütlich gemacht. Kurz darauf erreichten sie den Veringkanal, eine von vielen Wasserstraßen, die die Elbinsel durchzogen. Auf der gegenüberliegenden Seite ragte der markante Schornstein der Honigfabrik empor. Die Frau trat hinaus auf einen Steg. Ihr dunkles Haar war mittig gescheitelt und fiel weit über den Rücken. Das Gesicht sehr blass und oval. Schwere Augenlider verliehen ihr etwas Melancholisches. Sie erinnerte Batu an ein Madonnenbild, dass er vor vielen Jahren in der Eremitage in St. Petersburg gesehen hatte. Er blickte sich um. War sie mit jemandem verabredet? Batu zögerte einen Moment. Dann wurde im klar, dass die Frau auf ihn wartete. Er holte tief Luft, dann ging er die paar Schritte zu ihr hinüber. Er würde mit ihr reden. Versuchen, sie davon abzubringen, seine Tochter weiterhin zu verfolgen. Batu war schon immer gut darin gewesen, Menschen auf seine Seite zu ziehen. Vor allem aber wollte er wissen, was wirklich hinter der Geschichte steckte.

»Entschuldigen Sie«, sagte er höflich.

Sie sah ihm ins Gesicht. Dann packte sie seinen Arm und stieß ihn ins Wasser.

YELDA, WILHELMSBURG, EINIGE ZEIT SPÄTER

Ich habe alles abgeklappert. Als Erstes war ich im türkischen Supermarkt nebenan, dann bei dem Obsthändler am Stübenplatz. Ich habe Leute auf der Straße angesprochen, die mir bekannt vorkamen, und ihnen ein Bild von Batu unter die Nase gehalten. Niemand hat meinen Vater gesehen. Schließlich lande ich bei Lüdemann, der einzigen Buchhandlung in Wilhelmsburg. Mein Vater ist ein besessener Leser. Mühelos kann er Stunden zwischen Büchern herumstöbern. Er liest alles: Romane, Biografien, sogar Reiseführer, obwohl er das Reisen nie gemocht und schon lange aufgegeben hat. Auf den Tischen wird ein buntes Sortiment an Büchern präsentiert, das sich mehr am Geschmack der Mitarbeiter orientiert als an dem, was die Verlage auf den Markt drücken wollen. Ein Karton mit Lehrbüchern *Deutsch für Anfänger* wartet darauf, ausgepackt zu werden. Sie machen einen nicht unwesentlichen Teil des Umsatzes der Buchhandlung aus. Bede Lüdemann, den ich seit meiner Kindheit kenne, steht heute höchstpersönlich an der Kasse. Helles Sakko über buntem Hemd. Sein Blick durch die Brille ist gründlich. »Haben Sie meinen Vater gesehen?«, frage ich.

»Heute nicht«, sagt der Buchhändler. »Haben Sie ihn verloren?«

»Es scheint so.« Der Versuch eines Lächelns auf meinem Gesicht fühlt sich an wie eine Grimasse.

»Haben Sie in der *Kaffeeklappe* nachgeschaut?«, fragt Lüdemann. »Da sehe ich ihn ab und zu.«

»Da hat ihn auch niemand gesehen.« Meine Worte klingen sogar in meinen Ohren verzweifelt.

»Am besten gehen Sie nach Hause und warten da. Er wird schon wieder auftauchen.«

Ich verlasse den Laden und blicke mich ratlos um. Dann befolge ich den Rat des Buchhändlers und gehe nach Hause. Als ich die Wohnungstür öffne, bemerke ich, dass Licht in der Küche brennt. Erleichterung durchflutet mich wie eine warme Welle. Mit schnellen Schritten durchquere ich den kurzen Flur. »Papa, du hast mir einen Schrecken eingejagt«, sage ich. Doch der Mann, der an unserem Küchentisch sitzt und mir entgegenblickt, ist nicht mein Vater. Und obwohl ich ihn noch nie leibhaftig gesehen habe, erkenne ich ihn sofort. Die warme Welle in mir erstarrt schockgefrostet.

»Wo ist mein Vater?«

»Er zieht sich um.«

»Er zieht sich um?«

»Ich habe ihn aus dem Kanal gefischt.«

Erst jetzt bemerke ich, dass der Mann am Tisch einen von Batus Pullis trägt. Die Ärmel reichen gerade mal bis zur Hälfte seiner Unterarme. Ich wende mich ab.

»Warten Sie!« Seine Stimme klingt erschöpft und scharf zugleich.

Ich halte inne.

»Ihrem Vater geht es gut.«

Ich zögere. Möglicherweise hat der Besucher eine Waffe bei sich – denn weder in der Wohnung noch am Tatort haben wir eine gefunden. Und Matthias Kranitz steht unter dringendem Mordverdacht.

BATU, NEBENAN

Batu blickt an seinem Körper herunter. Der Anblick ist ihm fremd. Der kleine pralle Bauch, den er sein ganzes Erwachsenenleben vor sich hergetragen hatte, ist verschwunden. Seine blasse Haut hat nicht den rötlichen Schimmer vieler Nordeuropäer, sondern den Elfenbeinton der Asiaten. Sie ist nahezu haarlos, was ihn in seiner Nacktheit noch schutzloser wirken lässt. Schnell schlüpft er in Boxershorts und T-Shirt. Die Sachen, die er am Morgen angezogen hat, liegen in einem zusammengeknüllten, klatschnassen Haufen im Bad auf dem Boden. Er hebt sie auf und steckt sie in die alte Waschmaschine, die er schon mehrfach repariert hat.

Der Angriff der Frau hatte ihn vollkommen unerwartet getroffen. Jetzt schilt er sich einen Narren. Immerhin hatte er gewusst, dass sie gefährlich ist. Er erinnert sich an den Moment, als das trübe Kanalwasser über ihm zusammenschlug. Auf den allerersten Schock war die Erkenntnis gefolgt, dass dies sehr wohl sein Ende sein könnte. Für einen kurzen Moment hat ihn der Gedanke, dass dies vielleicht nicht der schlechteste Weg wäre abzutreten, durchflattert.

Doch dann haben ihn zwei Hände gepackt und am Kragen an die Oberfläche gehievt. Jetzt hört er, wie sich die Haustür öffnet und wieder schließt. Yelda. Sie wird stinkwütend auf ihn sein. Rasch steigt er in seine Hosen und schlüpft in einen blauen mongolischen Baumwoll-Deel. Dann geht er hinüber in die Küche.

YELDA, ZUR GLEICHEN ZEIT

Als mein Vater im Rahmen der Küchentür auftaucht, bin ich mit einem Schritt bei ihm, fasse ihn an den Schultern und sehe ihm ins Gesicht. Mein Blick verrät ihm, dass – abgesehen von der Tatsache, dass jemand ihn aus dem Kanal fischen musste – noch etwas anderes an dieser Situation nicht stimmt.

»Wie wäre es mit einem Tee?«, sagt er.

»Geh doch ein bisschen runter zu Dunja und ihren Eltern«, schlage ich vor, um ihn aus der Schusslinie zu bringen, »Ich muss etwas mit dem Herrn hier besprechen.«

»Er heißt Matze, und ich gehe nirgendwo hin«, sagt mein Vater. Ungerührt geht er hinüber zum Küchenschrank und beginnt, lose Teeblätter in eine Kanne zu schaufeln. Dieser Tee wird zweifellos einer von der allerhärtesten Sorte werden.

»Setzen Sie sich«, sagt Matthias Kranitz.

Ich überlege fieberhaft, wie ich Hadice informieren kann. Das Handy steckt in meiner Jackentasche, direkt über meiner Hüfte.

»Ich will nur mit Ihnen reden. Dann gehe ich wieder«,

sagt der mutmaßliche Mörder, der meinen Vater gerettet hat. Neguri fährt ihren langen Hals aus und wippt mit dem Kopf. Es sieht wie ein ermutigendes Nicken aus.

»Also gut«, sage ich.

»Setzen Sie sich«, sagt Kranitz erneut.

Ich befolge seine Anweisung. »Erst einmal wüsste ich gern, was vorhin passiert ist.«

»Ich bin Ihrem Vater gefolgt, der seinerseits einer Frau gefolgt ist.«

Ich schließe die Augen und sehe das Gesicht meiner Verfolgerin vor mir, das ich von der Videoüberwachung kenne. Ich habe gewusst, dass die Sache gefährlich werden könnte. Aber ich habe nicht damit gerechnet, dass man meinen Vater angreifen würde.

»Sie sind bis an die Elbe gelaufen«, sagt Kranitz.

»Bis zum Kanal«, unterbricht mein Vater, »das war der Veringkanal, nicht die Elbe.« Er stellt uns zwei dampfende türkische Teegläser vor die Nase.

Kranitz bedankt sich und fährt fort: »Und kaum ist Ihr Vater an sie herangetreten, hat sie ihn ins Wasser befördert.«

»Und da ist dann mein Freund Matze hinterher und hat mich rausgezogen«, vervollständigt mein Vater den Bericht.

»Es war die Briefeschreiberin«, konstatiere ich. »Was hast du dir bloß dabei gedacht?«

»Ich wollte ihr klarmachen, dass sie dich in Ruhe lassen muss«, sagt Batu schlicht. Und für einen Moment fühle ich mich zurückversetzt in meine Kindheit, als mein Vater mit seiner freundlichen Beharrlichkeit jedes noch so verzwickte Problem mit einem Gespräch lösen konnte.

»Darüber reden wir später«, sage ich dann. »Aber jetzt

zu Ihnen«, wende ich mich an den Besucher. »Wie haben Sie mich überhaupt aufgespürt?«

»Aufgespürt?« Batus Blick wandert irritiert von mir zu Kranitz.

»Unser Freund hier war auf der Suche nach mir. Er ist der … der Hauptverdächtige in unserem Mordfall.«

»Was denn, der Elefantenpfleger?« Mein Vater klingt interessiert.

Kranitz legt sich die Hand auf die Brust und deutet eine ironische Verbeugung an. »Höchstpersönlich.«

Batu zieht beeindruckt die Augenbrauen nach oben. Dann lehnt er sich mit verschränkten Armen an den Küchenschrank. Mir ist klar, dass er sich dieses Gespräch nicht entgehen lassen wird.

»Also«, wiederhole ich, »wie haben Sie mich gefunden?«

»Sie haben einen ungewöhnlichen Namen. Darüber bin ich auf den Instagram-Account Ihres Vaters gestoßen.«

Batu stößt ein schuldbewusstes Schnaufen aus. Ich habe ihn oft genug davor gewarnt, nicht zu viel Privates preiszugeben.

»Und da war ein Bild von Ihnen. Oben auf dem Dach.«

»Woher wissen Sie, wie ich heiße, wie ich aussehe und dass ich an Ihrem Fall arbeite?«

»Mein Rechner war noch an, als Sie meine Wohnung durchsucht haben. Ich habe Ihnen dabei zusehen können, Ihnen und Ihrer Kollegin. Sie hat Sie beim Namen genannt.«

Natürlich! Die Spionagesoftware auf dem Rechner!

»Sie haben also noch ein zweites Mobiltelefon«, stelle ich fest.

»Richtig«. Er zieht es aus dem Hosenbund und legt es auf den Tisch. »Ich war gar nicht weit weg. Nur ein Stockwerk höher auf der Treppe. Um ein Haar hätten Sie mich geschnappt.«

Ich muss fast lächeln, als ich an Hadice denke, die diese Kapriole der Geschichte vermutlich ungeheuer wurmen wird. Das Lächeln, auch wenn es nur inwendig ist, macht mir klar, dass ich absurderweise vergleichsweise entspannt hier sitze. Matthias Kranitz hat mutmaßlich eine Frau entführt, betäubt und gefesselt, zu den Krokodilen verschleppt und dann erschossen. Dennoch strahlt er nichts Bedrohliches aus.

»Also los, sagen Sie, was Sie zu sagen haben«, fordere ich ihn auf. Er nimmt einen Schluck Tee und schnalzt mit der Zunge. Dann beginnt er zu erzählen, und zwar von Anfang an. Vieles weiß ich bereits, und doch ist es erschütternd, es aus dem Mund eines Stasiopfers zu hören. Matthias Kranitz schmückt nichts aus, er reiht nur Fakten aneinander, doch in der Skizze des Verbrechens, das man an ihm begangen hat, die er in lakonischen Sätzen zeichnet, ist die ganze perfide Logik des DDR-Staatsapparats zu erkennen. Als er endet, herrscht ein Moment betroffener Stille.

Dann frage ich: »Eines habe ich nicht verstanden: Warum hat man so einen Aufwand betrieben, Ihnen den Tod Ihres Freundes anzuhängen? Er hatte sich das Leben genommen. Warum hat man ihn nicht einfach wie so viele andere beerdigt – und Deckel drauf?«

»Weil er der Schwiegersohn eines Parteibonzen war«, sagt Kranitz. »Sie wollten für Pauls Suizid nicht die Verantwortung übernehmen. Seinen Tod haben sie stattdessen mir angehängt. Es war wohl Dr. Calis' Idee. Vermutlich wollte sie auch ihre neue Methode an jemandem ausprobieren. Eine Klappe, zwei Fliegen.«

»Nun haben Sie Ihre Rache, aber frei sind Sie nicht«, sage

ich. »Man wird Sie früher oder später schnappen, und dann landen Sie wieder hinter Gittern.«

Kranitz schüttelt den Kopf. »Ich werde nicht noch einmal in den Knast gehen für etwas, das ich nicht getan habe«, sagt er. »Darum bin ich zu Ihnen gekommen.«

MATZE, TROPEN-AQUARIUM HAGENBECK, AM ABEND DES MORDES

Elisabeth Calis' Kopf hing nach vorne, Strähnen ihrer roten Haare fielen über das Gesicht. Sie war noch immer bewusstlos, nur die Kabelbinder, mit denen Matze sie am Rollstuhl fixiert hatte, verhinderten, dass sie herausrutschte. Es war an der Zeit, sie aufzuwecken. Aus einer Umhängetasche zog er eine Spritze und eine Ampulle. Wie schon das Betäubungsmittel hatte er auch das Aufweckmittel aus der Apotheke des Zootierarztes entwendet. Die Betäubung hatte perfekt funktioniert, auch wenn er einige Sorge gehabt hatte, sich bei der Dosierung zu irren. Aber letztlich waren Menschen eben auch nur Tiere. Er zog die Spritze auf und setzte sie ihr in den Arm. Er musste sich nicht beeilen. Hier ins Tropen-Aquarium hinein kamen die Nachtwärter nie.

Ein Zittern durchlief den Körper der Psychiaterin, dann hob sie den Kopf. Ihr Blick fiel auf eine strohgedeckte Hütte, einen Wasserfall, tropische Pflanzen. Es war warm und feucht, und der Duft einer üppigen Vegetation hing in der Luft. Benommen versuchte sie, sich zu orientieren. Kurz wähnte sie sich in einem Urlaub vor drei Jahren auf Mauritius. Doch dann bemerkte sie ihre Arme, die an die Lehnen eines

Rollstuhls gezurrt waren. Eine leichte Bewegung neben ihr ließ sie den Kopf drehen. »Kranitz«, sagte sie.

Matze fand kein Erstaunen in ihrer Stimme.

»Sie wissen, wer ich bin?«

»Sie haben sich überhaupt nicht verändert.« Die Floskel, die normalerweise schmeichelhaft gemeint ist, war hier Verhöhnung und Kampfansage zugleich. Elisabeth Calis suggerierte ihm damit, dass er noch immer der aus dem Gleichgewicht gebrachte Mensch war, den sie einst so erfolgreich manipuliert hatte. Jemand, dem sie überlegen war, auch wenn er sie in seiner Gewalt hatte.

»Was wollen Sie?«

»Die Wahrheit.«

Sie lachte. »Gerade Sie sollten doch wissen, dass es so etwas nicht gibt.«

Er stieg nicht auf die Provokation ein, sondern zog ein Stativ aus seiner Umhängetasche, stellte es mit ruhiger Hand auf und klemmte sein Mobiltelefon hinein. »Sie werden jetzt berichten, welchen Menschen Sie falsche Erinnerungen eingepflanzt haben. Ich will von jedem einzelnen den vollen Namen. Und um welche manipulierte Erinnerung es sich handelt. Und ich werde das hiermit aufzeichnen.« Er wies in Richtung Stativ.

Dr. Calis sah ihn aus leicht zusammengekniffenen Augen an. »Das wird kaum möglich sein. Es ist lange her. Die meisten habe ich ohnehin längst vergessen.«

»Das glaube ich kaum. Mich haben Sie ja auch gleich wiedererkannt.«

»Sie habe ich ja auch erwartet.«

Damit hatte er nicht gerechnet.

»Sie glauben doch wohl nicht, dass Ihr Treiben von uns unbemerkt geblieben ist.«

»Wer ist das: ›uns‹? Ihre seltsame Stiftung?«

Ihre Augen verengten sich zu Schlitzen. »Das spielt keine Rolle. Wir beobachten Sie schon seit Jahren.«

»Offenbar nicht gründlich genug.«

Sie zuckte mit den Achseln, soweit es die Fesseln zuließen. Matze wurde klar, dass er womöglich doch weniger Zeit zu Verfügung hatte als gedacht. Wer hatte ihn auf dem Radar? Er beschloss, den Druck zu erhöhen. Grob packte er ihren Rollstuhl und schob sie zu einem Absperrgitter. Unten dümpelte klar und türkisfarben das Wasser. »Sehen Sie sie?«

Und sie sah sie. »Krokodile«, sagte sie flach. Sie hatte im Wasser einen schuppigen Leib ausgemacht. Und schlitzförmige Pupillen, die sie unergründlich anstarrten.

»Die werden Sie bei lebendigem Leib verspeisen.«

»Das wagen Sie nicht!«

»Darauf würde ich an Ihrer Stelle nicht wetten.« Sein Gesicht war ihrem ganz nahe, sodass sie die grünen Sprenkel in seiner blauen Iris erkennen konnte. »Sie haben so viele Leben zerstört«, sagte er leise. »Meines und Pauls und Paulas und das so vieler anderer. Sie haben es verdient, in größtmöglichem Schmerz und Schrecken zu sterben.« Er zog ein Paket aus der Tasche und entfernte das Papier. Sofort breitete sich ein aasiger Geruch aus. Es war ein Putenschenkel, erkannte Elisabeth Calis, der erste Anzeichen der Fäulnis zeigte. Matze streckte den Arm aus und hielt das Stück Fleisch über die Brüstung. Er hoffte, dass die Reptilien weder zu satt noch zu verschlafen waren, um darauf zu reagieren. Für einen Moment blieb alles ruhig.

»Und?«, sagte die Psychiaterin spöttisch, doch Matze konnte das Zittern in ihrer Stimme hören.

»Nur Geduld«, sagte er. Was er hier trieb, war hochriskant, doch er vertraute auf sein schnelles Reaktionsvermögen. Um die Psychiaterin zum Reden zu bringen, musste er sie aus dem Gleichgewicht bringen. Er brauchte nicht lange zu warten. Schon durchbrach die stumpfe Schnauze eines Nilkrokodils die Wasseroberfläche. Der Körper schoss empor. Matze ließ den Putenschenkel fallen und zog blitzschnell den Arm zurück. Für einen Moment schienen ihm die gelben Augen mit den senkrechten Schlitzpupillen ganz nahe zu sein. Dann klackten die Kiefer ins Leere. Das Reptil hatte seinen Mitternachtssnack verfehlt. Als das Stück Fleisch ins Wasser platschte, setzten sich die zuvor wie leblos ruhenden Leiber seiner Artgenossen in Bewegung und bildeten ein sich windendes Knäuel aus schuppigen Gliedmaßen, Schwänzen und Rücken. Matze warf einen Blick auf die Psychiaterin. Obwohl sein Puls raste, stellte er fest, dass sich das Schauspiel gelohnt hatte. Seine Gefangene starrte voll angewiderten Entsetzens auf die Echsen.

Er drehte den Rollstuhl herum und platzierte davor das Stativ. »Auf geht's«, sagte er.

»Glauben Sie tatsächlich, Sie tun den Menschen einen Gefallen, wenn Sie sie darüber aufklären, was wirklich passiert ist? Das alles ist doch Ewigkeiten her. Die Leute haben sich längst eingerichtet in ihrem Leben.«

»So wie ich, meinen Sie?« Er lachte freudlos auf. »Glauben Sie das nicht. Die gefälschte Erinnerung verändert einen. Sie ist ein Gift, das langsam wirkt, aber dauerhaft. Du spürst, da stimmt etwas nicht, aber du weißt nicht, was es ist.«

Sie schüttelte eigensinnig den Kopf. Mit einem Ruck drehte er den Rollstuhl wieder zum Geländer, dann wuchtete er ihn hoch. Tausend Tonnen Elefantenscheiße, dachte er. Die haben mich auf diesen Moment vorbereitet. Die Psychiaterin stieß einen erstickten Laut aus. »Schon gut. Ich rede.«

Er setzte das Gefährt wieder ab und drehte sie erneut zur Kamera. Sie atmete jetzt schnell und flach, als sei sie gerannt. Sammelte sich. Dann legte sie tatsächlich los. Mit neutraler Stimme nannte sie Namen und Jahreszahlen, erklärte in ein paar Worten, welche Erinnerungen sie ihren menschlichen Versuchskaninchen eingeimpft hatte. Matze hörte dem gleichmütigen Strom der Worte zu, und mit jedem weiteren Namen, jeder weiteren Geschichte wurde ihm das Herz schwerer. Es waren etwa zwanzig Fälle, und sie endeten im Jahr des Mauerfalls 1989.

»Waren das alle?«

»Ich denke schon.«

»Aber Sie haben doch nach der Wende weiter zu dem Thema geforscht.«

»Im Rahmen wissenschaftlicher Studien, ja. Und natürlich haben wir unsere Probanden anschließend aufgeklärt. Das hatte alles seine Richtigkeit.«

»Ich glaube Ihnen kein Wort. Ich wette, nebenbei haben Sie weiterhin Ihr eigenes experimentelles Süppchen gekocht. Ihre Methoden zu Ihrem persönlichen Nutzen eingesetzt. Beispielsweise mithilfe dieses Kommissars, diesem Schelling.«

»Schelling?«

»Ich habe Ihren E-Mail-Verkehr mit ihm gelesen. Mir scheint fast, er ist so etwas wie Ihr Meisterschüler.«

SCHELLING, ZUR GLEICHEN ZEIT

Schelling hatte den ganzen Abend wie auf Kohlen gesessen, seit er über die Ortung gesehen hatte, dass Matthias Kranitz sich in der Nähe von Elisabeths Bungalow aufhielt.

Er verfolgte die Bewegungen seines Zweithandys nun schon seit ein paar Wochen. Bei einem weiteren heimlichen Besuch in dessen Wohnung hatte er den Keylogger, den er beim ersten Mal zurückgelassen hatte, wieder aus der Tastatur entfernt und ausgelesen.

Mithilfe der gespeicherten Daten konnte er sich anschließend mühelos auf Kranitz' Rechner einloggen und sich darauf umsehen. Unter anderem fand er einen sogenannten Passwortmanager, der auch die PIN für Matzes Zweithandy enthielt, das noch immer in der Küche lag. Damit war es ein Leichtes, auf beiden Geräten eine Spionagesoftware zu installieren, mit denen sich Kranitz' Aktivitäten überwachen ließen. Er konnte ihn darüber hinaus belauschen, sogar wenn die Geräte ausgeschaltet waren. Und über die Handyortung konnte er sehen, wo sich das Smartphone gerade befand. Dass Kranitz sich so lange bei Elisabeths Bungalow herumtrieb, gefiel Schelling gar nicht.

Er hatte versucht, sie anzurufen, hatte sie aber nicht erreichen können. Vermutlich war sie in einem Konzert oder in der Oper oder bei einem ihrer Liebhaber, sagte er sich. Dennoch hatte ihm die Angelegenheit keine Ruhe gelassen. Am liebsten hätte er selbst nach dem Rechten gesehen, doch die Razzia in einem Hotel in St. Georg, die er leitete, zog sich hin. Anschließend mussten er und seine Kollegen die Festgenommenen verhören. Er war nicht bei der Sache, was untypisch für ihn war.

Andererseits war es nicht das erste Mal, dass Kranitz sich in Elisabeths Nähe herumtrieb.

Schelling hatte sie gewarnt, hatte gesagt, dass Kranitz ihr gefährlich werden könnte, doch sie hatte ihn bloß ausgelacht. »Ich kann schon auf mich aufpassen«, sagte sie, »und für alle Fälle trage ich das hier bei mir, versprochen.« Sie zog einen Elektroschocker hervor. »Das Ding nutzt dir nichts, wenn er dich hinterrücks abknallt«, mahnte Schelling.

»Du vergisst, dass ich Matthias Kranitz in- und auswendig kenne«, erwiderte sie. »Ich habe viele Stunden mit ihm geredet. Ich habe sein Innerstes ausgeleuchtet. Ich weiß, wie er tickt. Der ist kein Typ für solche Aktionen.«

»Elisabeth, das ist jetzt dreißig Jahre her.«

Sie zuckte mit den Achseln und verstaute den Schocker wieder in der Handtasche. »Menschen ändern sich nicht, glaub mir.«

»Dann lass dich mit dem Ding mal nicht von den Bullen erwischen«, warnte Schelling. Doch das ungute Gefühl hatte ihn seither nicht mehr verlassen.

Und jetzt blinkte dieser verdammte Punkt spät am Abend direkt im Tierpark! Verdammt! Was trieb der Kerl da? Feierte er mit den Elefanten eine Party?

Als der letzte Verdächtige in seine Zelle im Erdgeschoss des Präsidiums geführt wurde, erhob Schelling sich rasch. »Um den Rest kümmere ich mich morgen«, verkündete er. Dann rauschte er aus dem Raum. Seine Kollegen aus dem Drogendezernat sahen einander ungläubig an. Sonst bestand der Kommissar immer darauf, alle Protokolle gleich nach dem Einsatz zu schreiben – wenn die Erinnerung noch frisch war. »Was ist denn heute mit dem Alten los?«, fragte einer seiner Männer.

»Wenn ein Mann es eilig hat, steckt meist eine Frau dahinter«, sagte ein Kollege und grinste. Er wusste nicht, wie recht er damit hatte – und wie falsch er gleichzeitig lag.

Noch während er zu seinem Wagen eilte, versuchte Schelling erneut, Elisabeth zu erreichen. Doch wieder sprang sofort die Mailbox an. Er warf sich in seinen Wagen und wollte gerade den Motor starten, als sein Mobiltelefon klingelte. War das Elisabeth, die ihn endlich zurückrief? Doch ein Blick auf das Display verriet ihm, dass es von Rathjen war. »Für dich habe ich jetzt wirklich keine Zeit«, knurrte Schelling und drückte ihn weg. Er parkte souverän aus und lenkte den Wagen zur Schranke, die die Ausfahrt sicherte. Während er ungeduldig darauf wartete, dass sie sich hob, verkündete ein Pling eine Textnachricht. »Sofortiger Rückruf!!!«, stand da. Mit drei Ausrufezeichen! Es war schon wieder von Rathjen. Schelling schob seinen Ärger beiseite. Vielleicht hatte der Mann eine Nachricht von Elisabeth. Er schaltete die Freisprecheinrichtung an und fuhr auf die Straße. Dann rief er von Rathjen zurück.

»Schelling, na endlich«, tönte dessen Stimme aus dem Lautsprecher. Schelling biss die Zähne zusammen und beschleunigte den Wagen. Der Mann behandelte ihn zunehmend wie einen Angestellten. Aber das spielte im Moment keine Rolle.

»Sie müssen sich um Clemens Januschek kümmern«, fuhr von Rathjen fort. »Der junge Mann wird langsam mehr als nur lästig, er ist ein Risiko. Am besten Sie erledigen das gleich.«

»Hören Sie, ich bin gerade auf dem Weg zu Matthias Kranitz. Der hat sich stundenlang vor Elisabeths Bungalow herumgedrückt. Wissen Sie zufällig, wo sie steckt?«

»Nein, aber hören Sie …«

»Ich melde mich wieder bei Ihnen, wenn ich mehr weiß.« Bevor von Rathjen noch etwas sagen konnte, beendete er das Telefonat. Dann aktivierte er mit einer Hand die Abhörvorrichtung, die er auf Kranitz' Mobiltelefon installiert hatte. Er lauschte angespannt. Zunächst war nichts zu hören. Doch dann ertönte eine Stimme. Es war nicht die des Elefantenpflegers. Es war Elisabeth Calis, die da sprach. Verdammt! Sein ungutes Gefühl hatte ihn also nicht getrogen. Schelling fluchte und beschleunigte den Wagen. Zum Glück herrschte um diese Zeit auf den sonst so belebten Hamburger Straßen kaum Verkehr. Angestrengt lauschte er der Stimme der Psychiaterin. Er brauchte einen Moment, um zu begreifen, wovon sie redete. Dann wurde es ihm klar: Offenbar berichtete sie Matthias Kranitz von den Fällen, in denen sie während ihrer Zeit bei der Stasi Menschen manipuliert hatte. Es klang wie eine Art Generalbeichte! Wie hatte Kranitz sie nur dazu bekommen? Er musste sie bedroht haben.

Ein rhythmischer Signalton verkündete ihm hartnäckig, dass ein Anrufer anklopfte. Vermutlich von Rathjen. Das penetrante Geräusch machte es Schelling noch schwerer zu verstehen, was Elisabeth sagte. Er versuchte, den

Anrufer zu ignorieren, doch der gab nicht auf. Vielleicht war es besser, wenn jemand wusste, wohin er unterwegs war. Er drückte kurz auf das Annahmesymbol. »Ich hatte recht«, sagte Schelling, ohne abzuwarten, was von Rathjen von ihm wollte. »Kranitz hat Elisabeth in seiner Gewalt. Jetzt, in diesem Augenblick. Ich weiß nicht, wie er sie dazu gekriegt hat, aber sie scheint gerade sehr auskunftsfreudig zu sein.« Er streckte die Hand aus, um den Anruf zu beenden.

»Tun Sie, was nötig ist«, hörte er von Rathjen sagen. »Nichts von alldem darf an die Öffentlichkeit! Notfalls gehen Sie zum Äußersten.«

Schelling beendete das Gespräch, ohne ein weiteres Wort zu verlieren. Eine Ampel sprang auf Rot. Er ignorierte sie und beschleunigte stattdessen. Er hatte verstanden, was von Rathjen ihm sagen wollte. Wenn nötig, sollte er keine Rücksicht nehmen. Nicht auf das Leben von Matthias Kranitz. Aber auch nicht auf das von Elisabeth Calis.

Aus dem Lautsprecher tönte weiterhin ihre Stimme. Großer Gott, wie vielen Menschen hatte sie denn falsche Erinnerungen eingepflanzt? Er knurrte. Wenn die Psychiaterin ihr Geständnis bis in die Gegenwart ausdehnen würde, würden auch seine fragwürdigen Aktivitäten ans Licht gezerrt werden. Das musste er verhindern. Weniger, weil es ihm an den Kragen gehen würde, sondern weil die Verurteilungen, die er mithilfe der manipulierten Aussagen erwirkt hatte, dann hinfällig würden.

Schelling überholte mit weit überhöhter Geschwindigkeit einen alten Golf. Im Rückspiegel sah er, wie der Fahrer die Hand mit dem gestreckten Mittelfinger aus dem Fenster reckte.

Wenn er aufflog, würde im schlimmsten Fall sogar der

ganze Abschaum, den er mühsam hinter Gitter gebracht hatte, wieder freigelassen werden. Er stöhnte.

Kurz darauf brachte er den Wagen mit Schwung hinter dem Tierpark zum Stehen. Er griff nach seinem Mobiltelefon, das ihm aber aus den schweißnassen Händen glitt. Er hob es auf und stöpselte die Kopfhörer an. Aus seinem Portemonnaie zog er die Kopie der Chipkarte für Hagenbecks Türsystem, die er von Kranitz' Rechner gezogen hatte. Jetzt hoffte er, dass sie auch funktionieren würde.

Er stieg aus dem Wagen und ging zum Tor. Mit leisem Klicken löste sich die Verriegelung. Er atmete aus. Dann drückte er den Flügel auf und schlüpfte hinein. Er hatte nur noch einen Knopf des Kopfhörers ins Ohr gesteckt, um Elisabeths Monolog weiter folgen zu können. Mit dem anderen Ohr lauschte er in die Dunkelheit auf Schritte von Nachtwärtern, die mit Sicherheit irgendwo Patrouille gingen.

Die Geräuschkulisse war exotisch: Fiepen und Grunzen tönte durch die Nacht, was man sonst in der Norddeutschen Tiefebene kaum zu hören bekam. Nun erwies es sich von Vorteil, dass er die dunkle Sportkleidung, die er für die Razzia angelegt hatte, noch immer trug. Mit einer Hand zog er sich die Sturmhaube über den Kopf.

Der blaue Punkt, der ihm den Weg zu Kranitz' Handy wies, blinkte linker Hand. »Was hat es mit diesem Kommissar Schelling auf sich?«, hörte er einen Mann fragen. Dass musste Matthias Kranitz sein. Verdammt! Schelling musste sich beeilen. Er schob das Handy in die Hosentasche und lief los. Elisabeth würde sein Geheimnis jetzt preisgeben. Auf keinen Fall durfte der Kerl danach noch entwischen! Schelling hoffte nur, dass dieser die Geständnisse der Psychiaterin nicht gleich live ins Netz stellte.

WERNER VON RATHJEN, IN SEINEM BÜRO ZUR GLEICHEN ZEIT

Dreißig Kilometer entfernt im Norden Hamburgs saß Werner von Rathjen an seinem Schreibtisch. Er schenkte sich einen Whisky ein und zog ihn durch die Zähne, bevor er schluckte. Was für ein verfluchter Schlamassel. Der Anruf von Schelling hatte ihn kalt erwischt. Sollte dieser Elefantenpfleger tatsächlich die Chuzpe haben, Elisabeth zu entführen? Er stöhnte und rieb sich die Nasenwurzel. Dabei hatte er doch schon genug mit Clemens Januschek zu tun. Als der dumme Junge am Vorabend bei ihm aufgekreuzt war und unverhohlen eine einflussreichere Position in der Organisation eingefordert hatte, war er vollkommen konsterniert gewesen. Offenbar hatte Januschek noch immer nicht verstanden, mit wem er sich da anlegte. Sie hatten seine Fähigkeiten gründlich überschätzt. Vor allem Elisabeth hatte das getan. Aber bei ihr waren in Bezug auf Clemens offenbar auch ganz andere Interessen mit im Spiel gewesen. Verdammt leichtsinnig von ihr! Er hatte sie noch nie so wütend gesehen wie an jenem Abend, als Clemens unverhohlen damit geprahlt hatte, ihr Liebhaber zu sein. Von Rathjen nahm noch einen großen Schluck. Das würde für heute sein erstes und letztes Glas sein. Er trank in letzter Zeit mehr, als gut für ihn war.

Zum Glück hatte er gestern seinen ersten Impuls bezwungen, Clemens hochkantig vom Hof zu werfen. Es würde leichter sein, ihn aus dem Weg zu räumen, wenn er ahnungslos war. Er stellte das Glas ab. Wenn Schelling recht hatte, hatten sie jetzt ein viel dringenderes Problem. Er startete den Rechner. Während der hochfuhr, brütete er weiter über seine Lage.

Jedes Mal, wenn Frankes feistes Antlitz auf dem Monitor erschien, widerte dieser ihn mehr an. Wollte der Mann nicht endlich abtreten, wie seine geliebte Margot? Die alten Männer, die da am anderen Ende der Welt in ihrer Blase postsozialistischer Machtillusionen hockten, waren für die Organisation, die er aufgebaut hatte, nur ein Hindernis. Er brannte darauf, seine Saat aufgehen zu lassen. Schon jetzt hatte er überall Leute der geheimen Organisation an Spitzenplätzen in Wirtschaft, Wissenschaft und Politik platziert. Irgendwann würden sie aus dem Schatten hervortreten und dann eine Macht im Lande entfalten, die den müden und marode gewordenen Politbetrieb aufmischen würde. Er hatte die Elite der Nation rekrutiert. Man würde sie in den nächsten Jahren und Jahrzehnten dringend brauchen, um dem zu trotzen, was auf sie zukam: Klimaflüchtlinge, Fanatiker, arabische Clans. Auch wenn er und seine Leute dieselben Bedrohungen erkannten, würden sie mit den Politproleten der AfD nichts gemein haben. Sie würden für jedermann wählbar sein – keine rechten Parolen, keine tumben Nazis, stattdessen eine Partei der reinen Vernunft. Aber er musste sich gedulden, bis Franke und seinen Männern, die noch immer von einer zweiten Blüte des Sozialismus träumten, die Macht, die sie noch über ihn besaßen, endgültig entglitt.

Natürlich hatte er, von Rathjen, sich längst die finanziellen Mittel verschafft, um ein angenehmes Leben zu führen. Aber es lagerten noch immer einige Millionen in diversen Steueroasen, die er brauchte, um die Sache voranzubringen. Zudem waren die alten Männer noch immer recht gut vernetzt. Er zweifelte nicht daran, dass sie gegenüber Abtrünnigen zu drastischen Maßnahmen greifen würden. Also machte er zähneknirschend gute Miene zum bösen Spiel. Er sah auf die Standuhr. Dann stellte er mit einem Mausklick die Verbindung zum südamerikanischen Kontinent her.

»Ich habe einen Anruf von Schelling erhalten«, kam von Rathjen gleich zum Punkt, als Frankes Gesicht sich manifestiert hatte. »Die Angelegenheit scheint zu eskalieren.«

»Was soll das heißen?«, blaffte Franke.

»Matthias Kranitz hat Elisabeth in seine Gewalt gebracht.«

»Tatsächlich?« Franke blies die Backen auf. »Elisabeth ist eine starke Persönlichkeit. Sie wird mit dem Burschen schon fertig.«

»Wenn man einem Menschen eine Pistole an den Kopf hält, fangen die meisten an zu reden.«

Franke knipste mit einem Zigarrenschneider die Spitze einer Havanna ab. Dann schob er sie sich zwischen die Lippen und zündete sie an. Seine Finger waren genauso dick wie die Rolle aus gepressten Tabakblättern. Dichte Rauschschwaden stiegen auf. Von Rathjen wettete, dass sie von allerbester Qualität war. Der Herr ließ es sich in seinem Exil gut gehen. Bezahlt mit den leer geräumten Konten der SED.

»Wenn sie auspackt, sind wir geliefert«, brachte von Rathjen die Sache auf den Punkt.

»Dann muss Schelling das verhindern. Um jeden Preis.«

Von Rathjen wusste, was Franke meinte. Notfalls mussten sie Elisabeth opfern. Wenn sie dem Druck nicht standhielt und einmal zu reden begann, wäre sie auch in Zukunft ein Risiko.

»Das sehe ich auch so. Ich habe ihm bereits Carte blanche gegeben.«

»Werner, verschone mich mit solchen Ausdrücken.«

»Er hat völlig freie Hand«, sagte von Rathjen.

MATZE, TROPEN-AQUARIUM HAGENBECK, ZUR GLEICHEN ZEIT

Matze schaltete die Aufnahmefunktion seines Mobiltelefons ab und klappte das Stativ zusammen. Dann verstaute er es wieder in seiner Umhängetasche und schob das Smartphone in die Tasche seiner Wärtermontur. Nach den Hintergründen ihrer geheimen Forschungen der letzten Jahrzehnte hatte Elisabeth nun auch die Umstände ihrer Zusammenarbeit mit Schelling preisgegeben. »Sehen Sie denn nicht«, sagte sie gerade, »dass unsere Manipulationen nur dazu dienen, Gerechtigkeit zu schaffen?«.

»Und zu DDR-Zeiten?«

»Da ging es uns darum, den Staat zu schützen.«

»Vor so gemeingefährlichen Burschen wie mir und Paul.« Er lachte bitter. »Hören Sie auf, sonst verfüttere ich Sie doch noch an die Burschen da unten. Sie sind zu intelligent, um sich das selbst einzureden. Es ging immer nur darum, das Volk kleinzuhalten.«

Elisabeth musste ihm insgeheim recht geben. Ihr allerdings war es nie um den Staat gegangen oder heute um die Organisation, die von Rathjen mit den Altvorderen der SED aufgezogen hatte. Sozialismus 2.0? Lächerlich. Ihr war es immer nur um ihre Forschung gegangen. Um den Kick der Macht, den ihr die Manipulation ihrer Schützlinge verschafft hatte. »Sie haben, was Sie wollten. Jetzt lassen Sie mich gehen.« Ihre Stimme war bestimmt. Obwohl sie gefesselt in einem Rollstuhl saß, schaffte die Psychiaterin es, selbstbewusst und resolut aufzutreten.

Matze trat einen Schritt näher und zog einen Gegenstand aus der Umhängetasche hervor. Der Lauf der Pistole blitzte silbrig.

Elisabeth Calis sah ihn verständnislos an.

»Zum Dank für Ihre Kooperation erspare ich Ihnen die Krokodile. Aber ungestraft kommen Sie nicht davon«, sagte Matze und spannte den Hahn der Waffe.

»Sie sind ja verrückt«, sagte die Calis tonlos.

»Wenn Sie meinen. Sie sind schließlich die Expertin«, entgegnete Matze.

Elisabeth Calis, die immer so jugendlich gewirkt hatte, sah plötzlich sehr viel älter aus als ihre vierundsechzig Lebensjahre.

YELDA, IN BATUS KÜCHE, NEUN TAGE SPÄTER

»Was ist dann passiert?«, dränge ich. Wir haben Matzes Bericht gebannt gelauscht, ich ihm gegenüber am Küchentisch sitzend, Batu mucksmäuschenstill im Hintergrund, wie ein Kind, das hofft, von seinen Eltern übersehen und nicht ins Bett geschickt zu werden. Der Tee, den er uns zubereitet hat, ist nur noch lauwarm.

»Ich konnte mich nicht überwinden zu schießen.« Matze reibt sich mit beiden Händen die Schläfen. »Hundertmal hatte ich es mir ausgemalt, seit ich wusste, was sie mir und so vielen anderen Menschen angetan hat. Aber ich habe es nicht fertiggebracht.«

Ich weiß, dass das die Wahrheit ist. Jeder Mensch ist fähig, zu töten. Doch die Hemmschwelle ist für die meisten extrem hoch. Auf eine wehrlose Person zu schießen, dafür musste man schon sehr abgebrüht sein. »Aber irgendjemand hat es getan«, wende ich ein und sehe ihm in die Augen. »Wer?«

Er breitet die Hände in einer Geste der Hilflosigkeit aus. »Da ist plötzlich eine vermummte Gestalt aufgetaucht. Wie aus dem Nichts stand da plötzlich jemand hinter mir, hat mir die Waffe aus der Hand gerissen, auf die Calis gezielt und abgedrückt. Es ging wahnsinnig schnell.«

»Und wer soll das gewesen sein?«

»Ich weiß es nicht. Und ich habe auch nicht lange überlegt. Ich wusste, ich bin als Nächster dran. Also bin ich davongelaufen.« Die Erinnerung an diese Nacht versetzt seinen Körper noch immer in einen Alarmzustand.

Anders als Matthias Kranitz weiß ich, dass das nicht abwegig ist. Der Jemand, der eine Spionagesoftware auf seinem Rechner zu Hause installiert hat, muss ihn auch über sein Smartphone beobachtet haben. Jemand wusste, wo er war. Und auch warum. Jemand, der viel zu verlieren hat.

Schelling.

MATZE, TROPEN-AQUARIUM HAGENBECK, AM ABEND DES MORDES

Matze schloss die Augen. Er hatte sich auf das Geländer vor dem Krokodilbassin geschwungen. Jeden Moment würde ihn eine Kugel in den Rücken treffen, davon war er überzeugt. Der vermummte Mann war urplötzlich, wie aus dem Nichts aufgetaucht, und Matze hatte die Waffe, die er noch in der Hand hielt, fallen lassen. Er dachte nicht nach. Seine Flucht folgte dem puren Überlebensinstinkt. Er zerrte sich die hinderliche Umhängetasche mit dem Stativ von der Schulter und ließ sie ins Wasser fallen. Dann holte er tief Luft und sprang. Würde er im Wasser landen, wäre sein Schicksal besiegelt. Auf festem Boden hätte er immerhin eine winzige Chance. Da waren die Reptilien nicht viel schneller als ein Mensch. Er landete mit einem Hechtsprung, fühlte einen widerlich nachgiebigen Körper unter sich und rollte sich automatisch ab. In seiner Jugend hatte er Judo trainiert, und jetzt, im Moment höchster Gefahr, erinnerte sich sein Körper, wie er reagieren musste. Das Krokodil, auf dem er so unsanft aufgeprallt war, drehte sich jäh um die eigene Achse und schnappte nach ihm. Reflexartig griff Matze in seine Hosentasche, zog einen Gegenstand hervor und schleuderte ihn dem Krokodil direkt in das geöffnete Maul. Es war Elisabeths Mobiltelefon. Fast blind stolperte er dann vorwärts. Eine Kugel verfehlte ihn knapp und blieb in der kunstvoll zur Felslandschaft modellierten Wand stecken. Irgendwo befand sich eine Tür, die sich auf Knopfdruck jederzeit vom Gehege aus öffnen ließ. Wo war bloß der verdammte Öffner? Seine Fingerspitzen glitten über die Wand, suchten, gruben hektisch in jede Unebenheit. Jeden Moment erwartete er, von einem unbarmherzigen Kiefer gepackt und ins Wasser geschleift zu werden. Doch dann öffnete sich die verborgene Tür. Er hechtete hinein, stemmte sich von innen dagegen. Irgendetwas blockierte den Eingang. Im Dämmerlicht erkannte er die Schnauze eines Nilkrokodils. Die Zähne ragten kreuz und quer aus dem Maul wie die spitzen Pfosten eines Sperrzauns im Krieg. Mit einem Aufschrei warf er sich gegen die Tür. Ein hässlich knirschendes Geräusch ließ ihn schaudern. Dann war die Pforte endlich zu.

»Klingt ein wenig nach James Bond«, sagt Batu.

»Glauben Sie mir, ich habe mich nicht so gefühlt. Eher wie ein Hase auf der Flucht.« Matze streicht sich über die Stirn. Bei der Schilderung seiner Flucht ist ihm der Schweiß ausgebrochen. Die schnappenden Kiefer der Krokodile und den Schützen, der entschlossen war, ihn zu töten. Er spürt noch immer einen Nachhall des Schocks.

Er war auf den Boden des Tunnels gesunken, der sonst seinen Kollegen aus dem Tropen-Aquarium Zugang zur Anlage gewährte. Nur die Gewissheit, dass sein menschlicher Verfolger nicht so schnell aufgeben würde, ihn doch noch zu töten, verlieh ihm Kraft. Taumelnd kam er hoch, um sich in Sicherheit zu bringen. Wenn der Angreifer ihn umbrachte, würde nichts von dem, was Elisabeth Calis verbrochen hatte, ans Licht kommen.

YELDA

»Sie haben Dr. Calis also nicht getötet. Es war dieser vermummte Mann, der plötzlich aufgetaucht ist«, halte ich fest.

»Ich weiß, das klingt wie ein Räubermärchen, aber ich bin es nicht gewesen.« Matthias Kranitz sieht mich mit einer Mischung aus Resignation und Trotz an.

»Wissen Sie, wer es war?«

»Nein. Er war schließlich vermummt.«

»Wie hat er ausgesehen?«

»Ich weiß nicht. Schlank, sportlich. Ich konnte nicht viel erkennen. Er trug eine Sturmhaube, und ich habe mir nicht die Zeit genommen, ihn näher zu betrachten.«

Schelling, denke ich erneut. »Wie ist er in das Tropen-Aquarium hineingekommen?«

»Ich weiß es nicht.«

Auch das ist keine Lüge.

»Worum es mir eigentlich geht: Ich habe alles, was Elisabeth Calis gesagt hat, mit der Kamera aufgezeichnet«, sagt Kranitz. »Haben Sie vielleicht ein Stück Papier?«

In Batu, der noch immer an der Wand lehnt, kommt Bewegung. »Moment«, sagt er. Er geht hinaus und kommt mit einem vergilbten Notizblock zurück, der nur noch aus wenigen karierten Seiten besteht. Dazu einen Werbekugelschreiber mit dem Logo einer Bank. »Bitte sehr.« Er reicht unserem ungewöhnlichen Gast die Schreibutensilien.

Kranitz notiert eine Websiteadresse samt der Log-in-Daten, dann schiebt er mir den Zettel zu. »Bitte bewahren Sie das gut auf. Da habe ich Elisabeth Calis' Geständnis hochgeladen. In die Cloud. Wenn mir etwas passiert, können Sie es jederzeit veröffentlichen.«

»Jetzt, nach Calis' Tod, spielt es zwar ohnehin keine Rolle mehr, aber Sie wissen, dass das Geständnis als Beweismittel vor Gericht unbrauchbar wäre. Sie haben es erpresst«, sage ich.

Kranitz nickt. Seine Schultern hängen, und die Schatten unter seinen Augen wirken fast schwarz. Er ist zu Tode erschöpft. »Ich weiß. Aber für die Opfer ist es wichtig, die Wahrheit zu erfahren, das habe ich selbst erlebt. Wenn du selbst an die Lüge glaubst, vergiftet sie dein Leben.«

Ich sehe ihm direkt in die Augen. »Wenn das so ist, ist vielleicht jetzt der richtige Moment, mir auch noch den Rest zu erzählen.«

Er sieht mir müde in die Augen. »Mehr kann ich Ihnen nicht sagen.«

HADICE,
EINE HALBE STUNDE ZUVOR

Hadice war auf dem Sprung. Sie wollte so schnell wie möglich nach Wilhelmsburg, um Yelda bei der Suche nach ihrem Vater zu unterstützen. Doch jetzt stand Micky vor ihrem Schreibtisch. Das sonst so blasse Gesicht der IT-lerin war gerötet, der pinkfarbene Schopf zerzaust. Zu ihrer Verblüffung stellte Hadice fest, dass die junge Frau stinkwütend war. Dabei war sie, eingekapselt in ihre digitale Blase, sonst immer die Gelassenheit in Person.

»Sie haben ihn mitgenommen. Den Computer von Matthias Kranitz und auch die Festplatte.«

»Wer?«

»Ein Rollkommando vom BND. Die haben mir ihre Ausweise vor die Nase gehalten und dann alles eingesackt.«

Reiner, ihr Ex-Kommilitone vom Verfassungsschutz, hatte offenbar ganze Arbeit geleistet. »Dieser Dreckskerl«, murmelte Hadice grimmig.

»Ich verstehe nicht, wie die das so schnell spitzgekriegt haben«, fuhr Micky fort.

»Was spitzgekriegt?«

»Ich habe auf der externen Festplatte noch eine weitere

verborgene Datei entdeckt. Und ich habe sie geknackt.« Ihre Augen funkelten triumphierend.

»Was war darauf?«

»Es ist ziemlich viel Zeug, und ich hatte nicht die Zeit, alles zu sichten. Darauf sind Protokolle von Sitzungen, die diese Leute von dieser Stiftung abgehalten haben. Euros. Und ich kann dir sagen, da stehen einem die Haare zu Berge.«

»Inwiefern?!«

»Wie gesagt, viel konnte ich nicht lesen. Aber für mich klingt das alles ganz schön rechtslastig. Überfremdung. Grenzsicherung. Außerdem gibt es Unterlagen zu Zahlungen an verschiedene Leute, Firmen, Institute. Ich habe gerade erst angefangen zu recherchieren. Aber soweit ich sehe, sind die alle ziemlich einflussreich. Da geht es um hohe Summen!« Sie hatte ihre kleinen Hände zu Fäusten geballt, und ihre Augen funkelten. »Und dass der Verfassungsschutz sich dafür interessiert, zeigt doch nur, dass es da um eine größere Sache geht.« Sie schüttelte wütend den pinkfarbenen Schopf. »Ich meine, wir stecken mitten in einer Mordermittlung. Vielleicht haben wir hier das Motiv für den Mord an der Calis in den Händen gehabt. Da können die vom Verfassungsschutz uns doch nicht einfach unsere Ermittlungsgrundlagen abknöpfen.« Micky hatte sich richtig in Rage geredet.

»Offensichtlich schon. Aber ich weiß, wer dahintersteckt, und versuche, ihn weichzuklopfen.«

»Ist vielleicht nicht nötig.« Jetzt grinste Micky.

Hadice zog die Augenbrauen hoch.

Die IT-lerin hielt ihr einen USB-Stick hin. »Die Sache schien mir so heiß, dass ich gleich eine Kopie gezogen habe.«

»Kluges Mädchen!« Hadice nahm den Stick entgegen. In Gedanken zeigte sie Verfassungsschutz-Reiner den Stinkefinger.

YELDA

Neguri, die während Kranitz' Bericht still auf der Tischplatte gehockt hat, sperrt das Maul auf und stößt einen seltsamen Laut aus, irgendwo zwischen Zischen und Quietschen. Kranitz sieht die Schildkröte irritiert an.

»Das ist ihre Art, Anteilnahme auszudrücken«, erklärt Batu würdevoll aus dem Hintergrund. Ich verbeiße mir ein Lachen. Solche Geräusche macht Neguri, wenn sie Verdauungsprobleme hat.

»Ich dachte immer, Schildkröten geben nur bei Gefahr Laute von sich. Oder während der Paarung«, sagt Kranitz.

»Neguri ist da anders. Für eine Schildkröte ist sie ziemlich geschwätzig.« Batu klingt fast stolz.

Matthias Kranitz nimmt einen Schluck von Batus Teegebräu und verzieht das Gesicht. »Mehr kann ich Ihnen wirklich nicht erzählen«, sagt er.

Du könntest schon, aber du willst es nicht, denke ich. Bei einigen Punkten seines Berichts schlägt mein innerer Lügendetektor an. Der Mann verheimlicht etwas, so viel steht fest.

»Ich schwöre Ihnen: Ich habe die Calis nicht getötet. Aber nun könnte ich der Nächste sein, der stirbt.«

»Haben Sie irgendeine Idee, wer Sie und Dr. Calis zum Schweigen bringen wollte?«, frage ich.

»Klingt es verrückt, wenn ich sage: die Stasi?«

»Keineswegs.«

»Wissen Sie, die haben sich nach der Wende nicht in Luft aufgelöst. Die sind noch immer überall.«

Ich nicke. Gern würde ich Kranitz erzählen, was wir bereits herausgefunden haben. Über Werner von Rathjen und seine Organisation, aber Kranitz ist noch immer ein Verdächtiger.

Er nimmt die Tasse mit dem bitteren Gebräu, überlegt es sich aber anders und stellt sie wieder ab. »Ich habe da so eine Idee«, sagt er. »Sie haben vermutlich herausgefunden, dass ich den Rechner von Dr. Calis gehackt habe.«

Ich nicke knapp.

»Sie war im Vorstand einer Stiftung zur Förderung begabter junger Menschen.«

»Euros«, sage ich.

»Genau. Aber hinter der scheint eine ziemlich dubiose politische Organisation zu stecken. Da ist so ein Typ, der sich von Rathjen nennt. Den sollten Sie sich einmal vorknöpfen.«

»Das haben wir bereits.«

»Vor allem aber taucht in deren Dunstkreis einer Ihrer Kollegen auf.«

»Kommissar Schelling.«

»Richtig. Was Sie aber vielleicht nicht wissen, ist, dass Dr. Calis ihn in ihrer Brainwash-Technik ausgebildet hat. Die Calis hat mir das persönlich bestätigt.« Er legt die Hand auf sein Mobiltelefon. »Das habe ich hier alles aufgezeichnet.«

Neguri rülpst. Ich schweige.

»Das haben Sie also auch schon herausgefunden. Jedenfalls kann es der Organisation, ebenso wie diesem Schelling, nicht recht sein, dass irgendjemand davon erfährt.«

»Sie meinen, die wollen Sie mundtot machen?«

»Nicht nur mundtot. Mausetot! Die wollen auf Nummer sicher gehen. Und ich glaube, es ist dieser Schelling, der hinter mir her ist.«

»Das ist eine schwere Anschuldigung.«

Mein Mobiltelefon klingelt. Auf dem Display blinkt der Name Hadice. Kranitz zieht es zu sich heran, runzelt die Stirn und drückt den Anruf weg. Das ist ein Fehler. Hadice weiß nicht, dass Batu wieder wohlbehalten aufgetaucht ist. Dass ich den Anruf nicht entgegennehme, wird sie irritieren und hoffentlich misstrauisch machen.

»Verstehen Sie, warum ich mich direkt an Sie wende?«, fährt Kranitz fort. »Ich kann nicht zur Polizei gehen. Wer weiß, ob noch mehr Polizisten mit drinstecken!«

Ich kann ihn verstehen, muss aber meinen Job machen. Und der besteht nun mal darin, dabei zu helfen, den Mörder von Elisabeth Calis zu fassen. Auch wenn Matthias Kranitz das – sofern mein Instinkt nicht versagt – wirklich nicht selbst ist, so ist er doch unser wichtigster Zeuge. Zudem hat er Elisabeth Calis entführt und bedroht, auch wenn ich insgeheim hoffe, dass man ihm mildernde Umstände einräumen wird.

»Reden Sie mit meiner Kollegin, Hadice Öztürk«, dränge ich. »Sie wird dafür sorgen, dass Ihnen nichts zustößt. Wir können Sie nur schützen, wenn Sie kooperieren.«

Kranitz zögert.

»Wo wollen Sie denn hingehen? Sie können nicht für immer untertauchen, wenn Sie Gerechtigkeit wollen«, lege ich nach.

Batu tritt zu ihm und legt ihm eine Hand auf die Schulter. »Sie können meiner Tochter vertrauen.«

Kranitz blickt auf Neguri, dann zu Batu, dann zu mir. »Also gut«, sagt er. »Ich treffe mich mit Ihrer Kollegin. Aber nicht im Präsidium.«

Ich überlege kurz. Mir ist es wichtig, Kranitz aus der Wohnung zu schaffen, weg von meinem Vater. Ich habe keine Lust, dass hier ein bewaffnetes Einsatzkommando reinplatzt. Batu zieht eine Schublade auf und kramt darin herum. Sie enthält, wie ich weiß, ein Sammelsurium von Dingen, die man noch einmal verwenden kann. Sorgfältig aufgewickelte Bindfäden. Benutzte, aber unbeschriftete Briefumschläge. Gummibänder in einer Dose. Streichholzschachteln mit Werbeaufdruck. Und eine Menge Schlüssel, darunter auch solche, von denen niemand mehr weiß, zu welchem Schloss sie gehören. Batu holt ein altmodisches Exemplar hervor und legt es vor mich auf den Tisch. Der Anhänger ist eine Schlumpffigur, die ich mit etwa sieben Jahren in einem Überraschungsei gefunden habe. »Ihr könnt den Schrebergarten benutzen«, sagt er.

Der Schrebergarten. Ich erinnere mich, dass Papa einer betagten Nachbarin dabei geholfen hat, ihn zu versorgen. Als Kind habe ich ihm manchmal geholfen. »Bei diesem Wetter dürfte da wenig los sein«, überlege ich laut. Ich sehe Kranitz an. »Es ist nicht weit von hier«, sage ich.

»Also gut.«

Ich schlüpfe in meine Jacke. Batu öffnet uns die Wohnungstür. Auf der ersten Treppenstufe drehe ich mich noch einmal um. Mein Vater steht im Türrahmen. Wieder einmal stelle ich fest, dass er so viel kleiner aussieht, als er in meiner Vorstellung immer gewesen ist. Er hebt die Hand. Es wirkt wie ein Abschied für längere Zeit.

MATZE

Matze tritt als Erster auf die Straße. Der Wind fegt über den Asphalt, treibt eine leere Plastiktüte vor sich her. Er schaudert. Die kleine Mansardenwohnung von Batu und Yelda kommt ihm nachträglich wie ein Refugium vor, ein geschützter Ort zum Luftholen. Jetzt fühlt er sich wieder preisgegeben. Er dreht sich um und sieht Yelda Batu entgegen, die gerade die Haustür hinter sich zuzieht. Ein Knall, dann trifft ihn ein heftiger Stoß in den Rücken. Er taumelt etwas, dreht sich um. Eine Gestalt mit übergezogener Sturmhaube kommt auf ihn zu, in der Hand eine Pistole. Trotz der Vermummung erkennt er den Schützen wieder. Es ist der Mann aus dem Tropen-Aquarium. Die Mündung der Waffe zielt direkt auf seine Stirn. Die Kugel kann ihn nicht verfehlen. Matze schließt die Augen. Dann fällt der zweite Schuss.

YELDA

Ich kenne den Klang von Schüssen nur allzu gut. Was in den Kriegsgebieten, in denen ich unterwegs war, zum Alltag gehörte, wirkt hier völlig surreal. Ich sehe den Angreifer und spurte los. Ich bin nicht schnell genug. Ein zweiter Schuss fällt, und Kranitz sinkt langsam auf die Knie, als wolle er beten. Dann kippt er zur Seite. Ich stürze mich auf den Schützen. Vor meinem ersten Einsatz in einem Kriegsgebiet habe ich eine Nahkampfausbildung absolviert. Doch mein Gegner ist erfahren, geschmeidig und viel stärker als ich. Es gelingt ihm, mich umzudrehen und von hinten zu packen. Dann legt sich ein Arm um meinen Hals und drückt zu.

HADICE

Hadice zerrt ungeduldig mit den Zähnen an der Verpackung ihres Schokoriegels. Mit der freien Hand presst sie ihr Mobiltelefon ans Ohr. Der Tank ihrer Moto Guzzi war fast leer, sodass sie kurz vor den Elbbrücken bei einer Tankstelle haltgemacht hat. Jetzt nutzt sie den Moment, um bei Yelda anzurufen. Verdutzt hält sie inne, als plötzlich das Besetztzeichen ertönt. »Wieso drückt die mich weg?«, murmelt die Kommissarin. Immerhin hätte sie auch wichtige Neuigkeiten über den verschwundenen Vater haben können. Vielleicht war es ein Versehen? Sie wählt erneut. Jetzt springt die Mailbox an. Sie stopft das Telefon wieder in ihre Jacke und beißt einmal von dem Schokoriegel ab. Er ist etwas bröselig und schmeckt leicht nach Benzin. Mit Schwung wirft sie den Rest in den Mülleimer. Dann schwingt sie sich wieder auf ihr Gefährt.

Kurz darauf fliegen die Bögen der Elbbrücken an ihr vorbei. Hadice fährt deutlich schneller als sonst. Nach dem abgebrochenen Anruf ist sie unruhig. Elegant umkurvt sie die Autos vor ihr. Ein Brummifahrer reckt anerkennend den Daumen. Kurz vor der fest installierten Radarfalle am

Ende der Elbbrücken bremst sie gewohnheitsmäßig ab und beschleunigt wieder, als sie auf die Veddel einbiegt. Hier wird nur erwischt, wer sich nicht auskennt. Sie lässt die roten Klinkergebäude der Museumsanlage Ballinstadt hinter sich. Anfang des 20. Jahrhunderts mussten Aussiedler in die USA hier ihre Quarantäne abwarten, um Seuchen auf den Schiffen zu verhindern. Großformatige Plakate mit Fotos der Menschen zeugen von jenen Jahren. Jetzt zischen sie an Hadice vorbei. Auf der schnurgeraden Harburger Chaussee gibt Hadice erneut Gas. Zu ihrer Linken erstreckt sich das eng bebaute Arbeiterviertel aus den Zwanzigerjahren, rechts zieht sich ein Deich, der die Insel vom Spreehafen abgrenzt. An seinem Saum verläuft ein hoher Maschendrahtzaun. Ein paar Jugendliche mit hochgezogenen Schultern sind die Einzigen, die hier zu Fuß unterwegs sind. Sie haben ihre Kapuzenpullis tief ins Gesicht gezogen. Ungeduldig zuckelt die Kommissarin eine Minute einem Bus der Linie 13 hinterher. Als er anhält, überholt sie und biegt kurz darauf in den Vogelhüttendeich ein. Erst vor zwei Tagen hat sie hier mit Yelda und ihrem Vater gegessen. Sie sucht sich eine Parklücke, steigt von der Maschine und bockt sie auf. Dann zieht sie ihre Handschuhe aus und nimmt den schwarz glänzenden Helm vom Kopf.

Mit einem Ruck hält sie in der Bewegung inne. Obwohl das abgeblockte Telefongespräch ihr bereits ein ungutes Gefühl verursacht hat, ist sie nicht im Mindesten auf die Szene vorbereitet, die sich jetzt vor ihr abspielt.

Ein Mann mit Sturmhaube hält Yelda im Klammergriff. Offenbar drückt er ihr dabei die Blutzufuhr zum Hirn ab, sodass sie einfach wegsackt. Hadice lässt Helm und Handschuhe fallen und setzt sich in Bewegung. »Halt!«, ruft sie, »Polizei!« Doch der Mann beachtet sie nicht. Schon hat er die bewusstlose Frau in den Kofferraum eines parkenden Autos verfrachtet. Noch immer ist die Kommissarin zu weit entfernt, um ihn aufzuhalten. Sie bleibt stehen und zieht ihre Dienstwaffe. Dann positioniert sie sich breitbeinig und legt mit beiden Händen an. »Halt, oder ich schieße!«, ruft sie, doch der Mann verschwindet bereits im Wagen. Sie zielt und drückt ab. Die Kugel durchschlägt das Rückfenster des Wagens, das sich in ein Spinnennetz verwandelt. Doch es hilft nichts. Der Fahrer parkt mit Schwung aus und fährt davon. Hadice schießt ein zweites Mal, verfehlt das Fahrzeug jedoch. »Mist!« Sie wendet sich um und will zurück zu ihrem Motorrad rennen, als sie die Rufe hört. »Hilfe!« Erst jetzt bemerkt sie die reglose Gestalt auf dem Gehsteig. Daneben kniet ein Kind. Ein seltsames lila Kuscheltier liegt neben ihm am Boden. »Hilfe!«, ruft das Kind noch einmal. Alles in Hadice will die Verfolgung des Dreckskerls aufnehmen, der ihre Kollegin verschleppt hat. Stattdessen eilt sie hinüber zu dem Mann am Boden. »Verdammter Mist.« Als sie näher kommt, erkennt sie ihn. Matthias Kranitz! Was hat der hier zu suchen?

»Ist er tot?«, fragt das Kind. Hadice sieht das Loch mitten in seiner Stirn. Es sieht aus wie der rote Punkt, den sich Inderinnen mit Henna aufmalen, um zu signalisieren, dass sie unverheiratet sind. Aus dem Nichts taucht ein junger Mann auf, geht neben dem leblosen Körper auf die Knie. »Gehen Sie nur«, sagte er, »ich bin Arzt.« Sein weißblondes Haar ist strubbelig, sein T-Shirt verwaschen. Er sieht aus, als hätte er nicht einmal das Abitur, aber sein Blick ist fest.

Hadice richtet sich auf, eilt zurück zu ihrem Motorrad. Im Laufen zieht sie das Handy hervor. »Mann mit Schussverletzung. Hamburg-Wilhelmsburg, Vogelhüttendeich. Ich brauche einen Rettungswagen.«

»Verstanden.«

»Der Schütze ist flüchtig.« Sie lässt den Blick schweifen, hebt den Helm auf und einen Handschuh. Wo ist der zweite? Sie hat keine Zeit, ihn zu suchen. Sie schwingt sich auf ihr Motorrad, gibt per Mobilfunk Fahrzeugtyp und Kennzeichen in die Zentrale durch. »Ich nehme jetzt die Verfolgung auf.« Dann fällt sie aus dem Polizeijargon. Sie hat den Wagen erkannt. »Es ist Kommissar Schelling«, sagt sie. »Er hat meine Kollegin Yelda Batu in seiner Gewalt.«

YELDA

Als ich wieder zu mir komme, ist es stockdunkel und eng. Sofort überfällt mich die vertraute Panik. Ich atme tief und bewusst, um sie niederzuringen. Ein, aus. Ein, aus. Es riecht nach Motoröl und Staub. Anders als bei den meisten vorangegangenen Panikattacken ist mir klar, dass meine Angst diesmal sehr begründet ist. Ich liege auf der rechten Seite. Mein Gefängnis ist eng, sodass meine Beine maximal angezogen sind. Es ruckelt, und ich rutsche trotz der Enge hilflos von einer Seite auf die andere. Mir ist klar, dass ich mich in einem Kofferraum befinde, der zu einem Wagen gehört, der in hohem Tempo durch die Straßen brettert. Ich höre das Jaulen des Motors, wenn der Fahrer beschleunigt, und immer wieder erschrockenes Hupen anderer Verkehrsteilnehmer. Es gelingt mir, mich umzudrehen. Ich setze meine Beine als Hebel ein und versuche, die Rückbank des Fahrzeugs nach vorn zu drücken, aber ich habe keine Chance. Sie ist fest eingerastet und bewegt sich keinen Millimeter. Ich weiß genau, wer am Steuer sitzt. »Schelling«, brülle ich, »lassen Sie mich raus. Das ist doch Wahnsinn!« Statt einer Antwort spüre ich, wie der Wagen noch stärker beschleunigt.

HADICE

Hadice hat die Kopfhörer ihres Smartphones in die Ohren gesteckt, um während der Fahrt für die Kollegen erreichbar zu bleiben. Schelling ist in Richtung Freihafen davongebraust. Was hat er vor? Hat er überhaupt einen Plan? Windböen zerren an der Maschine. Schon nach kurzer Zeit schmerzt die nackte linke Hand im Fahrtwind. Sie rekapituliert kurz, welche Möglichkeiten der Entführer hat. Er könnte in dem nahen, unübersichtlichen Hafengelände mit seinen vielen Gebäuden, Lagerhallen und Containern untertauchen. Dort ließe sich sicher ein Versteck finden. Andererseits ist der Hafen ein Areal voller Sackgassen. Jeder Weg endet früher oder später am Wasser. Er könnte auch den Weg über die Köhlbrandbrücke wählen und sich dann auf die Autobahn einschleusen. Doch auf dieser Strecke gibt es zu wenig Möglichkeiten, Verfolger abzuschütteln. Vermutlich nimmt er daher die verzweigte Nebenstrecke über die Rethebrücke.

Die Kommissarin biegt auf den Reiherstieg-Hauptdeich ein, dessen Krone mit üppigem Gras bewachsen ist. Rechter Hand stapeln sich Container, links erstreckt sich das weitläufige Gelände einer Spedition. Auch jetzt sind noch vereinzelt Lastwagen unterwegs, die Waren zu den Speditionen liefern oder von ihnen abholen. Sie versperren Hadice die Sicht, halten sie auf. Ein Klinkerbau, dessen Nachbargebäude im Krieg weggebombt wurden, ragt am Straßenrand empor wie der letzte verbliebene Zahn in einem greisen Gebiss. Dahinter erstrecken sich immer mehr flache Industriebauten mit dazwischen aufragenden Schornsteinen. Vor ihr tauchen die Streben der Rethebrücke auf. Und eine Ampel, die auf Rot steht. Hadice hebt triumphierend die eiskalte Faust. Die Fahrbahnen der Brücke sind hochgeklappt, um ein Schiff passieren zu lassen. Hier kommt Schelling nicht weiter.

»Wir haben ihn geortet«, sagt die Stimme eines Kollegen in ihr Ohr. »Er fährt gerade auf dem Zubringer zur Köhlbrandbrücke.«

»Verdammt!« Sie hatte also doch falschgelegen. Sie stoppt und vollzieht einen U-Turn mitten auf der Straße. Wütend hupt ein Kleinwagen, der ihr ausweichen muss. Sie überholt einen Lastwagen und ordnet sich gerade noch rechtzeitig wieder ein, bevor ein entgegenkommender SUV sie plattmacht. Das schreckverzerrte Gesicht des Fahrers huscht vorbei, der zu geschockt ist, um zu hupen.

SCHELLING

Der BMW gehört zu den neueren Modellen aus dem Fuhrpark der Hamburger Polizei. Er beschleunigt gierig, sobald Schelling mit dem Fuß auf das Gaspedal tippt. Trotzdem wird er die Öztürk mit ihrem unter Kollegen berüchtigten Fahrstil so schnell nicht abhängen können. Sein Plan war fehlgeschlagen. Matthias Kranitz' Tod war sinnlos gewesen. Schelling hatte ihm das verräterische Smartphone mit der Aufzeichnung von Elisabeths Geständnis nicht abnehmen und vernichten können. Stattdessen ist er nun selbst auf der Flucht – mit einer Kollegin als Geisel im Kofferraum. Er wird seinen Kampf gegen die Drogenbosse nicht fortsetzen können. Er hat alles gesetzt und alles verloren.

Schelling hatte Kranitz über sein Telefon im Vogelhüttendeich geortet. Dass dieser dort Yelda Batu einen Besuch abstattet, damit hatte der Kommissar nicht gerechnet. Wohnte sie dort? Und dann war auch noch die Öztürk aufgetaucht. Seine Hände krampfen sich um das Lenkrad. Sein Ziel ist jetzt das Wochenendhaus eines Freundes in der Nähe von Buxtehude, zu dem er einen Schlüssel besitzt. Dort will er den leicht zu verfolgenden Dienstwagen gegen einen Jeep tauschen. Und dann? Aus dem Kofferraum hört er Yelda Batu rufen. Er beißt die Zähne zusammen und gibt Gas.

HADICE

Hadice duckt sich auf ihr Motorrad, um dem Wind möglichst wenig Widerstand zu bieten. In der Ferne sieht sie bereits die beiden großen Pfeiler der Köhlbrandbrücke aufragen. Sicher sind die Kollegen schon unterwegs, um Schelling am anderen Ende abzufangen. Sie bräuchte ihm nicht so halsbrecherisch hinterherzujagen, aber sie kann nicht anders. Yelda ist im Kofferraum. Yelda, die schon im Elbtunnel fast eine Panikattacke bekommen hat. Was hat Schelling mit ihr vor? Will er sie ebenso kaltstellen wie Matthias Kranitz? Sie biegt auf den Zubringer zur Brücke ab, dann beginnt der Anstieg auf die über hundert Meter hohe Konstruktion. Das Hafenpanorama entfaltet sich unter ihr, doch ihr Blick ist vollkommen auf die Fahrzeuge vor ihr fokussiert. Und da sieht sie ihn, Schellings Wagen. Er ist noch ein gutes Stück vor ihr, aber unverkennbar. Sie ist überrascht, dass es ihr doch noch gelingen wird, ihn einzuholen. Bei seinem mörderischen Tempo hätte er einen größeren Vorsprung haben müssen. Jetzt wird sie sich nicht mehr von ihm abhängen lassen.

SCHELLING

Die Brückenbeleuchtung flammt auf und zieht sich wie eine Kette von Glühwürmchen durch die Dämmerung. Schelling lässt den Blick über Hamburgs Silhouette schweifen. Nachts hat er diese Aussicht immer besonders genossen. Das ist seine Stadt. Hier hat er mehr als vier Jahrzehnte als Polizeibeamter gearbeitet. Er glaubt, jeden Winkel von ihr zu kennen, auch die dunkelsten. Vor allem die.

Seine Zusammenarbeit mit Elisabeth war ein Pakt mit dem Teufel gewesen, das hat er immer gewusst. Mit seinem Entschluss, die Ermittlungen zu manipulieren, hat er sich auf die dunkle Seite begeben. Er hat seine Seele verkauft, um Männer hinter Gitter zu bringen, derer er sonst nicht habhaft geworden wäre. Und da er im Auftrag der Gerechtigkeit unterwegs war, eine Art Zorro mit Polizeimarke, hat er sein Vorgehen stets vor sich selbst rechtfertigen können. Dass er damit die Grundlagen des Rechtsstaats untergrub, den zu verteidigen er einst angetreten war, hatte er ausgeblendet.

Doch jetzt hat er eine weitere rote Linie überschritten. Er hat getötet. Er hat es nicht getan, um seinen Kopf zu retten. Er hat es getan, damit all die Verbrecher, die er mit manipulierten Zeugenaussagen drangekriegt hatte, nicht wegen offensichtlicher Verfahrensfehler wieder auf freien Fuß kommen. Der Gedanke an diesen Abschaum, der nun grinsend aus dem wohlverdienten Knast spazieren würde, bereitet ihm Übelkeit. Säure steigt in seiner Speiseröhre auf. Er schluckt.

Er war immer ein kühler Planer gewesen, der alle Eventualitäten berücksichtigte. Er ist aber auch immer jemand gewesen, der seine Pläne der aktuellen Lage ohne zu zögern angepasst hat. Jetzt ist ein solcher Moment. Er wirft einen Blick in den Rückspiegel und sieht das sich nähernde Motorrad. Er atmet tief ein, drückt den Fuß aufs Gaspedal und tritt voll durch. Der Motor röhrt auf. Dann reißt er den Lenker herum.

HADICE

Zwischen Hadice und Schelling liegen nur noch zweihundert Meter, als dieser seinen Wagen noch einmal beschleunigt. Hadice schielt auf den Tacho und flucht. Mehr kann sie aus der alten Maschine nicht herausholen. Schon hat sich der Abstand zwischen ihr und dem silbernen Kombi wieder vergrößert. Schelling muss fast zweihundert Sachen draufhaben. Plötzlich schert der Wagen nach rechts aus, touchiert die stabile Leitplanke, prallt nach links gegen die Mittelplanke und hebt ab. Wie in Zeitlupe bäumt sich der schwere Wagen auf, beschreibt eine Kurve nach unten und stürzt mit dem Kühler voran auf die Gegenfahrbahn. Der Aufprall katapultiert ihn erneut in die Luft, er dreht sich leicht und verschwindet dann, das Heck voran, über dem Sicherheitsgeländer. Schon ist Hadice an der Unfallstelle vorbeigeschossen. Sie drosselt mit trommelndem Herzen die Geschwindigkeit, fährt rechts ran und bleibt stehen. Einen Moment sammelt sie sich. Dann bockt sie die Maschine auf. Ein Auto, dessen Fahrer den Unfall gesehen hat, hält mit quietschenden Bremsen hinter ihr und schaltet die Warnblinkanlage an. Ein junger Typ mit kahlem Schädel und kindlichem Gesicht steigt aus und starrt Hadice benommen an. »Alter, das gibt's doch nicht«, stottert er.

»Bitte warten Sie hier«, weist Hadice ihn an. Zum Glück sind nicht mehr viele Autos unterwegs. Die, die nun an den beiden vorbeifahren, haben nichts bemerkt. Mit steifen Beinen überquert die Kommissarin die Fahrbahn, steigt über die Mittelplanke und quert den Gegenverkehr. Sie klettert über die hüfthohe Mauer, steht dann vor dem eigentlichen Geländer, das fast so hoch ist wie sie selbst, und blickt durch die Gitterstäbe. Unter ihrer nackten Hand fühlen sie sich an wie Eis. Von Schellings Wagen ist nichts zu sehen. Er ist in den Fluten des Hafenbeckens verschwunden. Einen solchen Sturz überlebt niemand. Sie stöhnt und presst die Stirn gegen das Metall. Sie würde Batu erzählen müssen, dass seine Tochter tot ist. Vor innerer Kälte läuft ihr die Nase. Sie wischt sie gleichgültig mit dem Handrücken ab. Die Stimme aus dem Knopf in ihrem Ohr sagt: »Verdammt, was ist passiert? Wir haben ihn nicht mehr auf dem Schirm.«

»Er hat sich von der Köhlbrandbrücke gestürzt«, murmelt Hadice. Dann zieht sie die Kopfhörer aus der Ohrmuschel. Sie will jetzt mit niemandem sprechen. Sie lässt sich zu Boden gleiten, stützt die Stirn auf die angezogenen Knie und wartet, bis der Schwindel, der sie erfasst hat, nachlässt. Verdammt, Schelling! Wie konnte er nur derart Amok laufen! Vereinzelt fahren Autos an ihr vorbei. Als sie den Kopf hebt, sieht sie eine Gestalt auf der anderen Straßenseite stehen. Langes schwarzes Haar weht im Wind, und die Schöße eines kirschroten Mantels flattern wie aufgescheuchte Vögel. Hadice blinzelt in der Erwartung, dass das Trugbild verschwindet, doch die Gestalt bleibt, wo sie ist. Mühsam kommt die Kommissarin wieder auf die Beine, überquert erneut die Fahrbahnen. Als die zwei Frauen einander gegenüberstehen, fragt Yelda: »Wo ist er hin?« Ihr Gesicht ist weiß, glatt und zerbrechlich wie Porzellan.

Hadice macht eine vage Bewegung mit der Hand. »Er hat sich mit dem Wagen von der Brücke gestürzt.« Aus der Ferne hören sie das Heulen der herannahenden Streifenwagen. Yelda dreht sich um, erfasst die beschädigte Leitplanke auf dem Mittelstreifen. »Er hat mich vorher aussteigen lassen«, sagt sie. Dann übergibt sie sich.

YELDA,
FRIEDHOF FINKENRIEK, HAMBURG-WILHELMSBURG,
ZEHN TAGE SPÄTER

»Ein schöner Tag für eine Beerdigung«, sagt Theo Matthies, der Bestatter. Er zwinkert mir zu. Es ist einer jener im Norden seltenen Novembertage: kalt, aber sonnig mit einem Himmel in Preußischblau. Herbstlaub liegt auf dem vom Sommer verbrannten Rasen. Eine Handvoll Trauergäste steht verstreut um das offene Urnengrab. Eine der Frauen hat schwarzes Haar und trägt einen blauen Mantel. Für einen Moment erschrecke ich, aber dann wendet sie den Kopf zur Seite, und ich sehe, dass es nicht meine Verfolgerin aus Batus Fotoalbum ist. In den letzten Tagen hat sie nichts mehr von sich hören lassen. Wer sie ist und warum sie mich verfolgt, weiß ich noch immer nicht. Aber ich kann warten.

Neben mir kommt ein Rollstuhl zum Stehen. Geschoben wird er von einer Frau mittleren Alters mit kurzem blondem Haar. »Das ist Paula«, sagt Matthias Kranitz. »Paula, das ist Yelda Batu.«

»Angenehm«, sagt Paula und reicht mir die Hand. Sie schaut mich aufmerksam an. »Auf Sie hält Matze ja große Stücke!«

Kranitz nickt und verzieht dann das Gesicht. Auf seiner Stirn klebt ein großes Pflaster. Mehr ist nicht zu sehen von der Wunde, die Schellings Kugel hinterlassen hat. Er hat uns die Röntgenbilder seines Kopfs gezeigt, als Hadice und ich ihn im Uniklinikum Eppendorf besuchten. »Das war ein Meisterschuss«, hatte er gesagt, »ein glatter Durchschuss, präzise hindurch zwischen beiden Hirnhälften.« Er klang stolz. Mir selbst war bis dahin nicht bewusst gewesen, dass man eine Kugel im Kopf halbwegs unbeschadet überstehen kann. Selten, aber kein Einzelfall, bestätigte der Chirurg. Hauptsache, der Schusskanal liegt günstig.

»Wie geht es Ihnen?«, frage ich.

»Prima. Bis auf Unsicherheiten beim Gehen und gelegentliche Wortfindungsschwierigkeiten hat man keine neurologischen Schäden festgestellt. Und die können auch noch verschwinden.«

»Matze ist eben ein Glückspilz«, sagt Paula, und ich hoffe für ihn, dass sich diese Beschreibung seiner Person, wenn sie schon nicht für seine Vergangenheit zutrifft, doch für seine Zukunft bewahrheiten möge.

»Haben Sie schon einen Verhandlungstermin?«, erkundige ich mich. Auch wenn Matthias Kranitz die Calis nicht getötet hat, hat er sie doch immerhin entführt und bedroht.

»Noch nicht, aber sie haben mich auf Kaution entlassen. Paula hat sie gestellt.« Sie lächeln einander an. »Die werden sicher die besonderen Umstände berücksichtigen«, sagt Paula zuversichtlich. »Und eigentlich hast du deine Strafe ja schon im Vorfeld verbüßt.«

Ich bin ihrer Meinung, fürchte jedoch, dass das Gericht vielleicht ein bisschen anders rechnet.

Kranitz deutet auf die Menschen, die sich ums Grab versammelt haben. Es sind überwiegend Männer, Kollegen von

Schelling. Sie sehen alle so aus, als fühlten sie sich nicht wohl in ihrer Haut. »Für so einen lang gedienten Kommissar ist das aber nicht gerade eine üppige Versammlung«, stellt Paula fest. Tatsächlich sind wohl nur seine treuesten Mitarbeiter gekommen.

»Wäre er nicht gestorben, säße er jetzt in U-Haft«, sage ich. »Das sind wohl nicht die besten Voraussetzungen für ein ehrenvolles letztes Geleit eines Polizisten.« Und dann entdecke ich von Rathjen. Was macht der hier? Unsere Blicke treffen sich. Er hebt grüßend die Hand. Der Deckskerl. Ich hoffe, dass Reiner vom Verfassungsschutz ganze Arbeit leisten wird.

Hadice tritt als Erste vor. Sie nimmt die Schaufel und wirft etwas Erde auf den Sarg, den die Männer vom Bestattungsinstitut versenkt haben. Sie hat dafür gesorgt, dass der Verstorbene auf dem Wilhelmsburger Friedhof Finkenriek beerdigt wird, direkt hinter dem Deich, wo Möwen in der Luft kreischen. Angehörige hat der alte Kämpfer nicht gehabt. Die drogensüchtige Freundin, von der so viel gemunkelt wurde, ist seit einigen Jahren tot.

Hadice ist es auch gewesen, die am Grab eine kurze Ansprache gehalten hat – über seine Verdienste als Polizeibeamter und wie er dann seinen Weg verloren hat. »Die meisten von uns wissen, wie schwer es manchmal ist, der Versuchung zu widerstehen, die Grenzen des Gesetzes nur um einen Hauch zu verschieben, um Verbrecher ihrer Strafe zuzuführen. Aber es ist genau diese Grenze, die wir respektieren müssen, um uns nicht auf die andere Seite zu begeben. Schelling war ein leidenschaftlicher Kämpfer für die Gerechtigkeit. Sein Beispiel zeigt uns, wie zerstörerisch es ist, wenn man sich die Wahrheit zurechtbiegt. Am Ende hat er es wohl selbst erkannt«, hat Hadice gesagt.

Ich denke daran, wie er den Wagen mitten auf der Köhlbrandbrücke angehalten und den Kofferraum geöffnet hat. Ich war überzeugt, jetzt würde er mich töten. Stattdessen half er mir heraus. Seine Hand war kühl. »Es tut mir leid«, hatte er gesagt, und mir war klar gewesen, dass damit mehr gemeint war als meine unbequeme Fahrt. Sein Gesicht war fast so grau wie sein kurzes Haar, die Falten darin schärfer denn je. »Passen Sie auf sich auf.« Dann drehte er sich um, stieg ins Auto und ist davongebraust. Einige Minuten später war er tot.

Matthias Kranitz wollte unbedingt dabei sein, wenn der Mann, der auf ihn geschossen hatte, beerdigt wurde. »Auf seine Weise ist Schelling genauso ein Opfer von Elisabeth Calis wie ich und all die anderen. Sie hat ihn manipuliert«, sagt er nun nachdenklich.

»Schon möglich, aber er hat sich trotzdem schuldig gemacht.«

»Wer tut das nicht in seinem Leben?«, sagt Kranitz.

»Aber nicht jeder wird zum Mörder«, erwidere ich.

»Na, ich hab's ja überlebt.«

»Elisabeth Calis nicht«, gebe ich zu bedenken. Ein seltsamer Ausdruck huscht über Kranitz' Gesicht. Ein Impuls, zu widersprechen, in einem Sekundenbruchteil unterdrückt.

In diesem Moment weiß ich, dass hier irgendetwas nicht stimmt. Ich sehe Kranitz ins Gesicht. Er senkt den Blick. Soll das heißen, dass Schelling nicht der Mörder war? Immerhin hatte man die Tatwaffe bei ihm im Auto gefunden. Mit ihr war zweifelsfrei erst Elisabeth Calis getötet und dann auf Kranitz geschossen worden. Wenn es dennoch nicht Schelling war, der die Psychiaterin ermordet hatte, wer dann? Kranitz selbst? Ich verwerfe den Gedanken. Ich bin mir vollkommen sicher: Als er mir an jenem Abend in meiner Küche sagte, er habe nicht geschossen, hat er die Wahrheit gesagt. Dann wird mir klar, dass seine widersprüchlichen Signale nur einen Sinn ergeben, wenn es jemand ganz anderes gewesen ist. Eine Person, die er schützen will.

»Seit wann sind Sie eigentlich genau in Hamburg?«, wende ich mich wie beiläufig an Paula und sehe ihr direkt in die Augen. Sie hält meinem Blick stand.

»Schon ein bisschen länger«, sagt sie.

PAULA, TROPEN-AQUARIUM HAGENBECK, AM ABEND DES MORDES

Paula stand still in der Dunkelheit. Fremdartige Laute drangen durch die Nacht, und der Geruch von wilden Tieren hing in der Luft. Normalerweise hätte sie sich gefürchtet, aber das Adrenalin in ihrem Blut ließ keinen Raum für nebensächliche Ängste. Bei ihrem letzten Telefonat hatte sie Matze dazu gedrängt, ihr von seinem Plan zu erzählen. Nach und nach war er damit herausgerückt: Wie er es anstellen wollte, Elisabeth Calis in den Zoo zu verschleppen. Und wie er sie mithilfe der Krokodile zum Reden bringen wollte.

»Ich will dabei sein«, forderte sie. »Ich hab ein Recht darauf. Paul ist mein Mann gewesen. Und diese Frau hat ihn in den Tod getrieben.«

Aber das lehnte er kategorisch ab. Also war sie auf eigene Faust nach Hamburg gereist. Sie quartierte sich in einem günstigen Hotel in der Nähe des Tierparks ein. Lange musste sie nicht warten. Die SMS-Nachricht enthielt nur zwei Worte: »Heute Nacht.« Daraufhin versteckte sie sich auf dem Zoogelände und ließ sich einschließen. Fast hätte sie einer der Wärter erwischt.

Schwarz gekleidet und mit einer Sturmhaube ausgerüstet, die sie sich vorsorglich besorgt hatte, wartete sie hinter dem Elefantenhaus auf Matze und Calis. Sie hatte sich einen Beobachtungsposten tief im Schatten gesichert, wo sie den Rollstuhl im Auge behalten konnte, den Matze für den Transport der Bewusstlosen deponiert hatte. Er würde sie nicht wegschicken können, wenn sie einmal da war. Es gab keine Zeit für Diskussionen. Aber dann war sie ihm einfach nur gefolgt, ihm und dem Rollstuhl, in dem die Calis mit baumelndem Kopf saß. Nie zuvor hatte sie einen derartig glühenden Hass auf jemanden empfunden.

Sie hatte auch Paul in gewisser Weise gehasst, als sie während des Prozesses gegen Matze erfuhr, dass er sie allein in der DDR zurücklassen wollte. Und weil er sie dann durch seinen Tod noch viel endgültiger verlassen hatte. Jahrelang hatte sie sein Verrat umgetrieben. Aber der Hass, den sie an jenem Abend empfand, war anders, klar und schneidend wie ein Schwert.

Statt sich Matze zu offenbaren, war sie ihm also nachgeschlichen. Er bemerkte sie nicht, nicht einmal, als sie die Tür zum Seiteneingang des Tropen-Aquariums mit dem Fuß blockierte, bevor sie hinter ihm zufiel.

Unter Hochspannung verfolgte sie dann jedes Wort seines Gesprächs mit der Psychiaterin. Sie hörte zu, wie die Frau all die Namen der Menschen aufzählte, die sie benutzt, manipuliert und zerstört hatte. Als er die Waffe hervorholte, um die Frau zu töten, wurde ihr klar, dass sie das nicht zulassen konnte. Matze durfte nicht zum Mörder werden. Er hatte so viele Jahre geglaubt, seinen Freund getötet zu haben, obwohl er unschuldig war. Er hatte zu lange unter der Schuld an einer Tat gelitten, die man ihm eingeredet hatte. Also war sie hervorgesprungen und hatte das

Überraschungsmoment genutzt. Sie hatte ihm die Waffe entrissen und Pauls Mörderin selbst erschossen. Sie hatte es seither keinen Moment bereut.

MATZE

Als Yelda die Calis erwähnte, dachte Matze an diesen einen Moment im Tropen-Aquarium, nachdem der Schuss auf die Psychiaterin gefallen war. Ihr Körper hing, nur von den Fesseln gehalten, wie eine Puppe in dem Rollstuhl. Matze war überzeugt, dass er als Nächstes sterben würde. Doch stattdessen zog der Schütze die Sturmhaube vom Kopf. Eine Frau mittleren Alters, nicht mehr ganz schlank, mit gerötetem Gesicht und verschwitzter, wirrer Kurzhaarfrisur kam zum Vorschein. »Paula«, keuchte er. »Was machst du hier! Bist du vollkommen verrückt?«

»Das hier war mein Job«, sagte sie. Mit erhobenem Kopf stand sie da, die Waffe in der Hand. Er fand sie bildschön. Er riss sich zusammen, die Reaktion auf den Schock musste warten.

»Am besten, du verschwindest. Sofort«, forderte er. »Ich«, er nickte in Richtung der Toten im Rollstuhl, »ich kümmere mich um das hier.« Sie zögerte kurz. »Nun hau schon ab«, drängte er. Sie gab ihm die Waffe, warf noch einen Blick auf die Calis und ging.

Er hatte die Patronenhülse eingesteckt. Und dann war

dieser vermummte Mann aufgetaucht. Kommissar Schelling, wie er inzwischen wusste. Der hatte nur einen Blick auf die Szene geworfen. Die Tote im Rollstuhl und er, Matze, mit der Pistole in der Hand. Matze ließ sie fallen und lief um sein Leben. Dann war der Schuss gefallen. Und hatte ihn verfehlt.

Und nun sitzt er, Matze, hier, und der Tote im Grab ist der andere. Er sieht Yelda ins Gesicht. Ihre Frida-Kahlo-Augenbrauen heben sich unmerklich. Und er erkennt, dass sie weiß, was wirklich geschehen ist – und dass sie schweigen wird.

Vom Grab kommt die Kommissarin zu ihnen herüber, Hadice Öztürk. »Traurige Sache«, sagt sie. »Es mag nicht so scheinen, aber Schelling war immer einer von den Guten.« Sie seufzt. Dann lässt sie ihren Blick zwischen ihm, Paula und der Psychologin wandern. »Was ist hier los?«, fragt sie misstrauisch.

»Gar nichts«, sagt Yelda Batu. Und alle wissen, dass das nur die Oberfläche der Wahrheit ist.

Hoch am Himmel zieht eine v-förmige Formation Kraniche vorbei. Ihre Rufe klingen, als würden sie über die Menschen tief unter ihnen lachen.

DANKE SCHÖN

Ein Buch zu schreiben ist zeitweilig ein einsames Unterfangen. Umso dankbarer bin ich für meine Wegbegleiter, Mutmacher und Unterstützer, denen ich an dieser Stelle danken möchte.

Meiner lieben Redakteurin Christine Neumann: Danke, dass du mich nicht nur ein weiteres Mal mit Wissen und Instinkt durch alle Untiefen des Schreibprozesses gelotst hast, sondern dank Ostberliner Kenntnisse bezüglich Dialekt und Insiderwissen auch ein unschätzbarer Authentizitätsquell für mich warst.

Meiner Lektorin Regine Schmitt vom Piper Verlag: Danke für deine wertvollen Kommentare – und dass du es mir erspart hast, in das eine oder andere Ost-West-Fettnäpfchen zu treten. Und natürlich ihrem Nachfolger, Tim Müller.

Den Mitarbeitern des Tierparks Hagenbeck, die mich hinter die Kulissen schauen ließen und mein Projekt in jeglicher Hinsicht unterstützten – insbesondere Eveline Düstersiek (Leiterin Presse) und Thorsten Köhrmann (Chef im Elefantenhaus). Ich hoffe, sie werden mir die künstlerischen Freiheiten verzeihen, die ich mir bei der Gestaltung erlaubt habe.

Der Hamburger Polizei.

Den Mitarbeitern und Mitarbeiterinnen des Bundesbeauftragten für die Unterlagen des Staatssicherheitsdienstes, insbesondere Dagmar Hovestädt (Leitung Presse) für das informative Telefonat.

Anna Damm für ihre wertvolle fachliche Beratung in allen IT- und Hacking-Belangen (und für ihre Inspiration in Sachen Frisur).

Unbedingt auch meinen TestleserInnen für ihre ungeschminkte Meinung und wertvollen Input: Luise und Henning Heine, Corinna Luerweg, Lisa Vogel, Sabine Krämer, Thomas Willmann und vor allem dir, Alain, der du die Höhen und vor allem die ausgeprägten Tiefen, die so ein Schreibprozess einem abverlangt, einmal mehr mit viel Liebe, Geduld und Humor begleitet hast.

Christiane Fux, im Dezember 2020

ZU DEN HINTERGRÜNDEN

Jedes Buch ist eine Reise. Für den, der es liest, und den, der es schreibt. Diese hat mich in die Zeit des Kalten Krieges geführt, in ein Land, das hinter Mauern, Selbstschussanlagen und Stacheldraht lag.

Der Besuch der Gedenkstätte Hohenschönhausen, den auch Matze in diesem Buch unternimmt, hat mich nachhaltig beeindruckt, insbesondere vor dem Hintergrund der vielen Berichte von ehemaligen Inhaftierten.

Ebenso die Recherche zum Thema Staatssicherheit und ihrem Apparat, der mir in seiner ganzen Monstrosität erst bei einem Besuch in der Akteneinsichtsstelle der Behörde des Bundesbeauftragten für die Stasiunterlagen (BStU) in Berlin Mitte klarwurde. Ich habe die buchstäblich Tausende Kilometer Akten, die Tonnen zerrissenen Papiers im Buch beschrieben, die unerhörte Verschleierungstaktik, die der Stasiapparat aufgewendet hat und die nun die Zusammenstellung seiner Akten zu einer sehr zeitaufwendigen Schnitzeljagd macht.

In diesem Punkt habe ich mir eine dramaturgische Freiheit erlaubt: Anders als im Buch geschildert dauert es in der Regel sehr viel länger von der Antragsstellung auf Akteneinsicht bis zum Termin. Abhängig davon, wie viel Material es ist und wie verstreut es gelagert wurde, kann es fix gehen – nämlich wenn gar nichts da ist – oder auch zwei bis drei Jahre dauern.

Mit Staunen und Respekt hat mich die Beschäftigung mit der DDR-Punkszene erfüllt, die mit ihren Texten, ihrer Haltung, ihrem Lebensstil dem Parteiapparat trotzte und deren Angehörige nicht selten dafür bespitzelt, eingeschüchtert und inhaftiert wurden.

Eine zusätzliche Herausforderung war, dass ich, die ich in Hamburg aufgewachsen bin, mir die Frage stellen musste, ob es angemessen ist, über das Leben auf der anderen Seite der Mauer zu schreiben. Ein anderes Deutschland, das so viele noch aus eigenem Erleben kennen, ich aber nicht.

Ich glaube nun, man kann es wagen. So eine Gedankenreise funktioniert, wenn man sich darauf besinnt, was einen verbindet, nicht auf das, was einen trennt. Wir alle sind Menschen mit der Sehnsucht nach Zugehörigkeit, Liebe, Selbstbestimmung, auf der Suche nach unserem Weg durch Schönheiten und die Widrigkeiten, wo immer es uns auch hin verschlägt.

München, im Dezember 2020